2021年度陕西省重大文化精品项目

# 慷慨悲歌

长篇小说

黄天顺 / 著

陕西新华出版传媒集团
陕 西 人 民 出 版 社

图书在版编目（CIP）数据

慷慨悲歌 / 黄天顺著. -- 西安 : 陕西人民出版社，
2021.6

ISBN 978-7-224-14243-3

Ⅰ. ①慷… Ⅱ. ①黄… Ⅲ. ①长篇小说 - 中国 - 当代
Ⅳ. ①I247.5

中国版本图书馆CIP数据核字(2021)第122153号

出 品 人：宋亚萍
责任编辑：许晓光 王金林
整体设计：姚肖朋

**慷慨悲歌**

作　　者　黄天顺
出版发行　陕西新华出版传媒集团 陕西人民出版社
　　　　　（西安北大街147号 邮编：710003）
印　　刷　陕西金和印务有限公司
开　　本　787毫米 × 1092毫米 1/16
印　　张　23.5
字　　数　360千字
版　　次　2021年6月第1版
印　　次　2021年6月第1次印刷
书　　号　ISBN 978-7-224-14243-3
定　　价　69.00元

---

岁月无痕，总会湮灭一些凡人功绩；人世有情，不断演绎一段凄美传奇。谨以此书纪念为陕西辛亥革命毁家纾资的关中富商柏惠民先生。

——黄天顺

## 序　一

# 一曲陕商支持辛亥革命的慷慨悲歌

李晓东

黄天顺先生是近年来以历史上的陕商为题材进行创作的实力派作家。他新创作的长篇纪实小说《慷慨悲歌》，是一部以史实为依据，以故事穿针引线，以弘扬陕商精神为宗旨，客观反映关中富商柏惠民毁家纾资支持陕西辛亥革命的长篇佳作，是陕西文学界在陕西近代史题材创作方面又一新的收获。

小说以关中富商柏惠民为原型，以清末到1940年为时间跨度，客观再现了辛亥革命从发轫到最终取得胜利的艰辛历程，尤其是描写陕西辛亥革命中具有特殊意义的三原勤公社的建立、水榭亭会议、大雁塔歃血为盟、西安新军起义、柏惠民毁家纾资、关中保卫战、陕西靖国军、西安事变等重大历史事件，塑造了一大批为取得辛亥革命胜利和保卫胜利果实不惜抛头颅、洒热血革命志士的形象，刻画了在社会转型期陕商传承"家国一体""以商事国"的家国意识，以及舍小家、为大家的爱国情怀。

西安新军起义，陕西光复是陕西近代史上最为重要的大事件，是陕西进入20世纪以来的第一件震撼全国的重大事件，与其他省相比，陕西辛亥革命有许多成功的经验和自身特点。在小说中，作者依据历史史实，向读者还原了那一段可歌可泣的历史过往，让读者不忘陕西辛亥革命的成功，不仅仅是将辛亥革命的浪潮扩展至西北地区，壮大了革命声势和力量，而且还牵制了西北清军主力，吸引了河南清军向西，从侧面减轻了武昌前线革命军的压力，有力地支援了全国其他地方的革命行动，加速了清政府的灭亡。陕西在辛亥革命时期所发挥的历史作用和独特影响，在辛亥革命的全局中具有重要的地位。

素材是创作的基础。在梳理大量历史资料的基础上，黄天顺先生还向柏惠民先生的嫡孙女柏仲英女士详细了解柏家历史，核实有关历史资料，丰富小说内容。在目前自媒体活跃、碎片化阅读盛行的背景下，作者通过求真务实的文学形式演绎历史，为“小人物”立传、弘扬革命精神的做法是难能可贵的。

情怀是创作的灵魂。小说以宏大的叙事方式、众多的人物形象，全方位、多角度展现了陕西近代的历史风貌。故事情节跌宕起伏，结构紧凑，语言通俗，体现了作者对商帮历史和陕西近代史乃至中国近代史的熟稔，对小说大众化、可读性的艺术追求。从小说故事的编排上讲，作者还有追求大众媒体再创作的未来价值考量，从另一个侧面反映了作者讲好家乡故事、讲好陕西故事、讲好中国故事的责任和担当，弘扬了陕商“忠、道、勇”的精神和中国优秀传统文化。

习近平总书记指出：辛亥革命之前，太平天国运动、洋务运动、戊戌变法、义和团运动、清末新政等都未能取得成功。辛亥革命之后，中国尝试过君主立宪制、帝制复辟、议会制、多党制、总统制等各种形式，各种政治势力及其代表人物纷纷登场，都没能找到正确答案。他强调：“在中国实行人民代表大会制度，是中国人民在人类政治制度史上的伟大创造，是深刻总结近代以后中国政治生活惨痛教训得出的基本结论，是中国社会100多年激越变革、激荡发展的历史结果，是中国人民翻身作主、掌握自己命运的必然选择。”通过阅读这部小说，至少可以让读者明白，辛亥革命虽推翻了千年帝制，但却不能获得最后胜利的原因，有其历史的必然。

黄天顺先生在小说中通过客观写实的方法，描绘了于右任、宋教仁、井勿幕等一大批辛亥革命先驱和英烈的历史功绩，尽量让读者去评价，这也是他创作的一个特点。对于如何评价这些辛亥革命先驱的历史功绩，习近平总书记说：“对历史人物的评价，应该放在其所处时代和社会的历史条件下去分析。不能离开对历史条件、历史过程的全面认识和对历史规律的科学把握，不能忽略历史必然性和历史偶然性的关系。不能把历史顺境中的成功简单归功于个人，也不能把历史逆境中的挫折简单归咎于个人。不能用今天的时代条件、发展水平、认识水平去衡量和要求别人,不能苛求前人干出只有后人才能干出的业绩来。”

千载变局功业在,百年复兴路正长。在纪念辛亥革命胜利110周年前夕,拜读《慷慨悲歌》这部小说,让我感慨万千。追忆百年前那段波澜壮阔、争取民族独立的历史,畅想民族复兴的光明前景,让我们时刻牢记中国梦是历史的、现实的,也是未来的,并要为之不懈奋斗。

黄天顺先生近年来在陕商题材创作方面厚积薄发,取得了一定的成绩,他创作的陕商题材长篇小说《三秦儒商》《大引茶商》已经引起了有关方面的高度关注,正在被影视公司改编,拟拍摄电视剧。我相信,《慷慨悲歌》正式出版后,一定会引起读者对陕商更加关注。同时,也希望当代的陕商能够以史为鉴,弘扬和传承陕商“忠、道、勇”的精神,为推进习近平总书记倡导的“一带一路”建设,实现陕西经济社会追赶超越的发展目标做出应有的贡献。

(李晓东,重庆人。现任第十三届全国人大常委会委员,陕西省政协副主席,民革陕西省委会主委。中国国民党革命委员会第十三届中央委员会常务委员。)

# 序 二

## 唱响黄天厚土的时代大风

### ——黄天顺长篇小说《慷慨悲歌》序

阎雪君

我觉得，黄天顺是个好人。因为他是个陕西人，我又是一个山西人，说来也真是奇怪，山西和陕西天生就有一种亲切感，也许就是一条黄河养育的骨肉和灵魂的缘故，尽管一个在左，一个在右，就像黄河母亲的两个孩子，亲同手足。所以，自古以来，秦晋之好，确实不是空穴来风。

每每提起黄天顺这个名字，我都会不由自主地想到黄天厚土。总觉得黄天顺，就是顺应黄天、深依厚土、一意笃行的人。黄天顺是个文化学者，也是位知名作家。读黄天顺的小说，会有一个非常突出的特点，那就是一个浓郁的"商"字。许多人提起"商"字，大都会想到晋商、徽商，提到陕商的人也有，但不是很多，这不公平。其实我知道，陕商和晋商、徽商一直都是相提并论的，比如走到全国各地，许多陕商、晋商共同创建的商会遗址上，挂着的匾额是：陕山会馆。

自古金融和商业都是一体的，比如晋商就是金融票号和商业联盟，当然，陕商也不例外。黄天顺作为一个陕西人、一个金融人、一个文化人，他多年来为陕西人为陕商人证明正名，树碑立传，弘扬精神，并确实如此一路走来。黄天顺说，秦商是中国历史上最早的商帮，曾经创造过无数商业传奇，演绎过无数财富神话，对安定边疆、满足少数民族生活所需做出过巨大贡献。近年来，随着晋商、徽商乃至浙商题材电视连续剧的播出，引起了观众的热议，但唯独缺少秦商这一题材，不能说不是一种缺憾。他的老家在泾阳，明清时期的泾阳是丝绸之路的水陆码头、商品集散地，曾经被称为“西部金融中心”“西部商务总汇”，也是秦商活动的主要舞台。几年前他创作完成的长篇小说《大引茶商》，就是以泾阳为中心展开的，主要讲述了清代“同治之乱”之后至新中国成立初期西部茯砖茶贸易的传奇人物和传奇故事。小说全方位展现了这一时期的社会生态，重大事件，民众祈求，描绘了陕商历经坎坷、万难不屈的经营史和壮志凌云、守望相助的身影，刻画了他们“身为商贾，志在儒术”的典型特征，诠释了他们“以商事国、以商护国、以商兴国”的家国精神和陕西人所具有的光宗耀祖、建功立业的英雄情怀。展开了西部贸易波澜壮阔的历史画卷和跌宕起伏的商场风光，表现了陕西茶商在国难当头、民族危机的历史关头，挺身而出、毁家纾难、精忠报国的爱国精神，彰显了陕西商人的家国情怀和板荡忠臣意识。

黄天顺创作的第三部陕商题材长篇纪实小说《慷慨悲歌》既是一部陕商赞襄革命、屡次捐资、毁家纾难的慷慨史，也是一部史料翔实、故事激荡、视野开阔的悲壮史。在金融作家以现当代题材为主要创作对象的当下，出现以陕西近代史上陕商支持陕西辛亥革命这部长篇佳作，把金融作家撰写商帮历史题材纪实小说提升到了一个新的高度，为金融作家开阔文化视野、拓宽创作领域树立了标杆。

黄天顺多年来关注和研究明清时期至新中国建立初期的陕商历史，已经取得了不凡的业绩。他创作的陕商题材长篇小说《三秦儒商》《大引茶商》出版后，引起了各方面的高度关注，而且创造了全国金融作家第一个在地方新闻广播进行听书节目连播的奇迹。从阅读他近年来陆续出版的历史文化散文集可以得知，他在研究陕商史料的基础上，曾经多次自驾探访河西走廊、川藏茶马古道、陕甘茶马古道，深入安化茶区，考察各地秦商会馆，走访当地名人和故事原型后人，为撰写陕商题材小说积累了大量第一手资料。我认为，凡是涉及历史的纪实作品，除了文学的要求之外，能否尊重历史，就是是否具有古人所言的“史德”是作品能否赢得读者尊重的一个起码要求。可喜的是，黄天顺的《慷慨悲歌》做到了这一点。在碎片化阅读盛行、自媒体活跃的当下，作者能跋涉万里进行创作体验，耐得住寂寞，经得起甘苦，的确令人钦佩。

《慷慨悲歌》是一部具有非虚构品质的作品。作者以关中富商柏惠民为原型，讲述了从清末到 1940 年这段陕西近代史，以众多的历史人物折射出了“文变染乎世情，兴废系乎时序”这个规律。作者用大量章节描写了辛亥革命前后全国革命志士为推翻清朝封建专制统治所做出的不懈努力，让读者从阅读中如亲临现场般感知了陕西辛亥革命乃至全国辛亥革命的悲壮。小说中留下的两大悬案，既是历史事实，也是作者对历史的尊重。这从另一个侧面反映了作者不煽情、不注水的严谨创作态度。

《慷慨悲歌》还有一个很好的特点，那就是一部为“小人物”立传的纪实作品。小说主人公柏惠民是关中富商的后代，自幼受关学思想的影响，后来接受于右任、井勿幕等人传播新思潮之后，热心革命事业，并经井勿幕介绍加入陕西同盟会。柏惠民怀着对以“驱除鞑虏，恢复中华，创立民国，平均地权”十六字纲领创建中华民国的憧憬，先后出资筹建了三原勤公社、兴办了马栏铁矿，又冒着风险在自家花园召开了陕西辛亥革命史上具有重要意义的水榭亭会议。在遭到陕甘总督升允猜疑之后，挟资出游，经过洛阳时为陕西起义筹办了大刀、长矛和来复枪。尤其是在上海，结交宋教仁之后，对同盟会的各项工作倾注了大量心血。武昌起义爆发后，陕西打响了辛亥革命的第二枪，为支持张凤翙、井勿幕领导的陕西新军反击升允率领的甘回清军和河南清军的反扑，他不惜以全部家产做抵押，为陕西新军购买了大量武器弹药，提振了陕西新军士气，极大地支持了全国其他地方革命。对柏惠民“毁家纾资”支持辛亥革命，孙中山、于右任等革命者都给予了高度评价。作者称之为“小人物”立传，实乃谦虚之词。通过这个“小人物”，读者可以了解陕西辛亥革命的波澜壮阔、血雨腥风，以及革命先烈豁达处世、慷慨赴死的精神。

《慷慨悲歌》是一部作者未加评论的客观之作。小说中涉及了陕西近代史上的许多著名人物，除了于右任、井勿幕这两个陕西辛亥革命元勋之外，还有柏惠民、邹子良、宋向辰、高铭新、张凤翙、杨虎城、张奚若、李仪祉、田雄飞、胡平甫、高明德、姚文山等人。这些有据可查的历史人物，或浓墨重彩、或轻描淡写，都有其个性。在小说中，作者只是对他们进行秉笔直书，不苟同一些既有的文学作品，不迎合读者喜欢猎奇的心理，留待读者在阅读中自己进行评价。这既是这部小说的一大特色，也给读者提供了发挥自己评价历史人物的空间。我认为，每个人的成长中都会遇到坎坷，能在挫折面前坚定信念和抱负并不丢弃，是一个人成熟的标志之一。作者为读者塑造的“小人物”柏惠民，就是在社会变革动荡时期从一个热血青年逐渐成熟起来的典型形象。

从一个陕商的角度，反映宏大的历史题材，选择叙述方式和故事编排尤为重要。《慷慨悲歌》延续了作者此前已经出版的《三秦儒商》《大引茶商》的写作风格，以 30 余万字的篇幅，采用线性叙述的方法和逻辑顺序，辅之以纵横穿插的人物故事，既反映了陕西辛亥革命的血雨腥风、英勇悲壮，也描述了柏家从一个关中巨富衰落到贫困之家的过程。长篇小说是结构的艺术，我认为，《慷慨悲歌》情节丰富、故事跌宕、人物众多，前后照应，有进有退，收放自如，体现了作者对陕西商帮历史和陕西近代史的熟稔，对虚构、调配细节的把握能力，对如何穿插变化、铺垫和埋伏，有张有弛、忽断忽续、波诡云谲的掌控能力，做到了历史与小说的有机结合，弘扬了陕商"家国一体""以商事国"的家国意识，以及舍小家、为大家的爱国情怀，显示了作者独到的创作实力。

我多次说过，不管是金融文学还是商业文学创作必须要与时俱进，必须要跟上时代发展的步伐。在封建社会，金融文学大体反映了商品文明与权力文明互为消长的历史现象；在资本主义社会，金融文学则鲜明地反映了资本主义金融史，从原始积累到自由竞争到垄断资本形成。那么到了当代我国金融进入社会主义市场经济阶段，文学要反映的应该是更为复杂和深刻的金融人形象、商品经济社会的时代画卷等。我们提倡和鼓励体现中国特色社会主义核心价值和主旋律的行业文学作品。我们坚信金融商业文学可以写出文学力作甚至经典作品。检看历史文库，金融文学作品的诞生，可以回溯到两千多年前。从货币来到世间那天起，文学领域就萌发了一朵独具风采的奇葩。随着货币的盛行，金融文学就有了自己拓展的长天阔地。我们不应被行业特征所局限，因为文学的最终任务是写人，而不光是写行业，行业是限制不了写人的。金融业是个被称之为世界皇冠领域的产业和行业，金融是社会发展进步的信用杠杆，这个行业和泛行业中的工作生活是极其丰富多彩、绚丽多姿的，可以说是集中了精英智者、尝遍了苦辣酸甜、充满了机遇风险、展尽了人性善恶、演足了爱恨情仇、牵涉了方方面面敏感神经的生活领域。文不按古，匠心独妙。只要坚持"文学是人学"的宗旨，行业题材也可以写出经典作品。

党的十九大提出"贯彻新发展理念，建设现代化经济体系"，我们要善于用手中的笔及时、准确地记录市场经济大潮精彩华章，确保"一张蓝图绘到底，撸起袖子加油干"的场景定格在时空大幕上。新时代要求文艺工作者要不断增强"脚力、眼力、脑力、笔力"，必须站得更高、看得更远、想得更深，与人民一道前进,为时代画像、为时代立传、为时代铸魂。让更多的读者了解、理解陕西辛亥革命这段历史,传承弘扬革命前辈坚贞不渝的爱国主义精神,在纪念辛亥革命110周年之际,《慷慨悲歌》的出版上市,其价值和意义不可低估!

黄天顺有学者型作家之称,他在陕商史料研究和文学创作方面勤奋敬业,成就斐然,在全国金融界、商业界及社会各界享有很高的知名度。我相信,以他理工科专业的逻辑思维、得心应手的写作能力、谦逊进取的创作精神,还会在现当代题材创作方面取得更大的成就。祝愿他在立足文学"高原"的基础上,勇攀文学的"高峰",为黄天厚土唱响时代大风。

是为序。

2019年12月17日

于北京金融大街

(阎雪君,山西大同人。中国作家协会全国委员会委员,中国金融文联副主席,中国金融作协主席,兼任团中央青年志愿者协会宣传工作委员会主任。在中央、省部级报刊发表作品360多万字,其中出版长篇小说《原上草》《今年村里唱大戏》《桃花红梨花白》《面对面还想你》《性命攸关》《天是爹来地是娘》等6部,中短篇小说50多篇,长篇报告文学30多篇;主编《中国金融文学》杂志、《中国金融文学获奖作品集》等。作品多次获得"中国金融文学奖"等全国性大奖。其作品具有浓郁的乡土气息、深厚的传统文化情结和鲜明的金融特色。)

# 目录

# 序　曲

皎皎昆仑，山顶月，有人长啸。看叶底宝刀如雪，恩仇多少！双手裂开鼷鼠胆，寸金铸出民权脑。算此生，不负是男儿，头颅好。

荆轲墓，咸阳道；聂政死，尸骸暴。尽大江东去，余情还绕。魂魄化作精卫鸟，血花溅作红心草。看从今，一担好河山，英雄造。

调寄《满江红》

翻开中国近代史，在陕西发生的三件大事足可彪炳史册，辉耀千古。辛亥年陕西打响了响应武昌起义的第二枪，形成了全国南北呼应的局面，终结了两千多年的封建帝制。“二虎守长安”牵制了北洋政府十几万军队，策应了国民政府北伐，为北伐的最终胜利付出了惨重代价。西安事变促成了国共两党停止内战，联合抗日，唤起了全民同仇敌忾、抗战必胜的信念。这三件大事，先后有文学作品、影视作品面世，刻画和演绎了那段艰难坎坷的历史过往，让人们记住了一群陕西愣娃对中国近代史的转折所做出的巨大贡献。

美中不足的是，这些作品都是以军人、政客、刀客、豪侠为主的，难道有着“天下第一商帮”之称的陕商们在这段历史进程中就没有作为吗？众所周知，不管是政权更迭，还是历次战争，除了双方军事力量和智慧的对比、民心所向之外，最终打的都是资金。没有巨额的资金支持，就不会演绎出动天地、泣鬼神，甚至改变中国命运的历史大剧。

我在翻阅和研究明清以来陕商史料时，无意间发现了关中富商柏惠民（字筱馀）毁家纾资支持陕西辛亥革命的记载，随之对这段历史产生了浓厚的兴趣。

我在和几个文友谈起柏惠民当年的壮举时，他们鼓励我把这一段历史用文学手段再现出来，让更多的人了解陕商对推翻封建帝制的巨大贡献。虽说他们是一片真诚，但我对如何把握这一历史时期错综复杂的关系、众多的知名人物还是心里没底，冲动不足。

和西北大学博士生导师、陕商文化研究中心主任李刚教授交流时，我流露出了想撰写陕商支持陕西辛亥革命的想法，李刚教授表示大力支持，并鼓励我以此为契机，完成陕商题材小说三部曲的创作。

李刚教授说，陕商历来有“以商事国、以商护国、以商兴国”的家国精神和陕西人所具有的光宗耀祖、建功立业的英雄情怀，柏惠民就是这方面的典型代表。推翻封建帝制，建立中华民国，陕商在其中的贡献尤以柏惠民为最，不把这段历史挖掘出来，以文学的形式奉献给读者，真是可惜！

后来，我特意约了柏惠民嫡孙女柏仲英女士详细了解柏惠民的一生，此举得到的信息让我感到吃惊。除了《泾阳县志》《咸阳市志》《陕西省地方志》所载柏惠民的文字外，我知道了更多、更详细的逸闻趣事。

柏惠民一生好结交各路朋友，豪侠仗义，在接受于右任、井勿幕等人传播新思潮之后，经井勿幕介绍加入了陕西同盟会，出资筹建了陕西同盟会机关三原勤公社，投入巨资兴办了马栏铁矿，为陕西同盟会早期活动提供了大量资金，加快了革命思想的传播。

1910 年初，井勿幕再次从日本回陕西，策动起义，提出了“南北呼应”的战略，并在柏惠民家的柏家花园水榭亭召集陕西同盟会的许多重要负责人商议革命大计，内容涉及拟定会章、通讯方式、筹备武装、宣传口号、秘制弹药、起义计划、分工协作等方面，柏惠民被推举为陕西同盟会四大总揆之一（其余三人是井勿幕、宋向辰、邹子良）。历时 20 多天的会议结束后，井勿幕指着水榭亭对参会同人说“他日国是克定而吾人尚在者，复置酒高会于此，斯不朽之盛事，媲美‘兰亭’矣”。

水榭亭会议后，柏惠民受到陕甘总督升允的猜疑，无奈挟资出游，经过洛阳时看到洛阳铁匠手巧工精，于是定做了 1000 支梭镖、1000 柄大刀、100 支来复枪运回陕西，交给井勿幕贮藏在耀县（今铜川市耀州区）药王山等地，后来井勿幕就是使用这批武器武装渭北民军抵御陕甘总督升允对陕西民军的围剿。

从汉口沿长江东游至上海，柏惠民先后结交汉口同盟会骨干多人，到上海后，资助于右任兴办的《民立报》8000大洋，赈济安徽灾民3000大洋，协助宋教仁赞襄党务，安抚广州起义失败后的革命党人，屡次出资资助优秀学生，为保留革命火种，培养建国人才不遗余力。

辛亥革命爆发后，为支持张凤翙、井勿幕等人率领的陕西民军抵抗升允统率的十几万甘回清军，以全部家产做抵押，为陕西民军购置步枪10000支，子弹数10万发，大炮4门，支持沪督陈其美军费10000大洋。在革命形势扑朔迷离之际，能以这样的胆略支持革命，在全国商人中首屈一指。柏惠民购置的枪炮弹药运回陕西，民军士气大振，陕西局势得到了控制，后经关中大儒牛兆濂，张晓山、张衡山昆仲劝说，升允罢兵休战，陕西战事宣告结束。

对于柏惠民的慷慨之举，孙中山先生曾给予了高度评价，他说：惠民年仅二十二岁，胆略过人，慷慨激昂，不惜牺牲。并亲书“博爱”二字相赠，以示嘉勉。

除了投身革命之外，柏惠民还关心社会公益事业，先后兴办了6所学校，提倡新法打井，修筑道路，设立渡口，制造船只，发展陕甘两省贸易。其热心兴学、投资公益事业的壮举，曾得到泾阳县令蔡元儒和陕西巡抚曹仲铭的嘉奖，并赐予他“文明先导”和“信古好礼”的匾额，朝廷赏戴蓝顶花翎，加封道员衔。

辛亥革命成功后，柏惠民自立约法三章：一是绝不做官；二是不谋私利；三是不图名声。

在挚友宋教仁被刺身亡后，柏惠民见时局动荡，党派林立，内斗不休，随萌生退意，从上海返回泾阳老家，忧愤成疾。其时，军阀混战，商道不畅，苛捐杂税多如牛毛，所有祖上遗留的商号陷于困顿，加上在上海期间花费巨大，家境一落千丈，由一个巨富之家，沦落成贫困之户。汉口分号遭火灾之后，柏惠民又陷入了一场官司，被毒刑逼债长达8个月之久，最后被迫变卖各地商号余产、房产，还清90000银圆巨债。

民国初年，陕西战争频繁，柏惠民在早期革命活动中结交的朋友如井勿幕、邹子良、宋向辰、高铭新等人先后被暗杀，长期的军阀混战，使他看不到“三民主义”建国的希望，更加愤懑，病情日益加重。后来，他受到了时任国民政府陕西省主席杨虎城的照顾，被聘任为省政府参议员。抗战爆发后，关心国事，主张抗战，最终辗转病榻，于 1940 年 2 月去世，时年 52 岁。

如何以这样一位传奇式人物为小说创作原型，塑造陕商别具一格的人物形象，让我陷入了长期的苦闷之中难以自拔。

20 世纪 60—70 年代，著名作家姚雪垠在写长篇小说《李自成》时，曾经和茅盾先生多次通信，就历史小说的写作问题进行了讨论，其主要观点在四个方面：一是历史小说是历史科学与小说艺术的统一；二是历史研究是历史小说创作的基础，作家首先要对历史深入研究和理解，然后才有艺术构思，也即“先研究历史，做到处处心中有数，然后去组织小说细节，烘托人物，表现主题思想”；三是写历史小说毕竟不等于写历史，它既要深入历史，也要跳出历史，并且允许“虚构”和“翻案”；四是长篇历史小说还有一个创作上的“美学问题”，它包括如何追求语言的丰富多彩，写人物和场景如何将现实主义手法和浪漫主义手法并用，细节描写应如何穿插变化、铺垫和埋伏、有虚有实，各种人物应如何搭配，各单元应如何大开大阖、大起大落、有张有弛、忽断忽续、波诡云谲。姚雪垠和茅盾两位大家关于历史小说创作的对话，使我受益匪浅。

陕西的近代史，是中国近代史中极其重要的一环，缺了这一部分，整个中国近代史可能就会重写。作为陕商中的一个典型代表，我觉得柏惠民的一生前期慷慨，后期悲壮，于是把以他为原型的这部陕商题材小说命名为《慷慨悲歌》。其实，在小说中用笔墨较多的还有于右任、宋教仁、井勿幕这三位辛亥革命的先驱，他们为辛亥革命的成功都做出了足可彪炳千秋的伟绩，但都是以悲剧结局。以陕西辛亥革命而论，小说中涉及的许多有名有姓的人物，在辛亥革命成功后，有的因病隐退，有的被暗杀，有的牺牲在保卫胜利果实的战役中，他们豁达处世、慷慨赴难的精神尤其可贵。因此，从某种角度上讲，《慷慨悲歌》也是为一群人画像，为这场资产阶级革命的短板寻找发展变化的踪迹。

《慷慨悲歌》从清光绪末年开始，到 1940 年结束，以柏惠民支持陕西辛亥革命为主线，贯穿了陕西近代史上发生的许多重大事件，描绘了一批资产阶级革命者的形象，刻画了身处政局动荡之际陕商舍小家、为大家和毁家纾难的典型形象。

我认为一部长篇小说，除了讲好故事，还要比较客观地反映那段艰难困苦的岁月，弘扬一种积极向上的精神，传播关爱社会的正能量。我虽有这种愿望，但作品能否做到，有待读者的品评。

# 第一章　大簸箕闻名四方　牛神医妙手添郎

人到中年的朝廷中书科中书[1]、关中巨富柏森做梦也想不到，他大半生先后娶了三个媳妇，竟然没人为他生下一儿半女。

柏家明代初年以编织簸箕闻名周边各县，并借此发家致富，被当地民众称为“大簸箕柏家”。到了明代中期，柏家在江南贩布，在西北贩茶和皮货，先后在苏州、常州、汉口、北京开设了商号、当铺、票号，一度还成为陕西布商在江南的通行领袖。进入清代以后，柏家的生意就像烈火煎油，鸿星高照，商号遍布上海、汉口、苏州、四川、兰州，真的是日进斗金，令人羡慕。当地有人为此编了个顺口溜称“泾阳县，西北乡，财东多，银钱广，大簸箕柏，辘轳把张，金银财宝堆满箱”。出生在“大簸箕柏家”的柏森，在考取贡生之后，又一度任职中书科中书，可谓功名和富贵兼有。

月有盈亏，人生也难免有不如意。在娶了结发妻子柏姚氏之后，柏森一门心思想让柏姚氏为柏家传宗接代，谁知道几年折腾下来，柏姚氏毫无怀孕的迹象。俗话说，不孝有三，无后为大，柏家这么大的产业不能后继无人。柏森在柏老先生的督促下，又纳了二房柏薛氏，又过了几年，柏薛氏的肚子还像当姑娘时一样平坦。此时，柏老先生不甘心，强逼柏森纳了第三房小妾柏魏氏，原以为柏魏氏娘家人丁兴旺，能为柏家生下一儿半女，没料想直到柏

---

① 中书科中书：官名。中书科是机构，中书是一种职务。

老先生去世，也没能看到柏家添口加丁。

柏森在三个女人身上都没有成功播下种子，有时心里也很憋屈。在别人眼里，自己三个妻妾个个身材丰腴、貌美如花，但到了炕上，就变成了盐碱地，不管如何耕种，就是不长庄稼。柏森一度怀疑是自己的种子有问题，否则就是老天爷故意让柏家绝后。

这一年的冬天，关中道上接连下了几场大雪，厚厚的积雪笼罩了田野，把大地变成了白皑皑的世界。凛冽的寒风呼啸之后，真可谓滴水成冰。穷人们把冬天视作苦度时光的艰难岁月，富商们却在盼望着严冬早日来临，因为腊月是他们一年之中最为繁忙和收获的季节。

柏森在进入冬月之后，丝毫兴奋不起来。无聊的他突然想起了桥底镇上的牛八先生是闻名关中的妙手神医，就决定去找牛八先生瞧一瞧自己到底有啥问题。如果柏家后继无人，就是挣下金山银山，又有何益？这样一想，他就让伙计赶着车，带着管家高轩德准备去一趟桥底镇。

要说这位牛八先生（世人尊称牛八爷）与柏森也有点渊源。两人先后在泾阳味经书院读书，受业于刘古愚[①]先生门下，后来柏森考中贡生，进入了官场，牛八爷却另辟蹊径，精研《内经》《难经》，以善用经方治杂症，用药独特，成了誉满关中的名医。柏森早就有拜访这位学长的想法，几次下决心想到牛八爷的中医堂问诊，但都碍于情面羞于光顾。毕竟三个老婆都生不出娃这种事，他是难以启齿的。

出了柏家村，拐上去桥底镇的道路之后，高轩德以为柏森到桥底镇去巡视柏家商号，于是问坐在自己对面的柏森：“东家，这么冷的天，咱们到桥底镇干啥呀？再有半个月，各地商号掌柜就会陆续回来向您汇报今年经营情况的，您也不用冒着严寒去巡视一个规模不大的商号吧。”

柏森看着年轻精明的高轩德，不好意思地说：“这次去桥底镇，不是去看商号，我想去拜访一下学长牛八先生。”

高轩德知道牛八爷在关中道上的名望，他想不通看着身体结实、面色红润的东家，没病没灾的，咋想起了看望这位很少打交道的学长。

高轩德说：“东家，没听说您哪里不舒服嘛，您这是准备去看病？”

---

①刘古愚（1843—1904），本名光贲，字焕唐，号古愚，以号行。晚清咸阳县（今咸阳市秦都区）马庄镇天阁村人，近代著名思想家、教育家，关中大儒。

柏森讪笑着说:“是啊,去看病。”

高轩德问:“东家真的有病了?”

柏森见高轩德不开窍,就说:“早就有病了,而且病得不轻。”

高轩德一听这话,心想就更奇怪了。东家有病,他咋不知道?轿车摇晃了一下,使他突然想起有一次柏森在他面前夸别人家孩子的情形,这才意识到柏森是为了子嗣的事。他说:“或许东家早就该治病了,没料到一直拖到了现在。”

柏森说:“或许是机缘未到吧。”说完话,就闭上眼睛假寐起来了。

到了桥底镇牛八爷的中药堂之后,柏森下了轿车,吩咐赶车的伙计把轿车停放在中医堂左侧,然后让高轩德提着给牛八爷准备的四样见面礼,进了中药堂。

中药堂伙计正在给一位患者抓药,听见大门外有马嘶声,预感到有贵客登门。刚听到一阵脚步声,伙计就见穿着青色棉袍、带着瓜皮帽子的柏家管家高轩德提着礼物进来了,随后紧跟着穿着裘皮大衣、戴着狐狸皮帽子、围着貂毛围脖的柏森。伙计虽然没有跟柏森打过交道,但对他的大名早就如雷贯耳,也曾在街道上见过几次,只是无缘攀扯罢了。

伙计见确实是贵客进了中医堂,一面麻利地给患者包药,一面热情地问:“高管家,您陪着东家来,可是找牛八爷?”

柏森微笑着点头,问道:“牛八爷在吗?”

伙计说:“刚在二堂给一位患者把完脉。我带柏财东进去吧。”

柏森说:“你忙吧。我们自己进去就行了。”

穿过大堂,是牛八爷经常坐诊的二堂。这个院落青砖铺地,两面是三间厢房,正面是五开间的硬檐歇山顶正房。此刻牛八爷刚好给一位患者开完药,端起放在八仙桌上的茶壶准备喝茶。一阵脚步声由远及近,牛八爷知道又有患者上门了,他喝了一口茶水,习惯性地放下茶壶,等候着患者。

当柏森走进二堂大厅后,牛八爷多少还是有些惊讶。虽说二人早年在同一所学堂读书,受教于同一位老师,但此后多年,一个当官经商,一个精研中医,几乎很少有交集,他没料想到柏森今天能登门拜访他。

牛八爷起身让座,赶紧叫佣人给二位客人沏茶。寒暄过后,牛八爷问:“柏财东,今天啥风把你吹来了?”

柏森没有立刻回答牛八爷的话,用眼睛瞥了高轩德一眼。高轩德明白这是东家示意他回避，于是站起身说："你们二位聊吧，我到前面去看一下。"

等高轩德走后，柏森伸出手臂，挽起袖口，露出手腕，虔诚地说："请牛先生替我把把脉，看一下有啥病症？"

牛八爷拉过柏森的手腕，熟练地把两根手指搭在了柏森的手腕上，一阵静默之后，牛八爷说："你没啥大病，身体基本正常。"

柏森说："不瞒你说，我今天来找你，就是想认真看一下我到底有没有病。你说我基本正常，难道是我猜错了？"

柏家村距离桥底镇不远，柏家的事情，牛八爷多少听人说起过。柏家是闻名关中道的著名富商，但多年来柏森的三个老婆并没有给他生下一儿半女，外人不知道内情，说啥话的都有，弄得柏森经常闷闷不乐。要说一个老婆不生儿女或许能说得过去，三个老婆都不生，肯定就不是女人的问题了。

牛八爷微笑着问："柏财东是在为子嗣之事发愁吧？你有啥话尽管说，这里就咱们两个人，我尽量帮你解决。"

柏森红着脸说："看来一切都瞒不住学兄啊！这些年，因为柏家无后，我都娶了三房妻妾了，折腾了多年，还是有劳无获。俗话说，不孝有三，无后为大。现在我已是中年人了，无后之事不解决，我愧对列祖列宗啊！"

牛八爷说："你的身体虽说无大碍，但需要调理。说句不该打听个人隐私的话，你能把和三位夫人房帷之事告知我吗？"

柏森听了牛八爷这话，感到浑身不自在，红着老脸没有吭声。

牛八爷说："在医生面前，患者不要隐晦难言，应该据实相告，这样才有利于治疗。"

柏森心想，事到如今没有啥比给柏家延续香火更重要，既然来求神医，索性告知详情，说不定还真能见到效果。于是，柏森把他同三位夫人之间的房事情况毫不隐瞒地告诉了牛八爷。

牛八爷听完之后说："要说一位夫人不生娃，还好理解。三个夫人多年都不生娃，就是你的问题了。说句你不爱听的话，自古以来，朝代的更迭，家族的兴衰，都与亲生子嗣有关，人丁不旺，国运家道必衰。我给你开几服药，你好好调理一下，说不定还真能为你柏家延续血脉哩。"

柏森听完牛八爷的话，心里暗吃一惊。他也是学富五车之人，岂能不知道牛八爷说的话是经过历史检验过的。自己人到中年，尚无一儿半女，难道还真预示着柏家从他开始就会家道衰败？

柏森心绪不佳地说:“我这一辈就是单传,虽说考取了功名,家境殷实,谁知道竟然中年无子。学兄一定要费点心思,拿出你的绝学,一定不能让柏家后继无人。我这里先谢了,等有了一儿半女,我再来登门致谢!”

牛八爷知道柏森心里焦虑,把柏家延续香火的重任寄托在了他的身上,心里感到了一丝压力。他觉得从刚才把脉的情况看,只要调理得当,问题不大。

牛八爷谦逊地说:“治病救人乃是医家的本分,你就不要说致谢的话了。吃完这些药之后,你再来一次,让我看一下情况。”

柏森从牛八爷的中医堂出来,气色明显好转,心情也大为舒畅。他没料到,就在他为柏家可能后继有人满怀喜悦之际,一场劫难让牛八爷到了柏家庄园。

时令刚进入腊月,柏家村就开始逐渐热闹起来了。柏家各地分号掌柜带着账房先生和一年经营所挣的白银从各地陆续返回,准备向东家述职,同时也希望东家给予奖赏。

这天中午时分,汉口天成祥分号刘掌柜和十几个伙计进了柏家村。这伙人除了刘掌柜、账房先生余居仁骑着马之外,其余伙计基本上是三五个人护送一辆马车,每辆马车上都装满了柏家特制的大木箱,里面装满了 50 两一锭的白银。马车走过街道,车轴发出了吱扭扭的声音,车轱辘在尚未消融的积雪上留下了深深的车辙印。见惯了柏家各地商号每年年底往回输送银两的周边民众,看见这阵势,就猜测柏家今年又赚得了一座银山。

柏森见刘掌柜、余居仁带着马队驮着银两回来,自然高兴。刘掌柜到柏家庄园二堂亲自向东家柏森报喜,他说:“东家,汉口分号今年生意不错,所赚利润比往年增加了二成。”

柏森看着刘掌柜喜形于色的表情,又见他说利润比往年增加了二成,心里也乐开了花。他喜悦地说:“这一切全仗刘掌柜指挥有方啊!现在世道不太平,你领导的天成祥分号却取得了如此成就,我为你们感到高兴。”

说话间,总账房姚崇文、管家高轩德陪着分号账房余居仁走了进来。姚崇文双手抱拳,对着刘掌柜、柏森说:“恭喜刘掌柜,恭喜东家。”

柏森问:“都交接清楚了?”

姚崇文说:“交接清楚了。汉口天成祥分号利润比往年增加二成,也为其他分号树立了标杆,看来东家今年又是一个丰收年啊!”

柏森说："刘掌柜是今年第一个回来报喜的。高管家，一定要好好招待这些柏家的有功之臣，让他们在柏家庄园逗留几天，等其他几个分号的掌柜回来，我要好好地犒赏他们。"

高轩德说："请东家放心，这些小事不劳你费心了。"

当天晚上，柏家庄园大堂里摆了几桌酒宴，众人欢聚一堂，把酒问盏，尤其是刘掌柜、余居仁和高轩德、姚崇文等几人不但畅叙友情，谈论生意，还时不时向东家敬酒。这场一年来少有的欢宴，一直闹到了二更天。

众人带着酒意回到柏家庄园为他们准备的客房躺下后，不久就发出了打鼾声。伙计们辛苦了一年，加上一路上为了保护输送回来的银两安全，很久没有畅饮美酒，也没有休息了。此刻酒足饭饱，酣睡就成了他们最大的享受。

等柏家庄园的酒宴散后，不久各房间的煤油灯也先后熄灭了，整个庄园陷入了夜色的怀抱。

此刻，柏家庄园北面外墙下立着七八个穿着黑色棉衣裤，头上蒙着黑色头巾，手里拿着大刀的精干壮汉，听见庄园里静悄悄的，为首一位年约40岁、头领似的大汉小声把大家召集到一起，说："柏家的汉口分号今天刚把银两送回来，估计就放在账房先生姚崇文住处隔壁的房间里，大家进院之后，直奔库房，千万别惊动柏家的护院。"

众人点了点头，首领说："如果咱们命里不该有这笔横财，遇到硬茬，就以呼哨为暗号，不许恋战，赶紧扯呼。听清楚了没有？"

叮嘱完注意事项，首领说："打起精神，准备干活。"

随后，几个矫健的黑影翻身越墙，进入了柏家庄园。这伙人全部进入院子后，步履轻捷地直奔姚崇文住处，随后就找到了白天存放银两的房间。房门上挂着两把黄铜锁，两扇厚实的房门严丝合缝。首领使了个眼色，一个黑衣人走上前，用手中的大刀别在黄铜锁上使劲一撬，轻轻的一声响动之后，黄铜锁被撬坏了，黑衣人赶紧用手接住即将掉落的黄铜锁，然后照样画葫芦，撬坏了另一把黄铜锁。黑衣人眼里露出了贪婪的目光，转头对首领点头示意，并上前轻轻推开了房门。房间里堆满了柏家特制的装银两的大木箱子，这伙人一拥而进，正当他们准备大肆劫掠时，耳边却传来了抓贼的喊声，顿时整个院子里火把通明，柏家几个护院带着仆人拿着梭镖、大刀把房间团团围住了。

黑衣首领见状，知道上当了。他大声对同伙说："兄弟们，看来今晚着道了。只有拼死一搏，才有活的希望。"说完话，他带头挥舞着大刀就往门外冲。

门外的几个护院也不是吃素的，挥舞着梭镖、大刀把劫匪往屋里逼，一来一往，刀枪碰撞，早就惊动了刚入睡的柏森。他赶忙穿上棉衣，趿踏着棉鞋跑出了二姨太的卧房。来到前院一看，双方正在酣斗，不时有人受伤发出惨叫。

柏森刚走到储藏银两的房间不远处，姚崇文一把拉住了他说："东家，有劫匪想趁火打劫，你千万别靠近，小心受伤或者被劫匪当了人质。"

柏森没料到今天汉口分号刚送回来第一批银两，就招惹来了劫匪，他心里并不想与劫匪结下绊子，看着眼前护院和劫匪拼死相斗，知道这样下去肯定会有人伤亡。他挣脱姚崇文的手，冲到房门不远处，大声喊道："众位好汉请住手，本人素来与你们无仇无怨，也不想因此结下梁子。只要你们住手，放下兵器，我愿意放你们出去。"

黑衣首领听见柏森的喊话，一看已经有三四个手下受了伤，再打下去，弄不好就会全部死在这里。本来想趁柏家高兴，宴请众人喝酒，找机会打劫钱财，现在看来，柏家早有防范，能活着出去就烧高香了。首领喊道："柏财东，你说话算话？"

柏森喊道："你们不就是想打家劫舍吗？只要众位好汉放下兵器，我送给你们盘缠，让护院送你们出去，决不食言。"

首领一听天底下还有这等好事，心里不免犯了嘀咕。在眼前这种情形下，能放他们一马，还送他们盘缠，岂不是天上掉馅饼。他不相信地喊道："多谢柏东家仁义。你让所有护院后退一丈距离，我等只要能够全身而退，以后绝对不会再来找麻烦。"

柏森喊道："各位护院，给众位好汉让出一条道，让他们走吧。"

护院首领高俊峰捂着受伤的手臂说："东家，劫匪的话你也相信？今天双方互有受伤之人，这个梁子就算结下了。你放了他们，就不怕他们回去找帮手来报复？我看应该把他们全部抓起来，交给官府严加惩治。"

柏森说："放人一条生路，也算积善积德吧。既然好汉说了绝不来找麻烦，我就权当是好汉的承诺。你们退下，让他们走。"

众位护院不敢不听东家的话，再说继续纠缠下去，势必有人还会再受伤，于是手握兵器后退三尺，让出了一条通道。

黑衣首领见通道已经让开，让手下搀扶着受伤的兄弟，走出了房间。他们见护院们没有动手，灰溜溜地向大门跑去。出了大门，黑衣首领大声喊道："请柏财东放心，我等虽是土匪，可也说话算话，今后绝不给柏财东找麻烦。"

土匪们走后，柏森来到了大堂客厅，寒夜里的冷风一吹，浑身起了一层鸡皮疙瘩，这才感到出了一身冷汗。此时，二姨太抱着他的貂皮大衣小跑着过来，赶紧给他披上。

众人坐定后，柏森打量了一下高俊峰，问道："高护院，伤情咋样？"

高俊峰说："一点皮外伤，不碍事。"

高轩德说："多亏了高护院和众位护院了。没想到这伙劫匪胆子也太大了，要不是刘掌柜提醒，说不定东家就要破财了。"

柏森不明白高轩德的话，转头看了一眼刘掌柜。

刘掌柜说："东家，我们一行押着银两过了泾河之后，就发现车队后面有几个人鬼鬼祟祟的一路跟着，并且不时换人，就猜想可能有人打银两的主意，因为白天路上行人较多，伙计们一直高度戒备，没发生意外之事。直到我们进了柏家庄园，一路跟踪的几个人才没了踪影。东家招待大家之前，我觉得路上遇见的事有点奇怪，就让高管家多注意。高管家当时吩咐高护院等人不能饮酒，并且埋伏在存放银两的房间附近，以防劫匪趁着大伙酒足饭饱酣睡之后趁机打劫。没料到，这伙劫匪还真这样干了。此后的情况，东家都知道了。"

柏森听完刘掌柜这番话，打心里感激这帮忠于柏家的掌柜和护院，他嗔怪地说："你们发现了异常情况，应该告知我一声，也不能瞒着我呀！"

高轩德说："当时只是猜想，不好意思打扰东家。要我说，东家就不应该这样放了劫匪，而是把他们缉拿交给县衙处置，以儆效尤。"

众人齐声说：就是，不能便宜了劫匪。

柏森说："现在社会动荡，干劫匪的大多是生活所迫，也不容易。再说，把他们缉拿交给县衙，也判不了死刑，从此可能就与道上的劫匪结下了冤仇，划不来。我们是做正经生意的，我不想与劫匪有瓜葛，放他们一条生路，也让他们知道柏家庄园不是谁想来就来的。现在夜已经深了，高护院等人去处理一下伤口，我明天派人去请牛八爷来给大家诊治。记住一点，今天晚上发生的事，大家就不要外传了，也不要再议论。"说完话，柏森站起身，拉着二姨太的手回后院继续睡觉去了。

柏森走后，高轩德、刘掌柜、姚崇文、高俊峰等人先后散去，夜色中的柏家庄园又恢复了宁静。

第二天黎明时分，一辆马车从柏家庄园出来，一个精壮伙计赶着车，车厢里坐着管家高轩德。

走上去桥底镇的官道之后，坐在车辕上的伙计手舞着鞭子，只听空中传来清脆的一声鞭响，驾辕的白马就小跑起来了，寒冬的清晨里顿时有了嗒嗒嗒的马蹄声。

马车进了桥底镇，直奔牛八爷的中医堂。此刻，牛八爷刚洗漱完毕，正抱着茶壶喝水。

听见敲门声，中医堂伙计打开门，看见柏家庄园管家高轩德已经站在了门口。伙计知道这么早来敲门，肯定是有急事，他打开门，就把高轩德迎了进来。随后，带着高轩德直奔二堂客厅。

牛八爷没料到高轩德这么早就登门拜访，以为是柏森吃了自己开的药出现了意外。他放下茶壶问道："高管家，一大早来中医堂，有啥要事？"

高轩德说："奉东家之命，请牛八爷带上药品随我到柏家庄园一趟。您去了，就知道啥事了。"

高轩德并没有说明请牛八爷的原因，让牛八爷心里泛起了嘀咕。他心想，柏森来找他看病，他给开的方子并没有问题，不会出现异常情况的。这一大早就派管家亲自登门，让牛八爷心里七上八下的。

牛八爷让中医堂伙计给药箱里装上贵重药材，就随着高轩德来到了柏家庄园。

刚进庄园大门，就见柏森站在大堂的台阶上，微笑着迎候自己。牛八爷远瞧柏森，见他面色红润、神清气爽，根本就不像有病的样子。

柏森走下台阶，笑着说："柏某恭迎牛先生了。"说完话，双手抱拳，作了一个揖，然后指着客厅说："快请进，咱们到里面说话。"

牛八爷纳闷地进了客厅坐下，丫鬟赶紧给牛八爷沏茶。等牛八爷喝了一口茶之后，柏森说："今天请牛先生来，是为治疗红伤的。"

牛八爷看了看柏森说："柏财东受伤了？"

柏森说："不是我受伤了，是几个护院受伤了。高管家，你让高俊峰他们几个到客厅来，让牛先生给瞧瞧。"

不一会,高俊峰等人进了客厅,牛八爷仔细瞧了一下伤口,确实是红伤。他根据每个人受伤的情况开了药,不解地问:“这几个人都是习武之人,按道理说这点伤他们就能治疗,柏财东为啥还要请我来?”

柏森说:“我也是为了求得个心里安稳。几个护院为了柏家受伤已经让我担心了,再有个三长两短,怕难以交代。牛先生说是无大碍,我就放心了。”

牛八爷说:“看伤的样子,是打斗所为,柏财东不会为了提高他们的护院能力,让他们真刀真枪打斗较量武艺高低吧?”

柏森知道无法隐瞒牛八爷这个老江湖,就说:“昨天晚上发生了点不愉快的事,这几个护院都挂彩了。”

牛八爷想不到还会有人来闯远近闻名、戒备森严的柏家庄园,笑着说:“蟊贼抓到了没有?”

柏森说:“放了。”

牛八爷看着柏森平静的脸,突然大声笑了起来。

柏森在牛八爷的笑声中有点不自在了。他猜到了牛八爷已经看出了他的意图,红着脸说:“请牛先生到二堂客厅说话。”

在往二进院走的时候,牛八爷想这个柏森做事还真有点捉摸不透,想给几个老婆看病,没必要弄得这么神秘。这大户人家就是大户人家,凡事都讲究个隐秘。

到了二堂客厅刚坐下,柏森就说:“牛先生既然知道了我小题大做的原因,我就让丫鬟把三个夫人叫出来,请您好好给她们把把脉,看哪一个最有希望给柏家留后。”

牛八爷说:“送佛送到西天。既然来了,我就满足你的愿望。”

时间不长,牛八爷先后给三个夫人都把了脉,给每个人都开了药,说明了注意事项。

忙完之后,柏森问:“依牛先生把脉情况,哪一房夫人最有可能?”

牛八爷笑着说:“都有希望。你安心调理好自己吧。从年龄、身体方面考虑,二姨太最有可能为柏家传宗接代。”

柏森点了点头,说了声:“多谢。”然后让丫鬟把早就准备好的银两呈给了牛八爷。

经过这场风波,柏家其他分号往回驮送银两时再没有发生过意外。有人说是东家的宅心仁厚感动了劫匪，有人说东家想积善行德，还有人说柏财东就是弄下富可敌国的财富，没有人继承也是枉然，于是他把一切都看淡了。

翻过年之后，柏森又去找了牛八爷一次。牛八爷给他把脉之后，喜悦地说："人说春天是播种的季节，这下就看你的了。在二姨太柏魏氏身上精耕细作，肯定有收获。"

柏森高兴地说："借牛先生吉言。"

从桥底镇回来的路上，柏森细想了一下这些年和几个夫人的房帏之事，决定按照牛八爷的交代，从今往后在柏魏氏身上下功夫。为了不引起原配和大姨太的多心，他也想出了一个主意。

当天晚饭后，柏森让侍候的丫鬟们退下，对三个夫人说："柏家在关中道上也是富商巨贾，但这些年来，三个夫人一无所出，柏家面临断后的危机。年前，我为了顾全柏家的颜面，特意请牛八爷到家里来为你们三个把脉，并开了药。从现在起，我要打破轮流在三房太太房间留宿的惯例，把更多的时间用来陪伴二姨太。夫人，大姨太，你们两个有何想法？"

原配夫人柏姚氏已经跟柏森结婚二十多年了，自从柏森娶了大姨太，她就断了为柏家生儿育女的念头。那么多年的一人专宠，翻云覆雨，都没给柏家留下种子，更不用说掌柜的不再把自己当成专宠了。自知理亏的柏姚氏说："只要掌柜的能给柏家留下后代，我没有意见。怪只怪自己命苦，怪自己没有能力。"

大姨太柏薛氏进门也有十年了，跟柏森没少折腾，也是毫无结果。自牛八爷给自己开了药吃过之后，浑身又恢复了活力，没想到掌柜的说从此之后要专宠二姨太柏魏氏，她瞥了一眼比自己年轻的柏魏氏，心有不甘地说："掌柜的，我们三姐妹到柏家，都受过掌柜的宠爱，现在为啥要专宠三妹，不理大姐和我？"

柏森早就料到有人不甘心，原以为她们会生闷气，不会明目张胆地反对，毕竟这么多年，她们像一只只会叫唤不会下蛋的母鸡，谁料想大姨太当面提出了不乐意的想法。

柏森沉着脸说："也不是专宠二姨太，我是说留更多的时间陪伴二姨太，也没说让你们守活寡。你和夫人说说，前些年，你们哪个没有受过我的专宠，但谁给柏家留下了一儿半女？现在，我已是中年之人，再不给柏家留下后代，咱们有何面目去见柏家的列祖列宗？"

柏薛氏见柏森脸色阴沉,口气严厉,只好嘴噘脸吊的不说话。

柏姚氏打圆场说:“我自从进了柏家的门，生是柏家的人，死是柏家的鬼。既然掌柜的把希望寄托在了二姨太身上,我没二话可说。只希望掌柜的十天半月来我屋里坐坐就行。”

柏薛氏见柏姚氏已经让步,讪笑着说:“对,只要掌柜的不忘记我们,抽空来屋里坐坐,我也没有意见。”

柏森眼睛看了看柏魏氏,只见她低着头,红着脸不说话,心里清楚此刻柏魏氏肯定是心花怒放,不会再担心夫人和大姨太说她狐媚掌柜的了。

柏森说:“感谢二位夫人识大体,也不枉我柏森多年的疼爱。现在,柏家不愁银钱不多,而是愁无后。不管二姨太生男生女,我对你们都会一视同仁,绝不会因为二姨太为柏家留后,特别关照。”

柏姚氏、柏薛氏一听这话,就明白了柏森明显在敷衍她们。母以儿尊贵,尤其是大户人家,谁能给东家生个长子,在家中的地位就会显贵,说话就有底气。掌柜的是想生个儿子继承家业想疯了,这才说出了这番欺骗小孩的话。

柏姚氏、柏薛氏笑了笑,没有吭声,先后起身离开了客厅。

柏森见柏姚氏、柏薛氏走远了,拉着柏魏氏的手说:“夫人,咱们回屋休息吧。”

功夫不负有心人。这年夏季,经过柏森的辛苦努力,柏魏氏终于有了身孕。

柏魏氏怀孕后,穿着丝绸旗袍,来回在二进院里走动,仿佛在暗示其他两位姐妹，她现在最有可能给柏家传宗接代。看着柏魏氏一天天鼓起的腹部,柏森喜欢得眉开眼笑,经常在夜里抚摸着柏魏氏的肚子,希望儿子早点出生。

这天晚上，柏森又把手伸向了柏魏氏的肚子，柏魏氏开心地说:“掌柜的,人们经常说牛八爷是关中道上的神医,我以前还不相信。这下怀了掌柜的孩子,不由得不让人佩服牛八爷的神奇。”

柏森开心地说:“我那个学兄本来就是个异人,不去求取仕途功名,反而在医术上成就非凡,要不是他精心诊治,我恐怕只能看着你们干瞪眼了。你现在有孕在身,行房也不方便,我抽空还是到夫人和大姨太房间走动走动,免得她们眼红吃醋。”

柏魏氏说:“你想去就去吧,别编造理由了。我们三个以前情同姐妹,现在我怀孕了,再缠着你不放,她们肯定会吃醋的。老天爷如果开眼,就让她们两个也怀上你的种,好让柏家人丁兴旺。”

柏森见柏魏氏如此善解人意,搂过她的头,在脸上亲了一下。他说:“不管如何,你是第一个为柏家生儿育女之人,柏家列祖列宗都会感激你的。”

柏魏氏笑着说:“你这叫得陇望蜀。你要去就去吧,再晚一会,说不定她们就睡觉了。”

说起来也奇怪,柏森此后在柏姚氏、柏薛氏房间了折腾了大半年,两个人一点动静都没有,倒是把自己折腾得筋疲力尽、腰酸腿疼。

清光绪十四年(1888)四月二日中午时分,几十年没有孩子哭声的柏家庄园终于传来了孩子诞生后的啼哭声。这啼哭声很响亮,让等候在房门外的柏森异常喜悦。这哭声,同时也在宣告柏家要添丁加口了。

接生婆忙完屋里的事,满脸堆笑地出来对等候在门外的柏森说:“恭喜柏财东,贺喜柏财东,二夫人为柏家生了个大胖小子。”

柏森听说生了个男孩,更是喜得合不拢嘴。他对站在自己身边的管家高轩德说:“高管家,快给接生婆包辛苦钱。”

高轩德高声说:“知道了。”说完话,一溜烟地跑向了前院。

柏森迫不及待地想进屋看一下儿子,接生婆说:“柏财东,刚给二夫人接完生,屋里很不干净,您再等片刻,让丫鬟收拾干净了再进去不迟。”

柏森嘿嘿一笑,大声喊道:“柏家终于有后了,柏家添丁加口了!”

在孩子满月的当天,柏森专门派管家高轩德带着贵重礼物到桥底镇去请牛八爷,一来感谢他妙手治病,使柏家有了男丁,二来请牛八爷参加孩子的满月宴,顺便参谋给孩子起个名字。

牛八爷早就听说柏家生了个儿子,非常高兴。作为郎中,能治好柏森几十年的老毛病,延续了柏家的血脉,更让他觉得中医的神奇。

这天早上,二进院的树上落了一只喜鹊,叽叽喳喳地叫个不停。牛八爷看着初夏的天空,碧蓝无云,心情格外高兴。

等牛八爷刚在二堂坐下,准备接待患者时,高轩德手提着礼物进来了。高轩德把礼物放在八仙桌上,微笑着说:“牛八爷,柏财东请您去一趟柏家庄园,参加他儿子的满月宴。”

牛八爷笑着说:“还真是儿子呀！恭喜柏财东了，这个满月宴我一定参加,顺便看一下孩子的面相。”

高轩德说:“那就请牛八爷收拾一下,咱们这就走。说不定东家还想请您给孩子起个名字哩。”

牛八爷说:“大户人家都有族谱，按照族谱上的辈分给孩子起名就可以了,我不可能乱了柏家族谱的规矩。”

等牛八爷进了柏家庄园,只见整个庄园里张灯结彩,到处都洋溢着喜庆的气氛,比柏家往年过年都热闹。不管是前来祝贺的亲朋,还是柏家的丫鬟仆人和护院,人人脸上都像开了一朵花。

高轩德领着牛八爷进大门之后没有停留,直奔二堂客厅。此刻客厅里欢声笑语不断,恭贺之声不绝,柏森满面笑容正在招待各路亲朋,猛然间一抬头,高轩德领着牛八爷已快到客厅门口了。

柏森快步走出客厅,双手抱拳,微笑着说:“欢迎送子神医大驾光临啊！”

牛八爷说:“恭喜柏财东！你能如愿以偿,也是命中注定柏家后继有人啊。”

柏森说:“高管家，你去招呼亲朋在前院就座，我在这里招呼今天的贵客。”

高轩德朗声说道:“知道了。”

酒宴开始后,有亲朋起哄说应该把孩子抱出来让大家瞧瞧,沾点喜气。柏森拗不过大家的一番好意，就让二姨太的贴身丫鬟小瑜去抱刚满月的儿子。

时间不长,小瑜抱着一个大胖小子出来了,众人见孩子长得白白胖胖,眉清目秀,都伸出了大拇指,直夸柏森有福气。

小瑜抱着孩子经过牛八爷身旁时,牛八爷仔细瞧了一下孩子,心里咯噔了一下,随即说道:“恭喜柏财东喜得贵子。”

其实抱孩子出来让大家瞧瞧,这是关中的习俗,但柏森的主要目的是想让牛八爷瞧瞧,看一下他对孩子长相的评价。刚才,牛八爷看孩子的神情变化虽说只是一瞬间,但还是被柏森看在了眼里。

酒宴结束后,柏森以有事请教为名,特意留下了牛八爷。

牛八爷心里清楚柏森留下他的目的,对于刚才看到孩子的面相,他心里又开始琢磨如何向柏森开口，最后决定话到嘴边留三分，既不能让柏森失望,又要给柏森适当的压力。

柏森让仆人们退下后，恭敬地问："牛先生，我刚才发现你看到小儿面色变化很快，该不会是这个孩子有问题吧？"

牛八爷说："孩子很健康，没有问题。"

柏森心想，既然孩子没有问题，那刚才牛八爷的脸色咋会突然变化，这其中必有隐情。他说："这里就咱们两个人，牛先生有话不妨大胆说，我绝对洗耳恭听，也绝不会怪罪牛先生。"

牛八爷见柏森执意要自己说出对孩子的看法，无奈地说："这个孩子生在富贵之家，但并非富贵之相。"

柏森好不容易中年得子，原以为孩子会继承柏家产业，把祖上的商业贸易做得更大更好，没料到牛八爷却说出了这样的话。柏森问："牛先生能说具体一下吗？"

牛八爷说："孩子还小，等周岁抓周①时我再看一下。依我愚见，这个孩子应该是诚信君子、俗世达人。至于给孩子起名嘛，我建议就叫惠民吧。"说完话，牛八爷站起身就走了。

柏森愣了一下，赶紧起身送牛八爷出客厅。走到前院，柏森见高轩德还在热情招呼各路亲朋喝酒猜拳，就向他使了个眼色。高轩德见东家陪着牛八爷出来了，赶紧上前问："东家，牛先生要走？"

柏森说："派伙计送牛先生回家。"

送走了牛八爷，柏森心里的喜悦劲打了折扣。牛八爷刚才说孩子"生在富贵之家，并非富贵之相"和"诚信君子、俗世达人"的话，一直在脑际徘徊，挥之不去。他想不明白为啥牛八爷会如此说，难道这个孩子还会受罪不成？

柏森琢磨不透牛八爷的话，又不敢对柏魏氏说，从此心里就像压了一块大石头。

---

①抓周：又称试儿，拈周，是一种在民间流传已久的习俗。它是小孩周岁时举行的一种预测前途和性情的仪式，其核心是对生命延续、顺利和兴旺的祝愿，反映了父母对子女的舐犊情深，具有家庭游戏性质。

# 第二章　聘名师开智启蒙　遇西狩郁闷捐赠

俗话说，有苗不愁长。等惠民过周岁时，按照关中风俗，让惠民抓周。柏魏氏在炕上摆满了印章、笔、墨、纸、砚、算盘、银元宝及儒释道三教经典等物，小惠民睁大双眼，看着这些东西，高兴得哇哇大叫，手舞足蹈。柏魏氏在一旁小声喊："儿子，你喜欢啥就拿啥，快点拿啊。"

小惠民先是拿了一本书放下，随后抓起银元宝扔在了一边，然后用小手把所有东西拨在了一边，抓起了小算盘玩了起来。一直站在旁边没吭声的柏森看完儿子抓周，摇着头走出了房门。

柏森给儿子过完周岁，送走客人之后，猛然想起今天这个大好的日子，竟然忘记了去请牛八爷，心里后悔不已。想起儿子抓周的过程，心想不请也罢。牛八爷如果看到儿子抓周的过程，说不定又会说些让他闹心的话来，只会给他添堵。既然儿子不喜欢经典、银元宝，最后抓住了算盘，也算给他这个富商大户留下了希望。只要好好调教，他不相信柏家会养出一个无用之人。

时光荏苒，岁月如梭。等惠民到了启蒙的年龄，柏森的原配夫人柏姚氏因郁闷成疾已离开了人世。柏森安葬完柏姚氏后，没有了拖累，就准备聘请名师在自己家里开办私塾，对惠民进行启蒙教育。

柏森原本想把儿子送到泾阳县城里的崇实书院或者味经书院去启蒙，柏魏氏以儿子年龄小，生活不能自理为由死活不同意。经过柏魏氏的一番苦求，老年得子的柏森心也软了，就想在自己家里开办私塾，聘请名师，为儿子专门启蒙。对于聘请何人来任教，柏森经过思量，决定亲自登门拜访关中道上博学多才的知名人物杨凤轩。

这天中午时分，柏森在总账房姚崇文的陪同下，坐着轿车来到了距离泾阳县城不远处的杨凤轩家中。

杨凤轩听说柏家庄园东家柏森登门拜访，急忙出门迎接。柏森让姚崇文提着见面礼，就跟着杨凤轩进了杨家的大门。杨家住宅是典型的坐北向南关中四合院，虽然只有一进院落，却收拾得干净整洁，井然有序。进了客厅，一张八仙桌放在北面靠墙处，墙上挂着一张儒家祖师孔圣人的画像，两边用颜体楷书写着一幅常见的对联：书山有路勤为径，学海无涯苦作舟。

柏森进了客厅，对着孔圣人的画像鞠躬行礼，然后让姚崇文把见面礼放在八仙桌上。

杨凤轩殷勤地招呼柏森、姚崇文落座，又给他们每人泡了一杯茶。寒暄过后，杨凤轩问："柏东家大驾光临寒舍，不知有何见教？"

柏森说："见教谈不上，柏某今天是有重要事情求杨先生来了。"

杨凤轩猜不透柏森到底想干啥，就说："杨某一介寒儒，别无所长，柏财东有话请讲。"

柏森说："杨先生是远近闻名的博学鸿儒，才高八斗，柏某早就耳有所闻。今天登门拜访，是想请杨先生到柏家庄园为犬子启蒙，不知道杨先生意下如何？"

杨凤轩早年也是想通过科举进入仕途之人，但在考中举人之后，看到朝廷腐败无能，官场尔虞我诈，就萌生了退意，以教书育人为生。这些年，他教育过的学生大多中了秀才，乃至举人，也为他赢得了名望。柏家是闻名关中道的富商大贾，前些年生了一个儿子，东家柏森喜不自禁，经常在人面前夸赞儿子冰雪聪明。现在，柏森亲自登门请自己去柏家庄园教私塾，他却没有料到。

杨凤轩问："柏财东，公子几岁了？你是让我给他专门启蒙吗？"

柏森说："犬子已经六岁了，再不启蒙就晚了。原本想把犬子送到县城味经书院或崇实书院上学的，他母亲说孩子太小，死活不同意。没办法，柏某今天特意登门拜访，请杨先生考虑一下能否到柏家庄园任教。"

杨凤轩说："我以教书育人养家糊口，到哪里都行。只是仅教一个学生这种事还是第一次遇到。俗话说，独儿难养，一个学生难教，不知道柏财东考虑过此事没有？”

柏森是读书之人，自然知道一个学生难教的道理。但为了让儿子学到更多的知识，多付出些银两对他来说简直是小菜一碟。他说：“杨先生是怕教一个学生难以应付家庭开销吧？这个事情你尽管放心，柏家既然想聘请你去做私塾老师，肯定会考虑你的薪俸。我看这样，你以前教学生是按人头计算的，柏家的私塾暂时只教犬子一人，薪俸按照味经书院最高的计算。如果犬子一人确实难教，咱们再议如何？”

杨凤轩听完此话，心里还是有些担忧。此前，他就听别人说过，柏森在人面前夸赞儿子，自己如果教不好这个富家少爷，岂不毁了自己一生的名望？思忖了一下，杨凤轩说：“今天柏财东亲自登门下聘礼，杨某荣幸之至。等我见过你家公子之后，咱们再说是否能教如何？”

柏森见杨凤轩已答应去柏家教私塾，高兴地说：“学堂的规矩由杨先生决定，教学内容也由杨先生定，本人概不干涉。至于何时开学，杨先生确定日期之后，我让总账房姚管家来接你。”

姚崇文说：“杨先生确定开学日期之后，让人捎话给我，我安排人来接你。回去之后，我就收拾学堂和杨先生的住处，确保杨先生无后顾之忧。”

杨凤轩听说过柏家总账房姚崇文办事老练、心思缜密，很受柏森的器重，今天听他说了这几句话，感到此人确实不简单。他说：“那就让姚管家费心了。”

姚崇文谦逊地说：“应该的。”

惠民自小在家里就是人见人爱的宝贝疙瘩，全家上下都宠着他。男孩子的天性是野，小小年纪的惠民早就把柏家庄园跑了个遍，花园里留下了他的嬉笑声，就连三进院左侧那座六方形的七层砖塔也被他缠着父亲爬过不少次。他甚至看见护院首领高俊峰等人在练习拳脚，也会跟着比画，惹得众人大笑。现在，让这样一个调皮的小男孩安静地一个人坐在学堂里念书，就让杨凤轩犯难了。

杨凤轩教过的学生难计其数，却从来没有碰到过给一个人教书，而且这个孩子既是父母的掌上明珠，又调皮捣蛋聪明伶俐。想了半天，他决定不能宽容这个小学生一直这样下去，必须严加管教，否则就会耽误了孩子以后的前程。拿定主意后，杨凤轩特意找柏森谈了自己的想法。

听完杨凤轩的话，柏森微笑着说："请杨先生尽管放心，我虽说老年得子，一直对儿子娇生惯养，但那是他没入学的时候。从入学启蒙开始，我就把儿子交给你了，一切按照学堂教育的规矩办，只要能让他学到做人的本领，打罚之事可以根据先生的意愿，本人和其母亲概不干涉。"

杨凤轩见柏森的话推心置腹，毫不替儿子遮挡，安心地说："只要东家放心让我管教少爷，我一定尽心竭力教育好少爷。"

柏森说："杨先生，惠民是你的学生，今后你千万不能称他为少爷。对了，孩子只有大名，先生给孩子起个字吧，以后若嫌叫大名别扭，就叫他的字吧。"

杨凤轩笑着说："孩子从启蒙开始，是应该有名有字的。大名听说是牛八爷根据柏家族谱给起的，这字嘛，我看还是东家自己起吧。"

柏森听杨凤轩提起了牛八爷，自然想到了牛八爷在儿子满月宴之后说的话。自己一生读书考取了功名，做生意财源广进，拓展了柏家各地商号生意的渠道，赢得了陕商的称赞，可谓不枉一生。对儿子取字之事，他以前考虑过，但一直没有确定。今天，本以为这点小事让杨凤轩代劳，没料到杨凤轩又把球踢给了自己。回想自己大半生的人生阅历，他突然觉得儿子就该像自己。柏森字子馀，何不给儿子起字叫效馀呢？

柏森对杨凤轩谈了自己的想法，杨凤轩说："这个字起得好！孩子以后就叫效馀，也让他记住你的良苦用心。"

自从启蒙开始，杨凤轩就扮演了一个严师的角色，不苟言笑，一切按照在其他学堂里的规矩办，把一向调皮捣蛋的惠民收拾得服服帖帖。从《百家姓》《千字文》《弟子规》开始的启蒙教育，也显示出了惠民确实聪明伶俐、博闻强记，老师杨凤轩布置的作业，他都能完成，也让杨凤轩原先担忧之心放了下来。

枯燥的启蒙教育结束后，教一个学生的杨凤轩也觉有点叵烦了。自己一个学富五车之人，整天对着一个不满十岁的孩子，讲着常见的课文，真的有点无趣。

有一天，杨凤轩借着给柏森汇报惠民学业的机会，提出了他想辞职的想法。他说："东家，现在惠民已年满十岁，早就学完了启蒙教育的课本，应该去县城的学堂读书了，我不能耽误了惠民的前程啊。"

柏森听了这话，顿时大吃一惊。几年来，杨凤轩兢兢业业、严格要求，已经让顽皮的儿子有了很大变化，懂得了长幼有序等基本礼仪。估计杨凤轩见只教儿子一人，有些寂寞，提不起兴趣，因此想辞职，这才建议让儿子去县城书院读书。说实在的，虽说儿子快十岁了，但他毕竟还是个少不更事的孩子，把他一个人送到县城去读书，不要说自己不放心，就是他母亲，肯定也不会同意。这几年，随着年龄的增长，身体状况也大不如以前了，让儿子突然去县城读书，他还真有点舍不得。思前想后，他觉得如果能给儿子找一个书童伴读，岂不堵住了杨凤轩的口。

柏森说："杨先生这些年对犬子的教育颇见成效，咋能说走就走哩？我知道，教育一个孩子，杨先生肯定打不起精神，也会感到无趣和寂寞，我如果给孩子找一个书童伴读，你看如何？"

杨凤轩原以为柏森会答应自己辞职的要求，没料到他想出了一个给孩子找书童伴读的借口来留自己。这几年，杨凤轩不但享受着柏家所给的丰厚薪俸，而且眼看着惠民从目不识丁的小孩子成长为一个能熟背启蒙教育各种书籍的小学生，也是喜欢不已。但自己并不想享受这份清闲，还想教育出更多的学生。现在柏森提出了给惠民找书童伴读，倒是让他无话可说了。

杨凤轩说："东家，惠民一个人也很孤单，能够给他找一个书童伴读，孩子就有了伴，学习上就有了超越对象。说实话，一个学生很难教，没有参照对象，无法随时检验学习情况。东家能有这份善心，让杨某钦佩。"

柏森微笑着说："那就一言为定。我托人给孩子寻找一个书童伴读，杨先生就安心在柏家再教几年书，等孩子大了，我征求杨先生的意见，看把孩子送到哪所学校继续读书。"

杨凤轩点了点头。

选择谁家孩子给惠民当书童伴读，让柏森颇费周折。为了不影响孩子的学业，让孩子养成良好习惯，伴读的书童必须有良好的家教，而且还必须虚心好学。柏森把周边几个村的同龄孩子细数了一遍，脑海中却没有任何符合条件的孩子，这件小事就增添了他的烦恼。没有伴读的书童，很可能留不住杨凤轩，孩子就无法继续在家里读书。

这天中午时分，柏森阴沉着脸转悠到了前院，总管家高轩德、总账房姚崇文见东家闷闷不乐，以为东家和二位夫人闹了矛盾，就赶紧把柏森请进了房间。

柏森进屋坐下后，高轩德给东家沏了一杯茶，双手递给了柏森，随后问："东家，看你心情不好，有啥烦恼的事吗？"

柏森说："杨先生这几年一直就教惠民一个学生，觉得寂寞无聊，前几天向我提出了辞职。我当时为了挽留杨先生，就说给惠民找一个书童伴读，这才勉强留下了杨先生。后来想来想去，却没有一个合适的同龄孩子。"

高轩德一听这话，感到东家为了孩子可谓是煞费苦心。他说："东家，这事不难，你要早说，就不用这么苦恼了。"

柏森问："高管家可有合适人选？"

高轩德说："东家可知道王桥镇高家堡的高一龙？"

柏森沉思了一下，说："我听说高一龙是个郎中，以行医治病为生。前些年，为了邻居家债务打抱不平，得罪了乡绅，离家出走了。"

姚崇文见高轩德提起了高一龙，就明白高轩德想把高一龙的大儿子高明德推荐给柏森当惠民的书童。他听说高明德在父亲被迫离家出走之后，就承担起了家庭生活的重担，不但好学聪颖，对长辈特别孝道，在高家堡也无人敢小瞧。小小年纪，能承担起养活家庭的重担，在附近村庄还真找不出第二个来。

姚崇文插话说："这个高明德我知道。孩子性格沉静，好思手巧，对长辈特别孝道，年龄比少爷长两岁。高家本来有薄田数亩，高一龙又行医治病，家境还算不错。自从高一龙打抱不平得罪乡绅离家出走后，家境一落千丈，高明德承担起了养家糊口的重任。东家，选择高明德给少爷当书童可以，但你得考虑高家一家人该咋办。"

柏森一听这话，就明白如果让高明德来陪读，他还要给高家一笔银钱，作为日常生活费用，否则高家肯定不会让孩子来陪读的。

柏森说："这个好办。高管家，你和高家熟悉吗？如果熟悉，这事就交给你去办。你就说如果高明德愿意来柏家当书童伴读，柏家不但不收取分文银钱，还会给高家一笔费用，让他们生活无忧。"

高轩德没料到柏森竟然如此大度，为了给儿子找书童，竟开出了如此优厚的条件。高轩德说："我们虽然都姓高，但我和高一龙并没有姻亲关系。东家开出的条件，足以让高家感动的，明德这小子碰上了东家这样的善人，也算是前世修来的福分啊！请东家放心，这点小事我马上去办，保证让您满意。"

高轩德立即动身去了王桥镇高家堡，见到了高明德母亲，当他说明来意后，高夫人以为是天上掉下了馅饼，这么好的事落到了她大儿子身上。高明德虽说年纪不大，但心气很高，除了照顾弟妹，养家糊口，这个穷人家的孩子抽空还阅读能够找到的书籍。

高夫人感激地说："能让明德去当书童陪读，高家已感激不尽了，柏财东又给高家补贴银两作家用，真是千古难遇的好事。高管家，你回去对柏财东说，我明天就打发明德去柏家庄园见柏财东和杨先生，如果明德被他们看上，就留在柏家读书，如果看不上，就让他回来。"

高轩德见高夫人爽快地答应了这件事，一直悬着的心才放下。他说："我家少爷性情豪爽，有东家爱结交各路朋友的遗风。明德和他年纪相当，一定会和少爷相处甚欢的。明德到了柏家庄园，只要不无事生非，爱好读书，当好兄长，东家也会另眼看待的。"

高夫人说："请高管家放心，我一定会叮嘱明德的。这孩子是遇见贵人了。"

第二天中午时分，一个穿着粗布衣裳，打扮干练的十一二岁男孩，背着一个小包袱来到了柏家庄园门口，他见到一个精壮的汉子站在门口，丝毫不胆怯地说："我叫高明德，是来找柏家庄园高管家的。"

护院打量了一下面前的男孩，笑着问："你是高管家何人？为啥一个人来这里找高管家？"

高明德仰着头说："我和高管家无亲无故，不过我听我母亲说，高管家到我家说让我来这里当书童，陪伴柏家少爷读书的。"

护院见面前这个男孩口齿清晰，回答问题有条有理，就说："你跟我来吧。"说完话，护院在前面领路，把高明德带进了庄园。

高轩德见到高明德后，大喜过望。他对姚崇文说："姚管家，我看这孩子不错，虽是贫寒之家出身，倒也收拾得干净利索。个头比少爷高一点，看着很精明，肯定能和少爷玩到一起。"

姚崇文说："东家是给少爷找书童伴读的，不是找玩伴的。明德，你都读过些啥书？"

高明德恭敬地回答说："我读过《三字经》《百家姓》《千字文》等书，因为要经常下地干农活，也没有时间读更多的书了。敢问二位管家，柏财东真的是让我来当书童的吗？"

高轩德、姚崇文还没有回答高明德的问题，柏森背着手、迈着八字步走到了门口，正好听见了高明德的问话。

柏森笑着说："要当书童可以，但你得经过我的考试才行。"

高明德转过身，发现自己身后站着一位身穿丝绸长袍，手拿折扇，脑袋后面垂着一条灰白色长辫的男子。他仰着头说："我就知道会有这一出戏。我虽然读书不多，但愿意接受先生的考问。"

柏森指着墙上挂的一杆秤说："那咱们就以实物为名，我出上联，你对下联。看见墙上挂的杆秤没有？我说青龙挂壁，身披万点金星，你对下联吧。"

高明德眼睛扫了一下屋里，见桌子上放着一盏煤油灯，随即回答道："我以煤油灯作对回答先生，我的下联是：白蛇过江，头顶一轮红日。不知先生可否满意？"

柏森、高轩德、姚崇文三人没料到小小的高明德才思如此敏捷，就知道他肯定不止看了他说的那些书，而且这孩子记忆力很不错。这副对联虽说是千古名联，但一般孩子很少知道。

为了继续考验高明德，柏森说："不错。柏家是经商之家，我再出一副对联，你若能对上，就算过关。上联是：东当铺，西当铺，东西当铺当东西。"

高明德此前在一本书上看到过这副对联，而且这副对联有几种对法。此刻见面前的先生用这副对联考自己，心想多亏以前觉得这副对联好玩，就记下了，要不然，这么难对的对联自己是无论如何难以对上的。高明德仰着头说："我大①是行医郎中，他告诉我西安城的广济街分为南北两段，都是药铺兼门诊，因此我对的下联是：南广济，北广济，南北广济济南北。不过，我是来柏家庄园当书童陪读的，另有一副对联是：春读书，秋读书，春秋读书读春秋。"

柏森等三人见面前的孩子确实机敏过人，对答如流，开心地笑了起来。

高明德见状，迷茫地问："先生，我对得不对吗？"

柏森说："对得很好。从今后你就给惠民当书童，一起学习。希望你们两个互帮互学，互相促进，不要辜负了我的良苦用心。"

高明德知道自己过关了，兴奋地说："多谢先生！"

姚崇文笑着说："明德，站在你面前的不是啥先生，是柏家庄园的柏财

①大：关中方言，把父亲称作大。

东。”

高明德急忙跪在地上，对着柏森磕头，然后说：“多谢柏财东给了明德读书的机会，明德一定当好书童，不辜负柏财东的期望。”

柏森上前拉起高明德，高兴地说：“惠民有了明德这样的孩子做伴，我就放心了。”

高明德与柏惠民一见如故，两个幼年的孩子心无芥蒂，很快就成了好朋友。杨凤轩得了这样一个聪明的学生，也很高兴，从此就以关学作为主讲内容，兼讲四书五经，有时还会讲一些治国安邦的大道理。

看着儿子和明德的学问日益见长，柏森心里觉得他的付出物有所值，感到啥都顺眼，啥都让他感到开心。唯一让他感到遗憾的是，他柏森家财万贯，却只有这么一个儿子。

柏森这天早上起来，一个人转悠到了住宅东边的花园里散心。这座花园占地足有五六亩地大，四周是一圈高高的围墙，西面与住宅相连。花园中间修建了一个六角形的重檐歇山顶双层亭子，因亭子四周开挖了水塘，里面种植着荷花，他的祖上把这座亭子命名为水榭亭。

水榭亭位于花园中部，有一条石条铺就的小路与陆地相连，出了住宅的东门，沿着小路就可以到达水榭亭。柏森迈着八字步，欣赏着花园里的各种植物，不一会就到了水榭亭。平时没有闲杂事情时，柏森经常到水榭亭来独坐，想一想各地分号经营上的事情，处理一些家庭中的琐碎之事，再就是在此安静的环境中读书、写字。

此刻，柏森站在水榭亭下，打量着自家的庄园。西面是紧挨着修建的三院连体关中三进式四合院，他就住在东面的宅院里，中间一院一进院是账房、库管、护院首领的住处，二进院则是贵宾室、庶务室、述职室，三进院后面与东院相连，主要是储藏银两的仓库。最西一院基本上是护院、仆人、杂役们的住处，后面还开设了客房，供各地分号伙计回来报信或者办事时临时居住。

柏森眼光扫过三座院落，就把目光停留在了东院后面的藏宝楼上。这座藏宝楼是他的祖上百年前修建的一座六角形砖塔，本来是供奉财神和观音菩萨的，后来因储藏了柏家几代人从各地重金购买回来的各种宝物，被称作藏宝楼了。对于中院后面的藏银仓库，柏森其实并不上心，有着防盗功能的储银室墙体坚固,门窗厚实,若不用钥匙打开房门,外人一般很难破门而入。为了防盗,储银室地下已被掏空,挖成了很深的地窖,地窖四壁用青石砌成,留有传递暗号的小窗户,柏家的银两就储藏在地窖里。

人常说,关中富商大贾用地窖储藏银两,岂不知柏家最值钱的东西并不在地窖里,而是藏在藏宝楼上。这座七层的砖塔,除了一层供奉着财神和观音菩萨之外,其他六层都堆满了柏家历代视为珍贵的宝物,其价值远远超过了巨大的储银室。

柏森眼睛盯着藏宝楼,心里盘算着祖上和他积攒下来的巨额财富,感到他这一生没有白活,更为他能给儿子留下一份巨大的家业感到欣慰。

正在柏森想着美事之际,一阵急促的脚步声由远及近。柏森抬头一看,大姨太柏薛氏屋里的丫鬟红杏快步走了过来。

红杏走到柏森面前,语气沉重地说:“老爷,夫人快不行了,请你赶紧过去一趟。”

柏森愣了一下,转过身就往柏薛氏的屋里疾步快走。庚子年翻过年之后,柏薛氏就一直在生病,他亲自陪着柏薛氏到桥底镇找过牛八爷。牛八爷说是气血不畅、心情郁闷所致,并没有好的办法诊治,唯一的可能就是要她心情舒畅。柏森听完牛八爷的话,心里也不是滋味。柏薛氏嫁进柏家 20 多年了,没有生下一儿半女,心里肯定苦闷。她整天听着惠民欢笑的声音,看着他到处乱跑的身影,肯定觉得自己命苦。这几年,他为惠民专门请了名儒杨凤轩启蒙,这孩子很争气,学业很优秀。尤其是高明德来做了书童陪读之后,杨凤轩没少在众人面前夸奖这两个学生。柏薛氏看着柏魏氏眉开眼笑的样子,心里更加苦闷。前两天,柏森到柏薛氏屋里去看她,柏薛氏的气色明显黯淡,脸色蜡黄,连说话都喘气,他不断安慰柏薛氏,并让高轩德派人请牛八爷到家里给柏薛氏看病、开药,没想到这才两天,不但柏薛氏病情没有好转,而且就快走到生命的尽头了。

柏森进屋之后,发现柏薛氏气若游丝,闭着眼睛。他上前拉住柏薛氏的手说:“夫人,感觉如何?”

柏薛氏吃力地睁开眼睛,用尽最后的力气说:“掌柜的,感谢你多年来对我的宠爱,可惜我一生没有为柏家留下一儿半女,深感遗憾。我估计不行了,请掌柜的多保重啊!”

柏森明白柏薛氏的苦衷,见她弥留之际还在念叨着没有子嗣的事,就劝说道:“夫人一生恪守妇道,宽厚待人,赢得了全家上下的尊敬,堪称三从四德的典范。你不要操心我了,先把病养好再说。”

柏薛氏喘着气说:“惠民聪明豪爽,有游侠之气,掌柜的一定要严加管教,柏家将来就靠他光宗耀祖了。”

柏森点头说:“请夫人放心,我虽是老年得子,但不会纵容他的。”

此刻的柏森,面对一生无儿女的柏薛氏也不知道用啥话来安慰她更合适,拉着她的手,静静地陪着柏薛氏。

时间不长,柏森觉得柏薛氏的手逐渐变凉了,再一看柏薛氏,早已气绝身亡。柏森老泪纵横,赶紧安排人办理柏薛氏的后事。

让柏惠民披麻戴孝地把柏薛氏送到柏家祖坟之后,柏森的心情变得郁闷起来了。自己的三房妻妾如今只剩下了一个二姨太柏魏氏,儿子柏惠民刚到弱冠之年,尚未成人,听说朝廷利用义和团在河北、北京一带,烧教堂、毁铁路,杀洋人,很可能爆发动乱。一旦朝廷和洋人开战,柏家的生意肯定会受到影响。这些家事和国事纠集到一起,让柏森感到迷茫和担心。

柏森等柏薛氏安葬之后过了百日,产生了想到西安城去转一下的想法。

高轩德知道东家心里苦闷,能出去散散心也好,还可以顺便巡视一下柏家在西安的商号。他说:“东家,听说京畿一带不太平,你到西安城去一下也好,一来散散心,二来顺便打听点消息。”

姚崇文说:“柏家在六谷庄的住宅一直空着,我这就安排人前去收拾,等收拾好了,东家再去。要不然,我陪东家一起去吧。”

柏森说:“这样也好,你陪我去西安城,有了啥事也好随即处理。”

姚崇文陪着柏森住进六谷庄住宅之后,与柏家生意上有来往的各家商号掌柜就不断登门拜访,柏森整天忙着接待生意上的同行,心情变得逐渐舒畅起来了。

这年中秋节前一天,西安城有名的富商大贾南掌柜来看望柏森。南掌柜与柏森相识多年,在生意上有合作,在西安城开设有绸缎庄、杂货铺,人脉关系极广,是一个消息灵通的商界精英。

柏森听说南掌柜来了,就在二堂客厅热情招待南掌柜。两个人谈天说地,纵论商业经营,把陪坐的姚崇文听得云里雾里的。

快到中午饭时,南掌柜突然问:“柏东家,我听说你有一个儿子,现在该有十多岁了吧？”

柏森见南掌柜问起了儿子，自豪地说：“犬子今年刚满十二岁，现在家中私塾读书。”

南掌柜微笑着说：“听说贤侄聪明伶俐，好侠仗义，学业优秀，不知道贤侄可曾婚配？”

柏森说：“一个屁大一点的孩子，谈啥婚配。现在，他在我家庄园的私塾读书，等过个一两年，我想让他到三原宏道书院继续深造，看将来能否为柏家争点颜面。”

南掌柜说：“是啊，按道理说贤侄聪明伶俐，走读书科举之路振兴柏家门楣很有希望，可是自戊戌变法开始，光绪皇帝已经下旨废除了科举制度，再想通过中举或中进士走上仕途行不通了，我们也就不操这份心了。话说回来，富贵人家的孩子结婚都比较早，若是贤侄尚未婚配，我斗胆说一句，不知当讲不当讲？”

柏森听南掌柜这么严肃的语气，好奇地说：“咱两个啥关系，你有话尽管说。”

南掌柜说：“我知道柏家到你这一代就是单传，我劝你趁早给贤侄找个对象，等贤侄到了15岁之后，就可让他成家，也好为柏家传宗接代，延续柏家的香火。”

柏森见南掌柜的话说到了自己的心坎上，笑着说：“犬子虽说聪明，也很调皮，还不知道哪家小姐会看上他哩。”

南掌柜此番前来就是探柏森口气的。与柏森多年打交道，他不但深知柏森的为人，也清楚柏家家境殷实，是闻名关中道上的富商大户。他自己有一个女儿南翠屏，比柏惠民大两岁。按照门当户对的传统观念，柏南两家结亲，不但在生意上可以互相帮衬，还可以携手共进。现在听说柏惠民还没有婚配，他就说：“我有一个女儿叫翠屏，长得虽不说是貌若天仙、闭花羞月，可也是端庄秀丽、温柔贤惠。南某斗胆向柏东家厚脸提亲，如果柏东家心中愿意，再让人从中撮合，你看如何？”

柏森自然知道南掌柜有一个貌若天仙的女儿，据说知书达理、温柔贤惠，现在听南掌柜当面亲自提亲，也巴不得两人能结为亲家。他说：“承蒙南掌柜厚爱，柏某先多谢了！只是犬子年龄尚小，就是定下这门亲事，估计还要等几年才能成婚，这不会耽误南小姐的青春吧。”

南掌柜见柏森没有反对的意思，并说出了自己的担忧，高兴地说："自古以来，儿女的婚事都是奉父母之命，媒妁之言，只要咱们两个同意，岂能由儿女自己做主。就是等上几年，又有何妨？"

柏森见南掌柜快人快语，心里十分高兴。他说："那就一言为定，明天我就找人去上门提亲，如果翠屏小姐没有意见，咱们先立婚约，等犬子年过15岁之后，再给他们完婚如何？"

南掌柜笑着说："好，我这几天就在家等着媒人上门提亲了。"

柏森心里高兴，就挽留南掌柜一起用午饭。这顿午饭，有酒助兴，让两个未来的亲家无话不说，好的就真像一家人一样。

与南掌柜立了儿子的婚约之后，柏森还想在西安城逗留几天，没料到这个决定，给他带来了烦恼。

这年初秋季节，忽然传来了慈禧皇太后和光绪皇帝西狩西安的消息。柏森刚到西安城的时候，就听说朝廷以光绪皇帝的名义向英、美、法、德等十一国同时宣战，到了八月中旬，就传说八国联军（日、俄、英、美、法、奥、意、德）基本上占领了北京城，慈禧、光绪及皇室成员在日落时分仓皇离开北京，逃到了太原，现在又经过风陵渡逃到了西安。

堂堂一国的首都被西方列强攻陷，让柏森这个朝廷的贡生痛心疾首，也为朝廷的懦弱感到汗颜。心里窝火的柏森明知帝后西狩，住在了南院门陕甘总督府衙，也懒得前去拜见，整天待在家里不是生闷气，就是喝酒。

这天晚饭时，姚崇文走进了客厅。他见东家一个人坐在八仙桌旁发呆，就说："东家，西安城这几天可热闹了，尤其是陕商出尽了风头。"

柏森抬头看了一眼姚崇文，心想国家现在处在动荡之际，首都丢了，帝后逃难到了西安，可谓丢尽了一个泱泱大国的尊严。要说热闹，那也是因为慈禧、光绪到了西安，并带来了大批朝廷官员，使得西安城出现了以前只听说没见过的太监，还有就是穿着各种朝服、戴着各样顶戴花翎的朝廷大员。陕商在这种情况下还能出风头，真有点不可思议。

柏森冷哼了一声，说："姚管家，把你听到见到的情况给我说说，让我开开眼界。不知道经过'同治之乱'之后的陕商还能闹出多大动静，更不用说出尽风头了。"

姚崇文听这话就知道东家不相信陕商在帝后西狩之后的事情。他说：

“安吴堡周莹给慈禧老佛爷送了六头奶牛，义捐了二十万两白银，说是帮助朝廷渡过难关。县城马合盛茶号掌柜马合盛派出了他家驼队给朝廷从丹凤龙驹寨往西安运送粮草，也义捐了十万两白银。听说慈禧老佛爷已经认周莹做了干女儿，还敕封周莹为一品护国夫人，敕封马合盛为大引茶商。这件事现在被朝廷和民间广泛议论，成了热门话题。我还听说朝廷近期可能还会派西安知府到泾阳县城宣读皇上的圣旨和嘉奖哩。”

柏森叹了一口气，真没料到周莹和马合盛竟然这么豪爽大气，一下子就给朝廷义捐了那么多银两。他自然知道，这些年安吴堡周莹凭着自己的聪明才智和经商技能，早就使安吴堡的商业经营和财富超越了柏家，成了名副其实的陕商领袖。马合盛更是凭着白手起家，硬生生地把马合盛茶号打造成了享誉西北的品牌，垄断了西部驼队运输，赚的钱并不比柏家少。如今，这两个人先后向朝廷义捐，就给了朝廷很好的借口，朝廷在敕封他们的同时，其实是在向所有陕商暗示。作为曾经的中书科中书，他自然明白其中的蹊跷。

柏森说：“陕商自古以来就有家国一体的传统，更把以商事国、以商护国、以商兴国当作了天经地义的信条。鸦片战争失败后，陕商就曾大量给朝廷义捐，现在八国联军进了北京，帝后西狩，费用肯定捉襟见肘。我估计朝廷还会倡议陕商向周莹、马合盛学习的，这样一来，肯定会坑苦了大批陕商啊。”

姚崇文听完柏森的话，问道：“东家，周莹和马合盛带了头，咱们咋办？”

柏森说：“虽说柏家的实力无法跟周莹、马合盛相比，但朝廷有难，咱也不能袖手旁观。你出去再打听，如果还有人响应朝廷义捐倡议，柏家也义捐五万两白银。咱不能让人说柏家不懂得知恩图报。再说，朝廷没了，国家就不存在了。没有了国，哪有家呀？”

姚崇文听完柏森的话，说了声知道了，就站起身出了客厅。

几天后，柏森安排姚崇文向陕甘总督衙门义捐白银五万两，和其他十多位义捐五万两白银的陕商一起被光绪皇帝敕封为四品资政大夫。对于这个虚衔，柏森并不在意。他认为义捐白银，只能帮助朝廷解决燃眉之急，并不能解决根本问题。朝廷在经过鸦片战争、甲午海战之后，早已是千疮百孔，贪腐成风，积贫积弱，光绪皇帝在百日维新运动之后就成了一个傀儡，大权掌握在皇太后慈禧手中，她对外一味求和，导致西方列强把大清帝国当成了一块放在砧板上的肥肉，任意宰割，在世界上留下了许多话柄，也成了国内反清斗争的导火索。这样一个内忧外患的国家，再不改革，可真的是国将不国了。国家变得羸弱不堪，动乱四起，民不聊生，商业贸易又该咋办呀？

快到年底时，柏森带着姚崇文和置办的年货回到了柏家庄园。

柏惠民见到父亲回来了，高兴得手舞足蹈。他拜见父亲之后，兴奋地说：“大，在西安待了这么久，想儿子没有？有啥好事情给儿子要说？”

柏森见儿子又长高了，高兴地说：“我在西安最大的收获就是给你订下了一个媳妇，你看咋样？”

柏惠民听说父亲给自己订下了媳妇，刚才的喜悦劲顿时消失得无影无踪。他噘着嘴说：“大，我才多大啊，我不想结婚，我想继续读书。”

柏森笑嘻嘻地说：“儿子，结婚并不影响读书呀！你结了婚，还可以继续读书。如果你愿意，还可以到西安去读书。”

柏惠民说：“我不去西安，我要到三原宏道书院去读书。杨先生说了，现在朝廷早就废除了科举制度，宏道书院以经世济用，提倡科学办学，好多学生都以在宏道书院读书为荣。我已经想好了，也想到宏道书院读书，学点有用的东西，将来好继承祖业。”

柏森见儿子小小年纪，就有了主见，心里特别高兴。他说：“去宏道书院读书可以，但前提是你必须和西安城南掌柜的女儿结婚。我知道你是个孝顺的孩子，我不逼你，等你考虑好之后再告诉我是否同意。”

柏森回家后的第一件事就是告诉柏魏氏，他在西安给儿子订下了一门亲事。柏魏氏也很高兴，她觉得柏家人丁不旺，给儿子早点订下婚事，让他早点成家，也好让她早点抱孙子。

现在掌柜的当面向儿子下了命令，儿子并没有拒绝，看来好事将成，自己的愿望也能早日实现了。她说：“儿子，你大说得对，成家并不会太多的影响你读书。只要你答应了这门亲事，我也支持你去宏道书院读书。”

柏惠民羞红着脸，溜出了父亲的房间。

柏惠民跑进学堂时，高明德还在学堂里看书。柏惠民红着脸说：“明德，我有一件难以启齿之事，想请你帮我拿个主意，你看行不？”

高明德放下书本，看着柏惠民红扑扑的脸庞，笑着说：“你都说了难以启齿之事，我不知道是啥事，咋能帮你拿主意。”

柏惠民说：“我大从西安城回来，说是给我订下了一门亲事，并说我必须同意这门亲事，才能去宏道书院读书。我才多大呀，这么早结婚，还不让人笑话死了。但不同意，又不能去上学，你看这事咋办？”

高明德乍听说柏惠民要娶媳妇，用手在脸上比画着说：“羞羞，把脸扣，扣个渠渠种豌豆，人家豌豆打一担，你的豌豆没见面。”

柏惠民见高明德嘲笑自己，上前打了高明德一拳，生气地说：“人家把事情告诉了你，你不但出主意，还在嘲笑我。你这样做，咱俩还算是好朋友吗？真没劲！”说完话，柏惠民转身就走。

高明德看见柏惠民气哄哄的样子，赶紧上前拉住了柏惠民。他说：“你说的是真的呀！我以为你在骗我。依我看，杨先生对你我都很器重，咱们当然要以能读书为先了。我看这事你不妨先答应，到时候再说。”

柏惠民说：“人常说，君子一言，驷马难追。我要答应了我大这门亲事，就无法反悔了。现在，我就想读书，才不想娶媳妇哩。”

高明德说：“自古以来儿女的婚姻大事都是父母做主，估计你无法反抗了。你大既然能在西安城给你定亲，肯定是经过深思熟虑的，你想反抗也没用。”

柏惠民问：“你的意思是我只有答应了？”

高明德笑着说：“古人说人生四大喜事，其中就有洞房花烛夜一说，我希望你能早日抱得美人归，也让你父母安心一些。”

柏惠民噘着嘴转身走了。

# 第三章　老柏森临终托孤　两管家受命照顾

柏惠民十五岁生日刚过，南掌柜就托人来柏家庄园催着结婚。这几年，柏森感觉到身体每况愈下，也想给儿子早点把婚事办了，说不定还能给他生个孙子。这样的话，就是自己驾鹤西游了，也能给地下的列祖列宗有个交代。现在亲家派人来催促，正好迎合他的心意。

柏森把他的想法和亲家南掌柜催婚的事告知二姨太柏魏氏之后，柏魏氏同样也是满心欢喜。她说："儿子虽说只有十五岁，但也算懂事了。我觉得这几年身体状况大不如以前了，给儿子完婚也是一桩心事。如果南家姑娘争气，说不定过上一两年，你就能抱上孙子或孙女了？"

柏森见二姨太同意给儿子完婚，满心喜悦。他说："那就让阴阳先生看个黄道吉日，把儿子的婚事办得风风光光的，绝对不能让亲家笑话柏家小气。"

柏魏氏说："放着现成的佛不拜，还要去找阴阳先生？"

柏森说："你是说去找杨先生？"

柏魏氏说："杨先生是闻名关中道的博学鸿儒，上懂天文，下知地理，肯定懂得如何选黄道吉日了。你也不必舍近求远了，顺便也就告知了杨先生儿子准备完婚的事。"

柏森说："夫人此言甚妙，可谓一举两得，我这就去找杨先生。等他选好了日子，咱们就派人去西安城告知南掌柜，准备迎娶南小姐。"

柏魏氏笑着说："儿子不着急，反倒是你这个当大的着急了。定好日子后，咱们提前准备好一切，柏家这些年没有啥大事，这次一定要讲讲排场，闹出点动静，不要让人说柏家吝啬。”

柏森明白二姨太的心思。原先他有三房妻妾住在一起，东院虽说也有些小矛盾，但大多数时候是人来人往，欢声笑语不断，相处融洽，其乐融融。现在原配和大姨太已经作古了，院子里显得有些寂寞。能早点把儿媳妇娶进门，最起码婆媳之间也好说说话，解解闷。如果老天爷眷顾，说不定还能抱上孙子。

柏森对杨凤轩说了准备给儿子完婚之事后，问道：“依杨先生之见，该选什么日子完婚最好？”

杨凤轩掐指算了一下说：“惠民和南小姐虽然是郎才女貌，命里也有子嗣，唯一担忧的是能否保住。为了取个吉利，我看六月初六合适，取六六大顺之意，不知东家以为如何？”

柏森听了杨凤轩的话，心里很不舒坦。后来一想杨凤轩毕竟仅是凭两个人的生辰八字推算，也未必准确。再说还有六月初六这个黄道吉日避邪，一定会保住子嗣的。

柏森说：“杨先生为犬子学业操碎了心，这次犬子完婚，一定要开怀畅饮，一醉方休。”

杨凤轩说：“我已经和三原高等学堂朱佛光说好了，今年秋季，就让惠民转学到三原高等学堂去读书，我也准备回家颐养晚年了。”

柏森见杨凤轩话里隐隐约约的有时光易逝、岁月难在的伤感、悲叹，也勾起了他的同情。是啊，这些年杨凤轩为了儿子和陪读的高明德呕心沥血、殚精竭虑，终于看到了希望，但自己却年老体弱、老眼昏花了。杨凤轩如此，自己何尝没有同感。

柏森宽慰杨凤轩说：“人生一世，草木一秋，能为这个世上留下一点念想就算可以安慰自己了。古人言：太上有立德，其次有立功，其次有立言，虽久不废，此之为不朽。你我这把年纪了，韶华早逝，暮年已临，不能奢谈立德、立功、立言了，能为儿女做点事情就不错了。”

杨凤轩说：“我经常给学生讲，人为善，福虽未至，祸已远离；人为恶，祸虽未至，福已远离。也给他们说，事在人为，休言万般皆是命；境由心造，退后一步自然宽。如今朝廷腐败，民不聊生，战争赔款频仍，反清的呼声日益高涨。惠民身处当今之世，可能会有所成就，但千万不可盲目乐观。”

柏森点头说："等犬子完婚之后，您好好教导一下他。少年天性，狂傲自大，都有'王侯将相宁有种乎'的狂劲，不敲打难以成才。"

杨凤轩说："请东家放心，他去三原高等学堂之前，我一定会叮嘱的。"

柏惠民完婚时，柏森把苏州天成瑞分号赵掌柜、汉口天成祥分号刘掌柜，四川天成德分号钱掌柜、三原天成安分号马掌柜及兰州、西安、兴平等地的大小掌柜全请回来了。柏家庄园里人头攒动，热闹非凡。

到了六月初六当天，十里八乡的民众可谓开了眼界，欣赏了一次多年未遇的结婚盛宴。

柏森在官场和生意场上的各路朋友都来贺喜，除了三院住宅里摆满了婚宴，连庄园外面也搭起了凉棚，摆上了八仙桌，放上了各种小吃。参加婚宴的宾客议论着柏南两家的背景，羡慕这一对难得的姻缘，赞叹着柏家多年来从未有过的排场。

高轩德、姚崇文两位管家这几天忙坏了，既要跟各大分号掌柜叙交情、谈生意，还要接待各位远道而来的贵客，可以说是忙得脚后跟不离地。南掌柜嫁女，送亲的队伍也是颇为庞大，西安城来了许多亲朋，一时间，柏家庄园里口音混杂，笑声不断。

这场婚礼连续折腾了三天，各色人等才陆续散去。

四川分号钱掌柜临走时，特意找到柏森说："东家，这几天我和姚总账聊了聊，觉得还是请姚总账随我进川，帮我把天成德分号的账清理一下，不知道东家意下如何？"

柏森知道天成德分号掌管着四川各地二十多个分支，土地、山林和商铺遍布川北、川东，仅凭分号的账房先生一人难以弄清其中的变化。现在钱掌柜提出让姚崇文进川去清理账务，他就借坡下驴说："刚忙完儿子的婚礼，家中暂时没有大事可办，就让姚管家随你进川吧。还有啥要求尽管说。"

钱掌柜见柏森答应了自己的要求，高兴地说："我没啥要求了，就看姚管家有啥要求了。"

柏森问："你准备何时动身，我为你和姚管家饯行。"

钱掌柜笑着说："东家，各地分号掌柜将陆续动身返回各分号，你不如和大家一起吃个饭，就算一块为大家饯行了，这样岂不省事？"

柏森原以为钱掌柜先走，其他掌柜可能还要耽搁几天，他听钱掌柜这么一说，高兴地说：“各位掌柜为了柏家的商业贸易可真是尽心尽力啊。明天中午，咱们一起喝个一醉方休，后天你们根据各自的路程就可以出发了。”

钱掌柜没料到柏森真的要为他们一起饯行，就说：“我去告诉其他几位掌柜，让他们明天中午一定参加，再次恭贺东家为少爷迎娶了佳媳。”

当天傍晚时分，高明德让仆人给柏惠民捎了个纸条。柏惠民打开纸条一看，上面写个几个字：抽空到私塾书房面晤，有要事相告。柏惠民看过之后，弄不明白这几天高明德都干了些啥，还说有“要事相告”，难不成他见自己娶了媳妇，也要回家娶媳妇。

新娘子南翠屏瞧见夫君拿着一张纸条发呆，笑着说：“少爷，该不会是有人叫你去约会吧？你想去就去吧，我不会吃醋的。”

柏惠民怕新媳妇误会自己了，就把纸条递给了她。然后说：“明德是我的书童，陪着我读了五六年书，我们之间早就是无话不说的好兄弟了。现在我和你成婚了，他不好意思直接来屋里找我，就托人送来了这张纸条。我若不去见他，肯定会遭他嘲笑的。”

南翠屏看完纸条，又听柏惠民自己辩解了一番，笑着说：“那你就去吧，别让明德等久了。对了，其他啥话都可以说，就是咱俩被窝里做的事绝对不能说。”

柏惠民说：“放心吧，你当我是傻子？该说的我会说，不该说的绝对不说。”

高明德在书房等了一顿饭左右的时间，柏惠民终于跑着过来了。

高明德见柏惠民终于来了，打趣地说：“该不会娶了媳妇忘了朋友吧？”

柏惠民说：“咋可能呢？我们在一起多长时间了，我和她在一起才几天啊！”

高明德俏皮地说：“你跟新媳妇都干了些啥，能告诉我吗？”

柏惠民红着脸说：“没干啥。我多年都是一个人睡觉，突然和一个大姑娘在一个炕上睡觉还不习惯，晚上总是睡不着觉，心里烦死了。”

高明德说：“那你搂着新媳妇睡觉啊，这样就能睡着了。”

柏惠民假装生气地说：“你就是为了打听我们被窝里的事专门把我叫出来的吗？如果只是问这事，等你娶了媳妇就知道了。”说完话，柏惠民拧身就走。

高明德见新婚的柏惠民开不起玩笑，说走就走，急忙上前一把拉住，并说:“我特意把你叫出来,就是想告诉你,我要随钱掌柜去一趟四川,估计短时间内我们不能在一起谈论学业了。”

柏惠民听说高明德要去四川,感到有点吃惊。他问:“是你要求去的,还是有人安排你去的?”

高明德说:“杨先生说这个学期的课程已经教完了,等到了秋季开学时,让我们一起到三原高等学堂求学,这段时间就给我们放假了。你现在当了新郎官,有许多事情要做。我一个人待在这里很无聊,又不能经常打搅你,听说姚管家将随四川分号钱掌柜入川,我就想趁机到四川去转一转,学点商业经营上的事,如果将来柏家有用得上我的地方,也好助一臂之力。”

柏惠民听完高明德的话,心里对这个书童加朋友充满了敬意。他说:“你啥时候走,我送你。”

高明德说:“我听姚管家说, 老爷明天中午给参加你婚礼的各地掌柜饯行,后天一大早就出发。”

柏惠民摸了一下头,说:“这么快啊。”

高明德说:“你是春宵一刻值千金,自然觉得日子过得快了。这些掌柜的都有许多事情要处理,他们从各地回来往返一次少则半个月,多则一个月,哪个能放心得下。我听姚管家说了,老爷为了照顾各地分号掌柜,特意允许他们年底时可以不回来述职。”

柏惠民遗憾地说:“你走了,我这段时间找谁玩呀?”

高明德笑着说:“那还不简单,就和你的新媳妇玩呗,说不定还能玩出来个小宝宝哩。”

柏惠民见高明德又在戏弄自己,气得上前就要打高明德。高明德早就猜到柏惠民会来这一招,一溜烟跑了。

秋季开学时,柏惠民因为高明德还没从四川回来,只好一个人带着行囊去了三原高等学堂。在见过杨凤轩介绍过的朱佛光先生、办理过入学手续之后,柏惠民就算正式成了三原高等学堂的学生。

柏惠民其实完全可以不住在书院宿舍的。住宿问题在他来学堂之前,柏森特意交代三原天成安分号马树森掌柜在商号里给他准备了一个房间,里面布置得一切皆有,早饭、晚饭也有人专门伺候。谁知道柏惠民刚在商号住了没几天,就说遇见了伙伴姚文山,非要搬到学堂去住。马掌柜拗不过少爷,只好满足了他的心愿。





姚文山家住桥底镇，距离柏家庄园不远，早就听说过柏惠民的大名，尤其是柏惠民完婚时闹得很排场，想不知道都难。现在，看到柏惠民跟自己在一个班上，就主动和柏惠民搭讪，几次接触之后，两个人就成了好朋友。

有一次，姚文山问："惠民，听说你有一个书童叫高明德，咋没见他来陪读哩？"

柏惠民也有几个月没见高明德了，心里觉得空落落的。现在见姚文山问起了高明德，他说："明德陪着姚管家到四川去了，现在还没回来。好长时间没见他，还怪思念的。"

姚文山笑着问："你思念高明德，难道你不思念你的新媳妇吗？"

柏惠民红着脸说："现在我来学堂读书来了，光思念也没用。大丈夫处世，不能纠缠于儿女情长，卿卿我我。"

姚文山说："有志气！现在朝廷废除了科举制度，宏道书院也改名高等学堂了，但这并没有影响到学堂的地位和声誉。我听说今年上半年，陕西派遣官费留日学生三十人，学堂就占了半数。据朱先生说，一些从学堂出去的学长们经常回来，讲一些外面的新鲜事，有些学长还主张反清复明哩。"

柏惠民第一次听说有人还要反清复明，惊讶得张大了嘴。虽说朱先生教导学生们要经学、科学并重，有时也给学生们讲一些明朝遗老反清的轶事，但学生们都是当故事听的，就是他自己也从未把这些故事往反清复明上面拉扯。现在听姚文山公开提出了反清复明，他不相信地问："学堂是陕西学衙署所在地，提学使会不管这些事吗？反清复明，这不是要推翻朝廷吗？这可是忤逆之罪呀，要砍头的。"

姚文山知道柏惠民的父亲是朝廷贡生，当过中书科中书，也算是官宦子弟，猛然间跟他说这些，他肯定会无法接受。

姚文山说："我们在学堂除了学习有用的技能之外，我劝你读一点学长们带回来的书籍，这样才能开阔眼界，增长见识，不拘泥于先生们讲的内容。"

柏惠民出于对学长们带回来书籍的好奇，就说："你有啥好书拿给我看，反正住在学堂里，我看啥书家里人不知道。念了多年私塾，我除了高明德这个书童兼玩伴，很少和别人打交道。现在虽说在学堂读书，结交的知心朋友有限。咱们既是同学，也是老乡，今后你有啥好看的书，尽管给我拿来，让我阅读一下长长见识。”

姚文山见柏惠民性格豪爽，就说：“好的。一言为定。”

没过几天，姚文山就给柏惠民偷偷送来了一些朝廷明令禁止的书籍，这些书其中就有《黑奴吁天录》《铁券》等进步书籍。

当柏惠民刚刚偷偷看完这些禁书时，高明德就从四川回来赶到了三原高等学堂，他带给柏惠民的见闻，更让柏惠民瞠目结舌。

高明德悄悄告诉了柏惠民在四川的所见所闻。他说，在四川时他结识了蒲城人井勿幕，从他口中还知道了祖籍泾阳斗口于村的于右任。于右任早年就在高等学堂的前身宏道书院读书，受刘古愚倡导新学，注重经世济用等新思潮的影响，对朝廷腐败无能深恶痛绝，甚至在光绪皇帝和慈禧皇太后西狩时，还写信给陕西巡抚端方让他刺杀慈禧皇太后。慈禧皇太后知道此事后，大为恼怒，下令通缉于右任。井勿幕家原在蒲城县开有杂货铺，父亲去世后，他的胞兄井岳秀和他分了家，他年龄小，不懂得经营，不几年时间，他分得的杂货铺倒闭了，就去了四川投靠亲友。在四川，井勿幕受新思潮影响，积极寻求富国强民之路。高明德最后说，不管是老乡于右任，还是井勿幕，都值得我等学习。

柏惠民听完高明德的叙说，预感到高明德肯定受到了这些人的影响。他羡慕地问：“井勿幕现在何处？”

高明德说：“在四川时，我抽空和井勿幕多次在茶馆相约，他谈论的都是富国强民的大道理，并约我去日本留学。你知道我这次去四川，只是陪着姚管家巡视四川分号的，也没钱出去留学啊。井勿幕知道我的情况后，自己到日本留学去了。”

柏惠民听说井勿幕去了日本留学，遗憾地说：“井勿幕多大年纪了，有如此胆略？”

高明德说：“井勿幕小名叫井泉，和你同岁。在四川他和熊克武[①]结成了志同道合的朋友，在他的介绍下，我也有幸和熊克武认识了。我觉得这些人将来一定能弄成大事。”

柏惠民听说井勿幕和自己同岁，又有这么复杂的人生经历，顿时有了敬

---

①熊克武：四川井研人，字锦帆。1911 年参加广东黄花岗之役。辛亥革命后任蜀军政府第五师师长，川东讨袁总司令。1949 年后任西南军政委员会副主席，全国人大代表等职。1970 年 9 月 2 日病逝于北京。

佩之心。他说:“有机会一定要认识一下井勿幕。”

高明德说:“井勿幕虽说去了日本留学,肯定会回来。如果他回陕西了,我一定介绍你认识。还有于右任,他虽说比我大七岁,比你大九岁,但学识不知道比我们要丰富多少。有机会的话,我顺便把于右任也介绍给你认识,说不定将来还会成为莫逆之交。”

柏惠民见高明德毫不保留地介绍了他认识的两位有识之士,并说介绍自己认识,高兴地说:“不愧是总角交[1]啊,我在此先谢了。”

柏惠民在憧憬和于右任、井勿幕等人结识时,家里发生了巨大的变故,让他一下子跌入了人生的低谷。

柏惠民结婚后的第二年夏季,妻子南翠屏为他生下了一个儿子,没料到儿子还没过满月就夭亡了。满怀喜悦的母亲柏魏氏无法承受如此大的打击,一病不起,在秋季来临之前,散手人寰了。

柏惠民先后给学校请了两次假,回家安慰南翠屏和父亲,尤其是母亲柏魏氏的离世,让他明显感到父亲在感情上受到了极大打击。

安葬完母亲之后,柏惠民趁机劝说父亲:“大,你孙子刚出生就夭折了,我也伤心。母亲因此去世,更让我痛心疾首。这半年时间,咱家接连一少一老离开了人世,这是柏家多年未遇的灾难。事情已经发生了,您老一定要多保重,这个家不能没有您。只要您在,天就塌不下来。”

柏森伤心地说:“原以为给你娶了媳妇,好给柏家传宗接代,没料想孙子没过满月就走了。你妈伤心过度,估计也是听了些闲话也走了。如今柏家就剩下了我们父子和你媳妇,这日子可真没法过了。”

柏惠民明白父亲心里的酸楚,更担心柏家后继无人。他说:“大,我和翠屏都年轻,过两年还会给您生个孙子的。您如果觉得在家里闹心,就到西安城去转转散心,家里有二位管家打理,不会有啥事的。”

柏森明白儿子在宽慰自己,他说:“你的一番孝心大领了,到西安城我见了亲家南掌柜咋说呀?我哪里都不去,就待在家里。儿子,大没事,你放心去学堂读书吧。”

柏惠民劝说不动父亲,又回来安慰媳妇。他说:“翠屏,或许是咱命里就不该有这个儿子,既然他不愿意留在世上,就让他去吧。你我都年轻,还愁没

①总角交:指幼年好友。

有儿女吗？”

南翠屏伤感地说：“你在学堂读书，自然不知道十月怀胎的辛苦。你父母期盼着咱们能给柏家传宗接代，好不容易生了个儿子，父母的高兴劲还没过，儿子就夭折了。尤其是母亲因此生病去世，好像咱们生了个催命鬼似的，想起来就让人既伤心又寒心啊。”

柏惠民见媳妇泪流满面，痛心不已，也是打碎了牙往肚子里咽。他搂着媳妇说：“你别伤心累坏了身子。你要想开点，如果你想不开，整天愁眉苦脸的，咱大心里就会更难受。老人经过这两次打击，再也无法承受感情上的折磨了。你高兴一点，咱大心里就会舒坦一些。日子总要往下过的，舒坦地过和伤心地过，截然不同。”

南翠屏嘤嘤哭着不吭声，只是点了点头，算是答应了丈夫的要求。

两年之后，南翠屏又怀孕了。柏森看见儿媳妇的肚子一天天变大，心情随之好转。

这年放暑假回家之后，柏惠民见媳妇的身子变得有些粗笨，心里也非常高兴。尤其是看到父亲心情舒畅，让他预感到柏家的春天即将来到了。

陪父亲聊天时，柏惠民汇报了这两年在学堂里学到的知识、结交的朋友。柏森明显觉得儿子变得更加豪放了，学识见长不说，还结交了不少朋友，让他对儿子刮目相看。

柏森听完儿子的汇报，欣慰地说：“与高人交往，与能人共事，与智者论道，与儒者谈经，这是为父一生的追求，没想到在你身上有可能实现了。这个世上有许多事情是凭一己之力无法完成的，不管你是谁。只有结交志同道合的朋友，形成合力，才能实现人生的追求。人世上，用金试火，用钱试人，这个道理你应该懂。《战国策·楚策》中有句话说‘以财交者，财尽而交绝；以色交者，华落而爱渝’。你刚刚步入社会，我不反对你结交各路朋友，甚至为朋友花钱，但你一定要认清人品，弄懂要干的事，千万不能盲从。”

柏惠民听完父亲的教诲，说：“儿子记住了。”

开学后，柏惠民把媳妇快要生娃的消息悄悄告诉了他的好朋友高明德和姚文山。

高明德听完柏惠民马上会有子嗣，高兴地说：“恭喜少爷，贺喜少爷。柏家这些年非但没有添人加口，反倒少了两个人，老爷肯定伤心。如果你媳妇在这个时候能为柏家生个儿子，老爷不知道有多高兴啊。”

姚文山知道柏惠民和高明德的关系，也知道柏家近些年的状况，听完高明德的话，他顺口说：“惠民还是有办法，媳妇也争气。不管是男是女，我想柏老爷一定会高兴的。”

柏惠民听完他们的话，说：“就是，不管是男是女，总之都是柏家的血脉，我都会善待的。说不定，我媳妇还更想生一个女儿哩。”

高明德说：“不管是男是女，我当干大①如何？”

姚文山笑着说：“你都没结婚，还想当干大，臊脸不？”

高明德反驳说：“没结婚就不能当干大啦？再说啦，娃有个干大能长命百岁，惠民，你说是不是？”

柏惠民对高明德的心思也是心有灵犀，他说：“能当，不过你得抓紧时间娶媳妇，要不然娃大了，跟你要干妈你没有就麻烦了。”

姚文山一听这话，哈哈大笑。他说：“就是。惠民都结婚几年了，你这个娃的干大也得赶紧找媳妇了。”

高明德见他们联合起来开自己的玩笑，气得上前就想打他们，没料想还没等他举起拳头，两人不约而同地跑了。

过了一个多月，柏家庄园派了一个伙计赶着马车，带着三原分号马掌柜直接来到了学堂，他们见到柏惠民后脸色阴沉，只说柏老爷吩咐让他赶紧请假回家，柏惠民再三问家里出了啥事，马掌柜被逼急了，说了一句回去就知道了。

从三原返回桥底镇柏家庄园的路上，伙计和马掌柜一言不发，弄得柏惠民的心里很憋闷。他们不说话，柏惠民索性也懒得问。他想不管家里发生了啥事，到时候就知道了，何必再三催问哩。

马车刚进柏家庄园，柏惠民就看见了仆人、家丁都穿着孝衣，头上戴着白孝，心里一下子沉重起来了。他想虽然父亲身体不太好，总不至于这么快就散手人寰吧？要不然就是媳妇出了大事，否则柏家上下的年轻人也不会穿

①干大：关中渭北一带在孩子满月时有撞干大的风俗，往往安排自己最亲近和器重的人做孩子的干大。

孝衣戴孝呀！

柏惠民不等马车停稳，就钻出车厢，跳下了马车，跑向东院大门。他刚进门，就看见总管家高轩德正在指挥伙计们搭灵棚，给屋檐上挂白纱，不知道谁不在了的他一下子就蒙了，随之瘫软在地。

高轩德听见有伙计大叫少爷，回头一看柏惠民瘫倒在大门里面不远处，赶紧跑来扶起了他。

高轩德悲伤地说："少爷，不管家里发生了啥事，你一定得挺住，要不然柏家的天就塌了啊。"

柏惠民急切地问："家里谁去世了？"

高轩德说："少夫人难产，一下子走了两条人命。"

柏惠民不相信媳妇和孩子就这样走了，他说："夫人已经生过小孩，咋还会难产而亡，肯定是屋里的丫鬟、老妈子没有侍候好在推脱责任，等我弄清情况，一定要严厉处罚。"

高轩德见柏惠民正在气头上，口无遮拦，也怕气话伤了丫鬟、仆人的心，就把他拉到大堂客厅坐下。给柏惠民倒了一杯水之后，高轩德说："少夫人虽说生过小孩，但第一个是顺产，这次孩子在娘胎中是倒着孕育的。生产的时候，少夫人折腾了半天没有生下来，老爷让我派人到桥底镇去请牛八爷，等牛八爷到了庄园里，少夫人和没生下来的女婴都已气绝身亡了。牛八爷仔细看了看少夫人，说是这种情况只有西医有办法，就是他当时在场，也是束手无策。少爷，你先别为少夫人母女悲伤了，老爷听说少夫人母女身亡的消息后，痛心得大口吐血，现在躺在炕上一病不起了。"

柏惠民听说父亲为此吐血生病，急忙站起身就往父亲屋里跑。

进了父亲的房间，姚崇文正在扶着柏森喝药。他见少爷终于回来了，就对柏森说："老爷，少爷回来了。"

柏森转过头一看儿子果然回来了，一瞬间情绪激动，老泪纵横。他喘息着说："儿啊，你终于回来了，你大以为见不上你了。"

柏惠民见父亲一下子苍老了许多，心里一阵酸楚。他上前拉着父亲的手说："大，翠屏生小孩，你咋不派人把我叫回来吗？现在翠屏母女双亡，你又气病了，我可咋办呀？"

柏森看着儿子也着实恓惶，不忍心再给儿子添堵。他说："老天爷对柏家不公平，咱不能亏待了翠屏母女。姚管家，你派人到西安城给南掌柜报丧，说明情况。不管南掌柜家是否来人，都要厚葬翠屏母女。”

姚崇文说：“请老爷放心，这点小事我马上就安排人去办。少爷，你来照顾老爷，我走了。”

等姚崇文出去后，柏森含着泪水说：“儿啊，你大快不行了，以后柏家就要交给你了。”

柏惠民看着父亲悲痛的神情，泪水顿时挂在了脸颊上。自出生以来，柏惠民从来没有这么悲伤过。这几年，柏家虽说也经历过生老病死，但从没有这次对他打击这么大。不但媳妇和未出生的女儿没了，父亲也是吐血卧床，他感到自己的天快要塌了。

柏惠民说：“大，你千万不要胡思乱想。你一辈子啥世面都见过，这点灾祸还能击倒你吗？翠屏母女没福气走了，咱父子还得生活呀！你想开点，我这就去亲自请牛八爷来给你看病。只有你好起来了，柏家才会有希望。”

柏森苦笑着说：“牛八爷刚从咱家走，并且已经给我把了脉，开了药，你就是再去也无益。现在，你打起精神，跟着二位管家把你媳妇的丧事办好，不要让南家再给咱家挑毛病就好了。”

柏惠民听完父亲的话，赞同地说：“大，你好好休息，我出去看看。”说完话，柏惠民用手擦干了眼泪，走出了父亲的卧房。

南掌柜听说女儿难产死亡后，也是痛哭流涕，感叹女儿没有福分。对于柏家如何安葬女儿，他对报丧的护院首领高俊峰说就不去桥底镇了，免得再伤心落泪。

高俊峰快马加鞭赶回来，把去南家报丧和南掌柜的意思告诉了柏森。柏森叹了一口气，郁闷地说：“南掌柜不忍心看到这种悲惨场面就算了。惠民啊，虽说翠屏不在了，你今后四时八节还是要带上礼物到西安城去拜见你丈人，亲戚一场，决不能给人留下话柄。”

柏惠民明白父亲的心思，再说和南翠屏结婚这几年来，每次去老丈人家，南掌柜都把他这个女婿当成贵客招待，现在翠屏不在了，这门亲戚不能断绝。

柏惠民说：“大，你放心，儿子不是无良心之人，以后有机会肯定会继续走动的。”

安葬完南翠屏母女，柏惠民像丢了魂似的回到了三原高等学堂。

半个月没见面的好伙伴聚在一起，细心的高明德发现柏惠民面容憔悴、精神萎靡，昔日常见的笑容也不见了，脸上写满了苦楚。

高明德不知道柏家发生了大事，还以为柏惠民媳妇果然生了个女儿，没有满足他想生儿子的愿望。高明德打趣地说："少爷，你媳妇到底生了个带把的，还是千金啊。不管生了个啥，你得告诉孩子的干大吧。"

柏惠民苦着脸说："不要说生孩子了，连媳妇也没了。"

高明德、姚文山一听这话，均觉得大事不好。

姚文山关心地问："惠民，到底咋回事，你说呀。"

柏惠民这才把家里最近发生的变故告诉了两个好朋友。这二人听完，不禁对柏惠民接连遭受打击满怀同情，对南翠屏因难产去世唏嘘不已。

高明德说："惠民，你真有点命背，多好的一个媳妇说没就没了，老爷现在还卧病不起，你这日子可咋过呀？"

姚文山接着说："还能咋过？走着瞧呗。死者长已矣，总不能存者且偷生吧。"

高明德听姚文山偷换了杜甫《石壕吏》中的诗句，但用在此时却恰如其分，不由得对姚文山竖起了大拇指。他说："惠民，你还是要振作起来，不然老爷看到你整天愁眉苦脸、萎靡不振的样子，心里更难受。你回来了就好，我这里有一些书籍，你可以看一下，想想今后该咋办。"

柏惠民知道这两个知己都在关心自己，说："事非经过不知难啊！你们放心，我会振作起来的，绝对不会让我大和你们失望。"

这学期快放寒假时，省学衙署提学使[①]胡平甫突然要召见柏惠民，弄得柏惠民像丈二的和尚摸不着头脑。他立即找高明德、姚文山商议应对之策。

柏惠民说："按道理说，我在学堂的学业不是最优秀的，不知道提学使为啥要召见我？你们说说，这其中不会有啥事吧？"

高明德知道提学使是省学衙署的主政高官，管理着全省的教育，能让这样一位高官召见一个学业并不出类拔萃者，确实是闻所未闻。他担心柏惠民

①提学使：官名，清末废除科举，兴办学堂设置的省级行政官署。清光绪三十二年（1906），清政府裁撤提督学政，改设提督学司，在各省以提学使为主官，每省一人每三年为一任，为正三品。作为总督、巡抚属官，列在布政使之后，按察使之前，由总督巡抚节制和学部指挥。职责是总理全省教育行政事务，筹划全省教育经费，管理全省各级学堂，聘用外国教员等事宜。

在看他和姚文山偷偷给的那些书籍时被人发现告发了，有些担忧地说："惠民，我问一句，你在看我和文山给你的那些书籍时，该不会被人发现了吧？"

柏惠民指天发誓说："不可能。我把你和文山给的书籍都带回三原商号去了，要看这些书，我也是回到商号偷偷看，从来没人知道。就是马掌柜发现了，也不可能去告发。"

姚文山说："这事虽然有些蹊跷，但你还得去。我听说胡提学使并不是一个呆板固执之人，在全省的教育界颇有声望。咱们就不要乱猜了，惠民去了之后自然就知道他找你有啥事了。"

省学衙署衙门就设在三原高等学堂附近。科举制度未废除之前，学衙署衙门是全省学子科举考试所在地。现在，虽说光绪皇帝废除了科举制度，但学衙署仍掌握着官派留学生的大权，承担着向朝廷推荐人才的重任。全省学子尤其是三原高等学堂的学子们，一直把能进入学衙署衙门视为一种荣耀。

柏惠民怀着忐忑之心进入学署衙门之后，一个官样的中年男子黑着脸问他找谁，他说是胡提学使让他来的。中年男子一听是上司找面前的学生，立马变了态度，并把柏惠民领到了胡平甫办公的房间。

进了胡平甫的房间，柏惠民低眉顺眼地站着，连抬头的勇气都没有。他说："我是柏惠民，不知道胡大人找学生来有啥事情？"

穿着朝廷三品官服的胡平甫打量了一眼面前的青年学生，笑着说："你不要太拘谨，我就问你几个问题，问完之后你就可以走了。"

柏惠民这才抬起头，只见眼前这位提学使官威十足，慈眉善目，一双眼睛炯炯有神。他说："请胡大人问吧，学生保证知无不言，言无不尽，如实回答胡大人的问话。"

胡平甫笑了笑，随后问了柏惠民的家庭情况和他自己的打算，然后说："你可以走了。"

柏惠民一头雾水地从胡平甫房间走出来，一路小跑着去找高明德、姚文山。

当柏惠民把见面情况告知高明德、姚文山之后，这两个人也弄不清胡平甫葫芦里到底装的啥药。

高明德纳闷地说："难道胡大人就问了你一些家庭琐事，没有问其他问题吗？"

柏惠民说："就问了些家庭情况，我如实告知了胡大人。至于他问我今后的打算，我当时说想继续读书，争取将来做个对社会有用的人。就这些，没有了。”

姚文山说：“一个主管全省教育的提学使，竟然只关心你的家庭情况，好像不正常。为了保险起见，我看你还是回商号看一下吧，尤其要注意我们借给你的书籍是否有人乱翻。阅读违禁书籍这事如果让胡大人知道，你的前程就完了。”

高明德接着说：“我同意文山的看法。你赶紧回去，检查书籍，然后把情况告诉我俩。”

柏惠民见两个挚友为自己担心，转过身就往商号跑去了。

进了商号大门，柏惠民没有搭理给他打招呼的伙计，直接快步进了商号为自己准备的卧室。他把卧室仔细检查了一下，原来存放在隐秘处的书籍原样未动，没有人翻动的痕迹。这种情况，让柏惠民感到了迷茫。难道还有别的事？

正在柏惠民彷徨之际，商号掌柜赵树森进屋了。

赵树森见柏惠民像无头的苍蝇在屋子乱转，笑着问：“少爷，看你心神不宁的样子，发生啥事了？”

柏惠民停下了脚步说：“赵掌柜，今天省学衙署提学使胡平甫大人把我叫去问话，但只问了我一些家庭琐事，弄得我猜不透他的用意，正在这里着急哩。”

赵树森听完柏惠民的话，突然哈哈大笑。他说：“这就对了，看来事情有门了。”

柏惠民不明白赵树森为啥大笑，一脸懵懂地问：“赵掌柜为啥发笑？柏家可能要出大事了，你还有心思发笑？”

赵树森说：“柏家是要出大事了，但这次是好事。少爷，你别着急，听我慢慢给你说。”

随后，赵树森告诉柏惠民，老掌柜柏森预感到自己将不久于人世，想到儿子孑孓一人，心里放心不下，就四处托人给柏惠民再找媳妇，想在他有生之年，看着儿子成家，最好是能看到有后代。赵树森多方打听，有人告诉他学署衙门提学使胡平甫有一个妹妹叫胡锦云，尚未出嫁。他托人上门替柏家求亲，胡锦云父母都已去世，现在跟着哥嫂生活，婚姻大事自然是哥哥做主，这就有了胡平甫当面询问柏惠民这出戏。

柏惠民听完赵树森的叙说，幽幽说道："我媳妇才去世不到半年，又让我成亲，这事恐怕不妥吧？"

赵树森明白柏惠民与南翠屏伉俪情深，况且南翠屏是为柏家生女难产亡故，虽说他们是少年夫妻，但终究还是有感情的。现在突然听说父亲又张罗着给自己娶媳妇，感情上未必一下子能转过弯。

赵树森劝说道："少爷，老爷就你这一根独苗，当然盼着你能为柏家延续香火。少夫人已经去世了，老爷也不想你一个人孤身下去。胡大人当面问你的家庭情况，一是想见一下你，二是问一下你的志向。估计胡大人今晚就会和胡小姐提说此事。如果你没意见，我派人回去告诉老爷，准备给你提亲。"

柏惠民没料到会是这种事，一时也拿不定主意，低着头不说话。

赵树森见柏惠民还在犹豫，又说："少爷，按照俗话说，你现在已经是结过婚的人了，能娶上胡大人的妹妹，那是柏家烧了高香，别人想攀这门亲事都攀不上，你又为何下不了决心哩？再说，胡大人是学署衙门的提学使，我想他看在他妹妹的面子上，一定会对你多加照顾的。你答应了这门婚事，不但老爷开心，对病情好转有益处，而且也给了胡大人面子，何乐而不为呢？"

赵树森的话如醍醐灌顶，让柏惠民一下子清楚了自己目前的境况。一个二婚之人，娶一个黄花大闺女，而且是提学使的亲妹妹，真是打着灯笼都难找的好事。为了父亲的病情，为了不让父亲再为自己操心，柏惠民说："人常说，百善孝为先，我无话可说，就依我大的意思吧。只要他老人家心里高兴，做儿子的绝对服从。"

赵树森见柏惠民答应了这门婚事，高兴地说："看来老爷还是有远见，他早猜到了你会同意的。"

柏惠民回到学堂，把这个消息告诉了高明德、姚文山之后，两人都为柏惠民感到高兴。

过年的时候，柏惠民见父亲气色不佳，特意到桥底镇拜访了牛八爷。

牛八爷弄清柏惠民的来意后，说："你大的病是心病。俗话说，心病还要心药治，我是没办法了，只有你才有办法。"

柏惠民说："牛先生号称神医，你都没办法治好我大的病，难道我一个对医术一窍不通之人能治好我大的病？"

牛八爷笑着说："你赶紧结婚给你大冲喜，说不定你大的病就好了。"

柏惠民听说过冲喜这种说法，但他有点不认同。在三原高等学堂念了几年书，他多少知道冲喜之法迷信，根本对重病之人没啥用处，仅仅是能让病人心情舒畅而已。听了牛八爷的话，他不好当面反驳，就说：“我回去后就告知我大，一切全凭他做主。”

牛八爷欣慰地说：“你大能有你这样孝顺的儿子，可以含笑九泉了。”

柏惠民听完这话，吃惊地问：“牛神医，你是说我大命不长了？”

牛八爷说：“好则半年，差则三个月。小伙子，你自己斟酌吧。”

柏惠民心情沉重地返回柏家庄园后，没敢把牛八爷的话告诉父亲，这么大的事，他无法做主，就悄悄告诉了两位管家。

高轩德听完柏惠民的话，脸色难看地说：“老爷辛苦一生，临老了还看不到柏家有孙子，肯定心有不甘。这事少爷不好当面说，我和姚管家找机会问一下老爷的意思。”

姚崇文说：“老爷饱读诗书，虽不精通医道，肯定对自己的身体状况还是了解的。我同意高管家的意见，侧面问一下老爷对你婚事的安排。少爷，不管老爷说啥，你都不能反对，让老爷临走前舒心一些，就算你尽到了孝道。”

柏惠民说：“请二位管家放心，惠民一定听从我大的安排，顺着我大的心思办事，决不含糊。”

二位管家见柏惠民如此懂事，都点了点头。

翻过年，柏森自己掐了一下日子，就在三月初三给儿子订了婚。

忙完订婚大事后，柏森明显感到了心力交瘁，行动不便。他预感到自己的大限不远了。儿子虽说已经成人，但一个十七八岁的毛头小伙子，一下子要承担起柏家的重任，还是让他揪心。躺在炕上的柏森，思前想后，决定对原来的经营管理方式进行改变，为儿子将来接管家业留下基础。

这天早上，柏森让仆人把高轩德、姚崇文、高俊峰等人请进了自己的卧房。

等三人坐下后，柏森有气无力地说：“二位管家，柏家各分号经营虽说按照陕商传统做法，实行了领东掌柜的制度，给了各分号掌柜一定的经营权和股份，但我仔细琢磨了一下，还是觉得有些不够。今天把你们几个叫来，就是想征求一下你们的意见。”

姚崇文说：“领东掌柜这种做法，已经实行了多年，各分号都能按照东家的要求完成年度经营任务，而且薪俸不低。难道东家还想改变吗？”

柏森苦笑着说:“我若是还能支撑几年,就会放缓改变。现在,我病入膏肓,得为儿子惠民留下一个好的基础。前些年,安吴堡周莹率先在经营管理中实行人四银六的管理办法,收到了奇效,激励了吴家各分号掌柜和伙计的积极性,这才有了她被敕封为一品护国夫人的经济基础。我想柏家也要实行这种办法,让各分号掌柜有一定的经营自主权,同时对分号资产负连带责任。以后,就是我不在了,各位掌柜为了自己的利益也会苦心经营,争取多赚利润的。”

姚崇文听完柏森的话,对他如此安排很感慨。老东家在即将离开人世之际,把自己应得的利益出让,就是为了笼络住各地分号掌柜的心,为了给儿子留下一个基业稳固的家业。他说:“东家此举可谓用心良苦,我相信各地分号掌柜和伙计都会对东家感恩戴德的。”

高轩德说:“人四银六的办法,固然能激励各地分号掌柜和伙计,但东家的利润也会减少,只怕从今往后,每年输送回柏家的银两就要大打折扣了。”

柏森说:“儿孙自有儿孙福,当老子的不可能照顾他一辈子,一切还要自己争气,否则,就是留下金山银山也有糟蹋完的时候。高管家、姚总账,还有高护院,趁我神志还清楚,你们三人可以互相做证,我也将给惠民做交代,今后高管家主内,高护院协助,姚总账主外,全力协助惠民管好柏家的家业,柏森在这里谢过三位了。”说完话,柏森双手抱拳,对着他们作了一个揖。

姚崇文见柏森言语之间满是伤感,怕他激动引发病情加重,就劝说道:“东家只是身体欠安而已,不要胡思乱想了。你刚才说的话,我们照办就是。”

柏森说:“我还会给每位掌柜写下一封书信,叫他们服从你们的管理,协助惠民。我有点累了,如果没啥要紧事,你们就出去吧,我想休息一下。”

三个人相跟着出了柏森卧室,不约而同地到了姚崇文办公的房间。

高俊峰有点遗憾地说:“二位管家,我本来是想向东家请辞的,没料到东家把我们一起叫去,好像是交代后事,这可咋办?”

高轩德说:“高护院,你在柏家也有三十年了吧,在这个时候请辞,恐怕不合适吧?”

高俊峰惴惴不安地说:“护院这种活,需要的是武艺和体力,不像二位管家凭智力干事。我到柏家确实是有三十年了,以前为了柏家的生意走南闯北,保驾护航,但这几年,精力明显不济了,就不想耽误柏家的事,这才想请辞回家养老的。”

姚崇文见高俊峰说的是实情，同情地说："高护院，这真是岁月不饶人啊！想当年，我当总账房时你正值壮年，是名闻关中的武林高手，没想到如今你也年过五旬了。不过，你现在不能请辞，免得东家寒心。要请辞的话，一是等东家仙逝之后，二是选好接班人。"

高俊峰说："姚总账提的两条我都答应。至于接班人，我看好现在的护院孙志高。此人武艺高强，办事老练，还熟悉各地分号的情况。至于是否用他，两位管家商定，我不再多言。"

高轩德说："护院首领的事先这么暂定，现在不宜扩散，一切等东家归天之后再说。哎，姚总账，我也觉得东家刚才一番话，好像是在托孤，你看此事如何办才好？"

姚崇文说："我看东家气色黯淡，说话有气无力，恐怕将不久于人世了。说他托孤也好，交代后事也罢，我们跟着东家多年，他能把这样重要的事情当面交代，说明东家对我们还是高看一眼的，我们只有殚精竭虑地干好本职，才算没辜负东家的厚望呀。"

高轩德说："你我找机会给东家说，尽快给少爷完婚，免得留下遗憾。"

姚崇文说："你是管家，先准备好结婚用房，咱们一起去劝说。"

四月底的一天中午，牛八爷来看过柏森后，悄悄对姚崇文和高轩德说："柏财东快不行了，你们得为他先准备后事了。"

姚崇文等人听罢，赶紧让孙志高快马加鞭到三原去给少爷报信。

孙志高到了三原商号，把老东家的病情通报给了掌柜马树森，并求他赶快派人到学堂去找柏惠民回来，然后跟他一起骑马回柏家庄园。

柏惠民这天正在和几个伙伴争论如何富国强民，看到三原分号一个伙计正在教室外频繁地向他招手，他走出教室，生气地问："你来得真不是时候，没看到我们争论得脸红脖子粗。快说，有啥急事？"

伙计说："柏家庄园孙志高护院来了，说老爷快不行了，让你赶紧回家。"

柏惠民听完这话，拉着伙计就跑出了学堂大门。

到了商号，马树森早就给他准备好了快马。柏惠民二话没说，跳上马背，就跟着孙志高打马如飞似的往回赶。

柏惠民他们进庄园时，夕阳斜下，把整个天空渲染得红彤彤的，仿佛天空像着了火似的。

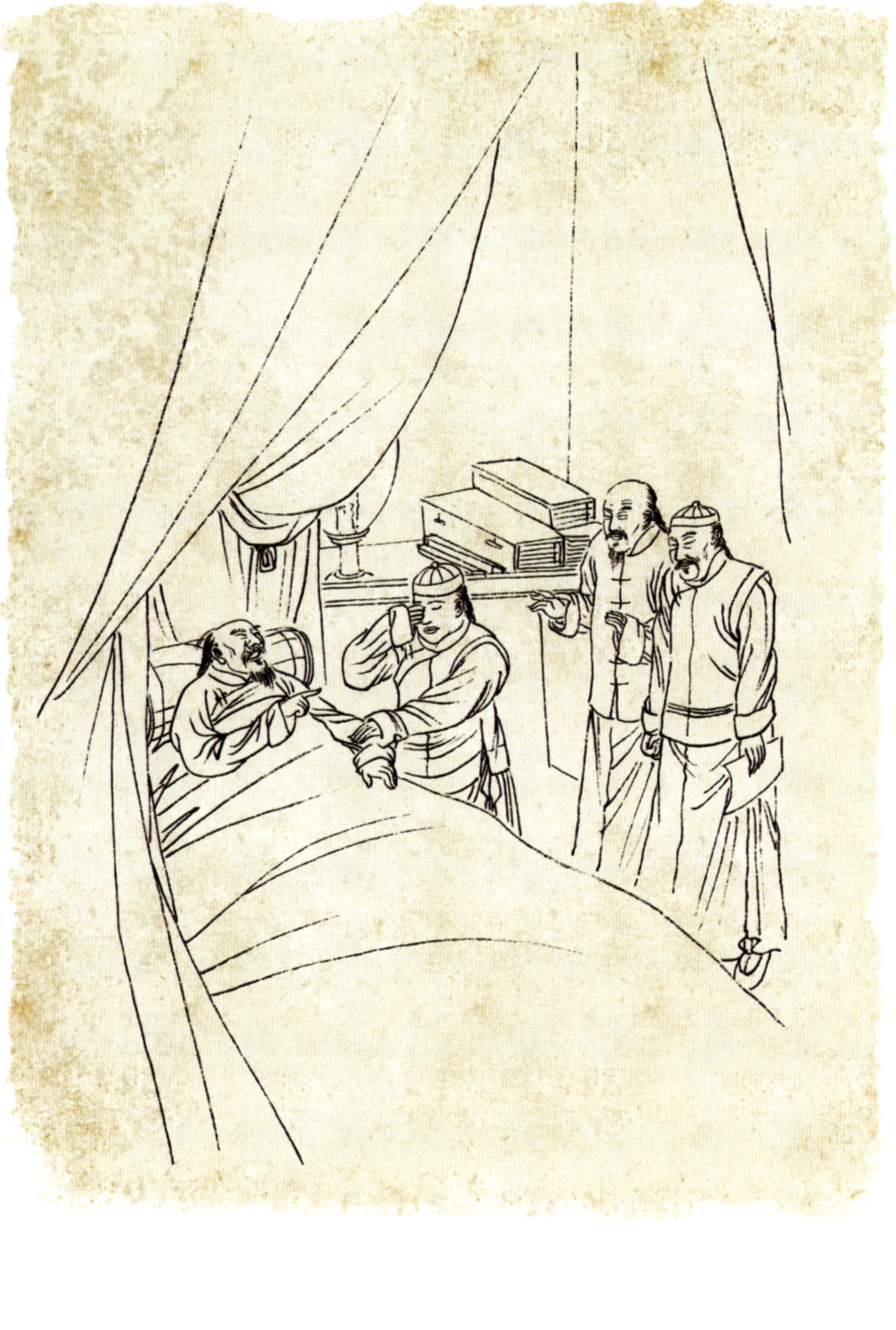

进了大门，柏惠民一路小跑着进了父亲的卧室，看见牛八爷、高轩德、姚崇文、高俊峰等人围在炕边，看着气息奄奄的柏森直摇头。

柏惠民抢到炕边，拉起父亲的手，感到有些发凉，心里觉得大事不好。他大声喊道："大，你醒醒，儿子回来了。"

柏森似乎听见了儿子的呼喊声，慢慢睁开眼睛说："儿啊，大总算看到你了。家里的大事我已经托付二位管家替你打理，我也给各地分号掌柜每人写好了一封信，这就交给你，等他们回来奔丧时，你交给他们。"说完话，柏森吃力地从枕头下面摸出几封信交给了柏惠民。

柏惠民接过信件，不相信父亲就要这样走了。他大声说："大，你没事，一定会好起来的。"

柏森看了看众人，气喘着说："我已托孤于二位管家，希望你们看在多年交情的分上，照顾好惠民。儿啊，记得刘备当年在白帝城托孤时说'勿以恶小而为之，勿以善小而不为。惟贤惟德，可以服人'。今天，大把这句话转送给你，也希望二位管家和高护院监督。"

高轩德、姚崇文齐声说："请东家放心，我们一定会竭尽所能，帮助少东家料理好一切事务。"

柏惠民哭泣着说："大，你放心，儿子一定谨记。你还有啥不放心的事吗？"

柏森吃力地说："答应大一件事，年底之前一定要完婚。"

众人见柏森弥留之际还在操心儿子的婚事，都流下了泪水。

等到柏惠民缓过神再想问父亲话时，柏森已经咽气了。

柏家庄园和全国各地的分号就这样落在了一个少年的嫩肩上。柏家将何去何从，一时间就成了街谈巷议的话题。

# 第四章　柏惠民好善敢当　蔡元儒请命嘉奖

在安葬柏森时，作为有婚约一方的家长，三品官职的朝廷命官、陕西学衙署提学使胡平甫亲自登门吊唁，给足了柏惠民的面子。

参加完柏森的葬礼，姚崇文、高轩德把胡平甫请进了二堂客厅，专门向他面告了老东家柏森的遗愿。

胡平甫虽是朝廷三品大员，拿着朝廷的俸禄，但他的财力根本无法跟柏家相提并论。见识过柏家的实际情况后，胡平甫觉得虽然妹妹胡锦云嫁了个二婚的柏惠民，但毕竟进了门就是夫人。现在柏家就柏惠民这一个独苗，继承了偌大的产业，妹妹肯定也不会受苦。

胡平甫见传说中受托孤重任的二位管家一起求自己，心想这事可能也无法推辞了。他说："就是要结婚，也要等柏老先生过了百天以后。柏家定黄道吉日，我没啥意见。"

姚崇文见胡平甫爽快地答应了要给柏惠民完婚的请求，感激地说："胡大人真是豁达，令人钦佩！我和高管家受老东家临终嘱咐，一定要替少东家年前完婚。胡大人，我们算好黄道吉日，一定提前告知胡大人，届时还请胡大人多担待呀！"

胡平甫说："惠民和锦云成了亲，你们以后就是一家人，他们的生活和柏家的商业贸易还需要二位管家多操心哩。"

高轩德说："请胡大人放心，我和姚管家一定会竭尽全力辅佐少东家的。”

胡平甫说:“惠民有二位管家辅佐,也是前世修来的福分。以后有啥难事用得上我这个妻舅,尽管派人来说。”

高轩德、姚崇文巴不得胡平甫留下承诺,现在听他当面这样讲,都是感激不尽。

等父亲二七过后,柏惠民赶回了学堂,见到了高明德和姚文山。

高明德安慰了他一番之后,兴奋地说:“惠民,井勿幕从日本回来了,你要不要见见他?”

柏惠民本来还伤心悲痛不已,听说井勿幕回来了,急忙说:“你约一下,让我也见识一下这位同年。”

姚文山见柏惠民的表情瞬间发生了变化,也为好朋友能逃离悲痛感到高兴。他说:“听说井勿幕在日本加入了孙中山发起成立的同盟会,也就是朝廷经常说的革命党。你们和井勿幕见面一定要隐秘,不能被朝廷的暗探发觉,尤其是惠民,否则不但会给你惹来麻烦,可能还会牵连到提学使胡大人。”

柏惠民说:“文山,你放心吧。明德,为了安全,我看还是在我家三原商号吧。那里有我一间书房,平时没人进去。赵掌柜知道我爱交朋友,你领着井勿幕去了,他不会怀疑的。”

高明德说:“还是惠民考虑得比较周全。那就晚上见。”

当天夜幕降临时,高明德带着一个青年男子进了三原天成安分号的大门。掌柜赵树森熟知高明德,他见高明德带着一个陌生青年进了大门,笑着问:“明德,又带着朋友来找少东家了,要不要给你们准备点吃的?”

高明德说:“多谢赵掌柜了。少东家在书房里等着我们哩,我们先进去,等会如果饿了,我会再去找您。”

赵树森见两个年轻人相跟着去了后院,摇着头自言自语:“少东家现在无人能管得住了,这样下去如何是好啊!”

柏惠民听见院落里传来了脚步声,就猜到高明德领着井勿幕来了。他站起身刚走到书房门口,高明德就到了跟前。

柏惠民看见高明德身后紧跟着一位眉清目秀、戴着眼镜的青年,急忙把他们让进了书房。等二人刚坐下，柏惠民就问戴眼镜的青年："你就是井勿幕吧？"

戴眼镜的青年男子笑着说："本人大名井勿幕，小名井泉。听说惠民喜欢结交各路朋友，加上明德极力推荐，我就冒昧登门造访了。"

柏惠民说："我早就听明德说过你，一直无缘相见。今日一见，果然气度不凡啊。能说说你此次从日本回来准备干啥吗？"

井勿幕见柏惠民快人快语，愣了一下，随后问："你这里安全吗？"

柏惠民说："绝对安全，有啥话但说无妨。"

高明德说："勿幕，惠民绝对可靠。你有话就说，我也想听听你回来准备干啥哩。"

井勿幕瞪了他一眼，心想自己对柏惠民并不了解，不能仅凭高明德的介绍，就贸然把自己回陕西筹建陕西同盟会联络点和筹集银两这等大事和盘托出。此前，他听高明德说过柏惠民喜欢广交各路朋友，豪侠仗义，但对这样一位与朝廷三品官员有瓜葛的富家子弟说出此行的目的，他心里还是有疑虑。于是他说："惠民，不知道你对当前局势是何种看法？"

柏惠民一听这话，就猜到了井勿幕在试探自己的真实想法，他说："不说强国富民的大道理了，我是商贾之家子弟，就以经商来说吧。自甲午海战失败后，朝廷腐败无能，签订了许多丧权辱国的条约，开放了许多口岸，官员又贪腐成风，不但商家生意难做，普通民众也是苦不堪言。在学堂里我和学友们探讨强国富民的办法，一直找不到好的出路。有些学友在私下里谈论反清复明，我认为这不是个最佳途径。听说你留学日本，结交了许多仁人志士，我想听一下你的高见。"

井勿幕听完柏惠民的话，知道了他对朝廷不满，也希望找到强国富民的道路，就打消了原先的疑虑。他说："依我之见，只有推翻清王朝封建专制政府，建立强大民主的国家，才能与西方列强平起平坐。"

柏惠民寻思井勿幕的想法就是推翻现在的清政府，重新建立新的政府。他虽然此前跟学友们谈论过对清政府的不满，却无一人能提出更好的设想。现在听井勿幕这样一说，心里觉得亮堂多了，也对建立民主国家充满了憧憬和向往。他说："如果真能建立强大的民主国家，能与西方列强平起平坐，我辈应该为此目标赴汤蹈火，万死不辞。"

井勿幕说："你有这样的想法，我们就有了共同语言和目标。"

高明德见两个人言语投机，就催问道："勿幕，你还没说你此次回陕西到底有啥要事哩。"

井勿幕说："我此次回陕西，是奉孙中山先生之命回来发展同盟会会员的。今年8月份，中国同盟会在日本东京召开了成立大会，我有幸参加了此次会议。大会通过了孙中山先生起草的《同盟会宣言》和《同盟会对外宣言》以及黄兴起草的会章，会上推举孙中山先生为总理，黄兴为执行庶务长，协助总理主持本部工作，还把《民报》作为同盟会的机关报，提出了'驱除鞑虏，恢复中华，创立民国，平均地权'的十六字纲领。在这次成立大会上，我见到了老乡于右任，真有点相见恨晚的感慨。"

柏惠民首次听说同盟会的事，对十六字纲领也颇感兴趣。他兴奋地问："勿幕打算咋办？"

井勿幕说："现在想成就大事，人才缺乏，筹钱困难，想罢手，心又不甘。孙中山先生、于右任先生把发展陕西同盟会会员这个重任交给我，我正为此事发愁哩。"

高明德说："依陕西目前的状况，只有变通进行。俗话说，兵无粮自散，何况现在你还没兵。听说孙中山、黄兴等人联合哥老会、洪门等帮派发展壮大同盟会组织，我们也可以仿效他们的做法，否则纯以文人组成陕西同盟会，只能是空谈，无能济世，更难达到驱除鞑虏、恢复中华的目的。"

井勿幕说："明德的想法不错。俗话说，豪杰结义成气候，秀才造反难成功。历史上，豪杰结义三国时期有刘关张，北宋时期有水浒一百单八将，这些人最终都成了气候。但秀才造反，十年不成。秀才们想法很多，很难形成统一思想，加上手无缚鸡之力，战场上厮杀往往吃亏，很难弄成事，这也是历史留给我们的教训。现在，我们这些秀才要造反，要推翻清王朝封建专制政权，必须有各路豪杰参与。我也在想，要发展组织，形成战斗力，首先得解决陕西同盟会联络点的问题，其次得筹集银两，确保足够的资金，再次想办法联合渭北一带的刀客、会党，形成合力，为推翻清王朝封建专制政权积蓄力量。"

柏惠民见井勿幕、高明德两个人的看法基本相同，都把联络点和筹集资金当作了大事，就说："提供同盟会联络点这事好办，可以交给我。至于筹集银两，我也能做到。"

高明德见柏惠民在初次见面的井勿幕面前口无遮拦，又担心无法落实，耽误了井勿幕的大事。他将信将疑地说："惠民，你不可能说风就是雨吧？柏老爷刚去世，你还没结婚，你用啥理由办这么大的事？”

柏惠民知道高明德的心思。以前，他几乎没有经手过银钱，也没有机会办成啥事，现在突然提出由他来提供陕西同盟会联络点和筹集银两这样的大事，高明德肯定觉得自己是少年心性，轻率许诺。柏惠民见井勿幕、高明德看着自己，就说：“近年来，柏家丧事不断，我在学堂念书也是时断时续，根本无法按期完成学业了，索性就不再念书了。我想先在柏家村兴办学校，然后在三原兴办学校，这样就能为陕西同盟会提供联络点了。至于筹集银两，我会想出办法满足勿幕的。”

井勿幕听完柏惠民的话，兴奋得拍手叫好。

高明德虽然认同柏惠民的做法，但为他能否实施还是有些担心。他说：“惠民，我知道你听了勿幕的一番想法，有点热血沸腾，但如何实施你的想法，还是要三思而后行啊。虽说你现在是柏家的少东家，可你别忘了，你妻舅可是朝廷的三品大员，他能同意你的想法吗？”

柏惠民笑着说：“我认同勿幕刚才说的同盟会十六字纲领，也想做点有利于国家民族的事。至于我那个妻舅，我自有办法说服他。”

井勿幕对柏惠民的豪爽感到钦佩，但对他如何实施这些举措感到心里没底，他问：“你用啥办法说服你妻舅？”

柏惠民笑着说：“天机不可泄漏，你们就等着好消息吧。”

第二天晚上，柏惠民提着礼物到三原县城北关的学署衙门附近找到了胡平甫的家门。敲门之后，胡家仆人开了门，问他找谁。柏惠民说找胡大人。仆人领着柏惠民进了二堂客厅，招呼他坐下喝茶，然后就到后面通报去了。

时间不长，胡平甫一身便装出现在了客厅。他见柏惠民登门拜访，还以为来催婚来了。心里想这小子还挺着急啊，父亲刚刚下葬不久，就亲自登门催婚来了。

胡平甫坐下后问道：“惠民，你今天来所为何事？”

柏惠民谦恭地说：“妻舅，我今天来是想给您汇报两件事，希望您能答应并支持我。”

胡平甫没料到柏惠民一下子说有两件事汇报并要求自己答应，他好奇地说：“你说出来我听听，只要合情合理，我就答应。”

柏惠民说：“妻舅你也知道，柏家近年来连遭丧事，我在学堂读书时断时续，根本无法完成学业了。因此，我想休学回家，集中精力打理柏家各商号的日常经营，这是其一。其二，我想在柏家村兴办学校，开启民智，培养国家有用之才。就这两件事，妻舅以为如何？”

胡平甫想这第一件事还说得过去，柏家现在就剩了这个少东家，他不操心各地商号经营，难以对列祖列宗交代。这第二件事就有点勉强了。看起来冠冕堂皇，做起来那是要花费大量银钱的。现在学校虽说有官办和民办之分，但民办学校毕竟很少，前途如何，就连他这个提学使也无法预料，何况这个刚接触社会的愣头青。

胡平甫说：“第一件事我答应。这第二件事嘛，你说说理由。”

柏惠民说：“妻舅久在教育界，肯定知道刘古愚先生早年说过的一段话。他说‘吾陕远在西陲，声气未通，士人志在时务，苦于无人问津，间有艰苦力学之士亦独学友，勤苦难成’。我家在苏州、汉口等地有分号，各地掌柜每年年底回来述职，都会讲一些在南方的见闻，令我深受启发。我想兴办学校，发展教育，惠及民众，提高民众素质，做点公益事情。”

胡平甫听柏惠民说得有鼻子有眼，不由得对他刮目相看。他说：“陕西远在西北，与南方活跃的学术氛围有很大差异。你能凭一己之力，兴办学校，也就弥补了官办学校的不足。这两件事我都答应。惠民，学校一旦开办起来，关键是要聘用好的教员，管理日常教育，事情很繁杂。我看这样，到了腊月，你就和锦云把婚事办了，或许锦云还能给你帮点忙。”

柏惠民高兴地说：“感谢妻舅的理解和支持。今后妹夫有啥不懂的地方，还会时时来请教的，希望妻舅不吝赐教。”

胡平甫说：“今后就成一家人了，你有啥不懂的事，尽管来。”

柏惠民把面见胡平甫的经过告诉井勿幕、高明德之后，井勿幕对他竖起了大拇指，并说：“惠民的奇思妙想，任谁都无法反驳，令人钦佩。下来就看你的行动了。”

高明德说：“惠民，你不读书回家当少东家了，我看我也不读了，陪着你回柏家庄园，万一有个啥事，我出面去办既能保守秘密，也能让你放心。”

柏惠民说：“你若想继续读书，柏家继续供你。你能舍弃这么好的读书机会，陪着我回柏家庄园，我自然高兴。咱把丑话说到前面，如果因陪我回家放弃读书影响了你的前程，不许怨我。”

高明德笑着说：“你这话说得就没道理了。你为了同盟会的事情，放弃了读书，还要筹集银两，我就是跑个腿，还能有怨言？为了实现驱除鞑虏、恢复中华的目标，我认了。”

井勿幕说：“既然你们都认同中国同盟会的纲领，我就发展你们为陕西同盟会第一批会员如何？”

柏惠民、高明德听完井勿幕的话，兴奋得跳了起来。

回到柏家庄园之后，没等柏惠民说兴办学校的事，姚崇文和高轩德一起先报告了他一个不好的消息。

姚崇文说：“少东家能回来照顾柏家的生意是再好不过了，我和高管家也就不用越俎代庖了。眼下秋季快到了，临近桥底镇的临泾渡坡陡路窄，日常行走都困难，若遇上阴雨连绵的秋雨，根本无法行走。柏家从各地采购回来的布匹、丝绸、兰烟、京广杂货，从泾阳往外运输的茯砖茶、烟丝和土特产，都要经由临泾渡周转。少东家，你看这可咋办？”

柏惠民知道姚崇文说的临泾渡。这个渡口是泾河流域泾阳县境内靠近张家山附近的一个商贸运输频繁的渡口，他以前贪玩去过临泾渡，确实如姚崇文所说，坡陡路窄，行人空手行走都很费力，更不要说骡马拉着满载的车辆了。柏惠民心想，这不是在请示自己花钱修路吗？何不以此为借口，顺便说出自己要兴办学校的打算。

柏惠民说：“二位管家，家父在临终之际，就像当年刘备在白帝城托孤一样，让你们照顾柏家的商业经营和日常管理。姚管家说的临泾渡我清楚，我想为了柏家运输货物方便，也为了附近民众出行方便，我看就柏家独自出资整修临泾渡，二位管家以为如何？”

高轩德没料到少东家要一个人出资整修临泾渡，就说：“柏家虽有实力整修临泾渡，但这事事关附近几个村镇民众出行的大事，是不是和附近的乡绅们商量一下，让各村镇有钱出钱，没钱出力，这样办岂不是更好？”

柏惠民说：“整修临泾渡花不了多少钱，柏家独自出资就行了，没必要再麻烦附近各村镇的乡绅了，万一意见不合，难道临泾渡就不整修了？”

姚崇文附和着说：“就是。既然少东家有这心思，我去找人看一下路况，估算一下费用。”

柏惠民说：“我还有一个打算，今天一并告诉二位管家。鉴于附近民众子女读书困难，大多数人目不识丁，蒙昧无知，经常因不识字受人欺骗，我决定先在柏家村兴办男女小学各一个，如果兴办成功，再在桥底镇兴办高等小学一所，不知道二位管家可否同意？”

高轩德一听这话，大吃一惊。他问：“少东家估算过没有，一下子兴办三所学校，那要花多少银钱？”

柏惠民说：“不瞒二位管家，我的这个想法，已经和妻舅胡平甫大人沟通过了，妻舅支持我的想法。柏家多年来是送出去的人多，迎进来和出生的人少，我想到了我手里，应该积德行善，为民众做点有益的事情。这样一来，或许柏家的命运就会转变。”

姚崇文没想到柏惠民一下子把花钱这事和柏家这些年的遭遇连在了一起，这个理由让他难以辩驳。他说：“少东家既然有一副菩萨心肠，我和高管家当然支持。不过，兴办学校之事颇为麻烦，不知道少东家如何打算？”

柏惠民见姚崇文上了道，心中暗喜。他说：“人常说，送佛送到西天。我看柏家就好人做到底。这三所学校的先生薪俸，学生的课本、笔墨纸砚和校服全部由柏家承担，只要把学校办出了名，何愁没有学生。”

高轩德心里估算了一下，兴办三所学校的用地、盖房等费用基本上属于一次性支出，而先生的薪俸，学生的课本、校服和笔墨纸砚那可是细水长流啊。少东家不知道挣钱的艰难，却感到了花钱的痛快。长此以往，柏家得支出多少银钱？

高轩德说：“少东家说胡大人支持你兴办学校，你没给他说日常费用咋办吧？”

柏惠民心里很佩服高轩德的精明和心细，为了取得二位管家的支持并不生疑义，他说：“我妻舅支持我兴办学校，自然也支持我的其他打算了。我看咱们就不要为这些小事纠结了。高管家杂事多，整修临泾渡的事交给护院首领孙志高去办，三所学校的事，二位管家一起办，聘请先生的事我来办，你们看如何？”

高、姚二位管家见少东家心里早就有了盘算，只好接受了柏惠民安排给他们的任务。

等到秋季开学，柏惠民兴办的三所学校都开张了，孙志高也整修好了临泾渡口的路，这两桩大事不要说在桥底镇罕见，就是在关中一带也是多年来少有的事。

附近几个村镇的乡绅出于对柏家少东家的敬佩，一起到泾阳县城去找蔡县令[①]。

蔡县令名叫蔡元儒，是这些年在泾阳为官难得的清廉父母官。他见七八个乡绅一起到县衙指名道姓的要见他，还以为地方上发生了啥大事。作为父母官，他不敢怠慢这些当地颇有名望的乡绅，就让衙役把这些乡绅请到了县衙二堂。

乡绅们坐定之后，七嘴八舌地向他叙说了柏家少东家几个月来所办的好事，并请求蔡县令表彰柏惠民热心兴学、赞襄教育、捐资修路的义举。

蔡县令听完乡绅们的话，开怀大笑。他说："我履职泾阳几年，没料到在我的治下还有如此仗义疏财、关心公益之人。本县不但要嘉奖柏惠民，给全县的富商大贾树立典型，还要向西安府和陕西巡抚衙门汇报柏惠民的义举，争取朝廷对他的嘉奖。"

众乡绅一听蔡县令这番话，感到异常兴奋，也为柏惠民高兴。

这年冬月上旬的一天，蔡县令带着一块"文明先导"的匾额到了柏家庄园，亲自登门向柏惠民道喜。

柏惠民做梦也没想到蔡县令会亲来，赶忙招呼二位管家和仆人、丫鬟热情接待。

蔡县令打量了一眼柏惠民，只见他也就十七八岁的样子，如此年轻，却做出了常人不能做的事情，确实让他感到意外，更让他觉得真的是后生可畏。

蔡县令让人把匾额抬进客厅，指着匾额说："少东家，本县敬佩你的善举，特意亲书了这幅匾额，而且是用魏碑书写的，你可知道其中的用意？"

柏惠民仔细打量了一下匾额，只见字体刚正、结体方严、笔画沉着、内紧外松、风骨内敛、刚柔相济，真是不可多得的精品。

柏惠民看完匾额，夸了一番字体，然后说："惠民年少，猜不透大人的用意，请大人指教。"

蔡县令说："陕商有热心公益、守望相助的传统，也有天生一副生蹭冷倔的秉性，没想到你年纪轻轻，就干出了这样热心公益的善举，令本县也感到

---

①蔡县令：即蔡元儒。据《泾阳县志》第十一卷记载，蔡元儒是光绪年间第五任泾阳县令。

文明先

颜面有光彩。为了给你写这幅匾额，我特意用魏碑体写了好几遍，挑了一副做成匾额，专门给你送来，以示县衙对你的嘉奖。”

柏惠民没料到蔡县令会如此当面夸奖自己，就觉得脸上发烫。他说：“陕商向来有以商事国、以商兴国、以商富国的传统，惠民不才，只是做了自己应该做的事。”

蔡县令说：“当年慈禧老佛爷西狩时就曾说过，只有陕商和朝廷是一心的话。如今，你年轻有为，替本县和朝廷分忧，精神可嘉！本县要将你的义举上报西安府和陕西巡抚衙门，并奏请朝廷对你嘉奖。”

柏惠民没料到他的举动，惹出了这么大动静，赶紧向蔡县令磕头谢恩。随后他说：“多谢县令大人对惠民的褒奖，以后用得上惠民之处，请县令大人明示。”

蔡县令笑着说：“我听说省学衙署提学使胡大人是你妻舅，等你完婚时，本县来讨一杯喜酒喝如何？”

柏惠民说：“多谢县令大人抬爱，届时惠民一定介绍您和妻舅胡大人认识。”

到了腊月初九，柏惠民和胡锦云举办了一场盛大的婚礼。除了柏家各地分号掌柜、账房赶回来庆贺，省学衙署一些官员看在胡平甫的面子上也亲临柏家庄园。在这次婚宴上，柏惠民没有食言，把蔡县令介绍给了妻舅胡平甫。

蔡县令除了当面夸赞柏惠民，还对酒桌上的亲朋宣告了一个更好的消息。他说：“本县把柏惠民热心公益之举上报陕西巡抚衙门之后，巡抚曹大人也是异常高兴，并把本县的奏章连同他写的奏章一起上报朝廷。最近，听曹巡抚[①]的师爷说，曹巡抚也将给柏惠民赠送一块‘信古好礼’的匾额，朝廷将嘉奖他赏戴蓝顶花翎，加封道员衔。这种多喜临门的好事，众位大人也不多见吧？”

听完蔡县令的话，众人端起了酒杯，频繁向柏惠民和胡平甫恭贺，把柏惠民和胡平甫喝了个酩酊大醉。

第二天一大早，高明德就来找柏惠民。他见柏惠民醉眼惺忪的样子，就料到他昨晚肯定被醉酒折腾了一夜，估计都没跟新媳妇圆房。

①曹巡抚：即曹鸿勋，字仲铭，山东潍县人。1905年任湖南布政使，后调任陕西巡抚。

柏惠民明白高明德来找自己肯定有事，在客厅或者书房说话又怕人打搅，就转身往宅院的后面走，一直走到了藏宝楼附近，才停下了脚步。

柏惠民四处看了看，见没有人。他问："明德，这么早来找我有事吗？"

高明德说："我看昨天你高兴，一下子喝了那么多酒，还在为你操心哩。惠民，兴办学校，整修临泾渡，你是收到了奇效。如今朝廷赏你戴蓝顶花翎，加封道员衔，已经引起了轰动，你还有心思操办同盟会的事吗？"

柏惠民听完这话，心想肯定是昨天婚宴上蔡县令的一番褒奖和曹巡抚及朝廷的嘉奖，让知心的伙伴产生了误解，要不然他就不会这么早找自己，而且还在质疑自己。他说："我出生在陕商世家，自然就有陕商吐口唾沫砸个坑的基因，这种基因也会促使我言必行，行必果。我在三原时对勿幕说过的话，绝对不是率性而为，是经过认真考虑的，肯定算数。如今，有了这些虚名挡风遮雨，正好办陕西同盟会的事。"

高明德说："你新婚宴尔，与新媳妇如胶似漆，加上蔡县令在婚宴上宣布了朝廷要对你嘉奖，我就怕你嘴上没毛，说话不牢，忘了答应勿幕的事。"

柏惠民说："明德，别人小看我我无话可说，你小看我就让我寒心了。"

高明德没料到自己无意间说的话戳到了柏惠民的痛处，赶紧解释说："惠民，你别生气，我也是看到昨天的场面，怕你迷失了方向，好心提醒你的。如果言语不当，请你多担待。"

柏惠民说："没事。没想到大家都说我快言快语，啥时候轮到你这么说话了？"

高明德笑着说："没事就好，抓紧时间弄出个一儿半女来，我就等着当干大了。"

见高明德提起了生儿育女之事，柏惠民的脸色瞬间起了变化，变得很难看。

高明德知道又说错话了，急忙辩解说："少东家，我不是故意的。"

柏惠民说："我不怪你。说实话，你刚才提起的生儿育女，确实让我感到了心痛。南翠屏到柏家几年，不但未为柏家留下一儿半女，还丢了性命。现在胡锦云进门了，还不知道是个啥结局哩。"

高明德说："少东家是担心新媳妇有性命之忧？我看新娘子还未进门，就给柏家带来了荣耀，一定是个富贵长命之人。"

柏惠民清楚这是高明德给他宽心，也不想再说这个话题。他说："你最近没啥大事的话，到三原去一趟，看一下有没有合适的地方，我想在三原再兴办一所英算专修学堂，也好为我经常去三原找个借口。如果还有比较隐秘的地方，就买下来，作为同盟会秘密联络的地点。”

高明德说：“好。等你送新媳妇归宁时，我一块跟着去。有需要用钱的时候，我随时向你汇报。”

柏惠民说：“你就别等新媳妇归宁了，抓紧时间去找地方吧。”

新婚夫妻第三天回媳妇娘家，又称归宁，这是关中道的风俗。柏惠民早上出去转了一圈，等进了新房，胡锦云已收拾停当了，就等着丈夫回来。

柏惠民看着新房八仙桌上已经摆好的早饭，歉疚地说：“锦云，你也不多睡一会？既然你归心似箭，咱们抓紧时间吃早饭，随后就坐车去三原归宁，你看如何？”

胡锦云羞红着脸说：“一切全听夫君安排。”

吃过早饭，护院首领孙志高亲自赶车，新婚夫妻带着礼物上了马车，往三原方向赶去。

马车过了泾阳县城之后，胡锦云说：“我听仆人说蔡县令在婚宴上讲，陕西曹巡抚和朝廷要对你嘉奖了，这可是近年来陕商中少有的荣耀啊！”

柏惠民笑着说：“修桥补路，扶弱济贫，以商兴国，向来是陕商的传统。庚子之乱以后，尤其是同治之乱以来，陕商损失惨重，无力再干这样的善事了。我在此时做了点应该做的事，没想到还会受到朝廷的敕封。夫人，人常说，母鸡下蛋，公鸡打鸣，各司其职。咱俩现在是柏家真正的主人，今后，你主内，我主外，互不干涉如何？”

胡锦云是书香门第出身的大家小姐，从小受儒家教育颇深，更熟知三从四德的女德。她听夫君这么一说，笑着说：“好啊。你主外，我主内，互不干涉。但有一点，凡家里有大事，必须给我通气。”

柏惠民说：“柏家日常都是些小事。在社会公益、投资办学这些事情上请夫人不要阻拦就行。”

胡锦云说：“这些事都是积德行善的事，我不但不会阻拦，而且还会大力支持。”

柏惠民领着新媳妇回到胡平甫家，胡家也是热情招待，把酒言欢，把个回门宴弄得跟结婚宴一样排场，讲究。

午饭后，柏惠民刚想坐下来喝茶，胡家仆人进来说："姑爷，外面有人找你。"

柏惠民放下茶杯，给妻舅夫妇和新媳妇打了声招呼，跟着仆人就出了大门。

高明德见柏惠民出来了，急忙向他招手。柏惠民对仆人说："这是我的一个朋友，你回去吧，没事了。"

柏惠民走到高明德身旁问："有啥急事，都跑到我妻舅门上来找我了？"

高明德不好意思地说："我把地方找好了，还有就是于右任先生到三原了。如果不是于右任先生回来了，我绝对不会在这种时候打搅你。"

柏惠民听说于右任回来了，心急着想早点见到于右任。他说："于先生在何处，快点带我去见他。"

高明德指着胡家大门说："你今天是陪着新媳妇回门的，就这样不打招呼就走了，不怕胡大人怪罪你？"

柏惠民用手一拍脑袋说："我这就进去告诉妻舅一家和锦云，说我要到商号去处理一点急事，办完事情就回来和锦云一起回泾阳。"说完话，柏惠民一溜烟跑进了胡家大门。

时间不长，柏惠民又跑出了胡家大门，拉着高明德的手就走。

二个人到了三原北极宫附近，高明德指着一座宅院说："这座宅院就是我给陕西同盟会找的联络点，现在于先生就在里面。"

进了大门，他们直奔二堂客厅。此时，于右任也在焦急地等待高明德回来，正当他有点烦躁之际，就听见了一阵脚步声。于右任警觉地刚站起身，就见高明德领着一个青年走进了客厅。高明德指着柏惠民对于右任说："于先生，这位就是我跟你提到的柏家庄园少东家柏惠民。"

柏惠民见面前站着一位身材魁梧、浓眉大眼的男子，急忙上前说："久闻于先生大名，今日有幸得见，三生有幸啊。"

于右任哈哈大笑着说："惠民把江湖人物见面的客套话都用上了，有点见外了。你们快坐下，有话慢慢说。"

柏惠民问："于先生这时候回来，有啥重要事吗？"

于右任说："我听井勿幕说，他在三原发展了陕西同盟会第一批会员，其中就有你和明德。我回到三原之后，就到柏家在三原的商号去打探你们的消息，碰巧明德刚参加完你的婚宴回来，并说你准备给陕西同盟会找联络点。

我祖籍在泾阳斗口于家村，但自小在三原县城长大，对县城的情况比较了解，就帮着明德临时租下了这座宅院。”

柏惠民说：“我看这座宅院不错，干脆买下来作为陕西同盟会的联络点吧，省得以后麻烦。对了，于先生还没说你这次回来到底为了啥事哩？”

于右任说：“自庚子之变我写信鼓动陕西巡抚端方刺杀慈禧这个祸害国家的老妖婆开始，我就屡次受到朝廷的通缉，我辗转到了开封时，朝廷派人缉拿我，多亏安吴堡少东家吴怀先派人通风报信，才躲过了一劫。后来我到了上海化名刘学裕在上海震旦学院读书，眼看着国家山河破碎，民不聊生，我就东渡日本，在日本加入了中国同盟会。这次回来，一是督导陕西同盟会的工作，二是避难。”

高明德听完于右任的话，有些担忧地说：“三原是省学衙署所在地，自从于先生在三原出版了《半哭半笑楼诗草》之后，陕西总督衙门就加强了对所有学堂的管制，县城里到处都是朝廷的鹰犬、暗探，于先生在三原县城出入可要当心啊。”

柏惠民说：“为了确保于先生的安全，我看于先生不如随我到柏家庄园去居住。我家距离三原也不远，你在我家完全可以遥控指挥陕西同盟会的工作，跑腿的事就交给我和明德去办。”

于右任一想这也是个好办法，既能避开朝廷鹰犬、暗探，也不耽误工作。他说：“惠民，你刚结婚，我去你家躲避不合适吧？”

柏惠民说：“有啥不合适的？我这个人爱结交朋友，二位管家、护院，甚至家里的仆人、丫鬟都知道。你去了之后，我就说是一个远道而来的朋友，要在庄园里多住几天，让仆人每天三顿饭准时送到。到了我家庄园，你既能避开麻烦，也能指挥工作，这不是两全其美吗？”

于右任见柏惠民如此热情相邀，就爽快地答应了。

对于在三原购买宅院的资金，柏惠民悄悄从自家地窖里拿出了500两白银，办妥了所有手续。

在给联络点起名时，柏惠民征求了于右任、井勿幕等人的意见，他们借鉴巴黎公社的做法，把联络点起名为勤公社，并在光绪三十四年（1908）冬在勤公社召开了同盟会陕西分会成立大会，通过了联合会党、刀客共同反清的决议，并决定由柏惠民等人从上海购进宣传新思想的书刊分发各县，联络同盟会会员和学校师生。

会议结束后，井勿幕对推翻清政府封建专制信心日渐坚定的柏惠民欣慰地说："惠民，自从你加入陕西同盟会以来，为革命做了大量工作，尤其是在资金方面给了大力支持，让我等钦佩。他日革命成功了，同志们一定不会忘记你这个有功之臣的。"

柏惠民说："能为推翻封建专制做点贡献，我心甘情愿。至于革命成功后的事，届时再说不迟。"

井勿幕说："这次会议才是陕西同盟会闹革命的开始，今后需要资金的地方很多，你要有足够的心理准备。"

柏惠民豪气地说："如果需要资金尽管说，我为了革命就是倾家荡产也在所不惜。"

井勿幕虽受柏惠民豪气的感染，对革命成功充满了信心，但对这位同年来说，果真这样做了，可能就会留下话柄。他说："你就不怕夫人反对吗？"

柏惠民说："没事，家里的事她主内，我主外，就是其他人有意见，我都会摆平的。"

井勿幕说："我清楚你的办事风格，但推翻朝廷这种事现在还属于机密，就是用资金，你也要想办法不让人乱猜测你的用意，否则，麻烦就大了。"

柏惠民说："我知道该咋做，绝对不会捅出乱子来的。"

尽管柏惠民信誓旦旦地表明了决心，井勿幕的心里依然很忐忑，他无法预知将来会发生什么，只有祈祷柏惠民能把自己的聪明才智发挥到极致，确保陕西同盟会的所有举措能够得到实现。

# 第五章　排众议保守机密　祭黄陵慷慨悲壮

柏家家大业大，分号遍布各地，每年本来是利润不菲，可也经不住柏惠民昨天捐资修桥补路，今天捐资兴办学校，花钱如流水，眼看着一个关中巨富之家入不敷出，大管家高轩德、二管家姚崇文无法劝说少东家就此罢手、两人怕落下罪名，更怕各分号掌柜责怪，就商定借年关之前各分号掌柜回来述职的机会，共同商议对策。

年关之前，是各分号掌柜回泾阳桥底镇柏家述职并将银钱输送回来的日子。汉口分号刘掌柜、四川分号钱掌柜、苏州分号赵掌柜每年也都是借此机会与高轩德、姚崇文等人进行交流。二位管家没想到，这几个掌柜今年是在同一天前后到达桥底镇柏家庄园的。

一年未见，几个老伙计分外开心。高轩德把大家招呼到前院的大堂，让家丁端上瓜子、花生、蓼花糖、水晶饼等小吃，倒上茯砖茶，算是为他们打尖。老伙计们坐在一起说了一阵各自经营情况，就开始长吁短叹。

刘掌柜说："汉口分号近年来的经营已经今不如昔了，前景堪忧啊！少东家年前去汉口，有人前去找他借钱，他二话不说就让我从柜面拿钱。这种情况多了，分号的生意就受到了影响。现在，洋人在汉口大肆兜售洋货，我们经营的货品利润越来越低。少东家不断抽取分号流动资金，导致我们进货资金捉襟见肘。再这样下去，如何得了？"

赵掌柜说："老兄言之有理。去年少东家到苏州分号，我以为是来巡视分号经营情况，谁知道他基本不问分号经营状况，而是让我给他准备了不少银钱。几位仁兄，不瞒你们说，苏州分号现在经营情况也不如老东家在世时那么风光了。就说今年吧，能带回来的银钱少得可怜。少东家不把银钱用在商业经营上，反倒是频繁捐资，又是资助，又是赈灾，再这样下去，估计苏州这个百年老店就要倒闭了。”

钱掌柜叹了一口气，接着说道：“四川分号的情况只是比汉口、苏州分号稍微好一些。少东家虽说没有去过四川分号，但也让高明德代表他巡视过，而且也要了不少银钱。我真不明白，少东家不断从各大分号抽取银钱，到底是干啥用了？不如这样，咱们借少东家接见大家的机会，劝说一下少东家，少参与政界的事情，一门心思把生意做好如何？”

高轩德说：“我也正有此意。少东家除了修桥补路，兴办学校，赈济灾民之外，我也奇怪有些巨额银钱的去向。常言说，饭可以乱吃，话不能乱说。如果真像有些人猜忌说少东家受人蛊惑，暗中支助革命党，那就是灭门之罪啊。”

钱掌柜说：“反抗朝廷，甚至想推翻朝廷，历来都是满门抄斩的大罪。少东家年轻不懂世事险恶，咱们也不能看着他往火坑里跳，得找机会劝说他。”

姚崇文见钱掌柜有怪罪他和高轩德之意，就说：“各位掌柜都知道，我虽说掌管着柏家的经济大权，但充其量也只是个保管，无法自己做主。现在，柏家的钱咋花，往啥地方花，全是少东家做主，我的话他全然不听，甚至不让我打听钱花在了啥地方。各位老兄，我这个管家也有难言之隐啊！”

钱掌柜笑着说：“姚管家，我没有责怪你的意思，你误会了。自从少东家当家之后，他的所作所为我们几个虽说在外地，但也都听说过了。我担忧长此下去，柏家就是积攒了一座金山银山，迟早也会被少东家折腾光的。”

高轩德说：“钱掌柜言之有理。少东家少不更事，我们这几个跟着老东家闯荡了多年的伙计应该劝说一下，否则，别人会说我们没有尽到当掌柜的职责。”

刘掌柜叹了一口气，心想柏家的产业如何处置，他们虽有职责向少东家建言献策，但最终的决定权还是少东家说了算。他们这些掌柜的，跟着老掌柜在商海中打拼了大半辈子，为柏家挣了不少银钱，但他们毕竟无权支配柏家的资产，仅是个经营者而已。想到此，刘掌柜说：“我看还是找机会劝说少东家吧。按说各分号掌柜年终回来述职，少东家是要接见咱们的，咱们就在他接见时劝说一下。不过，我有一点担忧，就是少东家有自己的主见，加上年轻气盛，估计不会听我们几个唠叨的。”

刘掌柜话音刚落，护院孙志高进来说：“二位管家，各位掌柜，少东家在二堂客厅备下了一桌丰盛的晚宴，他让我过来招呼大家过去吃饭。”

高轩德说：“大家一起去，不要辜负了少掌柜一番美意。”说完话，他站起身带头走出了大堂客厅。

此刻二堂客厅里灯火通明，正中的八仙桌上摆满了泾阳当地名贵饭菜，柏惠民穿着青色丝绸棉袍，戴着狐狸皮帽子，站在门口正在等候柏家的功臣。

他微笑着说：“各位一年到头辛苦了，按照惯例，各位掌柜回来后，柏家要给你们接风洗尘。今天，惠民略备薄酒，请大家就座。”

众人落座之后，柏惠民让孙志高给每人斟满一杯西凤酒，他端起酒杯说：“你们在外辛苦奔波一年，功劳苦劳皆有，惠民作为晚辈，敬大家一杯。”随后，他把酒一口喝干了，拿着空杯看着大家。

众人见少东家喝干了，纷纷端起酒杯，也是一口干了。

酒过三巡、菜过五味之后，赵掌柜终于憋不住了。他说：“少东家，我们每年这个时候回来是向东家述职的，不是为了一顿丰盛的酒宴。这几年，你也去过苏州，我不说，苏州分号的情况你也知道。今年，苏州分号利润仅有往年的三成，再这样下去，恐怕就要关门了。”

柏惠民看了看几个掌柜的，没有吭声。

刘掌柜见柏惠民既不喝酒，也不吃菜，用眼神在他们几个身上来回扫，就知道该他说话了。刘掌柜说：“少东家，汉口分号的情况也不容乐观。自从汉口对洋人开放之后，经营利润一落千丈。现在周转资金不足，仅够勉强维持。说实在的，我此次回来，就是向少东家辞职的。年龄大了，体弱多病，恐怕耽误了少东家的生意。”

姚崇文知道柏惠民在汉口分号时，未经刘掌柜同意，擅自动用分号资金，使得刘掌柜满肚子怨言。虽说陕商一直秉承着东家“驻中间，拴两头”的经营模式，但东家向来都给了分号掌柜充分的经营自主权，是按照年终利润对各分号掌柜及伙计考核分红的。东家一般不会擅自抽取各分号流动资金，否则，年终利润受到影响，就说不清是谁的责任了。刘掌柜跟随老东家柏森几十年，为汉口分号生意的兴盛殚精竭虑，也使汉口分号每年利润领先于其他分号。现在，刘掌柜以年老体弱多病为由，提出辞职，这是他万万没有想到的。

姚崇文见柏惠民有点愣神，就说：“刘掌柜，咱们可是几十年的老伙计了，你老兄不会为了分红少就撂挑子吧？”

刘掌柜苦笑了一声，说：“姚管家，我确实是有病在身，绝对不是因为分红少撂挑子。你刚才说咱们是几十年的老伙计了，难道我的秉性你不知道吗？”

在座的几位掌柜的当然知道刘掌柜的秉性。当年柏森当家时，为了打开汉口分号茯砖茶和府布[①]生意市场，刘掌柜据理力争，弄得柏森都下不来台，结果是刘掌柜赢了，柏森为此不但在当年述职时赔礼道歉，还特别对刘掌柜进行了奖励。这么多年了，刘掌柜虽说是汉口分号掌柜，但对柏家的生意敢于献言献策，对于自己主管的事情也是一言九鼎。少东家因为用钱的事没经过他同意，是触犯了他为人处世的大忌，也难怪他要撂挑子。

柏惠民见气氛有点沉闷，也知道症结所在。这些人闯荡江湖几十年，早已把陕商吐口唾沫砸个坑发挥到了极致，再挽留也不可能让他回心转意。他说：“刘掌柜跟着老东家几十年，为柏家立下了汗马功劳，惠民在此多谢了！”

柏惠民说的这番话，就等于同意了刘掌柜辞职。在座的虽然感到吃惊，但还是无奈地摇头表示遗憾。

钱掌柜简要地汇报了一下四川天成德分号的经营情况，接着说：“现在时局动荡，朝廷允许洋人在四川修铁路，我看这迟早是祸根。天成德虽说有二十几个分支，但经营情况也是良莠不齐，让人担忧啊！”

柏惠民总算等所有人把话说完了。他说：“朝廷腐败无能，除了每次对外战争失败向富商大户摊派战争赔款之外，还陆续对洋人开放了许多口岸，别说陕商的生意难做，就是晋商、豫商，甚至徽商、浙商、闽商，没有哪一个生意好做。各地分号近年来利润降低，我没有怪在座的各位，我只痛恨朝廷无能。”

高轩德见柏惠民说话有点离谱，赶紧插言说：“少东家，咱们在商言商，

---

①府布：明末至民国期间，陕商习惯把收购的关中棉花运往河南、湖北等地加工成的棉布称府布，把运往江南等地加工成的棉布称标布。

朝廷的事不是咱们能议论的。”

柏惠民明白高轩德是在善意规劝自己，他继续说：“你们可能也多少听见了不少风言风语，这不奇怪。这几年，我是动用了不少银钱，除了做些行善积德的事，也干了一些无愧于心的事。我喜欢结交各路朋友，也落下了好善乐施的名声，因此有人造谣说我暗中支持革命党，企图推翻朝廷，这完全是捕风捉影、无中生有、恶意中伤。俗话说，国家国家，没有国，哪有家？可你看，现在的国是个啥国？现在的柏家还是原来的柏家吗？”





高轩德心想，现在的国家与原来不同了，现在的柏家和原来也是有天壤之别的。老东家柏森在世时，虽然对向朝廷捐款颇有怨言，但还是按照政府要求一厘不少地捐了。作为朝廷贡生的柏森，虽说把生意做得风生水起，但生活还是比较节俭的，除了行善积德，修桥补路，很少铺张浪费，哪像少东家把外面的朋友当神敬，一日三餐不重样不说，临走时还要送一大笔盘缠，真把自己当成了《水浒》里的及时雨宋公明。现在，他见柏惠民言辞激烈，怕伤了老伙计们的脸面，就说：“少东家，时代变了，人的想法也变了。人各有志，谁也强求不了谁。既然少东家同意刘掌柜辞职，我看还是趁早看谁接替刘掌柜吧。”

柏惠民见话说到这个份上了，突然想起在汉口分号时，二掌柜宋得财颇为机灵，很有眼色，就问：“刘掌柜，你在汉口分号多年，有合适的人选吗？”

刘掌柜虽然达到了辞职的目的，但心里多少还是有点失落，他说：“各分号掌柜历来是东家聘任，依我看，汉口分号最好从别的分号抽调人员合适。”

柏惠民明白因宋得财按照自己的意愿从柜面拿钱，和刘掌柜闹得不愉快，两个人心里肯定有芥蒂，他问：“难道汉口分号的宋得财不足以担当掌柜之职？”

刘掌柜说：“此人虽说机灵，但心机很重。我说了让少掌柜从别的分号另选人员，如果少掌柜执意要用宋得财，我没意见。”

见刘掌柜为汉口分号聘任掌柜意见不合，姚崇文忽然想起了他随柏惠民在汉口分号时，宋得财不请示刘掌柜擅自给柏惠民拿钱，刘掌柜曾经抱怨地说此人无故献殷勤，非奸即盗。姚崇文明白这句话的含义，当时觉得刘掌柜有点小题大做，没有必要。现在刘掌柜不同意宋得财接替自己，估计是为柏家的财产安全着想，而少东家执意要用宋德才，可能是为了用钱方便。姚崇文不失时机地说：“少东家，宋得财跟随刘掌柜多年，他的意见您还是斟酌一下。我想作为柏家汉口分号的老掌柜，刘掌柜也不会无故不同意聘用宋得财的。”

柏惠民见姚崇文帮刘掌柜说话，脸上一热，好在刚才喝了几杯酒，在座的没有看出来他有些不悦。柏惠民说：“现在各分号经营业绩不佳，到处人手紧张，除了启用宋得财，各位还有更合适的人选吗？”

赵掌柜本来也想借着年关述职之后辞职的，听柏惠民这么一说，就不好意思再提自己辞职的事。他说：“少东家，家有百口，主事一人。对于启用宋得财任汉口分号掌柜之事，我们还是听你的。”

高轩德说：“既然少东家已经决定了让宋得财接替刘掌柜，我看就不要为此事再纠结了。大家好不容易聚在一起，还是尽情把酒言欢吧。”

这顿饭在某种程度上可以说是不欢而散。柏惠民执意启用宋得财任汉口分号掌柜，也为后来汉口分号财产尽丧埋下了隐患。

过完年，柏惠民让二管家姚崇文到汉口分号宣布刘掌柜因病退出回家养老，由宋得财任汉口分号掌柜。汉口分号及各分支机构的小掌柜和伙计们听说宋得财从此掌管汉口分号经营大权了，表情可谓五花八门，千姿百态。

姚崇文离开汉口分号前总觉得心神不宁，放心不下，就特意和宋得财做了一番长谈。

姚崇文说：“宋掌柜，汉口分号及十几家分支机构一直是柏家主要的经济来源，支撑着柏家的半边天。少东家任用你担当如此重任，是看中了你灵活善变、思路开阔、胆大心细等特长，也希望你在保持刘掌柜薄利多销、稳中求进的基础上，把汉口分号的生意做得更好，不辜负东家对你的信任。”

宋得财微笑着说：“请东家和二管家放心，得财能得到东家的青睐，定当竭尽全力让汉口分号的生意更上一层楼，绝不会给东家抹黑。”

姚崇文说：“这几天，我在汉口转了一下，市面情形确实与往年不同了，洋货充斥，国货难销，该不会真是‘滚滚长江东逝水，浪花淘尽英雄’了吧？”

宋得财很内行地说：“自汉口对洋人开放后，大量洋货蜂拥而来，这是不争的事实。洋货多是工业化产品，批量生产，质量上乘，价格便宜，很多国人也喜欢，但许多国货是洋货无法替代的，这才是我们的竞争优势。我这几天也仔细琢磨了一下，要想扩大汉口分号经营范围，为东家赚取更多利润，汉口分号在原来经营品种的基础上，要敢于参与经营洋货，当然，这也需要更多的流动资金。姚管家，您老回去后，把我的想法给东家汇报一下，我切实希望得到东家的认同和大力支持。”

姚崇文愣了一下，随后说：“宋掌柜的想法不错，我回去后就向东家汇报。在柏家，汉口分号就像一只漂亮的鸟儿，全仗它为东家增光添彩哩。人常说，只有漂亮的鸟儿才会更爱惜自己的羽毛，也没人愿意自己心爱的鸟儿飞出鸟笼。宋掌柜一定要让汉口分号这只鸟变得更漂亮，能变成凤凰更好。”

宋得财听出了姚崇文的言外之意，他是担心汉口分号在自己手里有闪失。宋得财嘿嘿一笑，说：“姚管家不愧是饱读诗书之人，把汉口分号比作漂亮的鸟儿，还怕鸟儿飞走。您放心，我在汉口只会让这只鸟儿变得更漂亮，绝不会让它在东家决定放生之前就飞走。”

姚崇文笑着点了点头，说：“我准备明天早上动身回泾阳，你如果有话带给东家，可以写成书信，我保证当面交给东家。”

宋得财说：“该说的话我都说了，写书信就免了。明天我让伙计给东家和大管家、二管家准备一些汉口特产带上，略表一下我的一番心意。”

姚崇文说：“你给东家和大管家带上一份就行了，我就不必了。在汉口这几天，我也买了一点东西，长途跋涉，东西带多了反而会变成累赘。”

宋得财见姚崇文不愿意接受自己的馈赠，笑着说：“那就按二管家说的办。今天晚上，我设宴给二管家饯行。”

当年春暖花开时，井勿幕第二次回陕西，直接来到了桥底镇柏家庄园。

柏惠民这天早上听见几只喜鹊在树枝上不停欢叫，他虽听不懂喜鹊叽叽喳喳地说些啥，但它们的声音还是让他感到了舒坦和喜悦，心情也变得特别好。

中午时分，井勿幕穿着一身黑色单袍，头戴瓜皮帽，手里提着一个皮质的小箱子，步履匆匆地进了柏家庄园大门。

见老朋友亲自登门，柏惠民就知道有大事要商议。

两个人寒暄了几句，柏惠民就喊大管家高轩德给井勿幕准备饭菜，他说：“人是铁，饭是钢，一顿不吃心发慌。看你的样子，一定走了不少路。现在啥话都别说，先吃饱了肚子，有话等会慢慢说。”

井勿幕笑着说：“还是惠民了解我啊，就按你说的办。”

招待井勿幕洗漱、吃饭之后，柏惠民说：“客厅人多眼杂，不便交谈，咱们还是到后面花园的水榭亭吧。”

井勿幕赞同地说:“还是你考虑得周全。我此次回来,确实有要事与你相商,在这里说话不方便,万一有人偷听了咱们谈话并把谈话内容泄露,柏家就可能遭遇灭门之灾。我可不想你这个财神爷在革命尚未成功之际,遭受任何打击或损失。”

柏惠民会意地一笑,然后喊来二管家姚崇文,让他准备一壶好茶、一些小吃,放到水榭亭的桌子上,并说他要和井勿幕彻夜长谈。

不一会,姚崇文进来说:“少东家,您要的东西都已经放在水榭亭了,你们可以过去了。”

柏惠民说:“麻烦二管家给护院孙志高说一声,除非我叫人来添置东西,不要让任何人靠近水榭亭。”

姚崇文知道每次井勿幕到柏家庄园来, 柏惠民都不让仆人接近他们谈话的场所。虽然他不清楚他们都谈了些啥,但可以肯定都是机密大事,否则不会这么谨小慎微。姚崇文说了一声知道了,转身走了出去。

柏惠民陪着井勿幕出了二堂客厅,向庄园东面的花园走去。此时,花园里百花齐放,白的杏花、粉红的桃花正在争芳斗艳,水榭亭附近的荷花也拔节吐翠,整个花园里显得生机勃勃。

井勿幕看着眼前熟悉的景色,羡慕地说:“惠民兄这是放着神仙不当,非要和我们一起闹革命啊!”

柏惠民说:“我不能一个人当神仙,看着民众受苦吧。如果人人都能当神仙,岂不是更好。”

两个人边说边聊,不一会就沿着青石铺就的小道来到了水榭亭。落座之后,柏惠民问:“你此次回来,一定有重要事情。你说吧,想让我干啥?”

井勿幕说:“你先别急。现在全国反清活动风起云涌, 各地都在积极准备,只等时机成熟,一起举事,推翻满清政府,建立中华民国。去年,我辗转各地,与黄克强、秋瑾、朱贵全等人已取得联系,陕西这边以勤公社为核心建立了不少秘密组织,但要想把陕西的同志都团结起来,还必须有一定的形式和方法,让大家心往一处想,劲往一处使。”

柏惠民问:“看来你有办法了?说出来听听。”

井勿幕说:“去年我在三原勤公社,曾经和郭希仁、张赞元、高明德等人商量过,依据陕西革命的现状,决定模仿慕亲会的形式祭拜黄陵,凝聚人心。

随后，郭希仁等人开始秘密筹划，他们撰写了一篇祭文，我看过之后做了修改，准备在九月九日重阳节黄陵祭祖时当场宣读。”

柏惠民知道历朝历代都有祭拜黄陵的传统，就是孙文、宋教仁、于右任、井勿幕等人拟推翻的清政府，为了笼络汉族人心，也是多次派出朝廷大员亲临中部县（现黄陵县）的桥山黄陵，代表当朝皇帝祭拜黄陵。问题是这些革命党人有资格祭拜黄陵吗？柏惠民疑惑地问：“勿幕，历朝历代都是朝廷派大员到黄陵祭祖，有些官员职级不够，皇帝甚至不惜为其加官晋爵。刚才你说准备召集各地同志在重阳节到黄陵祭祖，这事合适吗？”

井勿幕说：“有啥不合适的？同盟会以驱除鞑虏、恢复中华为己任，本来干的就是推翻朝廷的大事，不可能让朝廷委派我们代表朝廷到黄陵祭祖。再说了，明末李自成率领起义军攻破潼关入陕，以秋风扫落叶之势回师陕北，沿途所过州县，多数城池不攻自破，地方官吏闻风丧胆，纷纷逃窜。李自成率兵经过黄陵时，中部县令刘光先、朱新谍等人企图抵挡义军，被义军在黄陵当场处斩了。李自成等人充其量是想推翻一个封建王朝，再建立一个封建王朝，他都能以造反者的身份用贪官之头祭拜黄陵，我们以创立民国、平均地权为目标，为啥不能？”

柏惠民无法反驳井勿幕的言论，倒是想起了民间传说李自成在祭拜黄陵时说的一番话。他小声吟诵道：“……天下腐败，民不聊生，荒年饥饿，尸骨遍野。地无草，树无皮，人相食。自成无路，揭竿而起，昭告始祖，吾灭明朝，不毁中华。渴望中华大地建新朝、立明君，拯救百姓于水火之中……”

等柏惠民吟诵完比，井勿幕说：“现在全国的形势跟明末差不多，朝廷不断割地赔款，广大民众苦不堪言。对此，我辈不应该留下‘廉颇老矣，尚能饭否？’的遗憾，要以‘西北望长安，可怜无数山’的悲悯，树立‘待从头，收拾旧山河，朝天阙’的雄心壮志，团结革命同志，拯救中华民族于危亡之中。”

柏惠民说：“朝廷签署了许多丧权辱国的条约，确实把中华民族推到了水深火热之中，仅靠君主立宪等手段无法改变现状。说起了黄陵祭祖，我倒想起了甲午战争后在台湾率众抵抗日本侵略的丘逢甲在黄陵时写过一首慷慨悲壮的诗文，不知道你还记得吗？”

井勿幕微笑着说：“惠民，你这是在考我吗？丘逢甲的诗文是：‘如此江山竟付人，干戈留得若吟身。乱云残岛开诗境，落日荒原泣鬼怜。埋碧可怜黄帝裔，杀青谁作素王臣？请将风雅传忠义，班管重回故国春。谁非黄炎之子孙，九天忍令呼无门。上书宰相毁苛约，此义已比昌黎君。百年万事半颠倒，中外约章那可遵。'实话告诉你，丘逢甲现在广州，也是同盟会的骨干。有了这些人参加革命，推翻清王朝指日可待。"

柏惠民见井勿幕决心在重阳节当日祭拜黄陵，激动地问："祭文有了，接下来咋办？"

井勿幕说："黄陵位于中部县桥山之巅，路途遥远，我们前去祭拜黄陵，必须秘密出行，绝不能让各级官府知道，否则会招来不必要的麻烦。根据我和郭希仁等人商议，咱们得分头行动。"

柏惠民着急地说："你就别卖关子了，赶紧说咋办吧。"

井勿幕笑着说："心急吃不了热豆腐，你别着急嘛，听我一件件地说。"

随后，井勿幕说秘密祭拜黄陵安排在重阳节，估计有陕西、四川、山西、甘肃等地的同志一起参加。这么多人到中部县祭拜黄陵，必须得乔装打扮。他要求由焦子静从省城开出公文，带几个人打扮成碑帖拓字工匠，先期到黄陵做准备工作；让高明德和柏惠民找当地巡警开具介绍信，就说要去北山各地考察煤矿、畜牧业等；井勿幕和郭希仁、吴虚白等人携带官方给耀州（民国期间称耀县，现为铜川市耀州区）、淳化、同官（现铜川市区）各县县长的介绍信，说去延长考察石油并沿途观光，请沿途各县招待。

听完井勿幕的介绍，柏惠民说："这个方案很妥当，这几路人马，既有官文让沿途各县照顾，又有商人前往考察，加上吴虚白本来就是一个和尚，让他扮成云游僧人，来回传递消息，真可谓天衣无缝，安全至极。"

井勿幕说："为了做到万无一失，确保安全，我们几个人也是费尽了心机。现在，我把整个方案全盘托出，就请你做好相应的工作，九月初咱们分头前往中部县。"

柏惠民说："没问题，这点小事何足挂齿。"

井勿幕不好意思地说："谋划虽然好，但还需银钱开路啊。惠民，这次行动，估计又得让你破费了。"

柏惠民说："我自打被你介绍加入同盟会之后，就一心想和同盟会的志士仁人一道，以推翻清政府为己任，别说花点钱财，就是豁出性命也在所不惜。"

井勿幕对柏惠民竖起了大拇指，然后问："听说你过年时把汉口分号的刘掌柜撤换了，该不会为你擅自挪用分号银钱之事吧？"

柏惠民点头说："刘掌柜跟随我父亲在商海中打拼了大半生，一向很节俭，见不得像我这样不管生意如何，就知道用钱的少东家。为挪用汉口分号银钱之事，我和刘掌柜弄得不愉快，过年时他借述职之机，以年老多病向我提出了辞职，让我很没面子，一气之下，我安排原来的二掌柜宋得财接任大掌柜了。"

井勿幕听完此话，感到心里酸酸的难受。柏惠民为了支持推翻清政府，不惜解聘了跟随父亲多年的刘掌柜，这是常人无法做到的。他更关心的是，柏家的各分号掌柜和两个管家是否知道柏惠民暗中资助革命党人。他问："惠民，除了革命工作，你应该关心一下柏家的商业经营，不能为了支持革命，弄得生意凋零，这样会落下一个败家子的骂名。另外，除了你之外，柏家还有谁知道你暗中资助革命党？"

柏惠民说："这事你放心。二管家姚崇文掌管柏家经济大权，他只知道我用钱修桥补路，捐资办学，对于暗中资助同盟会之事可能有所耳闻，但都一直守口如瓶，毕竟这事传出去就是掉脑袋的大事，可能还会连带到他们，因此他们也不敢胡言乱语。"

井勿幕说："我估计你为了保守机密，也是费尽了心机啊！资助同盟会，你倾尽了全力，得罪了刘掌柜，这可能才是序曲，等推翻满清政府的大幕拉开之后，同盟会还希望你一如既往地大力支持。"

柏惠民说："只要柏家还有能力，我定当义不容辞。"

井勿幕钦佩地对柏惠民再次竖起了大拇指。

九月初的关中平原，秋高气爽，瓜果飘香，庄户人家好不容易期盼的丰收年即将来临。田野里玉米吐穗，绿色外套穿在棒子外面，把里面逐渐丰满的玉米粒裹了个严严实实，红胡须长在棒子顶端并略微下垂，随风轻摇，看着就让人觉得喜庆。棉花已经绽放，好像绿色的海洋里泛起了无数浪花，白得晃眼，有些心急的庄户人家已经开始下地摘棉花了。

这天清晨，柏惠民让护院孙志高把高轩德、姚崇文请到二堂客厅，准备做出发前的安排。

等两位管家坐下后，柏惠民说："高管家、姚管家，我准备今天动身到三原北极宫咱家商号去巡视一下，然后和临潼曹印侯、郭希仁等人到北山一带考察煤矿、铁矿、畜牧业，现在南方不太安宁，我想在北方搞些投资。此去估计半个月左右，家里的事劳烦二位管家了。”

高轩德这么多年来第一次听见少东家准备正经投资，感慨地说：“少东家能为柏家生意另辟蹊径，是全家老少的福分，我等定当鼎力支持。家里的事，你就放心吧。”

姚崇文知道曹印侯武艺超群，家境富裕，以为少东家真的是考察铁矿、煤矿、畜牧业，他接着说：“少东家尽管出去考察，如有合适项目，我准备资金。刚才少东家说今天就出发，那就让护院孙志高跟着去吧，以防不测。”

柏惠民不想受家人羁绊，更不想让家人知道此行的真实目的。他说：“姚管家，你给我准备些零用钱就行了。此行有曹印侯保驾，你们尽可放心。今年秋季，玉米长势不错，棉花丰收在望，劳烦二位管家把柏家田地里的庄稼颗粒归仓即可。”

高轩德说：“这个自然，不用少东家操心。”

午饭过后，柏惠民穿着青色长袍，戴着一顶黑色礼帽，骑着一头高头大马，就出了柏家庄园。走出庄园拐上通往泾阳县城的大道不久，柏惠民用右手在马屁股上使劲拍了一下，马受到了主人的暗示，一瞬间抛开四蹄，奔跑起来。

柏惠民打马如飞地赶到三原县城北极宫天成安商号，太阳还高高地挂在西边。他跳下马，活动了一下筋骨，拉着马走刚到商号门口，掌柜马树森就迎了出来。马树森接过缰绳，低声对柏惠民说：“少掌柜，临潼郭希仁、同官井勿幕，还有高明德等人已经在商号二堂等你多时了，把马交给我，你进去陪他们说话吧。”

这几个人正坐在客厅喝茶说笑，见柏惠民进来，井勿幕说：“刚才是万事俱备只欠东风，现在东风已至。咱们就听惠民的安排吧。”

柏惠民说：“我安排啥呀，勿幕都已经安排好了，咱们就按照勿幕的安排办吧。”

井勿幕等人相视一笑。

郭希仁说：“等惠民喝口水，咱们这一路就可出发了。”

柏惠民说：“稍等一下。我让马掌柜再准备一点干粮。”

柏惠民随后出了客厅，找到马树森。他说：“马掌柜，你派一个伙计上街去买一些路上吃的东西，再给我准备两百大洋，我要和井勿幕、郭希仁、高明德他们到北山去考察煤矿、铁矿、畜牧业。”

马树森见柏惠民要的钱不多,但足够他们几人到北山去考察,就说:“少东家稍等,我马上就去办。”

一顿饭的工夫,马树森就办好了柏惠民交代的事项。柏惠民见马树森让伙计把干粮驮上了马背,手里提着一个皮袋子递给自己,就知道可以出发了。

他对大家说:“所有准备工作都完成了,咱们这就走,赶天黑之前就能到耀州城。”

一行人出了天成安商号,由三原县城北门过龙桥,就上了北塬,直向耀州城方向而去。

金秋季节的黄土高原,沟壑纵横,山花烂漫,不时还能听到牧羊人吼秦腔,或者放牛娃唱儿歌。井勿幕、柏惠民等人无心观看一路的好景色,一门心思地加快脚步赶路。

九月初八中午时分,他们终于过耀州,越同官,翻金锁关,到达了中部县城。

提前到达中部县城并做前期准备工作的焦子静见井勿幕、柏惠民等一行终于到了,长舒了一口气。他刚把一行人迎进桥陵客栈,已经到达的吴虚白等人也走出了房门。

众人欢聚一堂,喜笑颜开,兴奋不已。柏惠民仔细观察了一下,这些人啥装扮都有,文人雅士、游方僧人、客商猎户,大约有二十多人,从各人说话口音基本能分辨出这些人有十六人属于陕西籍,有七人属于四川籍,还有广东、山西、甘肃等省份各有几人。

等大家都落座了,焦子静向大家汇报了前期准备工作情况,就把眼光转向了井勿幕。

井勿幕激动地说:“黄帝是中华民族的人文初祖,是华夏文明的共同祖先,我们祭拜黄陵,就是要形成文化共识,凝聚起反帝制、建共和的决心和信心。现在,众人都已到齐,子静你把祭文拿来,大家以长幼为序,依次签名,表达我们誓死扫除专制政权、建立共和国体,共赴国难、艰巨不辞的决心。”

焦子静按照井勿幕的安排,从他住的客房取来了祭文,随后让大家依次在祭文后面的空白处签名。

第二天，就是传统的重阳节，也是黄帝龙驭归天的纪念日。此日旭日东升，霞光万道，万里无云。井勿幕招呼大家分头出发，出中部县城北门后，在桥山脚下沮河边集合，再统一上山。

柏惠民陪着井勿幕、郭希仁等人出县城向北，大约走了二里路，就进入了桥山山脉。桥山是子午岭向东延伸的部分，山体浑厚，气势雄伟，沮河由西向东呈 U 形绕桥山而过，形成了三面环流之态，故此称桥山，黄帝陵因山而得名桥陵。山上古柏茂密，八万多株古柏郁郁葱葱、生机盎然。

众人到齐后，井勿幕说："汉武帝于元封元年开始正史记载的第一次祭祀黄帝之冢以来，到唐代宗大历五年大规模修建黄帝庙，栽植柏树 1140 株，并把祭祀黄帝升格为国家大典。从汉代开始，先后有十九位皇帝亲临桥山黄帝陵祭祀或者致祭文，足见国家对祭祀黄帝的重视。远的不说，就是满清朝廷，先后也有顺治、康熙、雍正、乾隆、嘉庆、道光致祭文。咱们现在就上山到黄帝陵前祭拜。"

众人沿着山路向上，不久就看到了黄帝庙。只见眼前玉殿琼台，绀碧红墙，古柏虬影，烟岗翠献，掩映参差，上下前后，左右四旁，生机盎然。众人虽然兴奋，但却无人敢大声喧哗。

焦子静给众人介绍说，桥山的风水轴线是西北至东南走向，也就是桥山主脊至黄帝墓冢与印台山山峰之间构成的一条连线。黄帝陵冢的坐向不同于后世帝王正北正南（坐北朝南）或正东正西（坐西向东），而是依据地理，背向西北，面朝东南，同桥山、子午岭和号称龙脉的昆仑山走向完全吻合，即中国地理的基本形态——天倾西北，地不满东南。

看过黄帝手植柏、碑亭，沿着神道一路拾级而上，两侧古柏参天，形如巨伞，遮挡住了秋日的阳光，留下了斑驳的光影，把神道变得光影婆娑、神秘莫测，更让众人有了一种神圣的使命感。

走到神道的尽头，众人见神道旁立有一块明朝嘉靖年间的下马石，上刻"文武百官至此下马"八个大字，均在此脱帽致敬，弯腰行礼，然后直奔黄帝墓。

黄帝墓呈扁球形，高 3.5 米，直径大约 16 米，周长约 48 米，占地约 200 平方米，是用黄土构建而成。墓的西下方为方形墓台，显示了黄帝陵墓的庄严，蕴含着"天圆地方"的意义。墓前立有一块石碑，上刻"桥山龙驭"四个大

古軒轅黄帝橋陵

字，意思是说黄帝在桥山下升天。

井勿幕见四周无人，静悄悄的，就让焦子静把祭祀用品恭敬地摆放在墓台上，随后取出大家签过名的祭文，肃穆地说："各位革命同志，在重阳节祭祀人文初祖黄帝，除了祭品，我还准备了一篇祭文，现在大家跪拜在黄帝墓前，我来宣读祭文。"

众人按照井勿幕的要求，呈半圆形跪在墓台前。井勿幕展开祭文，朗声读了起来：



**祭黄帝陵文**

维黄帝纪元四千六百零五年九月重阳日，玄曾孙某某等谨以鲜花清酒牲肴之仪，敬献于我皇祖轩辕黄帝之墓前而泣告曰：维我皇祖，承天御世，钟奇孕灵。乃圣乃神，允文允武，举修六府，章明百物。剪蚩尤于涿鹿，战炎帝于阪泉，挥斥八埏，疆理万国。用是奠基中夏，绥服九州，声教覃敷，讫于四海，凡有血气，莫不尊亲。自是以后，圣子神孙，历世相承，尧舜以禅让缉熙，汤武以征诛定乱，洎乎秦皇汉武、明祖唐宗，皆能仰承遗绪，奋厥声威，镇抚百蛮，光宅九土。其间偶逢衰替，暂堕纲维，秽丑跳梁，蛮夷猾夏，然皆历时未几，族伏厥辜，弃彼毡裘，袭我冠服。我民族屡蹶再振，既仆复兴，卒能重整金瓯，澄清玉宇者，莫非我皇祖在天之灵，有以默相而佑启之也。迨至前明甲申之岁，国运凌迟，建州虏夷，乘我丧乱，驱其胡骑，入我燕京，窃据我神器，变乱我衣冠，侵占我版图，奴役我民众。神州到处遍染腥膻文化，同胞备受压迫，剃发令下，虽圣裔犹莫逃，骑兵驻防，遍禹迹而皆满，又无论扬州十日，嘉定三屠，二百年之惨痛犹存，十八省之奇耻未湔已也。且近年以来，欧美民族，对我环伺，各欲脔割大好河山，而满清政府恣其荒淫，不恤国耻，殷忧之士，义愤填膺，近有执义帜而起者，粤东如陆皓东、郑士良、孙逸仙；湘越如马福益、黄克强；湖南如唐常才，均矢志盟天，力图恢复。某等生逢艰巨，何敢后人，乃集合同志，密筹方略，誓共驱除鞑虏，光复故物，扫除专制政权，建立共和国体，共赴国难，艰巨不辞，决不自私利禄，决不陷害同人，本众志成城之古训，建九世复仇之义师。伏望我皇祖在天之灵，鉴此愚衷，威神扶佑，以纾生民之苦，以复汉族之业。某等不自量力，竭诚奉告，不胜惶愧煎灼，郁结悲祷之至。尚飨。

井勿幕刚宣读完祭文,有人大声唏嘘,有人泪流满面。看着众人大都满面忧伤,井勿幕知道这篇祭文起到了作用,引起了共鸣。他说:“各位同志,今天我们在先祖黄帝面前起誓,一定以扫除专制政权,建立共和国体为己任,誓死推翻满清王朝!”

众人齐声应道:“扫除专制政权,建立共和国体,誓死推翻满清王朝!”

声音在桥山回荡,风声把誓言传扬。井勿幕、柏惠民等人没想到他们这次感天地、泣鬼神的祭祀活动,会在陕西辛亥革命史上留下浓墨重彩的一笔。

# 第六章　水榭亭制定章程　任总揆督导关中

黄陵祭祖虽说凝聚了士气，鼓舞了斗志，但问题也随之而来了。

先不说井勿幕为如何整合关中地区各帮派力量头痛，单就柏惠民来说，在经过考察的马栏开铁矿就让他费尽了口舌。

重阳节当天晚上，柏惠民对井勿幕悄悄说："勿幕，好不容易出来一趟，我还真想到邻近的马栏、药王山考察一下。如果马栏真有铁矿，我投资开办矿山，炼铁制造武器，以备将来不时之需，你看如何？"

井勿幕说："这样最好。凡是想到前面之人，都是有远见的人。"

柏惠民没料到井勿幕会这样夸自己，不好意思地说："那我就带人去了。有啥情况，咱们随后再说。"

柏惠民和井勿幕所见略同，不谋而合，他就叫上高明德、邹子良、樊灵山一行四人以考察矿山、畜牧业为名前往位于子午岭南缘的马栏镇。

两天后，柏惠民等人到达了旬邑县东南与同官县西北接壤的马栏镇。他们发现马栏镇几乎处于一个盆地之中，四周山梁纵横，森林茂密，物产丰富，民风淳朴，一条曲折蜿蜒的马栏河从镇子中间流过，使这里具有进可跃马关中、俯视泾渭、剑指西安，退可后缩大香山乃至陕北的战略要地。更让他们惊喜的是，经过与马栏镇赵乡约[①]攀谈，这里还确实有铁矿。

---

① 乡约：明清时期乡中小吏，由县官任命，职责是传达政令，调解纠纷，大约相当于现在的乡镇长和村委会主任。

柏惠民等人在赵乡约的带领下，考察了铁矿的具体位置，然后与赵乡约商定要在马栏投资铁矿，制造铁器农具。赵乡约巴不得有人在马栏镇投资，这样他也好分一杯羹。

赵乡约激动地说："柏财东，你要在马栏投资铁矿，赵某举双手赞成。铁矿位置刚好在我家山林附近，山里人穷，没有现成的银钱，我就以山林和土地入股，和你共同开发铁矿如何？"

柏惠民说："我是关中泾阳人，对这里的风俗民情不太懂，有你赵乡约加盟，求之不得呀！我回去后筹集资金，等做好准备工作，我派人来与你洽谈具体合作事宜，你看如何？"

赵乡约说："泾阳柏家是闻名陕西的富商大户，财东你又年轻有魄力，在这里投资铁矿制作铁器农具，肯定会获利丰厚，皆大欢喜。鄙人明天就开始让佃户腾地方，等柏财东带着银钱和人员一到，就可马上开工。"

高明德、邹子良、樊灵山三人见柏惠民和赵乡约谈得热火朝天，情深意浓，均感到有些莫名其妙。他们以为绕道马栏镇考察铁矿、畜牧业只是为了掩人耳目，没想到柏惠民还动了真格。三个人挤眉弄眼，都没好意思打搅柏惠民和赵乡约谈论他们合作办铁矿的前景。

回泾阳的路上，高明德心里一直在惦记着柏惠民和赵乡约谈论投资铁矿的事，他不明白少东家为啥有了这个心思，该不会是一时冲动吧？对在马栏镇这个穷乡僻壤大量投资，高明德还是有些担心。

等翻过子午岭，快到同官县地界时，高明德快走几步追上柏惠民问："少东家，你真打算在马栏投资兴办铁矿？"

柏惠民说："你觉得不合适？"

没等高明德回应，邹子良插话说："马栏镇虽有铁矿，但交通不便，就是能冶炼生铁，打造农具，靠这地方也销售不了多少，大量的农具还是要往关中销售，不划算。"

柏惠民停下脚步，等他们都走近了，这才说："我在这里投资铁矿的真实目的，不仅仅是冶炼生铁，制造农具，而是想把这里变成革命党人制作武器的基地。你们看马栏镇四周的地形合适不？"

邹子良说："如果说兴建兵工厂，马栏镇绝对合适。问题是你回去后咋跟二位管家说嘛？"

柏惠民说："在马栏镇兴建兵工厂这事，此前我只跟勿幕说过，现在你们三人也知道了。回去后，我跟二位管家只说在马栏镇投资铁矿，打造农具，肯定不会说咱们的真实目的。至于他们是否同意，到时候再说。”

高明德说：“少东家，你一心为了革命事业着想，让我等钦佩！去年底，你解聘了汉口天成祥分号刘掌柜，伙计们私底下说啥的都有。这回你一定要沉住气，即使他们不同意，也不能发火，更不能硬来，以免把关系弄僵，给人落下话柄。”

柏惠民知道高明德是自己的玩伴，从小就生活学习在一起，他说这番话肯定是为自己着想，就笑着说：“明德，你从小就聪明，心灵手巧，依我看，真在马栏镇兴办了兵工厂，说不定还要你来管理技术哩。”

樊灵山说：“打制大刀梭镖之类的事，明德没有问题。如果要制作其他先进武器，估计够呛。”

柏惠民说：“灵山这话不假。现在清军都用上了洋枪洋炮，光靠大刀梭镖，将来在武器装备方面革命军肯定不占优势。我看这样，今后有机会送明德到南方去学技术，最起码要知道炸药咋制造，能学会制造枪械最好。”

高明德笑着说：“果真如此的话，我就能成为革命军的武器专家了。”

邹子良说：“关键要看惠民能否说动二位管家，让他们同意投资开矿。至于以后咋办，咱们听勿幕的如何？”

柏惠民没想到邹子良的担心就像是一句谶语。

高轩德、姚崇文见少东家喜气洋洋地从北山回来，就知道此行他很开心，估计收获不小。他们没想到柏惠民一开口就说要花五千大洋在旬邑县马栏镇开铁矿制造农具，两个老江湖不约而同地表示坚决反对。柏惠民在过年时解聘了汉口刘掌柜，对这两个极力反对他投资铁矿从道义上为柏家着想的管家，不好再解雇，但心情却极为不爽。

没等柏惠民心情好转，井勿幕就愁容满面地登门拜访来了。

按照老规矩，招呼井勿幕吃过饭后，两个人来到了水榭亭。等井勿幕刚坐下，柏惠民就急不可耐地问：“勿幕，啥事把你愁成这个样子了？”

井勿幕叹了一口气，说：“你们去马栏镇之后，我和郭希仁、吴虚白结伴同行。大家对重阳节祭拜黄陵，凝聚人心大加赞赏。后来吴虚白说了一句话，让我一下子感到了浑身发冷，这才来找你商议看这事咋办。”

柏惠民说：“吴虚白虽是和尚，但也是慕亲会中的首领，他不会是看到我们共同签名誓言，真要行动就变怂了吧？”

井勿幕说：“那倒不是。他说要想弄出动静，甚至取得成功，依靠文人舞文弄墨，属于空谈，无济于事。现在参加同盟会的同志，大多不会武功，没有经历过战阵，依靠这些人冲锋陷阵，只会造成无谓的牺牲。最后，他建议联合关中道上的哥老会、慕亲会、刀客和民间义士，共同制定秘密术语、联络暗号、行动方案。我觉得他说的有道理，但在啥地方召集这些人开会，让我头痛不已。”

柏惠民说：“你看开会的地方放在水榭亭如何？这里环境还不错，四周有很高的围墙，外人很难看到里面。”

井勿幕说：“地方是不错，适合秘密聚会。我担心一下子来几十号人，你家里也住不下呀！”

柏惠民说：“小事一桩。如果你决定在我家召集同志开会，我明天就让高管家在花园修建一些房舍，供开会的同志们住宿。另外，所有来开会的同志吃住就在花园里，无事不要外出，这样也避免官府怀疑。”

井勿幕说：“想法不错，只是又要让你破费了。”

柏惠民沉思了一下问道：“你刚才说要联络关中道的哥老会、慕亲会、刀客和民间义士，大家来自不同行道，各有规矩，要让这些人达成共识能行吗？”

井勿幕说：“联合各界同道这事并非我的独创。孙文、黄兴等人为了加强南方的革命力量，就联合了洪门、三点会、致公堂等团体，效果很不错。如果我们能把关中的哥老会、慕亲会、刀客等仁人志士联合起来，同仇敌忾，实战能力肯定会得到提升。”

柏惠民说：“那就按你说的办。你估计啥时候开会，我把准备工作做好。”

井勿幕说：“你先做好准备工作，我明天就到三原勤公社去，把开会的事通知大家。具体日子，我亲自来告知你。”

柏惠民见井勿幕满脸的愁云已经无影无踪，开心地说：“能为同志们做好后勤保障，也是我柏惠民的荣幸。”

井勿幕说：“这些人聚在一起，意见一下子很难统一，我估计会期肯定不短，你要做好心理准备。”

柏惠民笑着说：“招待几十号人吃住十天半月，对我来说，还真是小事一桩。你忙别的事，接待的事我盯着，保证不会误事。”

柏惠民紧锣密鼓地在花园靠近住宅处一下子盖了二十多间单檐歇山顶的客房，准备接待各地来开会的同志，没想到真正开会的日子却拖到了第二年春天。

一九一〇年春天的一个午后，井勿幕和宋向辰一起来到柏家庄园。

见面寒暄之后，柏惠民急不可待地问："勿幕，去年重阳节过后，你说要去三原勤公社召集关中道的同志开会，咋久等没有音讯？我把房子盖好收拾完毕之后，到三原勤公社一打听，有人告诉我说你去了南方，这是咋回事？"

井勿幕微笑着说："你先别问了，赶紧给我和向辰弄点吃的，有话等我俩吃饱饭再说。"

柏惠民喊来护院孙志高，对他说："给厨房说一声，让准备两个人的饭菜，赶紧快点。"

孙志高点了点头，转身出了客厅。

一会工夫，饭菜准备停当，柏惠民招呼井勿幕、宋向辰赶紧吃饭，他在一旁看着两个人狼吞虎咽的吃相，想笑又没敢笑出声。

吃过饭，柏惠民带着二人就往住宅东面的花园走。刚进花园，柏惠民指着一溜新盖的房舍说："勿幕、向辰，这就是我给同志们开会准备的房间，咱们进去看一下如何？"

井勿幕看着一排整齐的新建房舍，满意地点了点头，随后在柏惠民的带领下走进了中间的一间。进屋后，他发现房间里干净整洁，南北靠墙处各放着一张单人床，上面全是新制作的被褥，两张床的中间，放着一张方桌，两把椅子。

井勿幕把手中的提箱顺手放在床上，随即坐在床铺上说："你俩都坐下，我就在这里回答惠民刚才的问题。"

等柏惠民、宋向辰坐下后，井勿幕说："去年从你这里到三原勤公社后，我拟好了开会通知正准备分发，突然接到同盟总会的电报，说是让我到广州去一趟。当时，我也不知道有啥紧急事，就叫上向辰和我一起去了广州。到广州后，同盟会的同志传达了孙文先生的指示。孙先生说，鉴于南方起义屡遭失败，他想改变起义先由南方发动，北方策应的部署，改成先由西北内地发动，南方策应。我觉得孙先生的设想很好，但西北革命力量略显薄弱，单靠西北发动起义，估计很难一举成功。对此，我提出了南北呼应，中路突破的设想。经过与南方几省同志商议，他们肯定了我的设想。此次回来，就是想借助柏家庄园，尽快召集同志们开会，达成共识，凝聚力量，等待时机，共谋大事。”

闻听井勿幕一番话，柏惠民热血沸腾，激动不已。对于由西北发动武装起义，他还是不明白。按道理说，长江中下游一带经济发达，交通便利，人口密集，如果在长江中下游发动武装起义并成功，影响巨大，对朝廷形成的威慑也大，为啥不在那里发动武装起义呢？他不解地问：“勿幕，对于你提出的南北呼应，中路突破的设想我没有意见。我有一事不明，为啥不在长江中下游一带经济富庶之地发动武装起义呢？”

井勿幕说：“你的想法有一定道理，与黄兴等人当初的想法不谋而合。孙中山先生曾说，太平天国运动就是从广西发动，后来主要集中在长江中下游一带，最终却失败了。现在，朝廷不断对外开放口岸，长江中下游一带的许多城市都有洋人的租界、商行，在这些地方发动武装起义，弄不好就会对洋人的租界甚至商业贸易造成冲击，引起外交事件，麻烦很多。自中国同盟会成立之后，先后在湖南、安徽、浙江发动的武装起义均以失败告终，牺牲了许多骨干，也是由于这一带交通便利，朝廷易于调集军队剿灭之缘故。现在，朝廷对长江中下游一带的监控更严了，在这些地方举行武装起义风险更大，更不容易取得成功。鉴于此，孙中山先生才提出了西北发动，南方策应的设想。”

柏惠民点头说：“有道理。那开会通知发了没有？同志们啥时候到？”

一直没说话的宋向辰笑着说：“惠民啊，你啥时候能改一下你的急性子？为了落实此次在广州制定的战略，我和勿幕马不停蹄地赶路，昨天到勤公社之后，已经安排人连夜把开会通知送往关中各县同盟会分会。我估计两三天之内，大部分人员都应该到了。”

柏惠民说：“那就好！我让高管家明天准备鸡鸭鱼肉、新鲜蔬菜、白面白酒，保证同志们吃好喝好，把会开好。”

井勿幕叮咛说：“此次会议人数众多，僧俗皆有，加上刀客义士，很容易引起官府怀疑，因此要做好保密工作，确保万无一失，不能让参加会议的同志有任何闪失。”

柏惠民一听这话，感到有些头大。几十号各方人士参加会议，仅不允许外出这一条是远远不够的。要做好保密工作，除了让家里仆人丫鬟不准胡言乱语、私下议论之外，还需要做好外围防备。他说：“勿幕，你也知道我这个人喜欢结交各路朋友，这在关中道上人人皆知。家里一下子来这么多朋友，估计会让人说三道四，甚至胡乱猜疑。我看这样，家里人除了护院首领孙志高之外，其他人一律不准进入花园，就是高管家、姚管家也不例外。为了防止官府鹰犬打探消息，我让孙志高再带几个护院在花园外巡视，如果发现有不熟悉之人接近花园，一律赶走。你看，这样安排如何？”

井勿幕说：“这样最好。另外，为了召集同志们开会方便，我和向辰在来的路上商议了一下，决定这次会议由我和宋向辰主持，你和高明德作为会议的召集人。你看这样安排咋样？”

柏惠民说：“没问题，我服从。”

三天之后，各地同盟会分会负责人、会党首领陆续到达柏家花园，一向空寂无人的花园顿时变得热闹起来了。

柏惠民没料到他在柏家庄园迎接的第一个人竟然是泾阳王桥镇人高铭新[①]。柏惠民在启蒙教育阶段，就经常听恩师杨凤轩提起高铭新，杨先生多次当着他和高明德的面称赞高铭新，说高铭新秉性聪颖，擅长墨文，是他比较看重的学生，尤其对高铭新不尚高谈阔论，力求实践称赞有加。柏惠民后来想结交高铭新时，听说高铭新已经弃文从商去四川了，让他空留下了遗憾。现在，高铭新来到柏家庄园，柏惠民预感到他肯定是同盟会中人。

柏惠民和高铭新寒暄了几句，他就问：“早就听杨凤轩先生多次提到过你，遗憾的是一直无缘相见，没想到你来参加这次会议了。学兄，能说说这些年你的情况吗？”

高铭新说：“杨先生当年很器重我，在他的教育引导下，我开始关注国内大事，精研经史和时务。后来看到朝廷腐败，丧权辱国，科举无望，内政腐败，就进入了商界。在四川经商时，接触到了许多思想激进的爱国同志，后来辗转到了上海，创办杂志，宣传进步思想。说起来，你我都是杨老师的学生，又是经井勿幕介绍加入同盟会的。今天，到你家来开会，或许是你我有缘啊。”

柏惠民兴奋地说：“既然是同志，就应该把事情干好。估计勿幕会在这次

①高铭新（1886—1919），字季维，陕西泾阳王桥人。同盟会会员，曾在上海创办《克复学报》，辛亥革命成功后，在西安设立红十字会，与柏惠民开设新民图书馆。护法战争期间，任陕西靖国军参谋兼工程营营长。1919 年 4 月，奉命赴富平县美原镇途中被人枪击殒命，时年 33 岁。高铭新、柏惠民、高明德三人被称为辛亥革命“泾阳三杰”。

会议上给你分配重要任务的。”

高铭新说：“只要是分配给我的任务，自当全力以赴，在所不辞。”

柏惠民指着花园里一所屋子对高铭新说：“勿幕和宋向辰已经来了，你过去和他们打声招呼。今后有啥事，尽管来找我。”

高铭新即将转身离开时，又说：“听说你的挚友姚文山也加入同盟会了。”

柏惠民听说姚文山也加入了同盟会，心中很高兴，但对姚文山没有亲口告知自己，难免感到有点失落。他说：“文山和我无话不说，唯独对加入同盟会这件事还对我保密。我听说文山开始学医了，说不定以后还会有大用场。”

高铭新说：“革命需要各方面的人才。听说这次参加会议的人员都是三教九流的主要人物哩。”

柏惠民笑着说：“等人到齐了，你就知道了。”

第四天早上，井勿幕对柏惠民说：“惠民，按通知要求，参加会议的应该有二十七人，实际来了十六人，郭希仁、邹子良等九人因故不能到会。我看不能再等了，以免夜长梦多。咱们今天就开始开会。”

柏惠民说：“行。会议地点还放在水榭亭吧，那里僻静，无人打扰。”

井勿幕说：“好，就放在水榭亭。你安排人摆放些零食、茶水，需要啥东西咱们见机行事。”

柏惠民也没料到这次会议一下子竟然开了二十多天。

众人围坐在水榭亭中间的桌子四周后，井勿幕首先向参会人员传达了同盟会总会提出南北呼应，中路突破的战略部署，分析了全国、南方各省和西北的形势。大家对此都很认同，不停地点头。

当井勿幕提出要在本次会议上拟定会章、通讯方法、宣传口号、筹备武装、秘制弹药、起义计划、分工协作等内容时，仿佛一瓢水泼进了刚烧开的油锅，一下子炸开了。

宋向辰站起身，举起双手往下压，示意大家别大声嚷嚷。随后他说：“刚才勿幕已经把本次会议的全部安排告诉了大家，我看咱们先从简单的事着手，需要花钱和难办的事随后大家讨论，大家看如何？”

四川籍的雷尔清操着满口的四川腔调说：“当年韩山童、刘福通预先将一个独眼石人埋在黄河谷道，并散布谣谚说‘莫道石人一只眼，挑动黄河天

水榭亭

下反。'后来他们以此为契机,杀白马、黑牛立盟起义,以红巾为号,称红巾军,拥韩山童为明王,反抗元朝。我看咱们也应该编造歌谣,鼓动人心。"

井勿幕笑着说:"雷尔清有编造歌谣的天赋, 这方面的事就由你负责吧。"

雷尔清说:"这里是陕西不是四川,我虽有编造歌谣的能力,也要当地同志配合,才能编造出符合当地特色的歌谣啊。"

高明德说:"这个不难,就让泾阳人高铭新配合你。"

高铭新慨然应诺说:"我对关中一代民俗比较熟悉,有啥需求尽管说,我定当全力配合。"

宋向辰说:"我原本就和勿幕商议过,让高铭新负责宣传工作的,雷尔清点将了,我看这事就交给你们。如果还嫌人手不够,将来负责联络各校学生的礼泉人罗少鸿也可以帮忙。"

罗少鸿说:"没问题。需要帮忙尽管说。"

编造歌谣的事定下来后,井勿幕说:"对于通讯方法一事,我倒想起了天地会的切口,但记不清楚了。吴虚白是慕亲会的首领,之前负责传递消息,也是这方面的高手,此事交给你如何?"

吴虚白说:"勿幕提到的天地会切口是这样的:两个人见面,一问一答,问:有没有清恶毒、使盲眼复明的清毒复明膏药?答:有是有,价钱太贵。要三两黄金,三两白银。问:五两黄金,五两白银卖不卖?为什么价钱这样贵?答:不贵,不贵,只要当真复得了明,便给你做牛做马,也是不贵。或者来人说:地振高冈,一脉溪山千古秀。接应人说:门朝大海,三合河水万年流。如果都能对答如流,就可认定是同门中人。但天地会切口在江湖上流传已久,好多江湖人包括朝廷鹰犬都知道,不适合再用。咱们必须得制定自己的联络暗号。"

井勿幕点头表示同意,他说:"你是江湖中人,熟悉江湖切口,这事别人做不到,就靠你了。"

宋向辰接着说:"对于宣传口号问题,就不麻烦高铭新了。我和勿幕商量了一下,还是用同盟会的主要口号,就是驱除鞑虏、光复中华,消灭专制、建立民国。大家看如何?"

众人见宋向辰说的是同盟会的口号, 而且和他们此前知道和认可的一致,均表示赞同。

对这些简单问题做了安排部署之后,在筹备武装、秘制弹药、制订起义计划这些关键环节上，大家七嘴八舌，很难达成共识。

几天后，孙志高来到花园门口，恰好碰到柏惠民往门口走，他朝柏惠民招手示意。柏惠民明白这是孙志高有话要对自己说，就直接走出花园，来到一个僻静处，他问："孙护院，有事吗？"

孙志高低声说："我看最近两天不断有生人绕着花园外墙转悠，怕是县衙的密探，特此来告知东家看咋办。"

柏惠民一听这话，暗吃一惊。他不露声色地说："这些人是我请来的贵客，大多是来应聘学校教员的。我们在花园里谈的都是如何教学生习算术，立新学，举实业，不会有啥事。不过，既然有生人在外面转悠，你和几个护院都精心一点，不要让生人翻墙进入花园。"

孙志高说："我明白。"随后转身走了。

柏惠民面色凝重地进入花园后，大家正好休息。井勿幕见柏惠民阴沉着脸，以为他和家里人闹得不愉快，就问："惠民，这么多人在你家里闹腾几天了，不会是家里人不高兴吧？"

柏惠民走近井勿幕，轻声说："尽管我们此前有防范，官府的鹰犬还是盯上了这里。我在寻思如何给官府一个合理的解释。"

井勿幕一听这话，心里也暗吃一惊。此前，南方的革命党同人曾提醒他说，现在朝廷鹰犬到处都是，尤其是南方几次起义失败后，各地官府对革命党的行踪格外关注，经常派出暗探四处打探消息，没想到他们这次聚会还是让一些暗探嗅出了味道。如果这些人受到官府缉拿或者通缉，后果将不堪设想。井勿幕担忧地问："惠民，你有啥好办法可以化解这次危机吗？"

柏惠民说："刚才我听孙志高向我悄悄汇报此事，也让我很担忧。后来一想，我爱结交各路朋友在关中道上是出了名的，又在桥底镇兴办了男女学堂各一所，在三原兴办了英语数学专修班，曾经得到过泾阳县令蔡元儒和陕西巡抚曹鸿勋的嘉奖。我想借聘请学校教员之名向现在的胡县令汇报，前往县衙打探消息，不知是否可行？"

井勿幕点头说："这个主意不错，我看可行。"

柏惠民说："你们放心开会，我收拾东西去县城，有啥消息我让护院孙志高及时回来告知你们。"

井勿幕说："这事你知我知就行，我怕同志们知道影响情绪，更怕影响讨论的大事。"

柏惠民说:“我明白。我走了,你们放心开会。”

时任泾阳县令叫胡效忠，是接替蔡元儒之后管理泾阳地方政务的六品县令,也是清王朝任命的最后一任县令。胡效忠到泾阳上任后,确实感到了民谣所说“宁要泾三原,不要西安府”的魅力。虽说以泾阳、三原为中心的陕西经济中心,已经远不如“同治之乱”前繁华了,但依然是陕西乃至西北的金融中心、经济枢纽。唯一让他感到头痛的是,关中大儒刘古愚在县城泾阳味经书院教书多年,他在此倡导的废八股,习算术,立新学,举实业,培养新型人才的做法已深入关中学子和有识之士的心中,并影响到了三原宏道书院。其弟子于右任追随孙文，加入了企图推翻大清王朝的同盟会，足迹遍布关中。前不久,陕甘总督升允特地派人来叮咛他,一定要关注关中富商大户的异常行为,有情况及时向陕甘总督衙门密报。

胡效忠这天在县衙二堂刚处理完公务，县衙分管地方治安的官吏方泾渭就进了他的公堂。

胡效忠虽然不太喜欢这个地方上土生土长的官吏,但碍于情面,他还是招呼方泾渭坐下,并问:“方老弟,你找本县有何要事呀？”

方泾渭说:“胡县令,您高抬我了。我一个管理地方治安的小吏,岂敢与县令大人称兄道弟？最近这几天,我手下几个暗探在全县巡访,他们回来给我说桥底镇柏家庄园来了一些不明身份之人,卑职特来向您请示,看是否派人前去甄别有没有革命党？”

胡效忠说:“柏家庄园主人柏惠民是泾阳县有名的富商大户和著名绅士,喜好结交朋友,众人皆知,他家里来了几个人,就说有革命党,这样说恐怕不妥吧？”

方泾渭本来想借口有革命党，引起胡效忠的重视，没想到他是这种态度。他有些不甘心就此放过此事,又说:“胡县令,您忘了上次陕甘总督升允大人派人来叮嘱的事了？卑职管理地方治安,为朝廷尽责,自然不会放过任何蛛丝马迹。既然手下有人汇报说柏家庄园有来历不明之人,我想还是慎重为好,万一有人说我们对革命党熟视无睹,不闻不问,上级怪罪下来,我们吃罪不起啊！”

胡效忠瞥了方泾渭一眼,本想说他小题大做,但在革命党这事上,他也不敢掉以轻心。他说:“柏惠民喜欢结交朋友,又捐资兴办了学校,县衙以查革命党为由前往柏家庄园，万一弄错了，岂不自讨无趣？你说柏家庄园有来历不明之人，可有证据？”

方泾渭说：“据手下人汇报，前些天有四川、广东口音者进入了柏家庄园，我怀疑这是革命党在集会，故此特来请示，看是否采取手段？”

两人还没有达成共识，县衙门口的衙役进来了。他对胡效忠说：“大人，桥底镇财东柏惠民在外面求见。”

胡效忠看着方泾渭笑着说：“这地方真邪乎，说曹操曹操就到。方老弟，既然柏惠民亲自登门了，咱索性就在县衙问个明白，你看如何？”

方泾渭见胡效忠已经决定了，只好借坡下驴说：“这样也好，省得我再向您汇报了。”

时间不长，穿着青色长袍，戴着黑色瓜皮帽的柏惠民就进了县衙二堂。他看见主管地方治安的方泾渭在座，就知道孙志高所言绝非空穴来风。事已至此，他微笑着说：“没想到今天一下子见到了胡县令、方大人，柏惠民有礼了。”说完话，柏惠民对着胡效忠、方泾渭分别鞠躬行礼。

胡效忠说：“还是柏财东年轻有为啊。看你春风满面的喜庆样子，不会是有啥喜事要告诉我们吧？”

柏惠民不请自坐。他在方泾渭对面的椅子上坐下后说：“胡县令、方大人，惠民今天来就是要向县衙汇报招聘学校教员之事的。桥底镇男女学校、三原英语数学专修学校开办之后，教员问题一直没有很好解决，现有教员叫苦不迭。为解决教员不足问题，我请来了三原高等学堂几名教员，他们又给我介绍了几名教员，这几天就开设学科和薪酬等问题谈得差不多了，特此来向胡县令汇报。”

胡效忠听完柏惠民的汇报，用眼睛扫了一下方泾渭。

方泾渭明白这是胡效忠在暗示自己，有啥话让他当面询问。他说：“柏财东虽然年轻，但在捐资办学、开启民智、兴办实业等方面为关中富商树立了榜样，赢得了朝廷的嘉奖，民众的赞扬，值得钦佩。最近我听说柏家花园来了一些外地口音之人，柏财东能解释一下吗？”

柏惠民微笑着说：“最近柏家花园确实是来了一些外地口音者。”

柏惠民话音刚落，方泾渭就追着问：“这些外地口音之人都是啥身份？”

柏惠民说：“方大人，您先别着急嘛，听我慢慢给胡县令和您详细说。操四川口音之人叫雷尔清，操广东口音者叫谢镛，这两个人都是三原高等学堂的教员，方大人如果不相信，可以派人到三原去打听。还有七八个人，有几个是我远道而来的朋友，剩下的是协商在旬邑县马栏镇开办铁矿、准备打造农器具的投资商。不知道我说清楚了没有？”

方泾渭见柏惠民说得有鼻子有眼，没有破绽，又不甘心地问：“柏财东，你能保证这些人里面没有革命党？”

柏惠民脸色一沉说：“方大人，你说这话我就不爱听了。陕商自古以来就有家国一体、以商事国的传统，庚子之乱时安吴寡妇周莹、大引茶商马合盛等人为国纾难，得到过朝廷的封赏，名震全国。柏家当时虽然捐银有限，但也获得过朝廷敕封的四品资政大夫官衔。柏惠民虽然不才，但还没有愚蠢到藏匿革命党人的地步。如果方大人不相信，可以派人随我到柏家庄园当面问询，你看咋样？”

一直没吭声的胡效忠见两人明着斗嘴，暗中较劲，说话的火药味逐渐变浓，他怕方泾渭真的派人到柏家庄园逐个问询却没有结果，因此得罪柏惠民这个地方绅士和税收大户，万一将来朝廷再向富商大户摊派捐款，柏惠民不带头捐银或者从中作梗，岂不得不偿失。胡效忠说：“二位喝口水吧，别为莫须有的事争得脸红脖子粗，划不来嘛。依我看，柏惠民能为学校招聘教员，也是善事一桩，应该鼓励，不应该怀疑。现在朝廷对革命党那是严加惩处，绝不宽容，希望柏财东洁身自好，千万不要干傻事。方大人，咱们把话说明了，此事就到此吧。”

方泾渭见关键之时胡效忠插了一杠子，再说自己也没确凿证据，就说：“既然胡县令相信柏财东是遵守朝廷法令之人，方某无话可说。希望柏财东好自为之，千万别让我抓住把柄。”

柏惠民笑着说：“据说革命党是要平均地权的，柏家家大业大，难道我希望革命党把我家瓜分了？”

方泾渭悻悻地说：“我希望柏财东遵纪守法，做个良民。”说完话，站起来没向胡效忠打招呼就走了。

看着方泾渭远去的身影，柏惠民笑着说：“胡县令，方大人立功心切，把啥人都当革命党，还竟然怀疑到我头上来了，您说这是啥事嘛。”

胡效忠说：“方大人管辖地方治安，可能落下了职业病，看谁都不顺眼，你就别计较了。”

柏惠民说：“还是胡县令这话听着让人舒坦。对了，胡县令，惠民除了向您汇报招聘教员之事,还给您带来了一副古画,希望您笑纳。”

胡效忠早就知晓柏家藏有不少古玩字画，现在听说柏惠民给他带来了一幅古画,更是喜上眉梢。他说:“惠民,你虽然年轻,但对人情世故还是很老到啊。常人说君子爱财取之有道,我又没给你帮啥忙,咋好意思接受你的馈赠?你把画拿来,让我欣赏几天就行了。”

柏惠民见胡效忠动了贪心，就起身走出二堂去找随他一起来的二管家姚崇文取画。

柏惠民从泾阳县城回到柏家庄园，找了个机会向井勿幕汇报了面见县令胡效忠的情况，他有些担忧地说:“胡县令是忠厚老实之人，加上见财眼开,无须担忧。怕只怕方泾渭不肯就此罢休,还会派人来暗中打听,万一有个闪失,后果不堪设想。”

井勿幕说:“再有几天,咱们把大事商定完就赶紧散伙走人,方泾渭就是想抓你把柄也无从下手了。”

柏惠民问:“你们这么快就把秘密术语和编造歌谣完成了?”

井勿幕笑着说:“参加会议的同志中藏龙卧虎,大家一起出谋划策,就把这两个事情定下来了。”

柏惠民问:“能告诉我具体内容吗?”

井勿幕说:“我们商定的秘密术语是:甲方问乙方贵姓，乙方答黄帝之黄,乙方转问甲方贵姓,甲方答子子孙孙,暗含我们都是黄帝子孙,暗寓兴汉灭满之意。编造的歌谣是:会算不会算,宣统二年半;黄河泛、汉江泛,我的清水不见面;宣统二年半,泾渭两岸旗插遍,打旗的人是大汉。惠民,你看如何?”

柏惠民钦佩地说:“不错,朗朗上口,言简意赅。”

井勿幕说:“大家都等着你回来,把其他重要事项再商定一下。开会的人虽说人数不多,但帮派林立,一下子要达成共识,还要费好多口舌。”

柏惠民说:“有人的地方就有江湖。有江湖就有帮派。有了帮派,难免有想法。至于想法是否切合实际,能否实现,就要看帮派首领的学识和志向。”

井勿幕笑着问:“你认为我有能力把他们团结起来,拧成一股绳?”

柏惠民说:“你见多识广,肯定有这个能力,要不然同盟会也不会把西北革命党的事交给你。现在朝廷防范革命党甚于防贼，我看还真得加快行动了。”

井勿幕拉着柏惠民的手说：“咱俩赶紧进去，一起商议大事。”

在随后的几天里，在水榭亭参加会议的同志共同商定了以下几件大事：一是由井勿幕、宋向辰、邹子良、柏惠民四人总揆渭北会务；二是由柏惠民出资五千两白银，罗少鸿出小麦二百石，由邹子良用于马栏山开设铁矿，冶炼屯垦，制造手榴弹和容纳革命党人；三是在渭北各县成立同盟分会，订立会章，指导开展基层工作；四是鉴于西北军火无源，实为革命之首要，由高明德专司炸弹制造及黄色炸药之研制配备。五是派郭希仁到省城联络新军中的张凤翙[①]等青年军官，争取统一行动。

商定完这些大事，大家长舒了一口气，都感到时间紧迫，工作头绪繁多，要求抓紧时间分头行动。

井勿幕看大家跃跃欲试、情绪高涨，他激动地说：“同志们，我想借三原腊八会期间，政府官员出城，民众赶集之际，由勤公社、西安新军、关中刀客组成敢死队在西安趁机起事。现在距离腊八会还有半年时间，大家按照分工，赶紧做好各自分管工作，要确保腊八会起事一举成功。”

宋向辰听井勿幕这么说，很担心仓促起事，会造成无谓牺牲。再说，现在各派还没有统一意见，万一有帮派首领不同意腊八起事咋办？他善意地劝说道：“勿幕，你的想法不错。但要在三原腊八会起事，是不是和西安的同志商量一下后再定？凡事谋定而后动，才能确保万无一失。”

井勿幕说：“如果半年内各自督导的工作基本到位，我亲自到西安联络同志，商定腊八会起事的具体事宜。”

井勿幕的安排，更让参会者群情振奋。

众人陆续走出水榭亭时，井勿幕说：“我等应该在此合影留念，以纪念团

---

①张凤翙（1881—1958），字翔初，陕西西安人，祖籍河南沁阳，中华民国时期著名政治家。1904 年被清政府陆军部选派到日本学习军事，1909 年毕业回国就任陕西新军，曾任督练公所委员、三十九混成协（相当于旅一级的军事编制）司令部参军、参谋兼二标一营管带。1911 年武昌起义后，被陕西革命党人推为总指挥，10 月 22 日发动西安起义成功，被推为秦陇复汉军大统领，亲赴战场指挥。12 月受命南京临时政府，任中华民国秦军政分府大都督，1912 年任陕西都督。抗战爆发后，从北平返回西安定居，主张抗战。新中国成立后，历任西北军政（行政）委员会委员、陕西省人民政府副主席、陕西省人民委员会副省长，第一届全国人大代表。1958 年 7 月在西安病逝。

结各派力量，达成共识，大家齐心协力，推翻满清政府指日可待！”

合影完毕，众人心潮澎湃，喜形于色。处于兴奋状态的井勿幕指着水榭亭亭檐下的牌匾说：“他日国事克定而吾人尚在者，复置酒高会于此，斯不朽之盛事，媲美‘兰亭’矣！”

众人知道兰亭典故是晋穆帝永和九年农历三月初三，王羲之与名流高士四十一人举行的风雅集会，与会者临流赋诗，各抒怀抱，抄录成集，并由王羲之写了一篇序文，流传千古。对他们来讲，这次集会是以推翻清政府为目标的，与兰亭赋诗自然不可同日而语。

对陕西革命充满憧憬的与会人员，谁也没想到随后举行的雁塔歃血活动，阻止了井勿幕提出的军事冒险活动。

# 第七章　捐巨资兴办铁矿　大雁塔歃血为盟

井勿幕、宋向辰、高铭新等人安全离开柏家庄园后，柏惠民为投资铁矿之事和二位管家又开始了正面交锋。

当初祭黄陵时他和井勿幕说要在马栏镇投资铁矿，并想以此为根据地，为起义队伍打造武器，随后又和高明德、邹子良、樊灵山一起进行了考察。他原以为这只是他和井勿幕的想法，没想到在水榭亭会议上，井勿幕把兴办铁矿、冶炼屯垦、制造手榴弹当作供应起义队伍的主要军火来源。这个决定，是所有参加会议的人员共同商定的，他就是有再大的难处，也必须全力以赴地完成。柏惠民认为作为四大总揆之一的他都无法完成会议交给他的任务，那么其他人如果完不成任务，肯定会有各种说辞。这种情况一旦出现，必将影响整个行动部署，甚至会影响到陕西革命能否成功。

柏惠民思虑了几天，终于决定要和高轩德、姚崇文摊牌，想方设法打消他们在马栏镇兴办铁矿不会盈利的顾虑，把五千大洋弄到手，尽快启动铁矿建设。

这天晚饭后，柏惠民把高轩德、姚崇文特意请到住宅二堂客厅。等二位管家坐下后，柏惠民说："二位前辈，惠民今天请二位来，专为在马栏镇投资铁矿，打造农具一事。去年重阳节期间，我和曹印侯、邹子良、高明德等人亲自到马栏镇进行了考察，觉得那里特别适合开办铁矿，回来后给您二位说过此事。当初二位以当地销量有限，交通不便为由，坚决反对我的想法，我也因曹印侯等没有考虑好没再坚持。前几天曹印侯托高明德给我捎回了口信，催促我尽快筹集资金，开办铁矿，早日盈利。您二位看这事咋办？”

高轩德一听是这事，就说：“少东家，我还是原来那句老话，在马栏镇开办铁矿，投资大，成本大，不划算，不同意。”

姚崇文见高轩德三言两语地表明了态度，他怕柏惠民面子上挂不住，就说：“少东家，开辟新的财源，增加柏家收入，我和高管家都同意。但你说要在马栏镇开办铁矿，我看这事有些玄乎。我知道北山一带畜牧业还行，你们不是一起去考察铁矿和畜牧业了吗，为啥就单单看准了要投资铁矿，难道畜牧业不值得投资？”

柏惠民说：“北山的畜牧业名声在外，但没有规模，就是要投资畜牧业，也要派人去管理，周期长，效益不确定，我觉得倒不如投资铁矿实在。高总管刚才说投资大、成本大、不划算，我看此事应该从长计议。北山一带人口不如关中多，而且以畜牧为主，铁器农具需求量不大，这是事实。但二位想过没有，关中铁器农具都是从啥地方来的？”

高轩德说：“早年间，安吴堡吴家在山西永济开有铁器制造行，他们制作的铁器农具、日常用品除了供应晋南一代民众，还在关中销售，利润不菲。自从安吴寡妇周莹去世后，吴家在永济的铁器行就关门了，这事大家都知道啊。”

姚崇文接着说：“吴家在山西永济的铁器行关门之后，关中铁器农具、日常用品基本上是从河南洛阳采购的。”

柏惠民见二位管家按着自己的思路把话说到这个份上了，就说：“我想问一句，如果按照成本计算，从山西永济或者河南洛阳采购铁器农具运回关中销售划算，还是在马栏镇自己开铁矿制造铁器农具划算？”

姚崇文说：“根据运输路途来看，马栏镇比永济或者洛阳都近，自然更划算。”

柏惠民说：“我知道您二位跟着我父亲经商多年，养成了谨慎投资的秉性，但时代在变，环境也在变，中原地区现在不太平，经常有兵匪扰乱打劫，不如在马栏镇开铁矿。这样自己制作农具既安全，也能获利更丰厚。”

高轩德见少东家心意已决，就问：“开办铁矿需要大笔投资，周期会很长，不知道少东家是如何想的？”

柏惠民说：“就是因为投资大，我才拉上临潼曹印侯一起干，这样也能减少不少风险。”

姚崇文说:“曹印侯虽说很有钱,但他是一介武夫,门徒很多,他跟你合作开矿该不会是给你挖坑吧?”

柏惠民笑着说:“姚管家,您可能对曹印侯有偏见或者误解。在关中道上,大家都知道曹印侯武功了得,但你们不知道他是粗中有细之人。此人在练武的同时,取古今中外贤哲遗著,摘条手抄,贴在墙上,每天学习,对上下千古,莹然贯通,其才学不在举人之下。他在送给我的照片上题诗曰:天地盗完犹恨少,虚空踏破尚求深。江山河岳开王霸,怒马神龙铸铁身。潮翻宇宙风颠海,日照中天月满轮。若问先生真实像,玻璃肚子金刚心。您二位看曹印侯文采如何?”

高轩德第一次听说曹印侯还会赋诗,真的是眼界大开。既然少东家要和此人合伙开办铁矿,他觉得有些话还是早提醒少东家为好。他说:“曹印侯虽说文武双全,也有实力,你们两个人联手投资铁矿我不反对,关键是你们两个都不是能长期在马栏镇坐镇之人,一大笔银两投在马栏镇,咋能让人放心?”

柏惠民见高轩德不再坚持反对意见,就说:“高管家担心的是。曹印侯委托邹子良、樊灵山代他管理铁矿,我准备委托高明德参与管理,您二位看如何?”

姚崇文说:“高明德虽说当年是少东家的书童,但你们亲如兄弟,意气相投。加上高明德机智巧思,办事干练,让他代表少东家参与管理,我看问题不大。”

柏惠民见水到渠成了,就说:“姚管家,您去准备五千大洋,我这就让孙志高到三原天成安商号去找高明德,让他抓紧时间和邹子良、樊灵山商议开办铁矿的具体事宜。”

忙完开办铁矿的事,柏惠民把全部精力投入到关中各县成立同盟会分会上面来了。半年之后,三原、富平、礼泉、乾县、户县、兴平、武功、泾阳、耀州、白水、高陵、临潼、渭南、潼关各县纷纷成立了同盟会分会。

各县同盟分会成立的消息陆续传到了柏惠民耳中,令他异常兴奋。他按照水榭亭会议上的安排,出巨资开办了铁矿,还督导各县成立了同盟会分会,可以说圆满地完成了会议分配给他的所有工作。

这天午后，柏惠民一个人来到后花园水榭亭，看着周围绚丽多彩的秋色，想起了半年前在这里开会的情景，一时豪气顿生，他拿起毛笔，在纸上写道：清室将终兮，风云多变，政府腐朽兮，官僚横征暴敛；列强侵略兮，外侮内患，危如累卵兮，烈士前赴后继。

写完后，仔细玩味了一会，虽觉得意犹未尽，一时又不知该如何补充。在水榭亭转了几圈，怕家人发现他的笔墨，就把诗文撕碎扔在了靠近亭子立柱旁的一个筐子里。

心情极爽的柏惠民刚回到二堂坐下，孙志高进来说："少东家，井勿幕先生来了。"

柏惠民听说井勿幕进了家门，高兴地问："在啥地方？快请进来。"

没等孙志高回话，井勿幕就急匆匆进了柏家二堂。

几个月未见，柏惠民发现井勿幕变得虽然有些黑瘦，但精神状态极好。

等孙志高走出客厅，柏惠民招呼井勿幕放下行囊坐下，然后亲自沏茶递给了井勿幕。井勿幕接过茶杯吹了一下漂在茶杯边缘的茶叶随之一饮而尽。

井勿幕放下茶杯，说："惠民，我最近巡视了关中道上各县，发现革命形势非常好。现在有十多个县成立了同盟会分会，骨干成员意志坚定，会员发展迅速。按照原计划，我最近准备到省城去，联络新军中的张凤翙、钱鼎①、张云山②、万炳南③等人，看能否形成统一战线，在三原县腊八会期间趁省城官员出城之机，发动新军、慕亲会、哥老会等革命同志，一举武力攻占西安，实现南北呼应、中路突破的战略。"

---

①钱鼎，字定三，陕西白河人。保定陆军学堂毕业，时任新军一标三营督队官。辛亥九月初一日陕军起义，率徒手兵百余人，首入西关，收陆军中学堂军械，入城夺军装局。西安光复后，被推为秦陇复汉军副大统领。亲率护卫准备守潼关遏制清兵西来之路时，在渭南遇害。

②张云山，字凤冈，陕西长安人。清末入陶勤肃营当兵，转战西宁、新疆，积功至都司，后任陕西陆军混成协司号官。辛亥年九月一日，与张凤翙、钱鼎、万炳南等人，以全协入据西安，攻破满城，被推为兵马都督。共和告成，以光复有功授陆军中将，补秦军第一镇统制，后改任第一师师长。陆建章督陕时，嫉妒其才，改任陕北镇守使，不使到任，以咯血旧疾卒，时年 39 岁。

③万炳南，湖北郧西人。清末来陕，入陆军混成协一标三营任正目。与张云山、钱鼎等 36 人结盟，密谋革命。辛亥西安光复时，以数十人攻占满城通华门，被推为秦陇复汉军副大统领，出守凤翔，与升允所率甘军崔正五部激战 4 月有余。共和告成，奉命缩编所部，以违命伏法，时年 32 岁。

柏惠民对井勿幕所说的新军军官并不熟悉，他担心这些军官一直在为朝廷效力，生活无忧，仕途顺利，而且处处接受朝廷官员管控，让这些人冒着被诛灭九族的风险参加推翻朝廷的义举能行吗？即使这些军官有反清的意愿，井勿幕只身前去和他们协商推翻朝廷的大事，会不会出意外？

井勿幕见柏惠民不像原来听完自己的话就发问，好奇地说："惠民，你咋不说话，难道你不同意我去西安联络新军军官吗？"

柏惠民神情凝重说："我不反对你去西安联络新军军官，问题是我对张凤翙等人一无所知，不知道说啥好。"

井勿幕微笑着说："惠民，我知道你为我的安全担忧哩。张凤翙是西安府咸宁县人，他早年在日本士官学校深造时，先加入了反对清廷的日知会，后来加入了同盟会。此人相貌秀伟，态度严正，不滥交际，不轻易允诺，很有城府，敢作敢为，用咱陕西话说，是个嵃大活（意即干大事）的人。我虽说与此人打交道不多，但彼此赏识。你放心，我想去西安找他谋大事，不会有啥危险。"

柏惠民还是不放心地说："那我跟你一起去吧。"

井勿幕想眼下柏惠民还有一摊子事要抓紧办，跟着自己去西安，不知道什么时候能有结果。如果耽误了准备工作，就是能一举攻占西安，随后的战争消耗肯定会受到影响。他劝说道："西安城是陕甘总督衙门所在地，朝廷鹰犬遍地，你去不合适，我一个人前去足矣，你在家做好准备工作比什么都强。再说，柏家家大业大，万一你参与举事被鹰犬告发，后果不堪设想啊。"

柏惠民见井勿幕处处为自己着想，感激地说："自从你介绍我加入同盟会的那一天起，我就把身家性命置之度外了。我不像此前那些陕商，为了满清朝廷，毁家纾难，我要为了光复中华，建立民国不惜家财，把钱财花在有用的地方，为民众谋福祉。"

井勿幕说："从筹办三原勤公社开始，你为革命屡次捐资，大家有目共睹。此次为了开办马栏铁矿，制造武器、手榴弹，你又投入巨额资金，让我等钦佩不已。听我一句劝，西安你就别去了。"

柏惠民见井勿幕执意不让自己去西安，就说："我不去也行，我让护院首领孙志高陪你去，一来保护你，二来有啥紧急事，你让他回来给我传话如何？"

井勿幕本来想自己一人前去西安，这样既好隐藏，也不受人监督，没想到柏惠民却让孙志高陪同前往。无奈之下，他说："孙志高是局外人，我到哪里带着他不方便,最好别让他去了。”

柏惠民说:“我知道他是局外人,让他去保护你,我才放心。万一你有啥紧急事,让他回来给我送信也方便。”

井勿幕没料到柏惠民这样固执,考虑到他是为自己和革命事业着想,只好说:“咱俩把话说清楚了,孙志高陪我去西安可以,我出去见同盟会的所有朋友他都不能跟着,只能在客栈待着或者在外面等候,绝对不能让他知道我在干啥。”

柏惠民说:“这个自然,我会交代他的。”

井勿幕到西安后,通过同盟会的关系,很快联络到了新军中的张凤翙等人,他们商定好中秋节当天在南郊的大雁塔见面。随后,井勿幕让人通知慕亲会、哥老会首领按照约定时间,一起到大雁塔附近一座宅院,共同商定三原腊八会期间起义这件大事。

中秋节当天一大早,孙志高把井勿幕送到一座大院门口,就停下了脚步。井勿幕说:“孙护院,好不容易来一趟大雁塔,你进去转转,我办完事后去找你。”

孙志高说:“知道。”随后就向慈恩寺寺门方向去了。

井勿幕进入僻静的四合院之后,各路豪杰陆续抵达。这些人有新军中穿着便装的张凤翙、钱鼎、张云山、万炳南,有各式打扮的哥老会首领、慕亲会首领、关中道上的侠客义士。大家找地方坐下后,井勿幕说:“各位同盟会的同志,各位哥老会、慕亲会首领,各位侠客义士,今天把大家召集来,主要是想决定趁三原腊八会期间,省城官员出城、驻军放松警惕之际,咱们共同举事,攻下西安城,率先打响推翻朝廷的第一枪。大家看,腊八会期间能否举事?”

井勿幕话音刚落,众人就七嘴八舌地议论开了。这个说时间太仓促,手下的弟兄们还没有准备好;那个说手中的武器弹药不足,真要和驻守省城的清军打仗,没有获胜的把握;还有人说,在腊八会期间举事不合适,应该另选时间。众人议论了好半天,结果形成了急战派和缓战派两种意见。

井勿幕见一时无法统一大家意见,他看着张凤翙说:“凤翙,你是啥意见?”

一直没吭声的张凤翙见井勿幕点将,知道他有些着急了。虽说新军中有不少下级军官都加入了同盟会，积极支持推翻清政府，但要在这么短的时间内，联络驻军，准备武器，摸清总督衙门的部署，还是有些仓促。

张凤翙说："勿幕，现在两种意见截然相反，的确很难决策，也让你为难。以我对陕甘总督升允、西安将军文瑞的了解，这两人都是朝廷在西北的顶梁柱和死党，平时他们和陕西巡抚钱能训一起，不断派出暗探，刺探西北反清活动情况，对驻军在武器弹药方面管控极严。鉴于此，我认为仓促起事不妥。"

张云山接着说："我同意凤翙的意见。虽说新军中有不少同盟会会员，但要做周密部署还需要时间。升允见南方各省起义不断，让文瑞对新军加强了管控，平时新军官兵都不准携带武器，仓促起事，只会增加无谓的伤亡。陕西起义一定要一举成功，才能引起轰动效应，打击满清政府对西北政局的控制。"

吴虚白说："勿幕一片赤诚之心，有目共睹，苍天可鉴。但要举事，还是应该慎重。举事之后，朝廷绝对不会善罢甘休，肯定会组织各地清军围剿义军。我们除了要做好举事的准备工作，还要考虑举事之后如何应对清军围剿。"

井勿幕认真听了这几位关键人物各自的想法和担忧，顿时觉得会议开始时自己提出的决定有些鲁莽和不缜密。他说："不管是急战派还是缓战派，大家的愿望都是好的，共识都是实现南北呼应、中路突破的战略，共同推翻清王朝统治。既然不能冒险在三原腊八会期间举行军事行动，我看今天参加会议的人员可以歃血为盟，各派形成统一战线，等时机成熟或者南方起事，积极配合全国行动。各位看这样如何？"

歃血为盟是古代举行盟会时，在嘴唇上涂上牲畜的血或者割自己手指把血滴在酒中喝掉，以表诚意的仪式。众人虽然来自各帮派，对歃血为盟却毫不生疏。

大家听井勿幕提出了歃血为盟的建议，纷纷表示同意。

盟誓之后，张凤翙说："歃血为盟不但是一种表示诚意的仪式，也代表了从今往后在同盟会的领导下，新军、哥老会、慕亲会、刀客等各种力量将拧成一股绳，随时会给满清政府在西北的统治以致命打击，大家说对不对？"

众人都抱拳表示认同张凤翙的说法。

井勿幕看时间不早了，担心再议论下去会被朝廷鹰犬发现，就说："盟誓只是一种形式，关键还要看行动。凤翙、定三、云山，还有炳南，联络新军的事

就交给你们了,我和吴虚白联络哥老会、慕亲会和刀客,大家共同努力,早日举事,共图大业。”

张云山笑着说:“我是司号官,比他们几个方便,还是我来联络新军中的同盟会会员吧。”

井勿幕说:“这样也好,给凤翙他们几人腾出时间,周密部署举事时的主攻方向和其他大事。”

孙志高进了慈恩寺,围着大雁塔转悠了一圈,感到有些无聊,就坐在慈恩寺里一棵大树下休息。他看见井勿幕每天忙忙碌碌,早出晚归,但东家交代不让他打听井勿幕见了些啥人,就只好放弃了好奇的心理。一个人在寂静的慈恩寺里待了好长时间,这才缓步走出慈恩寺。他刚走到送井勿幕进门的地方,就看见井勿幕跟着几个不认识的人刚好出门。

井勿幕见孙志高回来了,对其他几个人抱拳告别,然后对孙志高说:“孙护院,我这里没啥事了,你回泾阳吧。如果柏惠民问起我的事,你就说我到北山去了。”

孙志高说:“井先生, 就是你要去北山, 我还是陪你出北门之后再分手吧。少东家让我来保护你的安全,我看这西安城贼眉鼠眼的人不少,咱们还是小心为上。”

井勿幕点了点头,两个人相跟着,沿着小路直向北走去。走近南门时,井勿幕抬头看了看高大巍峨的南城门,没有进城,而是沿着护城河旁边的小路先往西再往北,直到过了北护城河,井勿幕才说:“孙护院,辛苦你了。咱们就此别过,后会有期。”

孙志高刚进柏家庄园,柏惠民就急忙把他叫到二堂客厅,打问他在西安的相关情况。

孙志高说:“少东家, 陪井先生到西安城之后, 我只管保护他的安全出行,至于他去见人我都不知道人家长的啥样,你想打听井先生见了几个人,说了些啥事我是一概不知。”

柏惠民见孙志高一问三不知,随后又问:“井先生到哪里去了?”

孙志高说:“我跟井先生在北门附近分手,他说要去北山办事。”

柏惠民听说井勿幕去了北山, 预感到他原先提出准备借三原腊八会期间在西安举事之事可能黄了。

有些郁闷的柏惠民打发走孙志高之后，一个人闷闷不乐地来到水榭亭，想着在此地井勿幕曾对他说要联络新军及各帮会在西安发动军事行动，没想到才几天时间，情况就发生了巨大变化。不知道大雁塔歃血为盟具体内容的柏惠民，对各派首领不能在腊八会期间举事，满怀惆怅。

在水榭亭转悠了几圈，他顺手取下摆放在笔架上的毛笔，铺上纸张，饱蘸浓墨，龙飞凤舞地写道：仗剑独立感慨多，吾侪壮志共消磨；赴汤蹈火男儿事，不取自由奈时何？

柏惠民刚放下毛笔，大管家高轩德走进水榭亭说："少东家，胡县令派人来请你到县衙去一趟，说是有要事相商。"

柏惠民一听这话，顿时觉得脊背上发凉，他不知道胡效忠派人来请他是福是祸，随口问道："胡县令派了几个人来？"

高轩德说："就一个人，此刻正在大堂客厅等候您哩。"

柏惠民说："行，我这就随来人去泾阳县衙。对了，你让二管家姚崇文随我一起去吧。"

高轩德说："少东家，还需要准备啥东西吗？"

柏惠民说："我还不知道胡县令找我有啥事哩。东西不用准备了，我带上姚管家去了之后见机行事吧。"

姚管家套上马车，让柏惠民坐在蒙着篷子的车厢里，他和县衙差役坐在车辕上，赶着马车出了柏家村之后，一路向东，前往泾阳县城。坐在车厢里的柏惠民此时心里忐忑，真不知道迎接他的将会是什么。上次拜访胡效忠时，他和方泾渭斗嘴，弄不好方泾渭并不想就此罢休，肯定会派暗探紧盯自己，如果让方泾渭抓住把柄，自己受罪事小，坏了井勿幕等人密谋的大事，恐怕自己就会成为千古罪人。这样一想，更让他觉得此行确实是吉凶难料。

马车进了县城西门拐到秀水街之后，柏惠民才打定主意，不管吉凶，总得知道结果。这样一想，就放松了心情。

柏惠民下马车之后，让姚崇文在县衙门口等候，自己跟着衙役进了县衙。来到县衙二堂，柏惠民看见胡效忠坐在太师椅上，面带微笑，似是并无恶意，这才把一颗乱跳的心放回肚子里。

胡效忠在柏惠民坐下之后，和蔼地说："惠民啊，本县今天让人专门把你请来，是要告诉你一件好事。”

柏惠民不知道胡效忠葫芦里到底装的啥药，就问：“不知道有啥好事能落到咱一个平民百姓头上？”

胡效忠说：“几年前，朝廷就宣布要实行预备立宪，准备模仿西方立宪制国家国会的形式，在各省筹设谘议局。日前，本县接到西安府通知，要求泾阳县推荐一名陕西省谘议局议员，我思前想后，觉得还是你有资格担任，不知道你意下如何？”

柏惠民曾经见过朝廷公布的《钦定谘议局章程》和《谘议局议员选举章程》等文书，但他积极参与井勿幕组织的同盟会力图推翻清政府的各种行动，自然对这些欺世盗名的狗屁文书不会关注。现在听胡效忠推荐自己当陕西省谘议局议员，也想弄清当这个议员有什么条件，要遵守些什么规定。他问道：“胡县令，不知道当选议员有啥规定？我又咋能当选省谘议局议员？”

胡效忠说：“按照朝廷颁布的《谘议局议员选举章程》规定，属于本省籍贯之男子，年满二十五岁以上，具有以下资格者有选举议员之权：一是在本省地方办理学务及其他公益事务满三年以上卓有成绩者；二是有举贡员生以上之出身者；三是曾在本国或国外中学堂及与中学堂同等或中学以上之学堂毕业取得文凭者；四是在本省地方有五千元以上之营业资本或不动产者，当然，还有一些其他规定。你虽然年不满二十五岁，但却热心公益，是受到当时陕西巡抚曹鸿勋专折奏保赏戴蓝顶花翎、钦加道员衔的地方绅士，你当选省谘议局议员，我估计别人不会说三道四的。”

柏惠民笑着问：“胡县令，您这一说我就成了省谘议局的议员了？”

胡效忠说：“按照《谘议局议员选举章程》规定，州县只是初选，府道还要复选。以你在关中道的名望，我估计你当选省谘议局议员没问题。”

柏惠民此前听井勿幕说过，陕西省将成立谘议局，有一些同盟会会员将加入谘议局，他们将按照同盟会总会的要求，一方面监督陕甘总督衙门、陕西巡抚衙门的重大活动，同时想把谘议局变成秘密活动的联络点。他没想到天上掉馅饼会砸到自己头上，既然胡效忠竭力推荐自己，他也想进谘议局看看这些议员们能干些什么。他说：“感谢胡县令一番美意。惠民不知道谘议局是干啥的，麻烦胡县令给我说道几句，也好让我有个心理准备。”

胡效忠说：“按照《谘议局议员选举章程》规定，谘议局的职权范围大概是议决本省应兴应革、预决算、税法及公债、义务之增加、权利之存废、单行章程细则之增删修改、公断和解自治会之争议等十一种事项，权力很大。有一点我把话说在前面，谘议局虽有权，但朝廷规定，各项议事发动之机虽在谘议局，采纳与否，凭诸督抚。也就是说，督抚对谘议局全部议决案有最后裁夺权。”

柏惠民心想按照胡效忠的说法，这个即将成立的谘议局也是清政府糊弄人的把戏，根本不会解决任何问题。既然胡效忠当面表态自己能当选省谘议局议员，还是去看一看再说，权当认识一些各路豪杰。柏惠民说：“多谢胡县令看得起我一个土财主。如果能当选谘议局议员，惠民一定代表民意议事，决不让胡县令失望。”

胡效忠说：“你如能当选省谘议局议员，既是你的光荣，也是泾阳县的光荣，本县也就跟着你沾光了。”

柏惠民说：“没有胡县令的提携，哪有我的事。此等好事，容我日后重谢！”

在县衙门口等候少东家的姚崇文，远远看见柏惠民满脸喜悦地走来，料想到少东家遇上了好事。

等柏惠民走到跟前，姚崇文问：“少东家，碰上好事啦？”

柏惠民说：“胡县令请我来，确实是告诉我了一件好事，你猜是啥好事？”

姚崇文说：“这年月还能有好事，的确稀罕。”

一边往车辕上坐，一边摇着头说：“很难猜。”

柏惠民钻进车厢坐下，说：“胡县令推荐我当陕西省谘议局议员。姚管家，你说这事咋样？”

姚崇文用手中的鞭子指挥驾辕的黑马调转方向，然后喊了一声：驾。马车走出秀水街后，姚崇文回头对柏惠民说：“听着是好事，对您来说，我看未必。”

柏惠民以为姚崇文不会回应自己的问题了，没想到他在走出县衙所在地之后，突然冒出了这么一句，把他说的满头雾水。柏惠民好奇地问：“姚管家，你说这话是啥意思？”

姚崇文说：“我听说能当谘议局议员之人大多是油头滑脑之人，你一个没有城府、口无遮拦之人，跟他们搅和在一起，时间长了肯定会弄崩，说不定还会得罪人哩。”

柏惠民嘿嘿笑着说：“你这么一说，我就更好奇了。我决定去参加谘议局的议员会议，看一下这些议员们到底是牛头还是马面。”

姚崇文说的没错，柏惠民当议员之后，还没等西安府知府接见，就意气用事，砸了场子，逼迫他后来远走南方。

十天之后，胡效忠派县署衙役到柏家庄园告诉柏惠民，让他到西安城西门附近的贡院参加谘议局成立开幕典礼。

柏惠民没想到自己还真成了省谘议局的议员。兴奋过后，他收拾好行囊，让孙志高赶着马车，就到省城西安准备参加典礼。

陕西谘议局是陕西巡抚衙门新成立的机构，位于西安明清时期的贡院内，是一座坐西朝东的两层建筑，门口左边的墙上挂有一个长方形的木块，上面写着“西安谘议局”五个黑色楷体字。对西安城大小街道了如指掌的柏惠民没费吹灰之力，就找到了谘议局。

在谘议局附近找地方住下之后，柏惠民一个人到谘议局里面转了一圈，他发现谘议局办公场所并不大，隔着窗户能看见墙上挂着《钦定谘议局章程》和《谘议局议员选举章程》等文字，对此并无兴趣的他看了一眼，就走出了院子。

回到客栈，孙志高已经躺下休息了。柏惠民暗想把一个同盟会关中总揆弄来当省谘议局议员，说明各级官府对自己的身份并不知情。如果能在谘议局联络更多的同盟会会员，借此刺探清政府地方政治内幕，对腐败政治提出正面弹劾，将对改变陕西政局或者举事会有更多好处。

第二天黎明时分，贡院附近已经人声嘈杂，热闹起来了。柏惠民洗漱完毕，穿戴停当，就往谘议局走去。

等他进了谘议局会议室，里面已经来了不少人。这些人各种穿戴都有，以年长者居多。大家虽然都是府道复选出来的，但因为彼此很少过面，有些只知道姓名，场面显得有些拘谨。

不一会，进来了一个年纪约四十多岁、穿着朝廷六品官服的官员。他一进门就说：“各位议员，今天是陕西省谘议局成立大典，知府大人等会要陪同陕西巡抚钱大人一起来参加开幕仪式。我现在把官府礼仪给大家简单培训一下，在知府大人和钱大人到来后，大家除了要站班侍奉之外，还要按照官府礼仪迎接他们。”

众人面面相觑，一时间不知道说啥好。

这位官员见大家不吱声，以为认可了他的说法。他接着说："朝廷官府礼仪最简单的是请安礼。请安礼是地位卑下向地位尊贵者或者身份平等者之间所施行的一种礼仪，分为站立安、蹲安、打千、跪安等多种。我今天要给大家说的是一跪三叩首，就是将左手马蹄袖放下，再放右手马蹄袖，然后蹲下，坐在脚后跟上，上身挺直，右手伸平举到鬓角处，手心向前，然后下叩，再举起，再下叩，这样连续三叩，站起来，即为一跪。当然，有人想行三跪九叩首的大礼，可以把一跪三叩首重复三回，为三跪九叩首礼。参加大典，臣僚要行此三跪九叩之礼。今天是谘议局成立大典，大家最少按照一跪三叩首向钱大人和知府大人行礼。"

官员刚说完，柏惠民就说："谘议局是议事机构，按照西方国家国会的做法，大家都是平等的。刚才这位官爷让议员站班侍奉就已经超出了常规，现在还让所有议员对巡抚钱大人和知府大人行一跪三叩首之礼，岂有此理！"

官员说："这是朝廷法度，你等议员岂能不遵守！"

有议员说："我等虽是议员，但不拿朝廷俸禄，咋能跟在官府当差者一样？"

有人附和说："谘议局是效仿西方国家的，有弹劾政府官员的权力。你这一套把我们这些议员都变成了奴才，如何参政议政？"

众人纷纷嘟囔，有些年龄大者同意向巡抚大人、知府大人行一跪三叩首之礼，有年轻者极力反对，一时间把会议室变得如同吵吵嚷嚷的集市一般。

官员见众人议论纷纷，意见不统一，大声说："泱泱中华乃礼仪之邦，讲究的是以礼待人，以礼相见，没想到各府道复选出了你等不知礼仪的乌合之众！"

本来就对一跪三叩首之礼持反对意见的柏惠民听完官员的话，更是热血上涌，气愤至极，他大声说："大家安静一下听我说。我辈当选为谘议局议员，代表的是民众的意志，不是官僚的属员。让我等站班侍奉已经出格了，还让我等对巡抚、知府行一跪三叩首的大礼，把所有议员变成了巡抚等官员的奴才，今后何谈参政议政？这样的事我做不到，也不伺候了。"

官员说："小伙子，你还是红萝卜调辣子——吃出看不出呀！小小年纪，就不遵从朝廷礼仪，今后肯定会诽谤朝廷官员，甚至弹劾朝廷大政。你是哪个府选出的议员，我等会让知府大人对你严加盘查，以儆效尤。"

柏惠民说："不管是哪个府选出的议员，都有为民说话的权利。请问为啥要成立谘议局？难道朝廷想把谘议局变成摇头乞怜的衙门吗？”

官员说：“谘议局怎么啦？谘议局的议员难道不应该向父母官行礼吗？我看你是受了西方思潮的蛊惑，不知道天高地厚。你以为朝廷愿意成立谘议局？还不是受了某些人的鼓吹，你等才有了参与朝政机会，别蹬鼻子上脸。”

柏惠民说：“原来如此。既然这样，这个议员我不当了，谁想继续当就留在此地，告辞了。”说完话，转身离开了会议室。

有几个议员见柏惠民虽然年轻气盛，但说话有板有眼，有礼有节，就跟着出来了。

柏惠民气哼哼地回到客栈，叫上孙志高，让他赶着马车回泾阳。

在回泾阳的路上，孙志高见坐在车厢里的少东家脸色难看，又不说话，好心地问：“少东家，今天不是参加谘议局开幕典礼吗，你咋这么快就出来了？”

柏惠民坐上马车后，就觉得有些后悔。刚才在会议室一时冲动，把事做绝了，肯定会耽误探听朝廷政治内幕的大事。他叹了一口气说：“他们把议员们当成了朝廷官员，要求议员要站班侍奉一些官府老爷，我看不惯，就大闹会议室，然后走人了。”

孙志高知道柏惠民的脾性，觉得少东家还是年轻气盛，一言不合，就可能给人家脸色看。但参加谘议局成立大典，绝非小事，少东家在此大闹，肯定会引起官府注意，说不定还会带来麻烦。他说：“这受气的议员不当也好，只不过少东家闹了会场怕有后患，应该从长计议啊。”

柏惠民点了点头说：“是福不抢，是祸不躲，走着瞧吧。我不相信在会议室说了几句气话，官府能把我咋样。”

柏惠民没想到正是他大闹谘议局开业大典，由此留下了隐患。

## 第八章　遭猜疑外出游历　过洛阳置办刀枪

革命党在陕西各地暗流涌动，作为陕甘总督的升允也有所察觉。今年以来，广东、安徽等地不断发生革命党武装起义，朝廷在对南方加强控制的同时，要求升允一定要确保西北的安宁。陕甘总督衙门按照朝廷的安排，成立了陕西省谘议局，升允本来就对朝廷效仿西方国家的立宪制有抵触，他不想参加谘议局成立大典，就安排陕西巡抚钱能训和西安知府代表他参加开幕仪式，并借机敲打一些不知天高地厚的议员，没想到钱能训回来给他汇报说，泾阳籍议员柏惠民不满让议员站班侍奉，给朝廷官员行礼，大闹会议室后离去，弄得谘议局成立开幕大典甚是难堪。

升允想不到一个小小的议员，竟有如此胆量，如果放任不加管束，朝廷法度何在，官场礼仪何在？更让他感到吃惊的是，随后西安知府向他密报，说泾阳县管理治安的方泾渭亲自到西安府，说柏惠民经常与不明身份之人接触，其中可能有乱党骨干。

升允以为在自己管辖的地盘上，都是朝廷的顺民，没料到还有如此胆大妄为、不顾身家性命的乱党。他自忖在陕西出现乱党苗头，必须用各种手段严厉镇压，决不能让乱党形成气候，威胁到朝廷对西北的控制，动摇朝廷的根基。

眼看着快到中秋了，升允决定到三原县省学衙署微服私访，他想从学衙署入手，首先打击三原高等学堂中有反抗朝廷思想的学子。

升允之所以把三原高等学堂作为他微服私访的第一站，是因为这所学堂的前身是宏道书院，是明清时期陕西省四大书院之一，在西北教育界有很高的名望和地位。自光绪二十六年（1900）改名三原高等学堂之后，一直在倡导新学，注重经世致用，引领着西北教育的新潮。庚子之乱时，该学堂毕业的秀才于右任就曾上书陕西巡抚端方刺杀老佛爷慈禧皇太后，这种地方受关中文化影响深厚，不严加防范，就可能会铸成大错。

升允带着一帮随从，穿着便装，打扮成商旅之人模样，出西安城西门一路途经咸阳、泾阳，直到进了三原县北城的学衙署大门，地方官吏才知道总督大人驾到了。

升允接见完地方官员，问过地方政务之后，就把学衙署官员叫来谈话。

提学使朱宴之、胡平甫跟着升允的随从一路小跑着来到升允驻地，随从指着正堂大门说："总督大人就在里面，二位进去觐见吧。"

朱宴之、胡平甫不知道升允为什么找他们，吓得出了一身冷汗，只好硬着头皮进了正堂。二人向坐在正堂之上的升允打千请安之后，升允说："二位坐下来说话。"

两人刚坐下，升允问："二位提学使，我听说三原高等学堂最近不太安宁，有些学生受人蛊惑，制造反动言论，传播于右任的《半哭半笑楼诗草》和井勿幕的《二十世纪之新思潮》，你们两个提学使是怎么当的？"

朱宴之惴惴不安地说："卑职平时教育教员和学生莫谈国事，对他们的日常行为也是严加督导，不会出现这种事吧？"

胡平甫接着说："三原高等学堂乃是学衙署所在地，我们的确没有听到教员和学生议论国事，更没有见他们传播违禁书刊。"

升允脸色一沉，严厉指责他们说："我看你们两个就是一对书呆子，竟然对发生在眼皮子底下的事都不知道。实话告诉你，我早就安排总督衙门派出暗探，四处侦探革命党的活动，三原高等学堂就是重灾区。"

朱宴之见升允这样指责自己，怕一顶暗中支持革命党的大帽子扣在头上，让他家破人亡，急忙辩解说："三原高等学堂受关学大儒刘古愚的思想影响深远，教员也以经世致用为首要任务，倡导新学。学子们虽然思想活跃，但确实没有离经叛道之举啊！"

胡平甫打圆场说："总督大人已经获知了学堂中有人传播违禁书刊，我们就应该更加严格管束。大人，您把有问题的教员或学子名单告知我们一下，我们回去后就进行处理，无论是谁，绝不姑息迁就。”

升允哼唧了半天，并没有告诉他们具体姓名，而是继续说：“从三原高等学堂出去的学生中，于右任当年被陕西学政叶而恺誉为西北奇才，后来却成了同盟会的骨干，他现在上海创办了民立报馆，宣传反动思想，我是鞭长莫及。还有一个井勿幕，听说最近在陕西各地流窜，图谋不轨，必须密切关注，一有消息，立即抓人，就地正法。”

朱宴之说：“总督大人，学衙署是管理全省教育的机构，不是侦破办案的机构啊！再说，让我们满世界去找井勿幕也不可能啊。”

升允见朱宴之真有点着急了，于是语气放缓，说：“本督并没有说让你去抓捕井勿幕。我找你们来的意思，就是提醒你们，要时刻关注教员和学子们的思想动态，一旦发现有人谣言惑众，立即向县府衙门报告。”

说完之后，眼睛一瞥胡平甫，突然想起总督衙门有人对他说胡平甫与柏惠民关系非同寻常，他瞪大双眼，盯着胡平甫问：“胡平甫胡提学，你和柏惠民是啥关系？”

胡平甫见升允莫名其妙地问起自己和柏惠民的关系，如实回答说：“柏惠民是我妹夫，我是他妻舅。”

升允说：“据西安府向我密报，柏惠民经常结交不三不四之人，去年有二十多人在柏家庄园居住了半个多月，不知道在干啥。前一阵，柏惠民被推选为省谘议局议员，他不满西安府要求议员站班侍奉的规矩，大闹谘议局开幕大典，对此人你应该严加管束，不要让他误入歧途，落下个满门抄斩的下场。”

胡平甫听说过柏惠民大闹省谘议局会场的事情，没想到总督竟追问起柏惠民在柏家庄园与朋友相聚之事。他见升允把事情说得如此严重，急忙解释说：“总督大人，我这个妹夫平时喜好结交朋友，关中道上人人皆知。去年在柏家庄园，他邀集了十多人聚会，主要是为桥底镇男女学校和三原东关英算学堂招聘教员，这事他当时就向泾阳县胡县令汇报过。至于大人刚才所言，卑职认为是柏惠民不懂朝廷规矩，有人嫉妒，暗中无事生非。”

其实升允也是道听途说柏惠民有暗中匿藏革命党的嫌疑，并无确凿证据，他这一出敲山震虎的把戏，见把胡平甫一下唬得脸色大变，于是笑着说：“胡提学，没事就好。你是朝廷三品大员，凡事都应该为朝廷着想。对于柏惠民，你去劝一下他，让他有则改之，无则加勉，千万别做出荒唐事。”

胡平甫说："大人教导的是。柏惠民年轻气盛，做事欠考虑。对于他大闹谘议局会场之事，卑职在此替他向大人道歉。等大人打道回府之后，卑职就去泾阳，专程去教导柏惠民，一定让他遵纪守法。"

升允说："听说柏惠民虽然年轻，但还乐善好施，为民众办了不少好事，得到过朝廷嘉奖。对于这样的人，一定不能让他受别人蛊惑，变成反面典型。否则，不但同僚会诋毁我等推荐人才不当，还会受到革命党人的嘲笑。"

胡平甫说："卑职谨遵大人教诲。"

中秋节刚过，柏惠民闲着没事，就到三原县城来散心，他一是想看看天成安商号的经营情况，二是想到勤公社打听井勿幕的去向。自从进入秋季以来，同盟会中就传说南方革命党人委派刘一峰[①]来陕西督导工作，不知道是事不机密，还是有人故意泄露，弄得尽人皆知。陕甘总督衙门、陕西巡抚衙门派人四处打探刘一峰行踪，一时间风声鹤唳，大有山雨欲来风满楼之势。柏惠民和刘一峰没见过面，更不用说打交道了，但他怕井勿幕在暗探遍地之时出意外，更想知道他的下一步打算。

这天中午时分，柏惠民刚进天成安商号大门，掌柜马树森就说："少东家，你再不来，我就要派人去请你了。"

柏惠民笑着说："有啥要紧事，你就说吧。"

马树森说："咱们先到二堂客厅，我真的有话对你说哩。"

到了二堂刚坐下，柏惠民就问："马掌柜，有啥话现在就说。"

马树森说："不是我有话要对你说，是你妻舅胡平甫胡大人有话要对你说。他前两天来商号，问你最近来过没有，我说没有。他说让我派人把你请到三原来，他有要紧事要对你说。"

柏惠民自从和胡锦云结婚之后，一般只是在逢年过节的时候，礼节性地拜访胡平甫这个妻舅，平时和他很少来往。在他的心目中，胡平甫虽贵为朝廷三品大员，其实就是个学究，他们在一起，能说的话有限，不像和井勿幕他们在一起，还有共同的理想，有说不完的话。对于妻舅要见自己，柏惠民不知道他的葫芦里装的啥药，但既然妻舅说了，肯定有事。

---

①刘一峰：熊克武化名，四川井研人，字锦帆。1911 年曾参加广东黄花岗之役。辛亥革命后任蜀军政府第五师师长，川东讨袁总司令。新中国成立后任西南军政委员会副主席、全国人大代表。1970 年 9 月 2 日逝世于北京。

傍晚时分，柏惠民手里提着一份见面礼，一个人晃悠到了胡平甫在三原县城北关的住宅前。没等他上前敲门，刚从学衙署回来的胡平甫就看见他了。

胡平甫老远就喊道："惠民，等我一下。"

柏惠民转过身见胡平甫正向自己走过来，笑着说："胡大人好！咋这么晚才散朝啊。"

胡平甫见柏惠民没大没小地跟自己开玩笑，严肃地说："别没正经了，咱们先进门，我有话对你说。"

柏惠民跟着胡平甫进了家门，把东西放在客厅的桌子上，屁股刚沾上椅子，就问："妻舅大人，这里就咱两个人，有啥教诲您就说吧。"

胡平甫坐下之后说："听说你前一阵大闹省谘议局，可有此事？"

柏惠民说："我去参加省谘议局成立大会，他们让所有议员按照朝廷礼仪给当官的行跪拜礼。妻舅，我们这些议员既不是朝廷命官，又不拿朝廷俸禄，凭啥给当官的行跪拜礼？再说了，他们还让所有议员站班侍奉，这合适吗？我看不惯，就多说了几句，随后就走了。"

胡平甫说："你倒是说了个轻巧。你说你一个朝廷敕封的道员，不服从朝廷的安排，这可咋办？"

柏惠民笑着说："政局板荡[1]，官场险恶，一般做官的充其量就是个奴才而已，基本上没有自己的主见，或者说根本就无主见，一切行动全听比自己官大之人安排。至于能否把官差办好，也是听天由命，或者任由上级的判定。你说，当这样的官或者议员有意思吗？"

胡平甫知道柏惠民说的是实情，又问："听说你和井勿幕等革命党人颇有来往，不知道可否属实？"

柏惠民一听胡平甫这样问话，心里暗吃一惊。难道是妻子胡锦云向妻舅说过他在柏家花园招待过井勿幕等人？他反问道："妻舅是如何知道此事的？"

胡平甫说："惠民啊，你把事情弄大了。前几天，陕甘总督升允大人到学衙署微服私访，专门跟我提起过你大闹省谘议局会场之事，害得我替你向总督大人道歉。随后他又说你在柏家花园与十几个身份不明之人进行了长达

---

①板荡：《诗经·大雅》里有《板》《荡》两篇，皆咏周厉王的无道，后因以指政局混乱，社会动荡不宁。

二十多天的聚会，我替你解释说是为学校招聘教员。现在，你说实话，你是不是与井勿幕等革命党人有来往？”

柏惠民觉得自己在柏家花园与井勿幕等人召开水榭亭会议，已经够谨慎的了，咋会传出来这种消息。好在他在听到孙志高向他汇报有生人在花园附近鬼鬼祟祟地转悠，他就向泾阳县令胡效忠汇报过说是在招聘教员，否则，以胡平甫的性格和经验，绝对不会编造出这样的故事。

柏惠民说：“我做的这些事光明磊落，不怕别人嫉妒和造谣生事。”

胡平甫担忧地说：“人常说世上没有不透风的墙。我刚才说的这些事，是总督大人亲口给我说的。实话告诉你，陕甘总督衙门，陕西巡抚衙门早就对革命党在陕西的活动高度关注了，他们派出了大批暗探，专门侦探革命党人的行踪，就连三原高等学堂都不放过。你在柏家花园搞的招聘教员聚会，就是有人向西安府告发的。”

柏惠民这才想起来方泾渭曾经亲口对他说，让他小心为上，千万别落下把柄。谁知道这小子在没有证据的情况下，为了邀功，竟然把他在柏家花园聚会之事密报给了西安知府衙门。

胡平甫见柏惠民低着头不说话，就摊牌说：“惠民啊，柏家家大业大，你也有妻子，并且外甥纪会乳臭未干，我不希望你与井勿幕等人搅和在一起，害得身败名裂。现在上至陕甘总督衙门、陕西巡抚衙门，下至西安知府衙门、泾阳县县衙，都对你的行踪格外关注，你就是想躲藏也逃不过他们的眼线，你得想办法躲过这一劫啊！”

柏惠民见事态确实有些严重，他不能只图自己爽快而坏了井勿幕等人的大事。对于如何躲过朝廷鹰犬的盯梢，他一时想不出别的办法。他问道：“妻舅，这真是欲加之罪何患无辞呀！事到如今，您给我出个主意如何？”

胡平甫说：“我建议你出去转一转，顺便视察一下柏家在各地的商号。你不在陕西了，朝廷的鹰犬也不可能跟着你去各地，这样既可以避嫌，也不会有把柄落在他们手中。”

柏惠民听胡平甫这么一说，觉得这个主意不错。他说：“惠民为了避免遭人陷害，就听从妻舅的建议，过几天我就动身去南方巡视各地商号。”

胡平甫语重心长地说：“总督大人让我劝你改邪归正，珍惜朝廷赐给你的荣誉。虽说朝廷现在贪腐成风，民不聊生，但毕竟还是正统。你还年轻，不要受人蛊惑，干出啥忤逆之事。”

柏惠民说:“朝廷是满人的朝廷,又不是汉人的朝廷。我不说同盟会、革命党了,就说经商吧。你看从鸦片战争以来,朝廷除了向全国富商大户和普通民众摊派战争赔款,还不断开放口岸,闹得商家步履艰难,百姓哀鸿遍野,民怨沸腾,苦不堪言。依我愚见,再这样下去,不想让人造反都不可能。”

胡平甫说:“你说的都是事实。我劝你不要参与此事。”

柏惠民说:“有您这个朝廷的三品大员妻舅监督,我就是想参与此事也不可能啊。您放心,我回去准备一下,就去南方避嫌,免得您担忧。”



从胡平甫家里出来,柏惠民见夜幕降临,路上已无行人,他顺道拐向勤公社方向。

进了勤公社,一个伙计模样的人见他来了,小声问道:“柏财东,您咋来了?”

柏惠民说:“我到三原商号办点事,顺道来这里看看。对了,最近可有井先生的消息?”

伙计小声说:“井先生刚进门,在后面客厅里。”

柏惠民听说井勿幕正好在此,三步并作两步就进了客厅,看见井勿幕独自坐在客厅北面的椅子上喝茶。他问:“勿幕,你咋还敢明目张胆地坐在这里喝茶,就不怕朝廷鹰犬告发你吗?”

井勿幕抬头一看是柏惠民,笑着说:“没事,勤公社安全得很,除了你这样的老熟人,一般人很难进来。快坐下,你咋来了?”

柏惠民坐下后把自己来三原的缘由告诉了井勿幕,随后说:“陕甘总督衙门、陕西巡抚衙门,甚至三原、泾阳县衙都派出了暗探,四处打听你的行踪,你可得注意安全了。另外,对于我妻舅劝我去南方各地商号巡视一事,你觉得如何?”

井勿幕听完柏惠民的一番话,感到形势确实很严峻。现在,陕西各地革命党人士气高涨,但武器弹药奇缺,尚不能形成有效战斗力。前一阵,他请求同盟会从上海派来技师温自强向高明德专门传授炸药制造技术,但因原料有限,目前无法为起义时准备充足的武器弹药,为此,他也是绞尽脑汁,苦无良策。现在胡平甫劝柏惠民去南方巡视各地商号避嫌,何不趁机让他在南方采购一批武器呢?

井勿幕问:“你决定要去南方各地巡视商号了?”

柏惠民说："事已至此，我不得不去南方巡视商号以避嫌。勿幕有啥交代尽管说。"

井勿幕高兴地说："你去南方可谓天赐良机啊。"

柏惠民见井勿幕没有责怪自己在关键时刻去南方，脱离陕西同盟会，他不解地问："你这话是啥意思？我为了避嫌离开陕西，实乃不得已，心里很难受，你还说是天赐良机。"

井勿幕解释说："目前在陕西制造武器弹药受原材料和设备限制，多有不便。前一阵，我请求上海同盟会派温自强来陕西传授炸药制作技术，但也无法保证起义时所需。你去南方，带上高明德，如果能以为商队保驾护航、保护家产为名，趁机采购一批武器弹药，岂不解了起义时武器弹药不足的燃眉之急？"

柏惠民问："高明德现在在哪里？"

井勿幕说："在马栏铁矿学习制作手榴弹。你何时动身，我让高明德随你前去。高明德当年是你的书童，与你是莫逆之交，带上他既不会让人猜疑，也能随时帮你出出主意。你看如何？"

柏惠民说："这样最好。除了高明德，我再带上二管家姚崇文、护院首领孙志高，有机会的话，可以让孙志高护送武器弹药回来。"

井勿幕问："姚管家和孙护院可靠吗？"

柏惠民说："姚管家是柏家的总账，孙护院是柏家护院们的头领，我去巡视各地商号不带着他们，起码在样子上不像是巡查。这两个人办事谨慎，守口如瓶，你就放心吧。"

井勿幕问："你准备何时动身？"

柏惠民说："三天以后吧。你告知高明德到柏家庄园来找我。等他到了，我就动身。陕西这边有啥情况，你派人随时来找我们。"

井勿幕说："我会根据陕西事态的发展情况，及时和你联络。对于我派人请你帮忙办事，一切以我的书信为准，千万慎重，决不能中了朝廷鹰犬的奸计。"

柏惠民说："这个你放心。没有你的手迹，我绝对不会采购违禁物品，免得暴露目标，坏了大事。"

深秋季节，柏惠民带着高明德、姚崇文、孙志高等人一行，离开了柏家庄园，过渭南，出潼关，经函谷关，第一站就到了古都洛阳。

洛阳位于中原腹地，横跨黄河两岸，有九朝古都之誉，是隋唐时期丝绸之路的东方起点和京杭大运河的中心枢纽。柏惠民在开办马栏铁矿之前就知道，关中铁器农具的主要来源一是山西永济，二是古都洛阳。他此次南方之行，把洛阳作为第一站，名为考察洛阳铁器制作技术，还暗藏采购武器的动机。

进了洛阳城找客栈住下之后，柏惠民对高明德说："明德，你带上孙护院到各处转悠一下，重点看一下洛阳的铁器行，如果有合适的家伙，购买一些。"

高明德点了点头，明白了柏惠民的话外之意，于是带着孙志高出了客栈。

等高明德他们走后，柏惠民对姚崇文说："姚管家，洛阳古时候有神都之称，明代到当朝中期，也是商业繁华之地，但你看现在的样子，哪里还有王者的风采？"

姚崇文没明白柏惠民的意思，以为少东家在感慨随着时代的变迁，洛阳就像西安一样在衰败。他说："少东家，洛阳是没有神都的风采了，柏家也不是当年的柏家了。"

柏惠民明白姚管家是在责怪自己不关心柏家的商业经营，把所有心思都用在了结交各路朋友上了，还大把花钱，不计回报。他讪讪地说："柏家虽然已今不如昔，但瘦死的骆驼比马大。现在各地不太平，到处都是匪患，听说南方不断有革命党人谋反，企图推翻当朝政府。说实话，我在马栏开铁矿，就想打造一些大刀长矛，给护院们使用，您觉得如何？"

姚崇文没料到虽然少东家年轻，想事情还比较周全。他说："当朝同治年间发生'同治之乱'时，关中富商大户就是因为没有足可自卫的趁手武器，才遭到了乱民的洗劫，有些富商大户遭受了灭门之灾。如果少东家能打造武器，对保护柏家庄园自然是有百利而无一害。"

柏惠民说："柏家商号走南闯北，自然要保护货物和人员的安全。我听说当年大引茶商马合盛为了应付西域滚坡泉的团伙土匪，还到汉阳兵工厂购买了枪械，不知道此事是真是假？"

姚崇文说："这事是真的。当年马家茶号生意遍布西域，当滚坡泉出现蒙古流窜来的团伙土匪之后，就掐断了甘新道，他家和所有陕商的生意受到了影响。马合盛为了打通商道，就联合镇番朱知县，一起剿灭了这伙土匪。马合盛此举，被陕商所称道，也有人据此认为陕商就是西域大宗物品贸易的武装贸易集团。少东家问起这事，该不会是想效仿马合盛吧？”

柏惠民说：“我倒是想效仿马合盛前辈，可惜的是我没有他的胆略呀！当年他为了能在汉阳兵工厂购买到枪支弹药，让县衙出具文书，证明他购买枪械是为了剿匪，虽说花了不少银两，基本上还算顺利。如今县衙的方泾渭向西安知府衙门密告我与不明身份之人来往，胡县令就是有心帮我，恐怕也难办到了。”

姚崇文一听这话，就明白柏惠民还真有购买枪械的想法。他不知道柏惠民购买枪械到底是为了啥，也没想打听，就说：“凡事只可尽力而为，不要强行出头。既然方泾渭给你找碴，我看此事不做也罢。”

两个人有一句没一句地扯着闲话，高明德和孙志高就回来了。

柏惠民问：“你们咋这么快就回来了？洛阳铁器行铁器农具咋样？”

高明德说：“我两个到河南府火车站转悠了一下，这几年洛阳的变化还真有点大哩。”

姚崇文问：“看到啥情况了，说出来听听。”

高明德说：“自从宣统元年汴洛铁路通车以后，河南府火车站附近就成了繁华的商业区，盐庄、煤炭公司、饭店、客栈应有尽有，各种货物从上海、青岛、汉口等地运到洛阳，然后由商家转销到陕西、山西、甘肃等省份，生意很红火。少东家让打听的铁器行我们也见到了，孙护院，你是铁器方面的行家里手，你把铁器的情况给少东家和姚管家说一下。”

孙志高说：“火车站附近比较大的铁器行有三家，其中刘家铁器行的东西材质好，刀口硬，尤其是他们制作的大刀、长矛，用着趁手，价格公道。”

柏惠民一瞥高明德，见他正在用眼神暗示自己。他说：“孙护院，你们刚才出去后，我和姚管家商量了一下，准备给柏家庄园和商号购买一些大刀、长矛，作为看家护院之用。你说刘家铁器行的这些东西还不错，不知道他们能否给我们提供购买用途的文书？”

孙志高说：“如果少东家只是购买十件八件，我看藏在农具里就可以运回去。如果买得多，估计得让铁器行出具证明，以防路上官府检查。”

柏惠民说：“你明天去问，咱们一次订购大刀、长矛各一千件，他们能出证明就买，不能出证明就找其他铁器行。”

听完柏惠民的话，姚崇文、孙志高顿时目瞪口呆。柏家就是要保护庄园

劉家鐵器行

和商号，也用不了这么多大刀、长矛啊，莫非少东家发疯了？

姚崇文问：“少东家，柏家用不了这么多东西，你一下买这么多干啥呀？”

孙志高接着说：“洛阳的东西是不错，一下子买这么多用不完不说，还需要不少银钱，不知道少东家是咋想的？”

柏惠民说：“既然东西好，就不怕卖不掉。柏家是商家，咱们买回去后，除了自己用之外，也可以把多余的出售获取利润，何乐而不为哩？”

姚崇文听柏惠民这么一说，就说：“这可能是少东家做的第一笔买卖，我看可行。现在关中并不太平，一些富商大户看家护院用得上这些东西，不怕砸在手上。”

等姚崇文、孙志高走后，高明德小声说：“惠民，我看了一下，这里还有商家私自出售来复枪，你看这事咋弄？”

柏惠民一听有人出售来复枪，高兴地一拍大腿说：“这是好事呀！你就打听一下，如果价钱合适，我看最少弄个一百条枪，这样更能壮大革命军的实力。”

高明德说：“好是好，就怕你又要破费了。”

柏惠民说：“说这话就见外了，为了革命的事，我啥时候花钱含糊过？”

高明德问：“勿幕让咱们以巡视各地商号为名，广交各地同志，顺便购买武器，没想到你一开张就是大手笔。问题是这么多东西如何交给勿幕呀？”

柏惠民说：“这事你放心。我让孙护院押送这批武器到三原交给马树森，我给马树森和勿幕分别写一封信，让马树森留一点大刀、长矛做样子，然后把其余的大刀、长矛和来复枪全部交给勿幕，至于勿幕把这些武器藏到啥地方，我想他自会有主张。”

高明德说：“这个办法不错。我明天就去找商家协商来复枪的事，价钱谈妥后，我再告诉你。”

柏惠民说：“这点事对你来说，还不是小菜一碟。另外，趁机联络一下洛阳同盟会的同志，护送这批武器回陕西，路途遥远，除了万不得已的打点之外，有同盟会的人员参与护送最好。”

高明德说：“我来的时候，勿幕已告诉了我洛阳同盟会的联络方式。你放心，这两个事情我一起去办。”

三天后，孙志高让刘家铁器行从官府开出了证明，高明德让出售来复枪的商家把枪支弹药用麻袋布绑扎好，悄悄运到了客栈。

柏惠民见采购的东西已经装车了，特意把孙志高叫来对他说："孙护院，这批东西极其贵重，不同于农具，路上少不了麻烦。我让姚管家给你带二百两碎银，万一有人找事，就银钱开道，无论如何要把这批东西一件不少地交给三原商号马掌柜。"

孙志高说："请少东家放心。这批货如果是我一个人押运，还真有点担心。现在少东家请了镖局护送，我充其量算是一个领头的，这点事都干不好，以后在柏家还咋混。"

柏惠民叮嘱道："朝廷虽说腐败，但腐败也有腐败的好处，就是各地官员见钱眼开，有了银钱，就可以大事化小，小事化了。不过，你一路上还是要小心，遇到用银钱无法摆平之事，赶紧派人回来报信。"

孙志高说："少东家不是要去汉口吗？难道你一直在洛阳等我音信？"

柏惠民说："去汉口不假，没有你安全到达三原的音信，我也放心不下啊。"

孙志高拍着胸脯说："少东家尽管放心去吧。有了官府文件和镖局护送，我敢确保万无一失。"

姚崇文看着即将出发的商队，担忧地说："少东家，孙护院一个人押送这批武器回去，我还是有些担忧。要不然，我陪他一起回去吧。"

柏惠民笑着说："姚管家，你此次出来是陪我巡视各地商号的，这才走到洛阳，你就要回去说不过去吧？"

姚崇文说："我就是担心，怕出意外。"

高明德说："有孙护院和你给的银钱，估计在小河里翻不了船。"

柏惠民说："孙护院，辛苦你了。记得到了三原后，派人到汉口天成祥分号来给我报信。"

孙志高说："明白。"

看着一长溜车队陆续走出客栈，柏惠民说："姚掌柜、明德，咱们收拾东西，准备去汉口。"

姚崇文小声嘀咕道："到底是年轻胆大啊！几千两白银的东西，就放心让一个护院千里迢迢地往回送，真不怕出意外。"

柏惠民和高明德相视一笑，没有吭声。

# 第九章　抵汉口会晤同党　买炸药费尽思量

离开洛阳后，柏惠民等人一路南下，过赊店、南阳，就到了湖北地界。

初冬的江汉平原，一望无际，田垄交错，阡陌纵横，大小河流密布，真的是水乡泽国。田野里翻起的泥土泛着青色，池塘里残留着枯叶断茎，河道中有乌篷船穿梭，不时还会传来一阵阵苍凉的船工号子。

眼看着就快临近汉口了，一直在赶路的柏惠民有了些许兴奋。在洛阳置办大刀、长矛、来复枪之事，可以说是自己巡视商号的意外收获。到了汉口，自己除了过问天成祥分号的商贸情况，还会亲自出面，广交当地同盟会主要成员，与他们交流武装起义相关事宜，争取达成井勿幕提出的南北呼应、中路突破的局面，一举推翻清政府。这个念头刚从心底冒出来，他就有了一种冲动。年轻人一冲动，就对着空旷的田野大声喊：哎嗨嗨，我来了！

姚崇文这几天一直骑马紧跟在柏惠民身后，远望前面影影绰绰的武汉三镇，他快马扬鞭，赶上柏惠民，高兴地说："少东家，再有一个时辰，我们就到汉口了。"

柏惠民说："几年前来过汉口一次，不知道现在的汉口与几年前相比，都会发生些啥变化。"

跟在柏惠民马后的高明德说："汉口地处长江西北、汉水以北的地域，隔长江与其东南侧的武昌相望，并汉江与其南侧的汉阳相望。汉口得名于地处汉江入长江之口，地理位置尤为重要。据说汉口的兴盛得益于茶叶贸易的繁荣，万里茶道就见证了汉口强劲的辐射力，让汉口不仅成为茶叶贸易的重要关口，同时也成为最具影响力的近代城市。”

柏惠民问：“万里茶路的起点不是在湖南安化吗？”

姚崇文说：“汉口是世界最大的茶叶集散地，是俄罗斯茶商心目中的茶道起点。茶叶从湖南安化沿资江进入洞庭湖，转道长江，在汉口被商品化后统称湖茶。自第一次鸦片战争到现在，湖茶一直是中国对外出口商品的大宗物资，也是最主要的创汇商品。就连湖北总督张之洞也曾感叹：汉口商务之盈绌，尤专视茶叶之盛衰。可惜柏家商号现在几乎不再涉足茶叶贸易了。”

柏惠民讪笑着说：“姚管家真是哪壶不开提哪壶啊！柏家从我先人开始就很少涉足湖茶和泾阳茯砖茶经营之事了，难道你不知道？再说湖茶现在能进入泾阳加工成茯砖茶的数量逐年减少，我们再经营湖茶或者茯砖茶，生意也好不到哪里去。”

姚崇文见柏惠民当面呛自己，面子上有些挂不住。他说：“在陕西，泾阳、三原是西北商贸总会，经济中心，但与汉口比起来，只能是小巫见大巫。就是朝廷，也对汉口另眼看待哩。”

高明德说：“汉口是第一批对外开放的口岸，这不是朝廷对它另眼相看，而是西方列强对它情有独钟。优越的地理位置、畅通的长江水运，使西方列强把汉口这个中国腹地当成了掠夺各种资源的最佳地方。据说汉口现在有百十家西方国家各种商号，每年都有大量资源通过长江到上海，然后运往国外。”

柏惠民说：“国家羸弱，民不聊生。汉口表面繁荣的背后，其实也是国内资源被大量贱卖的写照啊。既然来到汉口了，就好好转悠一下，详细了解一下汉口这几年的情况。”

夜幕快要降临时，柏惠民等人进入了灯红酒绿的汉口。他们穿过十里洋场，确实看到了英国、法国、美国、西班牙、日本等国商行，另外中国商人开办的茶叶公所、钱业公所、钱庄、银号、当铺也比比皆是。

一行人骑马走过汉正街药王庙以西时，发现了山陕会馆。走在前面的姚崇文跳下马，指着大门外的三斗铁旗杆说：“少东家，这里是山陕会馆，咱们要不要进去看一下？”

柏惠民下马之后，只见暮色下的山陕会馆高墙层叠，院落深深，殿阁重重,大门口有两块石碑,一块断残,一块完好,分别刻有“山陕西会馆”五个楷书大字。

姚崇文见柏惠民停在石碑前仔细观看,就说:“康熙二十二年,陕西和山西商人在这里的一片空地上联手兴建了山陕西会馆,里面供奉着关老爷,因为陕西人和山西人被当地人称为西人,所以汉口人称山陕会馆为西关帝庙。咸丰四年太平军入汉口,洪秀全以西关帝庙为天王府,屯兵驻扎,准备进攻武昌,两年后,会馆在战火中被焚毁。同治九年太平军之乱被朝廷平息,陕西、山西商人集资重修会馆,前后花了二十五年时间,直到光绪二十一年才竣工,可以说山陕会馆工程浩大,也是汉口独一无二的标志性建筑。”

柏惠民笑着说:“既然姚管家对山陕会馆了如指掌, 我看咱们今天就不进去了,以后有的是时间进去仔细观看。现在时间不早了,咱们还是到天成祥分号吧。”

继续往前走,时间不长,他们就到了柏家在汉口的天成祥分号。

掌柜宋得财见东家柏惠民终于到了,赶紧把他们迎进了商号二堂客厅。他一面安排伙计给东家一行准备晚饭, 一面让人把已经收拾好的客房再打扫一遍。

等柏惠民他们吃过晚饭,宋得财殷勤地问:“东家此次来汉口巡查,恐怕要多住几天吧?”

姚崇文插话说:“既然到了汉口,肯定得多住几天。难道宋掌柜不欢迎?”

宋得财说:“东家想住多少天就住多少天,我岂敢不欢迎。东家来了,我也好早请示晚汇报,巴不得东家指点哩。”

柏惠民说:“宋掌柜,这汉口商贸看着很兴盛,你就把汉口近两年的情况给我介绍一下吧。”

柏惠民这个问题,对宋得财来说简直就是小菜一碟。他随后介绍说,汉口有九省通衢、九省之会、七省要道、八达之衢的美誉,与朱仙镇、景德镇、佛山镇并称中国四大名镇。有八条商业路线与全国各地相连, 形成了盐业市场、粮食市场、竹木市场,此外还有纺织品、矿产品、药材、典当等市场,是全国商品的集散中心。据说去年汉口的贸易量猛增到一亿五千两白银,是泾阳西部贸易的三到五倍。这里的商品有棉绒类、日用百货、金属制品、生产资料、奢侈消费品,特点是大量外国商品经汉口转运内陆各地销售,内陆各地的农产品、土特产经汉口转销国外。

听完宋得财一席话，柏惠民问:“听说张之洞任湖北总督时在汉阳兴办了兵工厂,除此之外,还有哪些工厂？”

宋得财不知道柏惠民问这话是啥意思，如实说:“张之洞督鄂近二十年的惨淡经营,使湖北由一个深居腹地、经济文化均处于中等发达程度的省份一跃而成当朝最重要的机器工业中心之一,钢铁工业、军火工业在东南亚也居领先地位。东家,你问这话难道是想在这里购买机器设备？”

高明德插话说:“宋掌柜有所不知,东家已经在旬邑马栏镇兴办了铁矿,准备制作铁器农具,能在汉口购买到机器设备当然最好啦。”

姚崇文没想到柏惠民会有这想法,赶紧说:“东家,就是在汉口能购买到机器设备,咋运回去？就是能运回去,有谁会用吗？”

柏惠民没料到自己随口说的一句话，竟然引起了高明德和姚崇文的兴趣和担忧,他笑着说:“明德说得没错,姚管家的担忧也对。如果真能购买到机器设备,我看先走平汉铁路,到郑州后换陇海铁路,设备运到灵宝后,咱们再想办法运回马栏镇,你们看如何？”

宋得财说:“东家的想法不错，关键是购买机器设备还要当地政府出具文书。我明天就去打听一下,看汉阳机器制造厂有没有东家需要的设备,顺便把价钱也问一下。”

柏惠民正想回应宋得财的话,眼睛余光瞥见姚崇文在打盹,他说:“购买设备是大事,等宋掌柜打听完之后再说。我们几个晓行夜宿,姚管家也累了,大家就早点睡觉,有啥事明天再说。”

柏惠民刚进客房,高明德跟着也进来了。他问:“惠民,你真的想在汉口购买机器设备？”

柏惠民小声说:“如果能在汉阳购买到制造枪支弹药的机器设备，何乐而不为哩？”

高明德说:“我知道你的良苦用心，但想购买制作枪支弹药的机器设备谈何容易啊。”

柏惠民说:“先让宋掌柜去打听,咱们根据情况再说。早点睡觉,养足精神。这几天抽空去拜访一下武昌的同盟会同志，了解一下他们的想法和举动。”

高明德点了点头,转身出了房门。

两天后的一个傍晚，高明德到柏惠民的房间说：“惠民，南方九江至湖南各地的同盟会党务工作归谭人凤[1]负责，他指派汉口的同盟会骨干孙武和我们联系，约好了今天晚上在汉正街悦来茶馆见面。你收拾一下，咱们就走。”

柏惠民高兴地说：“这么快就联系上了，是好事。我也不用掴饬[2]了，咱们这就走。”

两个人出了商号，沿着街道向南走了一段路，远远就看见了悦来茶馆的幌子。

刚到茶馆门口，伙计热情地把他们迎进门，大声喊：“贵客两位，楼上请。”

高明德对伙计说：“我中午已经订好了雅间，是二楼最里面的香茗，麻烦你领这位掌柜先上去，我在大堂等候一位贵客。”

伙计领着柏惠民进了二楼香茗雅间，柏惠民点了一壶茶，几样小吃，就开始打量这间房间的布置。这间雅间，摆放着一张八仙桌，四个小圆凳，墙上悬挂着当地名人的字画，显得很有文化气息。柏惠民知道，张之洞任湖北总督时，采取了一系列洋务新政，讲究兴商务、勉工艺、联络商情、讲商学、长智术、开风气、恤商力，发展工业，使得汉口的贸易发展有了政治上的保障，各种商会在统一度量标准、提倡诚信贸易、调解业内矛盾、共同抵制洋商及培养商务人才方面起到了积极作用。汉口之所以后来居上，除了张之洞，湖北的巡抚、武昌的知府等人都做出过贡献，哪像陕西的地方官员，无年不加税，全把心思放在了盘剥商农身上，弄得商贸凋零，哀鸿遍野。

没等他仔细观看墙上的字画，就听见一阵脚步声由远及近，柏惠民刚走到门口，就看见高明德领着两个穿着青色薄棉袍、戴着黑色大檐帽的男子走了过来。

进屋之后，高明德指着其中一位戴眼镜的中年男子介绍说：“惠民，这位是本地同盟会的孙武，另一位是他的随从吴副官。”

孙武对着柏惠民双手抱拳，然后说：“久闻大名，如雷贯耳。大家不用客气了，坐下说话吧。”

---

①谭人凤（1860—1920），号石屏，湖南新化人，近代民主革命者。1906 年在日本加入同盟会，1911 年 7 月和宋教仁在上海组织同盟会中部总会。武昌起义后，担任武昌军事指挥。1913 年在湖南策动讨伐袁世凯，失败后流亡日本，1916 年回国寄居上海。

②掴饬：关中方言，指收拾、打扮一下之意。

众人落座，孙武说："在你们没来汉口以前，湖北同盟会已经接到了上海同盟总会的密函，我们也知道了同盟总会同意井勿幕提出的南北呼应、中路突破的战略。湖北新军主要驻扎在武昌、汉阳，我们也在秘密准备。如果时机成熟，马上举行起义。"

随后，高明德把陕西同盟会的工作做了通报，最后说："我陪同柏惠民先生这次来汉口，想在汉阳购买制造枪支弹药的机器设备，不知道可否？"

吴副官说："我劝你们千万别鲁莽。据我所知，湖北总督衙门、巡抚衙门对汉阳兵工厂格外关注，就是湖北新军日常所用的枪械弹药，也是严加管控。你们贸然前去购买制作枪支弹药的设备，肯定会引起官府的怀疑，弄不好不但折了钱财，还会受到牵连。"

柏惠民一听这话，就像三九天迎头被人泼了一瓢凉水，眼见原先的想法可能会泡汤，他不甘心地问："吴副官，难道没有其他办法吗？"

孙武说："柏先生，我理解你的心情，但事实确如吴副官所说。自从南方起义接连失败后，朝廷对武器弹药的管制特别严格，武汉兵工厂和设备制造厂都有满人眼线，弄不好就会惹火烧身。"

高明德也不甘心到了汉口空手而归，随后问："孙先生，机器设备没法购买，能购买炸药吗？"

孙武说："炸药虽不同于枪支弹药，但也需要有合适理由才行。"

柏惠民说："我在陕西旬邑马栏镇开有铁矿，这个理由该可以吧？"

吴副官说："这个理由可以说得过去。但要把炸药运回陕西，可能还要费一番周折。"

高明德说："只要吴副官能帮忙买到炸药，往陕西运送的事，我们自己想办法。"

吴副官说："我去找人通融，过几天给你们准信。"

谈妥了购买炸药之事，柏惠民说："陕西地处内陆，消息比较闭塞，还要麻烦吴副官给我们弄一些进步书籍。"

孙武说："这个事情简单。吴副官，你回去后就去找，最好把同盟会近期的书刊搜集一些交给柏先生。"

吴副官说："请柏先生放心，我把购买炸药弄清楚告知你详情时，就把能够搜集到的书刊送过来。"

柏惠民后来才得知，这个孙武，就是武昌起义的参谋长，直接参与指挥了武昌起义。

在等候吴副官音信的时候，井勿幕派人从陕西来到汉口，又交代了柏惠民一件大事。

这天早上，柏惠民正准备出门去武昌黄鹤楼游览散心，商号伙计敲门进来说："东家，陕西老家来人说要见您。"

柏惠民听说陕西老家来人了，猜想是井勿幕派来送信的。他说："快把老家人带到这里来，我问一下要啥要紧事。"

时间不长，一个二十多岁的青年人走进了屋子，柏惠民仔细一看，原来是自己在三原高等学堂的同学张奚若①。

老同学相见，自然是另一番景象。寒暄过后，柏惠民给张奚若倒上茶水，双手递给他说："仁兄啊，多年未见，你看着咋有点憔悴啊！"

张奚若说："半年前我从上海回到西安之后就生病了，在家养病。没想到勿幕找到我，让我到日本去购买炸药和手枪。为了筹措买炸药和手枪的钱，勿幕把家中的字画挑了两箱托我变卖，可钱还是不够。他写了一封信交给我，说让我到汉口去找泾阳的一个财主，让这个财主捐钱。这一路上，我都在琢磨泾阳的这个财主是谁，他见到勿幕的信件是否会给钱，没想到他说的财主就是你啊。"说完话，张奚若从贴身的口袋里掏出一封信，递给了柏惠民。

柏惠民打开信件匆匆浏览了一遍，知道他在洛阳购买的大刀、长矛和来复枪已安全运到三原，随后井勿幕把这批武器运送到同官县附近的药王山隐藏起来了。在信中，井勿幕说，要想确保起义成功并应对朝廷对起义军的镇压，必须确保有充足的武器弹药。他已经委派张奚若经上海东渡日本采购炸药和手枪，但因资金不够，希望柏惠民再捐银钱，资助张奚若。

柏惠民刚看完信件，高明德敲了敲门就进来了。

高明德见张奚若在柏惠民的房间里，快步上前，拉着张奚若前后左右瞧了个遍，然后说："多年未见，老同学都不敢认你了。"

张奚若知道高明德和柏惠民的关系，他笑着说："你们两个还像当年一

---

①张奚若，陕西朝邑人（现属于陕西省渭南市大荔县），字熙若，无党派人士，同盟会会员。民国二年七月去美国留学，回国后曾任中央大学、清华大学、西南联大教授。新中国成立后曾任中央人民政府委员、政务院政法委员会副主任、教育部长、外交学会会长、政协全国委员会常务委员。1973 年 7 月 18 日在北京逝世。

样，红辣子不拆把，到哪里都是结伴而行，真让人羡慕啊！”





高明德问：“你咋到汉口来了？”

没等张奚若回答，柏惠民把手中的信递给了高明德。

高明德看完信，激动地说：“这下让人放心了。奚若，你这是要去日本？”

张奚若苦笑着说：“没办法啊！陕西的情况你们也知道，勿幕来找我一个有病之人，肯定是没辙了。再说，我在日本待过，办这些事情轻车熟路。”

柏惠民说：“你们两个先聊，我去看一下宋掌柜在不在商号，看他能筹措多少钱。”

柏惠民出去后，张奚若问：“看来惠民是真的想筹钱购买炸药和手枪了？”

高明德说：“惠民为了同盟会的大事，历来都不惜花钱。前一阵经过洛阳时，花了几千两白银，采购了大刀、长矛和来复枪。前两天，我们和武昌的同盟会骨干还在商量要在汉阳购买制造枪支弹药的机器设备，遗憾的是，朝廷对这些东西管控极严，不好弄到手。最后我们商定在汉阳购买炸药。对了，勿幕咋让你跑到日本买炸药哩？”

张奚若说：“我也不知道啊。既然你们能在汉阳买到炸药，我看就不必舍近求远了吧。”

高明德说：“就是，漂洋过海地买炸药不安全，干脆一次性在汉阳买算了。”

张奚若说：“等会儿惠民回来，咱们商量一下。勿幕给的钱不多，买不了多少手枪，就看惠民能筹措多少了。”

不一会，柏惠民脸色阴沉地回来了。他说：“宋掌柜一大早就到汉阳去了，这会儿不在商号。奚若，你准备啥时候走？”

张奚若说：“勿幕要求我尽快动身，早去早回。”

柏惠民说：“你要去日本购买手枪和炸药，可以在汉口的日本银行把银两兑换成日币，这样才方便办事。现在，宋掌柜不在，我们对汉口的情况不太熟悉，这可咋办？”

张奚若说：“那你能筹措多少银两？”

柏惠民说：“我带的银两在洛阳购买武器已经快花完了。这样吧，我把身上的翡翠手镯、黄金项链先给你，把它兑换成银两，等宋掌柜回来后，我再从柜面上筹措一些资金。”说完，真的从手腕上撸下了一个绿色的翡翠手镯，然后从脖子上取下了一条小拇指粗细的黄金项链，他把这两样东西一起递给了张奚若。

张奚若接过手镯和项链，感到这两样东西分量不轻，知道价值不菲。他说："惠民，你也没必要把自己心爱的东西拿到当铺换成现钱吧。"

柏惠民说："我看你着急要走，这才临时应急。刚才，我想了一下，对勿幕让你到日本购买手枪和炸药之事，我的想法是，你到日本只购买手枪，买炸药的事我在汉阳想办法解决。"

高明德说："你的想法和我们两个刚才商量的办法一致。现在大量购买武器弹药，资金紧张，要把好钢用到刀刃上。"

柏惠民说："明德，你陪奚若先到当铺去兑换现金，我在商号等候宋掌柜，这样两不耽误。"

高明德说："把你的手镯和项链当掉真有些可惜了。"

柏惠民说："这些东西以后有了闲钱还可以置办，耽误了大事就得不偿失了。勿幕为了买武器都能卖掉家里贵重的字画，我当掉手镯和项链又能算个啥嘛。"

高明德陪着张奚若刚走，吴副官就来了。

吴副官提着一个公文包进门，见柏惠民满脸忧虑之色，还以为他担心购买炸药的事。他说："柏先生不必忧虑，你托我办的事情已经办妥了。"

柏惠民听吴副官说事情已经办妥了，立马变了表情，他说："那太好了，多谢吴副官帮我们解了燃眉之急啊。"

吴副官说："咱们都是革命同志，说感谢就客气了。将来武昌起义之后，还需要陕西的革命同志呼应支持。"

柏惠民问："购买一吨炸药多少钱？"

吴副官说："炸药是朝廷严加管控的物资，我好说歹说只能给你弄到两吨，每吨需要一千大洋。另外，你们得准备好当地政府出具的文书，以防路上各地官府检查。"

柏惠民一听这话，真是旧愁刚去又添新愁。井勿幕让张奚若到汉口来找自己捐钱，就让他平生第一次现场难堪，不得已把心爱的手镯和项链拿到当铺换钱，现在听吴副官说还要准备当地政府出具的文书，一下子让他感到头大。

柏惠民为了打消吴副官的顾虑，故作轻松地说："多谢吴副官提醒。你能帮我们弄到两吨炸药已不容易了，其他的事我们想办法。"

吴副官把公文包递给柏惠民，然后说："包里面装有一些书刊，你可以看看。如果觉得需要宣传，回去后可以翻印。"

柏惠民说："好。我在运炸药回陕西时顺便叫人带回去交给井勿幕。"

吴副官说："现在外面风声很紧，我这就回武昌军营。你准备好钱之后，让人来找我，然后再说买炸药的事。"

柏惠民送吴副官出了商号，挥手告别。

他看着吴副官慢慢消失在人群之中，这才转过身回到了商号。他在遗憾从泾阳出发时，为啥没想到在当地政府开具文书，证明自己在马栏镇开办了铁矿，确实需要炸药。如今，虽说吴副官帮忙能搞到炸药，可这长途运输没有官府的文书就成了难题。买岭两吨炸药需要两千两白银，井勿幕让张奚若来找自己捐银，也得一大笔银子。一想到钱的事，柏惠民又觉得脑袋有点发蒙了。

没等柏惠民想好如何筹措银钱之事，高明德和张奚若就返回了商号。

高明德见八仙桌上放着一个黑色公文包，猜想可能有人来过。他问："惠民，刚才有人来过？"

柏惠民说："你们刚出去不久，吴副官来了。他说已经通过关系，可以搞到两吨炸药，关键是运回陕西时必须有当地官府出具的文书，才可确保万无一失。现在咱们远在汉口，让人回陕西找地方官府出具文书，等炸药运回陕西，可能黄花菜都凉了。"

高明德说："我们也没料到能在汉阳买到炸药呀！事到如今，确实有点棘手。"

张奚若见二人为官府文书之事急得如热锅上的蚂蚁，突然说："你们先别着急，我记得勿幕还有一封信，见到你们一时高兴，忘记拿出来了。"

柏惠民一听还有一封信，毫不客气地说："奚若，你得是得了健忘症？这么重要的事情，你咋能忘记了？"

高明德也在为官府文书的事着急，他见柏惠民说话没有轻重，怕张奚若难堪，就说："奚若见到咱们高兴，忘记有些事情有可原，你就别责怪他了。"

张奚若歉疚地说："我临走时，勿幕叮嘱我把已经交给你的信件放在贴身的口袋里，另一封信我就放在行李里了。见到你们高兴，忘了拿出来。你们稍等,我马上去取。”

时间不长,张奚若拿着一封书信过来,他不好意思地把书信递给柏惠民,并说:“赶紧打开看看,有没有你们需要的官府文书。”

柏惠民抽出信纸抖开,见信纸里面包裹着泾阳、淳化、旬邑三个县衙出具的文书,顿时高兴得眉开眼笑。他说:“勿幕不愧是弄大事的人,把事情考虑得很周到。你们看,泾阳、淳化、旬邑三个县衙的文书都有了,这下把咱们熬煎的事解决了。”

高明德见柏惠民开心的样子与刚才截然相反,笑着说:“我估计勿幕看到咱们在洛阳购买的武器很高兴,可能猜想还会在汉阳买武器,这才托人办理了沿途经过的三个县衙的文书。勿幕未雨绸缪,的确有先见之明啊。”

三个人一阵兴奋之后,柏惠民问:“明德,手镯和项链当了多少钱?”

高明德说:“当了八百块大洋。”

柏惠民说:“这点钱奚若先拿着,等宋掌柜回来之后我在商号再筹措一些。刚才吴副官说两吨炸药需要两千块大洋,我还不知道商号的资金是否趁手。”

高明德听说一下子需要这么多钱,顿时目瞪口呆。以他对汉口商号的了解,要抽走这么多现钱,生意肯定会受影响,弄不好连进货的资金都没有了。高明德试探着问:“惠民,能给奚若筹措多少?他的时间宝贵,以我之见,先把能筹措到的钱给奚若,让他先走。”

柏惠民说:“不管咋样,也得给奚若凑够一千块大洋,要不然他跑到日本去意义不大。”

张奚若说:“惠民这个财主也遇到难题了。你不要太为难,就以一千块大洋为上限,我拿到钱立刻出发。”

柏惠民说:“等我和姚管家、宋掌柜商量之后,就告知你结果。”

宋得财是在傍晚时分迈着八字步晃悠着回到商号的。进了商号大门,他变换了脚步,一路急走直奔柏惠民住的房间。

柏惠民听见脚步声,抬头一看,宋得财刚好抬腿跨过门槛。柏惠民问:“宋掌柜,辛苦了一天,情况如何呀?”

宋得财进门之后,发现管家姚崇文坐在八仙桌旁边的太师椅上,脸色不太好看,手里抱着个白铜水烟袋呼呼噜噜地吸烟。他坐下后说:“东家,我在汉阳跑了一整天，情况不妙啊！我托人找到汉阳兵工厂管事的军爷，人家说兵工厂的军火属于朝廷严管物资，没有朝廷的批示，谁也不敢擅自出售。后来我又找了设备制造厂，打听能否购买东家说的机器，管事的经理说不管是车床、铣床，还是无缝钢管，只要与枪械沾边，都属于严格管控的，最少得有陕西巡抚衙门允许购买的文书。东家，虽说跑了一天，可结果还是让你失望了。”

姚崇文听完宋得财的一番话，心想怪不得一整天见不到他，原来他是打听这些生意去了。柏家在汉口的生意与机器和枪械根本不沾边，宋得财跑来跑去地打听购买这些东西的渠道，难道是少东家刻意安排？如果真要购买这些东西，就坐实了少东家真的是想资助同盟会成员准备谋反。

姚崇文问：“宋掌柜，你刚才说的那些东西，是朝廷明令禁止的。我们一个普通商家，采购那些东西干啥？”

柏惠民笑着说：“朝廷明令禁止的东西利润空间才大嘛。既然无法购买，我看就算了。宋掌柜，汉口商号能动用的流动资金有多少？”

未等宋得财回答，高明德听说宋得财回来了，也来到柏惠民的房间。他刚进门，就听柏惠民问流动资金的事，于是坐下想听宋得财如何回答。

宋得财看了看刚坐下的高明德，欲言又止。

柏惠民说：“这里没有外人，你就直言吧。”

宋得财说：“不瞒东家说，汉口分号因为增加了经营品种，流动资金也是捉襟见肘了。老实说，日常能动用的资金不到三千两白银。不知道少东家问这话是何用意？”

柏惠民说：“我在马栏镇开办了铁矿，需要购买炸药。这几天，我打听了一下，汉阳就有炸药。你把三千两银子都拿出来，我准备在汉阳购买两吨炸药给铁矿开矿用。”

姚崇文听完柏惠民的话，他觉得少东家购买炸药无可厚非，但马栏镇铁矿何时能见到效益还不好说，因此影响了汉口分号的正常经营就显得过于冒失。他说：“少东家，抽走汉口分号的流动资金，造成宋掌柜经营被动，似乎不太妥当。再说就是购买炸药也需要官府文书的。”

柏惠民说：“请姚管家放心，我在来汉口之前，已经让人办妥了泾阳、淳化、旬邑三个县衙的文书。”

高明德知道这是柏惠民在为张奚若筹措购买手枪的资金，于是插话说：

"在马栏镇开办铁矿，是东家委托我经办的，现在所有条件都已经具备了。但依靠钢钎、铁锤开矿的原始办法，效率太低，有了炸药开矿，可以说是事半功倍，我支持东家的决定。"

宋得财见东家要把商号的所有流动资金全抽走，有些着急地说："东家，放着汉口现成的生意不做，却要买炸药支持铁矿，这划算吗？再说了，汉口分号跟东家也有合约，因此影响了分号经营，伙计们分红就会减少，会有怨言的啊！"

柏惠民沉着脸说："宋掌柜，你要弄清楚谁才是汉口分号的真正东家？难道你想把我说的话打弹弓吗？"

宋得财第一次听柏惠民如此说话，顿时觉得脸颊发烫。他说："汉口分号的投资者自然是东家了，我还没有糊涂到不认东家的地步。问题是影响了分号经营，伙计们会抱怨我呀！"

柏惠民明白宋得财在打自己的小九九，为了让他痛快地把银钱拿出来，他说："今天姚管家也在现场，你把三千两银子给我，如果因此影响了分号经营和伙计们分红，咱们按照去年分红再加一成办，你看如何？"

宋得财见柏惠民猜透了自己的心思，红着脸说："你是东家，你说咋办就咋办吧。"

姚崇文说："少东家，这八字还没见一撇，你就如此决定，恐怕不妥吧？"

柏惠民反问道："有啥不妥？马栏铁矿一旦投产，肯定能把汉口分号当年的利润弥补回来的。"

姚崇文、宋得财见柏惠民铁了心要用汉口分号的流动资金，也碍于财东有权决定各分号一切的情面，就没有再争执。

姚崇文见柏惠民没有考虑自己的建议，老脸上挂不住，就起身走了。宋得财见柏惠民没有留自己的意思，跟着姚崇文也走了。

高明德见二人走出了房间，对柏惠民竖起了大拇指。随后他问："吴副官来见你送给你一个公文包，打开看看，里面装了些啥东西？"

柏惠民说："我这一整天都在为资金的事发愁，哪有心思看吴副官带了些啥东西。现在筹钱的事解决了，还真想看看他给咱带了些啥最新书刊哩。"

柏惠民打开吴副官送的黑色公文包，里面有几本泛着墨香的书籍，还有几张报纸。他抖开报纸一看，是一张刚出版不久的《民立报》，主编竟然是于右任。

柏惠民指着报纸上主编的姓名说:“明德, 于先生在上海创办了《民立报》,这下咱们到上海就有落脚的地方了。”

高明德接过报纸一看,主编确实是于右任,他喜悦地说:“终于知道这位老兄在干啥了。办完汉口的事,咱们就去上海,勿幕还让我到上海学习炸弹制造技术哩。”

柏惠民说:“要不你跟张奚若先去上海,我得到苏州分号去一趟,看一下那里的经营情况。到了上海,花钱的地方很多,我得筹措一点资金,届时如果像现在这样窘迫,岂不把陕西人的面子丢到了大上海。”

高明德笑了笑,表示赞同。

柏惠民叮嘱说:“筹钱之事费的周折,不能让奚若知道。”

高明德说:“你是怕老同学笑话财东也有没钱的时候。”

柏惠民说:“那倒不是。穷人有穷人的难处,财东也有财东的困境,谁笑话谁呀。”

两天后,柏惠民把一千两银票交给了张奚若,并说:“你前往日本,一定要注意安全。我让明德陪你到上海打前站,我先到苏州分号办点事,随后到上海找明德和于右任。”

张奚若接过银票, 激动地说:“看来勿幕让我到汉口来找你没错。惠民啊,多年未见,真是让我刮目相看啊,你办事心有底气,办事豪气,说话硬气,既秉承了陕商的传统,也是我等的楷模啊。”

柏惠民说:“说这话就有些客套了。我这个人对于自己选择的路,不要说损失点贸易,捐点银钱,就是砸锅卖铁哭着也要走下去。”

张奚若说:“大家彼此珍重,一起图谋恢复中华。”

柏惠民说:“但愿革命早日成功。”

# 第十章　赵掌柜颐养晚年　民立报获赠巨款

忙活完汉口的事情，柏惠民和姚崇文一行数人坐轮船沿长江而下，直达苏州。

这一路上虽说路途遥远，但姚崇文一直不主动和柏惠民说话。经过洛阳、汉口之行，姚崇文见识了柏惠民花钱的阔绰，也逐渐认识到柏惠民已经长大了，办事有自己的主见，而且很固执任性，不再轻易接受他的建议了。从泾阳出发前，夫人胡锦云曾悄悄对他说，柏惠民此次到南方巡视各地商号是避嫌的，没料到他先后购买了大批武器和炸药，再这样下去，一旦让官府暗探知道，别说是避嫌了，简直就是阴谋造反，惹火烧身。他担心柏惠民到苏州等地后还是如此做派，柏家就是有金山银山，也会让年轻的柏惠民踢踏个干净。但这些话他只能窝在心里，没法明说。这些话一旦说出去，不但阻止不了柏惠民，反而会让他反感，弄不好就会撕破脸皮，弄个不欢而散。果真如此的话，他就辜负了老掌柜柏森对他和高轩德的托孤重任。但在如何劝阻柏惠民关心柏家商业经营，不再无故大量捐赠方面，却苦无良策。

长江沿岸的景色，其实也没有吸引住柏惠民。尽管在洛阳、汉口花了不少钱，但他心里很高兴。他见姚崇文一路上对自己爱搭不理，就知道姚崇文为自己编造理由大把花钱生闷气。说实在的，如果要经营柏家各地商号，姚崇文无疑是一个精打细算的理财高手，自己在商海中的见识和资历，根本无法望其项背。关键是他现在没有心思打理柏家各地商号,一门心思都在资助同盟会推翻清政府。

跟随他们一起前往苏州分号的几个伙计见东家和姚管家一路上没有几句话,也落得个清闲。他们在船上来回走动,对江南的景色指指点点,交流着各自的看法。

快到苏州了,一个中年伙计找到姚崇文,他殷勤地给姚崇文倒茶、点烟,然后问:“姚管家,听说早年间柏家在常州、苏州一带很有名气,你能不能给我们几个晚辈说几个有趣的故事听听。”

姚崇文说:“那都是老皇历了,现在再说有啥意思。”

中年伙计说:“反正闲着也无聊,听您老人家说点故事,也好打发时间。”

另外两个年轻伙计也跟着起哄说:“就是嘛,闲得无聊,还不如听您老讲故事。”

姚崇文无奈,随后给几个伙计讲了一段柏家的传闻。他说,柏家在明代就到了常州、苏州一带,主要是在江南贩布,在西北贩茯砖茶和皮货,当时在苏州、武汉、上海、北京等地拥有各种门店和当铺、票号,甚至在日本也有分店,在江南产布的一些著名市镇都有柏家的字号。柏家的祖上曾在松江的唐市建造了华丽的府邸,号称柏园,比泾阳现在的柏家庄园要阔气得多。据说陕西布商大多喜欢在柏园相聚,每天晚上张灯开宴,热闹非凡。前些年,在唐市还流传着柏家主人是活财神的传奇故事哩。

躺在船舱无事的柏惠民,听到隔壁船舱隐隐约约传来了说话声,静心一听,原来是几个伙计缠着姚崇文在讲个故事。对于柏家曾经的辉煌,他虽然知道一些,但也是不太详尽。现在姚崇文给几个伙计讲柏家的往事,也激发了他的好奇心。为了不打搅姚崇文他们,他悄悄地把身子靠近船舱隔板,认真听了起来。

姚崇文继续说,有一年邻近唐市的太仓沙溪镇开迎神赛大会,转到了唐市。太仓沙溪镇一个富绅在船头放了一个赤金的狮子,脖子上套了一条金项链。他以为唐市的经商者无人能与他相比,就夸下海口说,这里是有名的金唐市,咋连系缆绳的地方都没有?这话传到柏家主人耳中之后,主人随即叫人到岸边在这个富绅的船边上浇铸了一个金桩,从此浇铸金桩的地方被当地人称为金桩浜,主人则被人称作活财神,柏家生意在唐市更是如烈火煎油,红运当头。

中年伙计啧啧叹道："没想到柏家祖上还这么牛气冲天啊！"

姚崇文说："兴盛时期的柏家，在唐市修建有四十余亩的豪华庄园，叫柏园，里面假山泉水，亭台楼阁，回廊曲折，就是在江南也是少有的。可惜啊，这些都已经成了往事。"

中年伙计问："姚管家，听说苏州也有一条柏家弄，这话当真吗？"

姚崇文说："柏家除了唐市的柏园，还在苏州山塘街买了一条巷子，就叫柏家弄。在这条街上不远处，修建有陕西会馆。等到了苏州，你们自己去看吧。"

伙计们打发无聊时间，抱着好奇心理，请姚崇文讲故事，让柏惠民想起了祖上曾经的阔绰，对比当下的窘境，他感到了些许失落和难堪。

柏惠民一行到达苏州天成瑞分号时，已经是隆冬季节了。分号赵掌柜早就接到了少东家要来苏州分号巡视的信件，收拾好了房间，就盼着少东家和姚崇文大驾光临了。赵掌柜几年前就想向柏惠民辞职隐退，没想到汉口天成祥分号刘掌柜捷足先登了，他怕引起柏惠民的反感，给人留下乘人之危的把柄，就放弃了辞职的想法。这几年，苏州分号的生意并不如意，勉强可以完成柏家下达的任务，伙计们虽说没有抱怨，但他已经感到了经营压力在逐年增大。当听到柏惠民在洛阳、汉口的所作所为之后，他就想借柏惠民巡视苏州分号之机，正式向东家提出辞职，回家颐养天年。

这天正午时分，柏惠民、姚崇文一行到了苏州天成瑞分号。走在前面的伙计刚进商号大门就大声喊，东家到苏州了。

赵掌柜听见喊声，刚走出大堂，就见姚崇文陪着柏惠民正好走到了大门口。赵掌柜微笑着说："少东家、姚管家一路鞍马劳顿，辛苦了。快请进，咱们到二堂说话。"

到了二堂，赵掌柜把二掌柜陆效康介绍给柏惠民，并让陆效康亲自到山塘街中段的松鹤楼订一桌酒菜，准备给少东家和姚管家接风洗尘。

姚崇文和赵掌柜有一段日子未曾谋面了。姚崇文发现赵掌柜有些憔悴，身体也没有以前硬朗了，他关心地问："老伙计，我咋发现你有点不对劲，是哪里不舒服吗？"

赵掌柜说："人老了，腿脚也不利索了。大病倒没有，就是南方常年潮湿，落下了风湿的毛病。你身体咋样？"

姚崇文说:“我比你年轻几岁,身体上的零件还正常。”

赵掌柜羡慕地说:“还是年轻好啊, 不像我现在见跑路就腿疼, 不中用了。对了,少东家近来可好?”

柏惠民见两个老人聊得正欢,没料到赵掌柜突然问起了自己,顺口说:“还行。与你们比起来,我的路还长着哩。”

几个人闲扯了一会路上的见闻,陆效康就回来了。他说:“东家、姚管家、赵掌柜,我在松鹤楼已经订好了洗尘宴,现在可以过去了。”

柏惠民听说已经订好了酒宴,感到肚子还真饿了。他站起身往外走,其他人紧跟其后。

走在山塘街上,两边铺面里的顾客很少,街上行人大多脚步匆匆。姚崇文摇着头问:“赵掌柜,昔日繁华的苏州咋成了如今这般模样?”

赵掌柜说:“你多年未来苏州,这里除了山水变化不多,商业贸易早就凋零了。”

说话间,一行人就到了松鹤楼。跑堂的伙计见陆效康领着人进门,高声喊道:“贵客进门,二楼雅间请。”

陆效康对跑堂伙计点了点头,带着柏惠民等人顺着木质楼梯上了二楼。

柏惠民进雅间之后, 发现正中的八仙桌上摆放的全是苏州当地的著名菜肴,有松鼠鳜鱼、昆山卤鸭、如意全家福、松仁樱桃肉、清熘虾仁、田螺面筋镶肉、野山珍菌锅、刀鱼小馄饨等,满桌子的佳肴造型各异、色泽喜人、美味四溢,馋得柏惠民直咽口水。

姚崇文也是好久未见到如此丰盛的酒宴了,他说:“还是赵掌柜奢侈啊!这倒和苏州人好华美而羞俭啬的风格一致。”

赵掌柜招呼大家就座之后, 笑着说:“这是我特意交代二掌柜陆效康准备的鸿门宴。咱们边吃边聊,我有重要事情请求少东家恩准哩。”

姚崇文本来已经拿起了筷子,一听赵掌柜这话,心里咯噔了一下,莫非赵掌柜要辞职了。他放下筷子,问道:“老伙计,难道你想回家颐养天年?”

赵掌柜说:“先不说这话。效康,把花雕酒给少东家和姚管家斟上,我先敬少东家和姚管家一杯。”

酒过三巡之后,赵掌柜说:“效康,你把苏州当下的商贸情况给少东家和姚管家介绍一下。”

柏惠民见赵掌柜几次三番把陆效康往前推，大概也知道了他的用意。直到这个时候，他才仔细打量了一下陆效康。此人年约四十多岁，中等偏上身材，浓眉大眼，鼻直口方，待人和气，从目前看，办事简练高效，有经商者具备的素养。

随后，陆效康介绍道，苏州商业贸易最发达的地区在阊门附近，就是苏州城的西北部，包括城外的南濠街、上塘街和山塘街，以及城内的阊门大街。就当地商品而言，苏州出产以纱缎为大宗，丝茧次之；行店以钱业为大宗，绸缎布匹次之。自洋货侵贯内地，土货销路日绌，加上银市日紧，捐输繁重，商情涣散，商业贸易已经逐渐转移到了上海。

姚崇文没想到苏州如今的商贸竟然发生了如此天翻地覆的变化，他有些不相信陆效康介绍的情况，于是问道："我记得乾隆年间有一幅名画叫《姑苏繁华图》，画的就是当时阊门至枫桥的十里长街万商云集的盛况，当时这里各种店铺多达数万家，各行各业应有尽有，各省都在此设会馆。难道这些盛况不复存在了？"

赵掌柜说："你说的那是老皇历了。咸丰十年，李秀成率领太平天国军队进攻苏州，江苏巡抚徐有壬和总兵马德昭接连颁布三道命令，以巩固城防的名义，将繁华的城西阊门商业区彻底焚毁了。虽说战后各地商家苦心经营，但境况已大不如以前了。老伙计，现在的山塘街陕商会馆、大儒巷安徽会馆、中张家巷全晋会馆哪个都没逃过劫难。"

姚崇文叹了一口气，说："听你这么一说，还真是恍若隔世。老伙计，我明白了你的良苦用心，有啥话你就跟少东家直说吧。"

赵掌柜端起酒杯说："少东家，老朽年事已高，有病在身，怕耽误了柏家的生意，今天就以酒遮面，向少东家提出告老还乡。我推荐苏州分号大掌柜候选人为陆效康，请少东家定夺。"

柏惠民至此才明白赵掌柜说洗尘宴是鸿门宴的原因了。他见赵掌柜确实年龄大了，就是再挽留，也难留其心。于是说："赵掌柜为柏家殚精竭虑了大半生，也该回家含饴弄孙了。我对苏州的商贸情况不熟悉，赵掌柜能推荐陆效康接任大掌柜，我看能成。"

姚崇文说："苏州离上海很近，受洋货冲击最大。陆掌柜年轻有为，可堪大任。"

陆效康站起身，分别给柏惠民、姚崇文先后敬酒，随后又给赵掌柜敬了一杯。他回到座位坐下，红着脸说："陆某感谢东家和姚管家的信任，感谢赵掌柜多年来的栽培。一定不辜负二位前辈和东家的重托，把苏州分号的生意做好。"

酒宴散了之后，陆效康说："请赵掌柜陪同东家和姚管家到柏家弄的庄园休息，我回商号处理一点事，随后来向东家和姚管家请示工作。"

柏惠民进了柏园之后，见姚崇文和赵掌柜在后面嘀嘀咕咕地说话，就知道他们有知心话要说，独自走进为他安排的房间休息去了。

赵掌柜陪着姚崇文进了房间，刚一坐下就说："老伙计，我这下就解脱了，也不怕别人说三道四了。"

姚崇文说："你和刘掌柜都解脱了，老人手里面就剩下我、高轩德和四川的钱掌柜了。近几年来，少东家整天和一群来历不明的朋友搅和在一起，很少关心生意上的事，加上时局动荡，苛捐杂税众多，柏家的生意日渐衰落，再这样下去，如何是好啊！"

赵掌柜说："陕西地处内陆腹地，消息比较闭塞。南方现在到处都有革命党人闹事，这几年发生在南方各省的武装起义就有五六起，虽说都失败了，但却留下了祸根。局势动荡，生意难做，加上朝廷不断向洋人开放口岸，本土商人的生意更加艰难了。老东家柏森去世早，少东家没经历过商海的艰难，以为银钱好挣，花钱如流水，毫不心疼。我是怕他到苏州来再来个狮子大张口，胡乱动用商号资金，弄得商号无法经营。与其和少东家为银钱之事翻脸，还不如提前退出算了，免得彼此撕破脸皮，坏了陕商的规矩。"

姚崇文感慨地说："你这是急流勇退，我就有点难了。当年柏森去世前，把我和高轩德叫到病榻前，千叮咛万嘱咐，让我们两个帮助少东家守住柏家产业。我们见柏森老年得子，死不甘心，就答应了他的请求，也可以说是接受了他的临终托孤。谁知道少东家的心思根本不在柏家商号经营上，就知道乱花钱，而且还能编造出令人无法拒绝的理由。"

赵掌柜说："刘备临终托孤，还允许诸葛亮随机应变，必要时可取而代之。柏森临终托孤，就是想把你和高轩德拴住，帮着他儿子守住家业。依你之见，这可能吗？"

姚崇文叹息着说："我看玄乎。柏家的产业说到底是少东家的，不是我们这几个老家伙的，我和轩德也只能尽人事看天命了。”

柏惠民回到房间并没有休息，他打开行李箱，把藏在下面的报刊取了出来，准备仔细研读。在来苏州的路上虽然无聊，但他还不敢明目张胆地阅读违禁刊物，也怕引起不必要的麻烦。现在房间里就他一个人，可以放心了。

柏惠民离开汉口时，把所有书籍密封之后，让押送炸药回陕西的伙计带给三原商号掌柜马树森，他只留下了几张报纸。此刻取出报纸一看，竟然还有《民立报》的创刊号。

柏惠民迫不及待地展开报纸，发现创刊号首版上竟然用了“中国万岁民立万岁”这样的通栏标题，然后是署名骚心的作者写的发刊词。他不知道骚心是何许人物，但这篇发刊词让他热血沸腾，尤其是发刊词最后写道：“夫前数年吾国之言论界，其气魄之雄健何如，其议论之慷慨何如，其精神之发越何如！而今日者，则何如？或者曰：此皆冥顽不仁之政府所致也而又何言？”更让他心潮澎湃。

把发刊词反复阅读了几遍，柏惠民感到很过瘾。他决定安排完苏州分号的事情，立刻动身前往上海拜访于右任。

第二天一大早，赵掌柜到柏园来向柏惠民辞行。

赵掌柜说：“少东家，昨天后半晌我和姚管家、陆效康一起把天成瑞分号的各项事务已经核对完了，账目也交代清楚了，赵某特意到柏园向少东家辞行，收拾完行囊，好赶着回老家过年去了。”

柏惠民看着赵掌柜一副老态龙钟的样子，想着他为了柏家的商号辛苦了大半生，顿时觉得鼻子发酸。他说：“惠民不才，让赵掌柜操心了。我给姚管家交代过，对赵掌柜这样的柏家老人，在退休金方面一定从优。中午咱们一起吃饭，算是晚辈给您送行吧。”

赵掌柜说：“古人言，罚必则令行，令行则主尊。对商号经营，虽说少东家涉足不深，但用人用制度的规矩还是要细心琢磨的。商海波诡云谲，变化无常，尤其是西方列强的洋货进来后，对国内商业冲击太大，传统生意步履艰难。老朽斗胆谏言，少东家要体谅各商号挣钱不易，花钱应慎重。虽说少东家是柏家各商号的财东，但商号有商号的规矩，不能为了自己的想法，一意孤行,弄得伙计们心寒。”

柏惠民知道这是赵掌柜临走之前在善意敲打自己，但自己投资的事绝对不能给赵掌柜解释。他态度谦恭地说:“惠民谨遵赵掌柜教诲,一定把钱用在该用的地方。”

中午饭还在松鹤楼,还是原班人马,不同的是这顿饭的气氛有点沉闷。

柏惠民见大家都不开心,解嘲地说:“天下没有不散的筵席,人间经常会有悲欢离合。赵掌柜年事已高,有病在身,应该颐养晚年了。我借这顿饭,感谢赵掌柜几十年来为柏家的鞍马劳顿、殚精竭虑,也为他能举荐陆掌柜这样的优秀人才。虽说时下局势动荡,生意难做,但山不转水转,水不转人转,我相信柏家的生意会有好的那一天。”

姚崇文接着说:“人生不过百年,谁都有干不动的时候。但愿陆掌柜能借少东家的吉言,把苏州分号的生意做得风生水起。”

陆效康见姚崇文说到了自己,突然想起他早上在分号时,一个伙计给了他一份电报,并说是上海来的,让他交给东家。他急忙说:“赵掌柜在苏州分号几十年,如今回家颐养晚年,我们应该高兴才对。还有,东家,我这里有一封上海来的电报,说是给您的。”说完,从身上掏出电报,双手递给了柏惠民。

柏惠民打开电报一看，原来是高明德让他到上海法租界三茅阁桥桥南五十四号民立报社去找他。

柏惠民既然知道了高明德在上海找到了民立报社的详细地址，也猜到了他肯定和于右任联系上了。当年于右任在他家避难期间,两个人虽说年龄上有差距,但感情上亲如兄弟,如今知道了于右任落脚的地方,就想早点去上海。

为了尽快结束饭局,柏惠民说:“赵掌柜回到老家后,有啥困难尽管到柏家庄园来找我或者姚管家。另外,高明德来电报说让我去一趟上海有要事相商。我看,姚管家先待在苏州,等赵掌柜动身后,帮着陆掌柜处理一下账务。我在上海有啥事随时告知你们。”

柏惠民到上海后,按照电报上提供的地址,很快就找到了高明德。

高明德见柏惠民来到了上海,格外欢喜。他说:“我和张奚若到上海后,我送他去了日本购买军火。随后我找到了民立报报馆,你猜我在这里见到谁了？”

柏惠民反问道：“难道你见到了于右任？”

高明德说：“你说的没错。于右任是《民立报》的幕后主事人。你随我到总编室去，咱这就去找他。”

民立报馆是一座两层楼砖混结构建筑，一层有几个编辑部，二层有报馆总编室、印刷室、财务室等主要部门。

柏惠民跟着高明德上了楼梯，一拐弯往前走，过了几间办公室，就到了靠近最里面的总编办公室。高明德上前轻轻敲门，就听里面说了声请进。

高明德推开门，说了声：“于先生，你看谁来了。”

于右任抬头一看，柏惠民刚好跨进门。他放下正在审核的新闻稿，大步走过来，一把拉住柏惠民的手说：“惠民老弟，多年未见，你长壮实了。”

柏惠民笑着说：“于先生近来可好？您这一脸浓密胡须可谓是美髯公了。”

于右任说：“快坐下。明德，给惠民倒茶。”

寒暄过后，柏惠民问：“于先生，这个《民立报》上刊登的文章针砭时弊，异常尖锐，您难道就不怕朝廷查封吗？”

于右任说：“惠民啊，你不知道，现在的《民立报》已经是我主办的第三份报纸了。去年五月我创办的《民呼日报》、十月三日创办的《民吁日报》先后都被查封了。为了宣传民主思想，揭露清政府伪立宪骗局，宣传推翻清政府，呼吁早建民主共和政府，我接受了上海总商会会长、信成银行董事长沈缦云及庞柏青、张人杰等赞助，又创办了同盟会的机关报《民立报》，我出任社长。目前报纸每天出三张，销售量超过 1 万份。遗憾的是，因受资金不足的制约，无法扩大印量。”

柏惠民说：“我看过《民立报》，确实鼓舞人心。在汉口时，我就拿到了《民立报》的创刊号，因为怕惹麻烦，一直到苏州分号我才仔细阅读，尤其是署名骚心的作者写的发刊词可谓振聋发聩，激荡人心。于先生，这个骚心是谁？我想见一下。”

高明德笑着插言说：“惠民，你想见的骚心可是个风云人物啊，还好，他远在天边，近在眼前。”

柏惠民问：“于先生，您就是骚心？”

于右任笑着说：“我是有一颗骚动的心，就是要用报纸呼吁民众，鼓动大

家一起推翻清政府，建立民主共和政府。惠民，在《民呼日报》《民吁日报》先后被查封之后，我曾经受到过朝廷的通缉。在创办《民立报》时，我只好用骚心这个笔名写了发刊词。”

柏惠民问：“于先生，要扩大《民立报》的发行数量，大概需要多少资金？”

于右任沉思了一下，说：“不少于六千大洋。”

柏惠民说：“我刚从苏州分号过来，苏州分号还有一些流动资金，干脆就用来支持你办《民立报》吧。”

于右任说：“惠民，这些年来，你为了陕西同盟会的革命活动，在资金方面可谓是有求必应，不遗余力。我听明德说，你此次巡视南方各商号的路途中，在洛阳购买了不少武器，在汉口又给了张奚若不少银钱，购买了两吨炸药。《民立报》虽然资金周转困难，我看还是算了吧。”

柏惠民说：“你因为创办报纸受到了朝廷的通缉，我比你也好不到哪里去。勿幕在我家花园水榭亭召集关中各路英雄开会，后来在大雁塔歃血为盟，这些事情虽说做得比较机密，但还是被朝廷鹰犬嗅出了味道。说实话，我此次到南方各商号巡视，也是迫不得已。听我妻舅胡平甫说，陕甘总督升允已经知道了我与革命党人经常来往，他让胡平甫劝说我改邪归正，这说明朝廷虽然没有通缉我，但已经在怀疑我。现在，我远在上海，升允就鞭长莫及了。对于用报纸唤醒民众，呼吁建立民主共和政府，我大力支持。我准备把苏州分号今年上缴的利润大概八千大洋全部拿出来支持你办报纸，你看如何？”

于右任笑着说：“没想到惠民老弟如今的境况也跟我当年差不多了，但是要把苏州分号全年的利润拿出来支持我办报纸这件事，你要慎重考虑。”

柏惠民说：“于先生，陕商有家国一体、以商事国的传统，也有毁家纾难、守望相助的典范，你是陕西人，还是咱泾阳乡党，我就不多说了。对于庚子年间安吴寡妇周莹、大引茶商马合盛等渭北富商大户大量捐资支持苟延残喘的满清政府，我并不赞同。作为关中同盟会总揆之一，我现在有能力支持同盟会的革命行动，而且是支持同盟会推翻清政府，创建民主共和政府。”

于右任赞赏地说：“惠民的行动虽说不是毁家纾难，但比周莹和马合盛的境界要高。对于你的支持，我会向同盟会总会汇报。惠民，既然来上海了，我找机会给你介绍一下宋教仁①、陈其美②、谭人凤等人，你看如何？”

柏惠民激动地说：“我在汉口就想见谭人凤，遗憾的是没有见到。如今能与这些风云人物相见真是求之不得啊，还望于先生成全。”

于右任说：“我这里还有些事情急需处理，让明德带你去找一个旅社先住下，晚上我做东给你接风洗尘。”

柏惠民遗憾说：“要是前些年就好了，柏家在上海也有分号，就不用住旅社了。”

高明德说：“惠民，你就别提当年的事了。请于先生放心，我一定把惠民安顿好。”

高明德领着柏惠民出了报馆大门，走了不多远，就到了高明德住的旅社。

刚进房间，高明德就问：“惠民，你刚才给于先生说要捐赠八千大洋资助他办《民立报》，不会是一时心血来潮吧？”

柏惠民坐下后说：“我说话啥时候不算数了？虽说我不是一个真正意义上的商人，但也拥有陕商的名号，咱咋能坏了陕商的规矩？”

高明德说：“柏家现在日子也不好过，我是怕你再这样捐款，会让各分号掌柜为难啊。”

柏惠民笑着说：“没事。我是关中同盟会的总揆之一，为了革命事业，我还是那句话，别说是捐款，就是哭着也要一条道走到底。”

高明德说：“我知道你的脾性，但这件事最好还是跟苏州分号掌柜商量一下更为妥当。你先在这里休息，我去附近饭馆订一个包间，晚上和于先生

①宋教仁（1882—1913），字纯初，号渔父，湖南省常德市桃源人，中国“宪政之父”。1904年因长沙起义失败前往日本，入日本东京法政大学学习西方政治。1905年加入中国同盟会，任司法部检事长。1911年10月11日湖北军政府在武昌成立，宋教仁致力于建设民主共和政权。1912年中华民国成立，被任命为法制院院长。1912年8月中国同盟会改组为国民党。1913年3月，被刺客洪述祖在上海火车站暗杀。

②陈其美（1878—1916），字英士，号无为，浙江湖州吴兴人。中国近代民主革命家、中国同盟会元老、青帮代表人物，于辛亥革命初期与黄兴同为孙中山的左右股肱，蔡元培称其为可与历代侠士齐名列传，并赞其为“民国第一豪侠”。1906年到日本留学，后加入同盟会。1909年到上海创办《中国公报》《民生丛报》，并协助宋教仁、于右任办《民立报》宣传革命。1914年加入中华革命党，任总务部长。1916年5月被张宗昌部下程国瑞暗杀于上海日本人山田纯三郎寓所。

共进晚餐。对了，我这里有一些同盟会的刊物，你可以翻阅一下。”

柏惠民拿起刊物，一看里面有对驱除鞑虏、恢复中华、创立民国、平均地权的详细解释，顿时来了兴趣。以前，他只是听于右任、井勿幕简单地说过，并没有看到同盟会总会的文字性资料，现在手里有了这本刊物，他就仔细阅读了起来。刊物上白纸黑字印刷着这样一段文字：

驱除鞑虏：今之满洲，本塞外东胡，昔在明朝，屡为边患；后乘中国多事，长驱入关，灭我中国，据我政府，迫我汉人为其奴隶，有不从者，杀戮亿万。我汉人为亡国之民者二百六十年于斯！满洲政府穷凶极恶，今已贯盈，义师所指，覆彼洲汉军人等，如悔司来降者，免其罪；敢有抵抗，杀无赦！汉人为满奴以做汉奸者，亦如之。恢复中华：中国者，中国人之中国，中国之政治，中国人任之，驱除鞑虏之后，光复我民族之国家，敢有为石敬瑭、吴三桂之所为者，天下共击之。创立民国：今者由平民革命以建国民政府，凡为国民皆平等以有参政权。大总统由国民共举。议会以国民公举之议员构成之，制定中华民国宪法，人人共守。敢有帝制自为者，天下共击之。平均地权：文明之福祉，国民平等以享之。当改良社会经济组织，核定天下地价。其现有之地价，仍属原主所有；其革命后社会改良进步之增价，则归于国家，为国民所共享。敢有垄断以制国民之生命者，与众弃之。

上四纳，其措施之次序，则分三期：第一期为军法之治；第二期为约法之治；第三期为宪法之治。俾我国民循序以进，养成自由平等之资格，中华民国之根本，胥于是乎在焉。

柏惠民心想，同盟会提出的纲领性口号，随着时间的推移，也在不断细化，目标更明确了。对于自己这样一个富商大户来说，最起码在平均地权方面，尚可保证土地所有权和既得利益，不至于把所有土地无偿分给没有土地的贫雇农。如果真的能够分三期实施，建立了中华民国，实行以宪法治国，人人皆平等，皆有参政议政的权力，皆遵守宪法，中国复兴就有了希望。

高明德进屋后，发现柏惠民拿着一本刊物发呆，笑着问：“惠民，想啥哩？”

柏惠民抬起头说：“我刚才把驱除鞑虏、恢复中华、创立民国、平均地权的最新解释仔细阅读了一下，尤其是分三个阶段实施，心里更亮堂了。”

高明德说："在同盟会提出的纲领中，尤其是平均地权一项，大家还是有分歧的。经过认真讨论，才形成了现在的解释，这样不管是有产者还是无产者都能接受，更能凝聚人心。时间不早了，咱们去饭馆等候于先生吧。"

在和于右任共进晚餐时，柏惠民问："于先生，你下午说《民立报》除了宣传民主思想，还要揭露清政府伪立宪骗局，这是啥意思？"

于右任说："自宣统即位之后，朝廷一直说要实行立宪，各省先后成立了谘议局，但直到现在，立宪只停留在口头上，并没有实质性进展。据说，朝廷为了内阁成员名单闹得不可开交，争吵不休。依我看，朝廷说立宪可能就是一个骗局。既然立宪不可信，那只有推翻清政府，才能实现民主共和，创立中华民国，挽救中华民族。对了，听说你大闹过陕西谘议局成立开幕式，胆子不小啊！"

柏惠民见于右任提起了往事，就把大闹谘议局的经过叙说了一遍。最后他说："大闹谘议局虽然痛快，但却失去了暗中探听陕甘总督衙门、陕西巡抚衙门和西安府衙门官员动态的机会，有点得不偿失啊！"

于右任笑着说："你年轻气盛，做出这样的举动不足为奇。"

柏惠民说："大闹谘议局的当天，我就后悔了。可能正因为有了这些不服朝廷官场约束的举动，加上泾阳县方泾渭的密告，才引起了升允对我的猜疑。不过也好，此次巡视南方各地商号，顺便购买了不少武器弹药，算是为陕西同盟会将来的武装起义做了点事情。"

于右任说："你岂止是做了点事情，不算你说的资助《民立报》八千大洋，你为推翻清政府，创立中华民国捐献了不少资金，在陕商中你应该是首屈一指的。"

高明德插话说："自从创建勤公社、开办马栏铁矿开始，惠民为同盟会的各项捐资不下几万大洋了。说到捐助《民立报》之事，我劝惠民还是跟苏州分号掌柜商量一下，不能为了捐资革命，让商号无法周转。"

柏惠民说："没事。我刚从苏州过来，赵掌柜因年老体衰辞职了，他推荐了原来的二掌柜陆效康接替他。我看陆效康为人机灵可靠，他不会干涉我的决定的。"

高明德说："在洛阳购买刀枪，你说是为了保护商号；在汉口购买炸药，你说是为了开办铁矿，如今资助于先生办报，而且一下子捐助八千大洋，就是陆效康不反对，管家姚崇文也会反对的。"

于右任说："惠民，虽然我办报比较艰难，但尚能维持。还是明德说得对，一下子拿出这么多资金，你还是跟姚管家和陆掌柜商量一下。"

柏惠民说："既然你们都这么说，我明天就回苏州和他们商量。不过请于先生放心，我再回来肯定就把资金带回来交给你了。"

于右任说："这样也好。等你回来后，我约宋教仁、陈其美等人和你见面详谈。"

柏惠民没有料到他的决定，不但遭到了姚崇文的反对，就连刚上任的陆效康也表示了担忧。

柏惠民回到苏州住进柏园之后，就让伙计把姚崇文、陆效康请了过来。

姚崇文和陆效康刚坐下，柏惠民就说："我到上海后，见到了于右任先生，他创办的《民立报》虽然影响很大，发行量过万份，但因为资金紧张，无法扩大印量。我和于先生商量过了，准备把苏州分号今年的利润全部投资到《民立报》，你们二位以为如何？"

姚崇文听说柏惠民在上海见到了于右任，头嗡的一下就大了。当年，于右任为躲避朝廷通缉，在桥底柏家庄园避难三年多。如今柏惠民说的《民立报》办报思想激进，虽说迎合了许多人的思想，但朝廷对这份报纸也格外关注，弄不好会像于右任先前创办的《民呼日报》《民吁日报》一样遭到朝廷的查封。果真如此的话，把这么大一笔资金投资到《民立报》就等于打了水漂。

姚崇文见陆效康不吭声，他说："少东家，谨慎投资一直是陕商立足的根本，对于你把苏州分号全年利润八千大洋投资到于右任创办的《民立报》一事，我反对。"

柏惠民原以为姚崇文会像在洛阳、汉口一样支持自己的决定，没想到他一开口就表示反对。柏惠民盯着陆效康问："陆掌柜是啥想法？"

陆效康见东家问话，知道不表态不行了。他说："苏州离上海比较近，对上海革命党的活动，我也略知一二。于先生虽说是咱们乡党，本应该支持他办报纸，这也是陕商守望相助的传统。但我听说他是同盟会的骨干，一直干的是图谋推翻朝廷的忤逆之事，把苏州分号的利润投资到《民立报》很可能血本无归。我同意姚管家的意见，不同意投资《民立报》。同时我想提醒东家柏家是经商世家，与革命党打交道要慎重，弄不好就会落下大逆不道的罪名，弄得倾家荡产。"

柏惠民想不出更好的说辞劝说面前的二位支持他投资《民立报》，只好拿出东家的架势。他说：“我知道你们二位都是为我好，也是为柏家的商号着想，但是在投资《民立报》这件事上，我心意已决，你们就不要反对了。说到底，柏家的钱该咋花，花到啥地方，我还是有决定权的。”

姚崇文知道再反对于事无补，想到当年柏森托孤时的情景，他摇着头说：“东家已长大成人了，也用不着老朽再唠叨了。何去何从，全凭东家做主。马上就到年关了，我想回泾阳去，柏家庄园还有一摊子事需要人照顾。如果东家认为姚某不堪重用了，我就像赵掌柜一样辞职回家，含饴弄孙了。”

姚崇文的一番话，让柏惠民感到震惊。说实在的，他根本就没有撵走姚崇文的意思，也没想到自己的决定让姚崇文感到如此难堪。他知道这个在柏家辛苦操劳了三十多年的管家，是父亲特意留下来照顾柏家产业之人，如果为此事让姚崇文失落地离开柏家，自己的良心也过意不去。

柏惠民歉意地说：“姚管家，你和我父亲基本上是同辈之人，我历来对你都很尊敬，你也不能为了我投资《民立报》之事撂挑子不干吧？作为长辈，今后我还有许多事情有求于你，希望你能继续在柏家掌管财务，帮我料理柏家的商业事务。”

姚崇文说：“我在柏家充其量就是一个账房先生，谈不上掌管财务。既然说到了你父亲，咱就打开窗户说亮话，从今往后，柏家的钱该咋花你说了算，不用再问我了。”

柏惠民明白姚崇文一直以来对自己花钱有意见，尤其是在暗中支持于右任、井勿幕等人从事的反清活动方面很敏感。虽然他感觉到姚崇文对自己的身份有怀疑，但他义无反顾地要把支持革命党的事做到底，即使与姚崇文撕破脸皮也在所不惜。

柏惠民说：“姚管家，你动身回泾阳我没意见。这里有陆掌柜照料，估计不会有事。我在上海还要待上一段时间，家里的事就劳烦你和高管家多操心了。”

姚崇文站起身，没给柏惠民打招呼就走了。

当天晚上，陆效康专门拜访了即将启程回泾阳的姚崇文。

陆效康进屋坐下后，直接就问：“姚管家，东家的脾性一直就这么独断专行吗？”

姚崇文说："陆掌柜一直跟赵掌柜在苏州经商，对少东家知之甚少。自从老东家去世之后，少东家一门心思地结交各路朋友，对各地商号经营并不关心，还编造各种理由大把花钱，我怀疑他与革命党多有来往，要不然一些举动无法解释。"

陆效康说："东家年轻气盛，风流倜傥，乐善好施，不像是革命党呀。"

姚崇文说："于右任就是革命党，他能把八千大洋用来资助于右任，谁能说清他跟于右任是啥关系？陆掌柜，东家一向花钱如流水，我是怕我走之后，你就更为难了。"

陆效康说："我这个苏州分号掌柜说白了就是柏家一个伙计，肯定不能左右东家的行为。对于投资《民立报》的事，我们都见识过了东家的做派，还能咋样？"

姚崇文说："柏家早就今不如昔了，东家再这样折腾下去，柏家迟早会毁在他手里。"

陆效康说："姚管家，这也正是我的担忧之处。苏州分号上下几十号人，还有一个占地四十多亩地的柏园，一动弹就是花钱。今年上缴的利润肯定会被东家一文不剩地全部拿走，下来他再要钱，分号的生意就会受到影响，也会引起伙计们的抱怨。我今天来，就是希望姚管家能给指出一条明路。"

姚崇文说："我也没有好办法，你只能见机行事了。"

陆效康说："我就怕阻拦不了东家乱花钱，更怕他经常待在上海的十里洋场里，把苏州的家产踢踏光了。"

姚崇文听完陆效康的担忧，知道他不想落下经营不善的名声，就劝说道："陆掌柜，我们这些人只能是尽自己的本职，一切还要看东家的造化。现在局势动荡，生意难做，尽力而为吧。"

陆效康见问不出好主意，只好悻悻地告辞。

柏惠民如愿地拿到资金交给于右任，没想到几个月后全国的局势真的如热油锅里泼了一瓢冷水，到处都成了炸点。

# 第十一章　见教仁赞襄党务　抚学生保留火种

柏惠民把八千大洋如数交给于右任后，于右任对他竖起了大拇指。随后，在于右任的安排下，柏惠民见到了全国同盟会总会的骨干人物宋教仁、陈其美等人。

柏惠民是在民立报馆与宋教仁相见的。当时宋教仁刚回到上海，听于右任说陕西同盟会总揆之一的柏惠民想见他，就爽快地答应了。于右任随后又向宋教仁介绍了柏惠民对陕西同盟会资助及向民立报社捐款八千大洋的义举，更让宋教仁觉得此人不同寻常，大有相见恨晚之意。

柏惠民接到于右任安排他到民立报社总编室与宋教仁见面的电话后，感到很兴奋。他简单捯饬了一下，就兴冲冲地直奔民立报社。进屋后，他发现只有一位年纪约三十岁左右，穿着一身青色西装、留着八字胡的男子坐在沙发上看报纸，就知道此人是自己仰慕已久的宋教仁。

柏惠民恭敬地问："您就是宋教仁先生？"

宋教仁听到脚步声，刚放下手中的报纸，就听到了柏惠民的问候声。他抬头一看，面前站着一位二十岁出头的青年，笑着问："你是柏惠民？"

柏惠民说："我就是柏惠民。久仰宋先生大名，如雷贯耳，今日相见，足可聊慰平生了。"

宋教仁说："坐下说话吧。对你大力支持陕西同盟会的义举，于先生已经给我说过了。你看着年轻，没想到却有如此眼界，让我等钦佩啊！"

柏惠民不好意思地说："我也是同盟会中人，支持同盟会的武装起义，我自当义不容辞，全力以赴。"

宋教仁说："陕西地处内陆，消息相对闭塞，因为有了于右任、井勿幕等人的鼓与呼，才唤起了关中精英，凝聚了革命力量，为推翻清政府奠定了基础。惠民，同盟会的总纲领你是熟悉的，现在孙中山先生把他精炼为三民主义，更容易为革命同志接受，让大家看到了中华民国未来的希望。"

柏惠民的确对同盟会的总纲领比较熟悉，但对宋教仁所说的三民主义，还是第一次听说。他问："宋先生，我知道您毕业于日本东京政法大学，对西方宪政颇有研究。刚才您说孙先生把同盟会总纲精炼成了三民主义，不知有何新意？"

宋教仁说："三民主义简称为民族主义、民权主义、民生主义。这么说吧，驱除鞑虏、恢复中华被视为民族主义，就是反对满清专制和列强的侵略，打倒与帝国主义相勾结之军阀，求得国内各民族之平等，承认民族自决权；创立民国属民权主义，就是实行一般平民所共有的民主政治，防止欧美现行制度之流弊，人民有选举、罢免、创制、复决四权以管理政府，政府则有立法、司法、行政、考试、监察五权以治理国家。其核心就是强调直接民权与权能区分，亦即政府拥有治权，人民则拥有政权。平均地权是民生主义的实现方式，最重要的原则有两个，一为平均地权，实行耕者有其田，二为节制资本，私人不能操纵国计民生。"

柏惠民听完宋教仁的一番长谈，不住地点头，他说："果真如此的话，推翻清政府之后创立的民国政权在体制上就避免了独断专行，更有利于国计民生。"

宋教仁说："你说的没错。孙先生在展望民国政府时曾经说，通过三民主义的实施，能够使人能尽其才，地能尽其利，物能尽其用，货能畅其流，进而实现国富民强、天下为公的大同社会。"

柏惠民说："听宋先生这么一讲，我对实施三民主义的民国政府更有信心了。宋先生，近年来，南方各省份发动了六七次武装起义，但都失败了，而且牺牲了许多同盟会精英，不知道您对武装起义有何看法？"

宋教仁说："孙先生一直主张用武装起义推翻清政府，近十年来，同盟会先后发动了广州起义、惠州起义、黄冈起义、惠州七女湖起义、安庆起义、钦州起义、镇南关起义、钦廉上思起义、河口起义、马炮营起义、新军起义，这些武装起义全部失败了，主要领导者要么牺牲，要么流亡海外，损失惨重，让人痛惜。值得欣慰的是，近两年的武装起义中有新军参加，让武装起义推翻清政府有了更大的希望。”

柏惠民说：“陕西同盟会也在联络陕西新军，准备武装起义。宋先生，这么多次武装起义都失败了，您认为是啥原因？”

宋教仁说：“我认为推翻清政府有三策，上策京师起义，中策长江起义，下策边疆起义。你看上述武装起义，基本上都是采取的下策，很难成功。即使侥幸成功了，也不足以引起全国效仿，形成推波助澜之势。”

柏惠民觉得宋教仁的三策很有见地，他不明白既然有了上中下三策，为啥还总是采取下策，造成无谓的牺牲。他问：“宋先生，既然您能提出三策，肯定有办法了？”

宋教仁说：“实施三策之中的上策难度很大。京师现在基本上由袁世凯的北洋体系掌控，不可能主动发动武装起义。以我之见，只有采取中策，发动长江沿岸各省份起义才能一举成功。如果长江沿岸有一个省会城市武装起义成功，其他省份跟进，推翻清政府的可能性极大。”

柏惠民钦佩地说：“我不懂军事，但听了您的见解，还真有听君一席话，胜读十年书的感觉。在陕西时，我听过井勿幕的主张，他认为要一举推翻清政府，就必须实行中路突破、南北呼应的战略，并说得到了同盟会总会的认可。依我愚见，我认为您的三策和井勿幕的主张有异曲同工之妙。”

宋教仁点头说：“说实在的，井勿幕的主张，也是鉴于南方多次起义失败的惨痛教训。我不敢自夸，他的主张与我提出的三策，的确有异曲同工之处。中路突破、南北呼应就是把中策和下策有机结合起来了，这个主张确实有见地，也得到了同盟会总会的认同。”

柏惠民说：“既然达成了共识，就应该统一部署，争取一举成功，不再做无谓的牺牲。”

宋教仁笑着说：“武装起义事关身家性命，自然得考虑周密。惠民，既然你是陕西同盟会关中四大总揆之一，又因避嫌到了上海，就暂时留在上海同盟会总会机关吧，一来帮于右任创办报纸，二来咱们也好经常交流，你看如何？”

柏惠民高兴地说：“求之不得呀，这是好事，我乐意留在上海帮你们做事。”

宋教仁听完柏惠民的话,很高兴,随之脸上又露出了忧虑之色。

柏惠民猜不透宋教仁为何情绪急剧转变，还以为留他在上海是宋教仁的客套话,现在等他有了明确的答复,宋教仁就有了后悔之意。他问:“宋先生,您脸色不好看,该不会是为我的事吗？”

宋教仁说:“惠民,你多虑了。我是为黄兴他们准备进行第二次广州起义忧虑啊！”

柏惠民问:“黄兴准备在广州举行第二次武装起义？”

宋教仁说:“是的。广州地处偏远,属于边疆,这是我刚才说的下策,我担心黄兴他们仓促起义会失败呀！”

柏惠民说:“既然是下策,宋先生不能劝阻他们吗？”

宋教仁说:“广东虽是边疆,但却是全国富庶之地,交通便利,革命党人屡次想夺取广东,借此站稳脚跟,再图扩张。我听说孙先生最近在马来半岛的槟榔屿召集黄兴、赵声、胡汉民、谭人凤等同盟会主要骨干开会,公推黄兴为总司令,暗中从南洋筹措了二十多万资金,购置了枪支弹药,召集同盟会精英准备再次在广州起义,与清政府决一死战。这就叫箭在弦上,不得不发,我就是想劝阻,恐怕也劝阻不了了。”

柏惠民寻思，同盟会骨干中对武装起义也有分歧，难怪宋教仁满怀忧虑。他说:“那就保佑黄司令领导的第二次广州起义能够取得胜利吧。”

宋教仁说:“话虽如此,但我们还得做好善后事宜。”

柏惠民说:“我在上海事情不多，就把关注广州武装起义的事交给我吧。”

宋教仁点了点头。

翻过年就是宣统三年(1911),这年的三月十九日晚上,果然传来了第二次广州起义的消息。

当天夜里,民立报馆总编室里灯火通明,于右任、宋教仁、陈其美、柏惠民等人坐在一起,焦急地等待着广州方面的确切消息。

宋教仁看着大家心急如焚,叹息着说:“广州因为冯如试飞飞机的当日,温生财刺杀将军孚琦,粤督张鸣岐已把驻守城外的官兵全部调入城内,对各级衙门进行戒严,黄兴此时举事,凶多吉少啊。”

于右任说:“从广州同盟会给总会上报的情况看，黄兴在召集举事精英秘密开会决定起义时，赵声等人就说因为温生财之事，当下不便起事，建议先行分散人员，另做打算。黄兴却主张立即起事，并提出了三大理由，一是说我等密谋大举，不应存畏缩之心；二是说大军入城，有进无退，若半途而废，将失信用，愧对支持革命党的南洋华侨，后来难以做事；三是举事已蓄谋数年，惹起各国观瞻，若不战而退，恐被外人笑骂。我当时看了这三大理由，就觉得黄兴此次举事，有点急于成事，结局难料。"

陈其美与黄兴关系密切，现在听宋教仁、于右任对其领导第二次广州起义满怀忧虑和担心，就说："黄兴领导过几次武装起义，积累了经验，咱们就不必担忧了。事已至此，就等候结果吧。"

作为同盟会的最早创建者，宋教仁自然知道陈其美和黄兴的关系，也知道他们和孙中山的关系。第二次广州起义说白了是孙中山的主张，黄兴等人只不过是在贯彻落实而已。现在武装起义已经开始了，关注结果才是当下的重点。

宋教仁说："英士说的没错。但虽说黄兴积累了武装起义的经验，若在没有新军参与的情况下，仅仅依靠革命党人，无论是人数，还是装备，都不占优势。即使攻下了广州城的总督衙门，恐怕也守不住。"

几个人听了宋教仁的一番话，对广州起义的战事更加焦虑。

直到第二天下午，广州方面才传来消息，第二次广州起义失败了。此次起义，阵亡的著名首领有八十九人，其中有七十二人被埋葬在了黄花岗。黄兴、赵声、胡汉民等数人逃往香港，躲过了朝廷的追捕。

过了几天，不断有革命党人从广州流亡到了上海同盟会总会，他们除了叙说广州起义的英勇惨烈，就是痛哭流涕念叨那些已经逝去的英雄姓名。

于右任、宋教仁等人一看这情形，均感到从广州流亡到上海的这些革命同志不宜在上海久留，否则就会惹来更大的麻烦。

这天上午，柏惠民刚进了报社总编室，就看见于右任和宋教仁在小声商量啥事，弄得他进退两难。

于右任见柏惠民欲进又止，连忙招呼说："惠民，快进来，我跟宋先生正准备派人去找你哩。"

柏惠民刚坐下，宋教仁就说："惠民，第二次广州起义已经失败了，有不少革命同志流亡到了上海，这些同志不宜在上海久留，必须尽快让他们返回原籍。我刚才和于先生商量了一下，决定由你出面安排他们返回。还有一件麻烦事，就是上海各学校的青年学子，受广州起义的影响，纷纷退学，要求回原籍推进革命工作。这些青年学生虽是革命的火种，但他们平时就生活拮据，身无分文，很难顺利回到本省，还需要你资助才能成行啊。"

柏惠民听完宋教仁的话，觉得第二次广州起义一下子就牺牲了八十九名著名革命者，赫赫有名的林文、林觉民、林尹民等人都为革命捐躯了，他再捐献点资金有何不可。他说："于先生、宋先生，你们尽管放心，这点小事我还是能干好的。遗憾的是，明德去学炸弹制作了，如果他在，我们一起干，就能尽快安排广州回来的同志和青年学生返回原籍了。"

于右任说："你说得对，一个好汉三个帮嘛，让你一个人完成这件事，确实是勉为其难。这样，让同盟会总会徐朗西[①]带几个人协助你，你看咋样？"

柏惠民高兴地说："徐朗西是我三原高等学堂的学长，多年未见了，没想到能在上海见到他，更可喜的是还会和他一起共事。"

于右任说："我知道你和徐朗西熟悉，就和宋先生商议让他协助你安排流亡到上海的同志和青年学生返回原籍。这件事说起来简单，其实麻烦不少，当前总会没有资金来源，还需要你再次捐助。"

柏惠民说："没事，我尽快从苏州分号调集资金，保证让这些同志和学生尽快返回原籍。"

于右任说："为了方便你和徐朗西工作，我已经和《克复学报》的总编李瑞椿商量好了，你们的遣返工作就在克复学报社的办公地点进行。"

柏惠民问："于先生，你说的李瑞椿是否是泾阳人？"

于右任笑着说："没想到惠民年纪轻轻，知道的还不少。《克复学报》就是泾阳人李瑞椿、高铭新和革命党人童启曾、童冠英、段亚夫等人主办的。他们发表了许多文章，除撰文大谈古代英雄如何揭竿而起外，还在多篇文章的后面附了似口号又类似诗句的文字，字里行间，暗伏杀机，极具鼓动性。正因为

---

①徐朗西（1884—1961），字应庚，陕西省三原县人。14岁中秀才，曾在三原宏道大学堂就读，光绪三十一年（1905）私费赴日留学，专攻铁路专业。他追随孙中山，且与陈其美关系甚密，遂加入同盟会。1912年南京临时政府成立，任造币厂厂长。1918年参与七省靖国联军前锋指挥工作，孙中山亲书"天下为公"相赠。抗战爆发后，隐居上海，日伪多方利诱，不为所动，保全了民族气节。新中国成立后，参加了在北京召开的全国政协会议，此后一直担任上海市政协委员。1961年在上海逝世。

我们有着共同的理想,你去他们那里办理遣返工作,可以确保安全无虞。”

柏惠民说:“那就好。我和高铭新在我家花园的水榭亭开会时见过面,当时听说他在上海创办了一家刊物宣传新思想,没想到就是和李瑞春创办的《克复学报》。我这就去克复学报社找李瑞椿商量办公地点,有啥事情及时向你们汇报。”

宋教仁赞赏地说:“惠民虽然年轻,办事果断,是个难得的干才啊。”

柏惠民笑了笑,转身走了。

在克复学报社,刚和李瑞椿打过招呼,李瑞椿就着急地说:“惠民啊,总算把你盼来了。这几天报社陆陆续续来了不少人,已经弄得我们无法办公了。”

柏惠民说:“我也是刚听到于先生、宋先生的安排,就马上赶过来了。已经来的人在哪里?你带我去见他们。”

李瑞椿领着柏惠民走进一层一间比较大的办公室,就见里面或坐或站着几十号人,其中一个二十多岁的青年走过来双手抱拳,笑着说:“惠民,多年未见,你是越发英俊了啊!”

柏惠民仔细打量了一下与自己说话之人,依稀记得此人正是徐朗西。他笑着说:“没想到能在这里碰见徐兄,真是千里有缘一线牵啊。”

徐朗西说:“咱就别客套了,你来了就好,看这事咋办吧。”

柏惠民对着众人大声说:“大家少安毋躁,听我说。”

等大家安静后,柏惠民说:“请大家自觉排队,在徐先生处登记姓名、籍贯、所需资金,我会很快把资金发放到大家手里。拿到返回原籍的钱以后,请大家尽快离开上海,回去后与各省同盟会负责人联系。大家听清楚了没有?”

众人一直在为返回原籍的盘缠发愁,没想到这下来了一个财神爷,返程就有了希望。众人齐声说听清楚了。

徐朗西按照柏惠民的安排,忙活了大半天,才逐个登记完了拥挤在办公室的人员名单,随后把清单交给了柏惠民。

柏惠民一看清单,头脑有些发蒙。安排这些人返回原籍,最少需要上千大洋。他拿着清单正在犹豫,徐朗西问:“资金有着落吗?”

柏惠民说:“同盟会总会没钱,这些钱需要我筹集。”

徐朗西说:“如果是你筹集资金,你要有个心理准备。今天才刚开始登记，估计今后陆续还会有人来，这份清单上登记的资金远远不够啊。”

柏惠民说：“我知道。要不这样，我先筹集三千大洋，安排已经登记的人尽快返回，免得引起麻烦。随后的事咱们再想办法如何？”

徐朗西说：“就按你说的办。我去告诉大家，让他们耐心等待，没事不要外出。”

等徐朗西刚离开，柏惠民就来到了李瑞椿的总编室。

李瑞椿见柏惠民进了办公室，寒暄着说：“忙了大半天，够辛苦的了。你来这里有事吗？”

柏惠民说：“李先生，能否借一下你的电话？我给苏州分号陆掌柜打个电话，让他把盘缠给我汇过来。”

李瑞椿问：“总会没有资金吗？”

柏惠民说：“总会的机关刊物《民立报》办刊费用都紧张，去年年底我把苏州分号的全年利润八千大洋捐助给了于先生，才保证了《民立报》扩大印量。现在遣返这些革命同志和学生，需要我筹集资金。”

李瑞椿听完这话，心里咯噔了一下。他听说过柏家曾经是泾阳的首富，但这些年生意难做，上海一个五口之家每月生活有三十块大洋就可过活，没想到柏惠民一出手就是八千大洋。现在为了遣返革命同志，保留青年学生这些革命火种，柏惠民又得破费不少了。他担忧地说：“惠民，还是得想另外的办法，不能总在你的商号抽取资金，长此以往，商号因流动资金短缺会无法经营的。”

柏惠民说：“我知道。可眼下这道坎无论如何得过，先把这些同志和学生遣返回原籍，其他的事以后再想办法。”

李瑞椿赞同地说：“先办理当前的急事，回头咱们一起想办法。”

柏惠民打通陆效康的电话后，要他速给自己在上海的银行账户汇兑三千大洋，没想到陆效康并不同意。

陆效康在电话里说：“东家，苏州分号已经把去年的盈利全部上交了，现在刚过完年不久，分号已经开始进货，需要周转资金。您现在要求我给您汇兑三千大洋，苏州分号还咋经营？”

柏惠民说：“我不管你如何经营，今天必须把钱给我打过来。否则，耽误了我的事，我拿你是问。”

陆效康争辩道：“东家，您还讲理不讲理嘛。苏州分号现在也是等米下锅哩，您把流动资金都抽走了，我咋办？”

柏惠民说：“你咋办你自己想办法，我这里急需用钱。如果确实因为这笔钱影响了生意，我让姚管家年终时给你们酌情补偿。”

陆效康心想咋碰上了这样一个不懂商业经营的财东，不想办法挣钱，光知道张嘴要钱。他无奈地说：“既然东家这样说了，我这就安排人给您账号汇兑。”

柏惠民催促道：“赶紧让人办理，我这里等着用钱，已经火烧眉毛了。”

陆效康说：“知道了。”

等柏惠民放下电话，李瑞椿说：“惠民，干革命实际上就是在花钱，而且是花大笔的金钱。不管是武器装备、军人薪酬，还是活动经费、烈士抚恤，哪一样都离不开金钱开路。你这样下去不是办法，必须另谋出路，否则，就是你把苏州分号的家产折腾光了，也满足不了各项开支的需要啊。”

柏惠民当然知道这个道理，但眼下他除了向苏州分号伸手要资金，别无良方，于是他问：“李先生有何良策？”

李瑞椿说：“你来之前，我对流亡到这里的同志进行了初步了解，他们大多属于青海、宁夏、陕西、甘肃、河南五个省份的人，青年学生主要以陕西、甘肃、四川三个省份为主。我看不如由你牵头组织青海、宁夏、陕西、甘肃、河南五个省份的同乡会，倡导同乡会中人有钱出钱，无钱出力，这样既能减轻你的经济压力，也能结识到更多的同志。”

柏惠民觉得李瑞椿言之有理，就说：“李先生不愧是见多识广之人啊！你这个办法好，等我先安排好今天这些同志和学生返程后，就着手筹备建立同乡会事宜。”

送走滞留在克复学报社的流亡同志和青年学生后，柏惠民把准备筹建同乡会之事向于右任、宋教仁做了汇报。于、宋二人听完柏惠民的想法，都表示大力支持。

于右任说：“你的想法不错，值得赞赏。另外对青年学生，你要关注一下，没必要让他们全部返回原籍，对有潜质的学生，尽量挽留。将来创建了中华民国，国家也需要大量建设人才。”

宋教仁说：“惠民啊，你是商人，我看你可以利用你这个身份，多跟商会打交道，争取各地商会中同情革命党的富商大户捐钱捐物。还有一个办法，就是组织平民共济会，救助有困难的人员，这样做效果会更好。”

柏惠民说：“两位先生说的都有道理，我会立即着手开始筹建同乡会和平民共济会事宜。对了，能否让徐朗西继续给我帮忙？”

于右任说：“徐朗西目前在上海没有更重要的事情要办，我看可以继续帮你。”

宋教仁说：“必要时可以让赵菊樵、历树雄一起去帮你们。惠民啊，这次遣返革命同志和青年学生回原籍，你不但劳神费力，而且付出了大量资金，你的革命激情和为革命无私奉献的精神，乃是我等的楷模啊。”

柏惠民谦逊地说：“宋先生过誉了。为了革命成功，我早已把身家性命置之度外了，肯定不会在乎金钱的。再说了，总会现在资金紧张，也拿不出资金来安排革命同志和青年学生撤离，我刚好有这方面的能力，你们就不要客气了。我还有一个不成熟的想法，就是想在产业工人中提倡储蓄，这样就能积蓄更多的资金，方便工作急需时使用。”

宋教仁笑着说：“你不愧是经商世家出身呀，想的既周到又可行。如果你能把这几件事情做好，那对我们的革命工作就是功莫大焉。”

建立同乡会、组织平民救济会这两件事在徐朗西、赵菊樵、历树雄等人的协助下，很快取得了成效，唯有继续遣返青年学生让柏惠民感到了忧虑。

随着满怀革命激情的青年学生陆续返回原籍，一些正在上海各大学校读书的学生也坐不住了。柏惠民自忖这些青年学生虽有高昂的革命激情，但他们身体单薄，没有战斗经验，一旦上了战场，牺牲的可能性很大。考虑到创建中华民国之后，国家建设需要大批有知识、有文化之人，他就想把其中的优秀学生留下来，资助他们继续深造。

柏惠民把他的想法和徐朗西进行了交流。徐朗西说：“我知道你爱惜人才，在泾阳、三原开办的学校都是由你出资，甚至包办了学生的教材。听说于先生当年在日本留学也是由你资助的。我赞同你的想法，今后如有优秀学生返回原籍参加革命，你可以劝说他们，争取他们做长远打算，为国家建设出力。”

柏惠民说：“这个想法虽好，但我怕别人会说我们在削弱革命力量。”

徐朗西沉思了一下，说：“要不咱们一起去找于先生和宋先生，征求一下他们的意见。”

柏惠民说："大批学生返回原籍的高潮已经过去了，现在每天只有零星的学生来报社要求返回原籍参加革命，我看这件事已经刻不容缓了，再迟几天恐怕学生们都走光了。"

柏惠民和徐朗西赶到民立报社总编室时，恰好于右任、宋教仁都在。

柏惠民心怀忐忑地对于右任、宋教仁说出自己的想法后，于右任大笑着说："古人言，不谋全局者，不足谋一隅，不谋一世者，不可谋一时。惠民啊，还是你有眼光。此前，大批从广州流亡到上海的革命者亟须遣返，一些青年学生受到他们革命热情的激荡，纷纷退学返回原籍参加革命，我们当时是怕这些人聚集在上海出问题，就让你先行安排他们尽快离开，保存革命实力。现在，情况发生了变化，应该改变策略了。"

宋教仁说："我们现在倡导的革命是推翻清政府的专制统治，创建民主的中华民国。所谓革命，不只是破坏，只破坏不建设并不是我们的本意。你的想法倒是提醒了我，我们不但要善于破坏清政府的专制统治，还要善于建设民主的中华民国。要建设，肯定需要各方面的人才。就按照你说的办吧，善意地劝一些有志于求学的学生继续深造，好为中华民国的建设贡献聪明才智。"

柏惠民见面前的二位同盟会元老都同意自己的想法，高兴地说："青年学生是革命的火种。有了这些火种，就不怕烧不掉满清专制政府这座腐朽的王朝，更不怕建设不了民主的中华民国。"

这次谈话后不久，柏惠民和徐朗西就碰见了一位陕西榆林籍的青年学生田雄飞[①]。

这天上午，落落寡欢的田雄飞孑孓一人地走进了克复学报社，看到有两个青年人坐在办公桌后面阅读当天的报纸，他问："请问哪位是柏惠民先生？"

柏惠民听见问话声，抬头一看，面前站着一位与自己年龄相仿的学生模样的青年人，他明白这肯定又是一位准备返回原籍的学生了。从对方口音

①田雄飞（1888—？），字德三，陕西榆林人。日本早稻田大学毕业。1928年4月任陕西省政府委员兼建设厅厅长（1928.2—1928.11），在宋哲元前往河南攻打樊钟秀时代理陕西省政府主席（1928.5—1928.6）。

中,他隐隐觉得面前的青年学生可能是陕西人,于是说:“我就是柏惠民。请问这位同学是陕西人吗?”

田雄飞说:“我是陕西榆林人,在上海震旦大学读书。看到许多同学返回陕西参加革命,我也想回陕西去同他们一道进行革命。”

徐朗西见田雄飞说话口气不坚决,加上现在才来申请返程资金,他问:“田雄飞,你真的想返回陕西参加革命吗?”

田雄飞说:“我其实早就想和同学们一道返回陕西参加革命,我的老师劝说我留下来继续学业,这才拖到了现在。难道你们不再资助学生们返回原籍参加革命了吗?”

柏惠民说:“那倒不是,青年学生只要是返回原籍参加革命我们都资助。刚才你说你的老师劝你留下来继续学业,说明你在学业方面比较优秀。你能否告诉我实话,你真的想回陕西参加革命吗?”

田雄飞惴惴不安地说:“我也在返回和继续留下来之间犹豫哩。但是,在学校时我经常参加同学们举行的集会,已经引起了清廷鹰犬的注意,想留下来很困难。”

柏惠民问:“如果你想继续求学,到日本去咋样?”

田雄飞没料到柏惠民会这样说,但一想到家里没有能力让自己去日本留学,神情一下了黯淡了下来。他说:“我家境比较困难,能在上海读书,全家人也是在节衣缩食、省吃俭用,更不敢奢想能到日本去读书了。”

柏惠民说:“如果你真想去日本继续读书,我资助你咋样?”

柏惠民的话,让田雄飞感到吃惊。他与柏惠民素未谋面,不知道他的话是否可信。到日本求学除了学费,吃住都需要自费,几年下来,那就是一大笔开销。虽然他听说过滞留在上海的革命党人和陕西、甘肃、青海等省份的学生返回原籍都是柏惠民资助的路费,但到日本去深造,毕竟是几年的事情,不像现在给一次路费就可以打发了。想到此,他问:“柏先生,你真的愿意资助我去日本留学?”

徐朗西插言道:“柏先生曾经资助过于右任、井勿幕等人留学日本,也不在乎再资助你去日本留学了。只要你真心继续求学,将来为中华民国建设出力,柏先生肯定会大力支持你的。”

柏惠民说:“雄飞,你是何年出生的?要不然,咱们结义为兄弟,这样我全力资助你求学,你就放心了。”

田雄飞说:“我是光绪十四年六月出生的。”

柏惠民哈哈一笑,说道:“没想到咱们两个还是同年啊。论月份,我比你长,就妄称为兄,你为弟。我知道,在日本求学,需要不少资金。我看这样,我每年资助你二百大洋,直到你学成回国,你看咋样?”

田雄飞听说过在日本留学的费用,现在见柏惠民当面答应每年资助自己二百大洋,他激动地说:“小弟受此大恩,定当刻苦学习,将来好报效国家。”

徐朗西见状,笑着说:“当年在泾阳三原一带,都说安吴寡妇周莹是活财神,惠民今天的做派,无疑超过了周莹啊。”

柏惠民说:“雄飞兄弟乃是可造之材,不继续求学可惜了。再说资助好学上进的学子,也是我的一贯做法,徐兄就不要笑话我了。”

田雄飞去日本后不久,就写信告诉柏惠民说,他在日本见到了孙中山先生。孙中山听到柏惠民在上海捐资扩大《民立报》印刷,资助革命党人和青年学生返回原籍参加革命,组织同乡会,创办平民救济会,倡导产业工人积蓄等事迹后,对他大为赞赏,对人说“惠民年仅二十二岁,胆略过人,慷慨激昂,不惜牺牲”。孙中山欣慰之余,又写了“博爱”二字,让人转赠给柏惠民。

柏惠民没想到自己在上海的所作所为,竟然得到了孙中山先生的赞赏。

当他把这个消息告诉于右任时,于右任说:“孙先生的评价很恰当,是对你在上海赞襄[①]总会工作的肯定。对了,惠民,这几个月你一直在忙遣返学生、救济会等事情,很少关注报纸的发行情况。最近,《民立报》的发行量已经超过了两万份,民众对《民立报》很喜欢。”

柏惠民高兴地说:“那就好。还有啥好消息?”

于右任说:“好消息倒没有,可令人担忧的事却先来了。”

柏惠民不知道于右任为啥事担忧,于是问:“于先生也有担忧之事?”

于右任说:“清政府一直说要组阁,继而立宪。前两天,其公布的内阁名单中满族人有九名,其中七名是皇族,汉族只有四名,因此被人称为皇族内阁,一直热衷立宪的人对此大失所望,并有少数人参加了革命党。”

柏惠民说:“这是好事啊。现在的内阁不可能立宪,更不可能像西方国家一样实行立宪制。”

①赞襄:辅助,协助。

于右任说:“仅是内阁和立宪不足为虑，关键是邮传部大臣盛宣怀怂恿摄政王将广东、四川、湖北、湖南等地的商办铁路收为国有,然后再卖给英、法、德、美四国银行集团,据说清廷已经同意了。这件事如果实行,各省商民必然强烈反对,弄不好就成了各地起义的导火索。”

柏惠民笑着说:“这叫搬起石头砸自己的脚，自作自受。于先生,《民立报》何不趁此机会揭露清廷的鬼把戏,唤起民众,保护路权哩?”

于右任说:“我原先就说过清政府是伪立宪，这从公布的内阁成员名单中就可以看出来。现在清廷要把广东、湖南、四川等地的铁路收回国有,咱们就关注事态发展,及时揭露清廷卖国求荣、苟延残喘的真面目,号召商人罢市,学生罢学,争取各省民众支持。”

柏惠民说:“如果《民立报》率先报道,其他报纸跟进,不怕弄不出大动静。”

于右任手抚胡须哈哈大笑。

# 第十二章　保路权川民激愤　忙赈灾惠民捐款

以庆王奕劻为总理的内阁成立后，把原有机构进行了一番换汤不换药的改名，又增加了两个贝勒载洵、载涛分别管理海军部、军谘府。这二人不学无术，全仗着兄长载沣是摄政王占据了要职，一下子引起了各省谘议局联合上书，一致要求撤换总理，另行组阁。内阁面对各省谘议局雪片似飞来的奏折，最后不得不请示载沣。

总理奕劻拿着各省谘议局的奏折去请示摄政王载沣，载沣认为各省议员是蹬鼻子上脸，企图干预朝廷任命内阁各部门要员，如果此风不煞，自己以后在朝廷就威望扫地，说话无人听从照办。他果断说“用人是君主大权，议员不得干预”。

奕劻本来就无多少主见，听摄政王这么一讲，就把载沣的话原原本本向内阁成员进行了传达，不料载沣的话很快就传遍了全国，舆论界顿时热闹起来了。

于右任在《民立报》上率先发表了文辞犀利、慷慨激昂的文章，抨击朝廷立宪是假，加强封建专制统治是真，是名副其实的伪立宪。随着其他报纸的跟进，不管是各省谘议局议员，还是寄希望于朝廷立宪的各界人士，顿时对清政府丧失了信心。

已经昏了头的摄政王载沣，面对全国的民怨沸腾，竟然批准了邮传部大臣盛宣怀的奏章，将广东、四川、湖北、湖南等地的商办铁路收为国有，然后再卖给英、法、德、美四国银行集团。

消息传出后，激起了湘、鄂、粤、川等省人民的强烈反对，掀起了全国大规模的保路运动。

《民立报》刚揭露完朝廷伪立宪的嘴脸，随后又陆续报道了朝廷想把铁路收回国有，准备出售给四国银行集团的重大丑闻。

柏惠民看见《民立报》上连续报道湘、鄂、粤、川等省人民保护路权的新闻，就来到民立报社探听消息。

柏惠民进了总编室，恰好于右任、宋教仁、陈其美都在。于右任看见柏惠民来了，招呼他坐下，寒暄了几句，然后言归正传。

于右任说："现在全国各地掀起了保护路权的热潮，民情激愤，政局动荡，满清的专制政府快到风雨飘摇之际了。"

宋教仁说："前几次武装起义失败后，清廷以为江山稳固，有恃无恐，而革命党人愈加振奋，斗志更坚，这就是俗语说的愈挫愈勇。如果能趁此机会唤醒民众，不要对清廷的伪立宪抱有任何希望，就可以为举大事奠定基础。"

陈其美说："据说清廷已委任端方为全国铁路总办，协助盛宣怀办理粤汉川汉铁路有关事宜。端方其人阿谀奉承还行，具体办事能力欠缺。四省之中，四川闹得最凶，如果他去四川压制川民，可能会激起民变。湘、鄂、川三省位于长江流域，如果这三个省有一个省因民变举行武装起义，其他省份积极响应，就应了宋先生提出的中策，这样大事可成。"

柏惠民见几位同盟会总会首领都很关注保护铁路权之事，而且还想趁着长江流域三省民众激愤，政局动荡，准备武装起义，他感到如果趁着这个时候起义，比第二次广州起义的时机更好。他说："最近，除了四省保护铁路权民怨沸腾之外，听说陕西等地遭了水灾，亟须救济。"

于右任问："惠民，你说陕西也遭了水灾？"

柏惠民说："是的。我刚刚接到柏家姚管家委托人在西安给我发来的电报，他说泾河上游下了几天暴雨，造成下游两岸民众损失惨重，苦不堪言。于先生，这里没有啥要紧事的话，我准备回去赈灾啊。"

于右任说："你就别回去了。现在全国闹得这么凶，明德在上海学习制作炸弹技术也差不多了，我想让明德赶紧回去，到马栏铁矿制作炸弹，以备武装起义所需。你有啥事，交代给明德去办理就行了。"

柏惠民说："这样也行。明德和柏家两位管家都熟悉，办事精明可靠。为了稳妥起见，我写一封信让明德带给两个管家，这样就能确保赈济灾民了。”

宋教仁微笑着问：“惠民，上次你资助田雄飞去日本早稻田大学留学，徐朗西开玩笑说你是活财神，不知道此次赈济家乡民众水灾，你准备捐多少？”

柏惠民心里盘算了一下，既就是保证泾河流域泾阳境内的灾民，没有五千大洋的救济款，就无法保证他们最基本的生活。想到此，他回答说：“估计需要五千大洋。”

陈其美说：“惠民可真是个活财神啊！如果将来上海搞武装起义，惠民可不能吝啬啊。”

柏惠民说：“如陈先生有用得上惠民之处，惠民定当全力以赴支持，绝对不会吝啬。”

高明德临回陕西时，找到了柏惠民。

柏惠民早已把信件写好了，就等着高明德返回时带给高轩德、姚崇文两位管家。

高明德接过信件装进上衣口袋，然后欣慰地说：“我在上海这半年时间里，把制作各种炸弹的技术都学到手了，现在制作的炸弹比以前的威力更大。我也听说了你在上海的所作所为，真是我等的榜样。”

柏惠民说：“到了上海，各种消息较多，加上同盟会总会在上海，知道的事情就更多了，尤其是和于先生、宋先生接触多了，也明白了不少道理。不过，我就怕落下个你学会了技术，我学会了花钱的坏名声啊。”

高明德见柏惠民提起了花钱的事，就说：“平心而论，你花的每一笔钱都是在为革命做贡献，又没有乱花，你怕啥？”

柏惠民说：“上海这地方，十里洋场，灯红酒绿，要说花钱如流水一点不假。来上海这大半年，我已经把苏州分号的流动资金全部抽完了，导致他们的正常经营也举步维艰。今后再遇上亟须用钱之处，可能就要难为陆掌柜了。”

高明德问：“这半年你花了快两万大洋了吧？”

柏惠民说：“我没仔细算，估摸着已经超过两万大洋了。”

高明德点了点头说：“惠民，虽说上海现在鱼龙混杂，帮派林立，明争暗斗，被人称作是冒险家的乐园，但你做的所有事情，都是正经事。你想过没有，如果没有你的慷慨解囊，鼎力相助，流亡到上海的革命同志能顺利返回原籍继续革命吗？没有你劝说田雄飞等青年学生，并资助他们继续深造，可能将来的建设就会受到影响。正因为如此，孙中山先生才书写了'博爱'二字赠送给你，以嘉奖你所做的贡献。对于别人乱说，我看还是让他们说去吧。等将来革命成功了，中华民国不会忘记你的。"

柏惠民听完高明德的话，知道他说的是肺腑之言。至于革命成功，建立了中华民国，有人是否会记得他，就不是现在能讨论的了。他说："我为革命捐资，是出于心甘情愿，是为了推翻清王朝专制统治，不是为了浪得虚名。明德，咱们两个是发小，你应该明白我的心意。"

高明德说："我知道。人家浪得虚名是以欺骗为手段的，哪像你这样用真金白银换虚名的。"

柏惠民说："不扯这些淡话了。说正事吧，回到泾阳后，你把信件交给二位管家，让他们按照我的要求去做。如果有啥困难，你写信告知我。"

高明德说："没问题。我准备明天启程回陕西，如果要给勿幕捎话，请尽管说。"

柏惠民说："你也知道保路运动中四川民众闹得最凶，朝廷委派端方前去镇压。据于先生、宋先生、陈其美分析，如果再闹下去，很可能就会形成全国反对清王朝专制统治的高潮，此时举行武装起义，成功的可能性极大。勿幕曾经提出过武装起义要实行中路突破、南北呼应的战略，宋先生对此很赞同，并且宋先生提出的上中下三策中的中下两策，与勿幕提出的战略很吻合。你此次回陕西，一定要加快炸弹制作，多为武装起义准备弹药，争取早日实现勿幕提出的战略设想。如果还有啥需求，让勿幕写信或者电报告知我。"

高明德见柏惠民依旧慷慨，有继续资助陕西革命党的想法，钦佩地说："惠民，我听说陈其美称你为活财神，听了你一番分析和承诺，真是此言不假。武装起义，需要大量资金，非有实力者莫能为。有了充足的武器弹药，就会减少许多无谓的伤亡，起义的成功性就会增大。这些年，你屡次捐资资助陕西革命，无愧于活财神的赞誉啊！"

柏惠民说："我们当初的愿望就是推翻清王朝专制统治，建立中华民国。对此，我义不容辞地全力以赴，就是倾家荡产也在所不惜。我这个人的秉性，你是知道的，别人称我为活财神就算了，你千万不能跟他们一样称呼。还有，回到陕西后，尽可能不要渲染我在上海的所作所为，免得引起不必要的猜疑。"

高明德见柏惠民心思缜密，不愿意别人对他为革命捐资之事说三道四，就说："你放心，我除了告知匆幕你在上海的所作所为之外，绝对不会让二位管家知道。现在全国民众激愤，暗流涌动，朝廷在各地是鹰犬密布，风声鹤唳，如果你资助革命党的事传出去，后果不堪设想。"

柏惠民说："那就一言为定。"

高明德返回陕西后不久，四川民众为保护川汉铁路权的事就引起了全国轰动。

端方到汉口后，盛宣怀又怂恿摄政王令端方镇压四川民众，否则无法向四国银行集团交代，并许诺端方如果办好四川铁路之事，就罢免川督赵尔丰，让端方接任川督。端方一听朝廷令他查办四川铁路还有这等美事，就像打了鸡血一样，他向鄂督瑞澂借兵之后，准备入川。

朝廷要镇压四川民众的消息传出后，激起了四川民众的更大愤怒，各地纷纷组织保路同志会，以破约保路为宗旨，参加者以十万计。民众将各地电线捣毁，沿途设卡，断绝官府文书往来，一时间四川成了全国关注的焦点。

有一天，柏惠民来到民立报社总编室，见于右任正在审核新闻稿，就坐在一旁等候。

于右任审完稿件后，脸色凝重。他见柏惠民坐在沙发上一言不发，好奇地问："惠民，有啥事？"

柏惠民说："四川民众正闹得不可开交，安徽又发生了水灾，全国快要乱成一锅粥了。"

于右任说："从端方向瑞澂借兵开始，四川民众为了保护路权，向总督赵尔丰递交了自保商榷书，没想到赵尔丰说这些人想借助保护路权之名，实际上是谋逆。民众一时激愤，冲击了总督衙门，赵尔丰竟令卫队开枪，伤了不少人的性命。再这样下去，不知道要伤及多少无辜呀！"

柏惠民听完此番话，更感到担忧，怪不得于右任刚才审阅新闻稿并无喜悦之色。他说："四川民众几十万人群情振奋，誓死保护路权，这是好事呀！如果全国的民众都像四川民众一样觉悟，推翻清政府就有了希望。"

于右任说："话虽如此，但对大多数民众来说，难免会有性命之忧。对了，你咋知道安徽发生了水灾？"

柏惠民说："我在克复学报社就听说了，后来看了一下上海出版的各种报纸，上面都有安徽发生水灾的新闻。”

于右任说：“今年可谓是多灾多难啊！先是第二次广州起义失败，后来陕西、安徽又发生水灾，普通民众的日子就更艰难了。惠民，你此次来报社，不会只是和我说安徽水灾之事吧？”

柏惠民说：“前一阵为了陕西水灾的事，我让明德到我家支取五千大洋赈济泾河两岸的受灾民众。此次安徽水灾，我也想赈济。”

于右任喜道：“关注民众疾苦，不失为革命党人本色。朝廷现在贪腐成风，不管民众死活，我们想赈济民众，又苦无资金，真的是两难啊。你能如此慷慨，无愧于孙中山先生赠你的‘博爱’二字。”

柏惠民听到于右任的称赞，不好意思地说：“我刚给家乡民众捐完款，估计这次给安徽民众捐款赈济就拿不出多少钱了。”

于右任问：“你打算捐多少？”

柏惠民说：“可能只能捐三千大洋。就这儿点钱，还得需要我到苏州分号亲自去索取。”

于右任说：“你来上海快一年了，自己花费不说，光捐款就是一大笔。现在局势动荡，生意难做，恐怕苏州分号的利润也不足以支撑你这样花钱吧？”

柏惠民说：“还真让你说对了。现在上海是全国的经济中心，苏州的商贸早就不如以前了，每年所赚的利润有限，最多也就是一万大洋左右。前半年，为了遣返流亡到上海的革命同志，资助青年学生，我已经在苏州分号抽取了三千大洋，并且和陆效康闹得很不愉快。现在要向安徽灾民捐款，估计打电话要钱根本不可能，我得亲自去苏州，当面逼陆效康把钱给我。”

于右任见柏惠民铁了心要为安徽灾民捐款，颇为同情地说：“惠民，安徽受灾民众和陕西受灾民众一样，都是炎黄子孙，值得你这样去做。但你三番五次地从苏州分号抽取资金，难道不怕把苏州分号弄垮吗？”

柏惠民笑着说：“只要是办正事，就是把苏州分号弄垮我也在所不惜。”

于右任点点头，目光中满是嘉许。

陆效康得知柏惠民从上海返回了苏州，还以为泾河流域遭了水灾，东家要回陕西，顺道来苏州看一下。

第二天早上，柏惠民让柏园的护院到苏州分号去请陆效康，说是有要事相商。陆效康安排完当天的经营事务，就随着护院来到了柏园。

陆效康刚进屋坐下,柏惠民就问:“陆掌柜,近来分号的生意如何?”

陆效康愁眉苦脸地说:“今年的生意比不上往年了。东家,你说我刚接手苏州分号,咋就碰上了这么倒霉的事。最近朝廷要把铁路收回国有,粤汉铁路、川汉铁路无法顺利通行,就连陇海铁路、京汉铁路也受到了影响。现在进货比较困难,出货同样艰难,再这样下去,生意就没法做了。”

柏惠民说:“朝廷把铁路收回国有只是个幌子,其实是想把铁路经营权甚至产权都进行出卖,企图是在争取西方各国对朝廷的支持,维系其专制统治。此举,不但使国家利益受到损害,而且也影响到了全国各地商户正常经营,乃至普通民众出行。”

陆效康觉得在上海待了快一年的柏惠民,的确增长了不少见识。从他的谈话中,随口说出的就是国家层面的事情。在陆效康的人生经验中,他觉得作为一个商人,动辄以国家为念,未必是好事。自甲午海战失败以来,朝廷每次战争失败都向全国各地的富商大户摊派赔款,而陕商在为朝廷捐款方面尤为积极。庚子年间,慈禧皇太后和光绪皇帝西狩,一个安吴寡妇周莹就捐了三十多万两白银,获得过朝廷敕封的一品护国夫人封号。可是没过几年,昔日陕商中商号遍布十几个省的吴家各地商号就分崩离析了,人们谈起陕商的壮举,称之为毁家纾难。东家现在跟自己说这些事,莫不是也想跟朝廷攀亲,要走周莹的覆辙?

陆效康说:“生意难做是一个普遍问题,咱们也改变不了。东家,生意难做,花钱就更应该谨慎一些了。”

柏惠民没料到陆效康在不知不觉中就把话题转到了花钱上面,他明白这是陆效康在善意地提醒自己。他说:“我知道现在挣钱的难处,但有些钱是必须要花的。”

陆效康说:“陕西今年遭了水灾,泾河流域饿殍遍地,普通民众苦不堪言。面对灾情,朝廷不但不减免税赋,还变本加厉地盘剥百姓,按照乡党们的说法,朝廷是无年不加税。听说东家替朝廷在陕西赈灾,朝廷给了东家啥封号了没有?”

柏惠民不屑地说:“谁稀罕朝廷的封号?我是看着家乡民众恓惶,才让二位管家代表我赈济民众的。”

陆效康说:“东家一慷慨,我们的辛苦就打了水漂。”

柏惠民说:“陆掌柜,你这种说法要不得啊。我听出来了,你是怪我捐款

赈灾,为自己博得了个善人的名号,却让各地分号的伙计们寒了心对吧?”

陆效康讪笑着说:“柏家的钱财是柏家的,东家想咋样花,我等伙计无权干涉,何况我们已经得到了自己应得的一份。”

柏惠民说:“既然话说到了这个份上,我就明说了。我这次到苏州来,就是想在分号再拿走三千大洋的。陆掌柜,你看咋样?”

陆效康问:“东家不是刚从老家拿了五千大洋赈济泾河流域的灾民,咋又要钱?”

柏惠民说:“安徽也遭水灾了,我想在苏州分号拿三千大洋,赈济安徽灾民。”

陆效康听完这话,心里愣了一下。赈济泾河流域灾民是因为乡里乡亲的,还说得过去,这要赈济安徽灾民,不知道东家又是啥心思。他说:“灾民是朝廷的子民,赈济灾民,本来是朝廷应该做的。东家赈济泾河流域灾民,就是替朝廷做事,现在又要赈济安徽灾民,难道你真把自己当成了朝廷,要四处救灾?”

柏惠民说:“我虽然不是朝廷,但觉得有必要救济灾民。陆掌柜,我做点善事你不会反对吧?”

陆效康说:“苏州分号这些年生意一年不如一年,所赚利润也在逐年下降。既然东家不是朝廷,也不代表朝廷,就没必要屎巴牛[①]支桌子——硬撑着把辛苦赚来的钱财拿来赈济灾民。如果再从苏州分号抽取流动资金,无异于杀鸡取卵,自毁家业。”

柏惠民明白陆效康的良苦用心,他反问道:“那你说我该咋办?”

陆效康说:“不管生意做到何种份上,都应该明白自己是干啥的。不能因为家大业大,就替国家操心,把自己弄得像个钦差大臣,到处救火。这样下去,可能就是死路一条啊。”

柏惠民说:“陆掌柜,你说的没错。咱们虽是生意人,但我知道我是干啥的,更知道自己是半斤还是八两。”

陆效康虽说在苏州,但对上海发生的事并不陌生,尤其是柏惠民把八千大洋拿去给于右任创办《民立报》后,他对这份报纸就格外关注。从报纸上刊登的文章看,这份报纸很激进,经常揭露朝廷的贪腐及无能,有时还刊登一

---

①屎巴牛:关中方言,指屎壳郎。

些反对朝廷的敏感文章，他真有些担心东家会深陷其中，被朝廷当成了革命党。如果真是那样，不但柏家全家人有性命之忧，就连他们苏州分号这些伙计也难逃脱干系。

陆效康小声嘀咕道："东家不会是跟于右任接触多了，变成革命党了吧？"

柏惠民听完这话，心里暗吃一惊。为了打消陆效康对自己的猜疑，他说："陆掌柜，疑心生暗鬼，乱猜害死人。你今天这话就到此为止，今后千万不要乱说。现在，除了陕西、安徽发生了水灾，四川民众为了保护路权，闹得不可开交，朝廷已派端方前去镇压。在这个时候，咱们该小心谨慎才对，如果有人再捅出个我是革命党来，岂不是自找麻烦！"

陆效康长舒了一口气，说："只要你不是革命党，有些事就好办。"

柏惠民问："啥事好办，你是说从苏州分号拿钱去安徽赈灾吗？"

陆效康说："花钱事小，沾上革命党事就大了，弄不好就会丢了身家性命。"

柏惠民说："既然这样，就是陆掌柜同意我从苏州分号拿钱了？"

陆效康说："我说过，钱是东家的，您想咋花都行，只要不影响分号正常的经营。"

柏惠民笑着说："拿走了分号的流动资金，肯定会对正常经营造成影响。陆掌柜，我在上海还有要事要办，就麻烦你带上三千大洋到安徽去购买粮食赈济灾民，你看如何？"

陆效康没想到柏惠民会让他亲自去办赈济灾民这件事，就说："东家，我是苏州分号的掌柜，咋能轻易离开苏州？东家就是真想赈济安徽灾民，我让二掌柜亲自去，你看咋样？"

柏惠民说："这样也行。不过咱把丑话说到前头，赈济灾民如同救水火，关键就是一个快字，否则，人都死了，拿着钱粮去了又有何益？"

陆效康说："我明天就安排二掌柜带着几个伙计去安徽，这样总行吧。"

柏惠民赞同地点了点头，然后问："陆掌柜，我拿走这些钱之后，苏州分号会咋样？"

陆效康说："还能咋样？苏州分号不但完不成今年的经营任务，而且可能要亏空。没有了流动资金，进货、出货都会受到影响，这些简单的道理，东家您是知道的。"

柏惠民心里一沉，一想陆效康说得不无道理。才大半年时间，他已经从苏州分号抽取了一万多大洋，要说生意不受影响，鬼才相信。但是，对资金的去向，他尽量编造理由，力求做得冠冕堂皇。尽管如此，还是引起了陆效康的猜疑。

柏惠民问："陆掌柜，今后这生意该如何做啊？"

陆效康心想，东家把资金都快抽完了，还问生意咋做。他猛然间想起了前任赵掌柜反对柏惠民投资《民立报》时，柏惠民曾经说过的话，心里也萌生了退意。

陆效康有些无奈地说："俗话说巧妇难为无米之炊，陆某人无能，还是请东家另选高明吧。"

柏惠民没料到因为这次要钱的事，陆效康的反应这么强烈，竟然要撂挑子。再一想，就是让陆效康辞职，估计一时也难以找到合适人选。按照自己现在动辄就抽取分号流动资金这种做法，任何一个有经营头脑的人都会有意见。在陕商几百年的规矩中，尤其是鸦片战争之后，东家为了提高各地掌柜的积极性，不但给了掌柜可以自主经营的权力，而且还给了他们一定的股份，这些掌柜大多是对商号经营风险负有财产连带责任，被人称为领东掌柜或者带肚子掌柜。陆效康在分号资金使用上不能根据市场行情做主，而且收入也会受到影响，想辞职不干可以说是顺理成章。可柏惠民此时并不想让陆效康离开，不管咋说，自己刚来苏州，就接连让两个掌柜辞职，如果其他陕商知道，无论对谁，都会成为笑谈。

柏惠民说："生意难做，流动资金不足，你可以缩小经营范围，减少伙计。总之一句话，苏州分号这个柏家的百年老字号，不能说没就没了。"

陆效康为难地说："东家，陕商的规矩你是知道的，我不想多说了。作为掌柜，我没有资金方面的权力，又要承担全年经营利润的压力，还要对几十号伙计有个交代，我确实感到了啥叫有心杀贼，无力回天。我听说您在上海干了许多大事，您为啥不把聪明才智用在自家商号经营上来呢？"

柏惠民讪笑着说："我能在上海干什么大事？说实话，在上海我也只是个学徒，干的事都是于先生交代的。咱们不扯这些了，我恳请你留下来继续在苏州分号当好掌柜，至于今后咋发展，等我忙完这一阵，咱们一起好好商议如何？"

陆效康见柏惠民态度诚恳，也不想让人说自己无能，弄垮了柏家的苏州分号。他说:“东家,只有会挣钱的掌柜才能在人面前说得起话,要是只会花钱不会挣钱,是会被人唾骂的。”

柏惠民听完这话,觉得脸上发烫。陆效康的话,看似轻描淡写,其中却隐含着对自己的极大不满。他说:“陆掌柜,你明天派二掌柜去安徽赈灾,我想在苏州再待几天,好好想想今后该咋办。”

陆效康说:“东家年轻气盛,办事说一不二,但对商号经营之事确实要花点心思琢磨一下,否则,苏州分号不是你想的那样还能继续经营。”

柏惠民一听这话,心里有点着急了。难道因为自己在苏州分号不断抽取流动资金,就会毁了柏家自明代中期就设立的苏州分号?他有些吃惊地问:“陆掌柜,情况不会像你说的那么严重吧?”

陆效康说:“东家,苏州分号确实已经到了山穷水尽的地步了。流动资金不足,日常经营步履维艰,再这样下去,倒闭是迟早的事。”

柏惠民低下头,长时间不再说话。

从苏州返回上海后,柏惠民一直闷闷不乐。

李瑞椿见柏惠民情绪不高,坐在克复学报社里无精打采,还以为出了啥事情,他开玩笑地问:“惠民老弟,长时间在上海怕是寂寞了吧?”

柏惠民抬头看见李瑞椿正在打量着自己,赶紧说:“李先生,我柏惠民压根就不是喜欢风花雪月之人。要说有事吧,还真有点头疼事。”

李瑞椿说:“你现在已经把同乡商会组织起来了,也倡导产业工人积蓄,又成立了救济会,这些机构目前运转正常,你还有啥忧虑之事?”

柏惠民说:“人常说家家都有一本难念的经,经过这段时间,我才确实体会到了这句话的含义。李先生,我这次到苏州分号募集赈济安徽水灾的资金,才知道柏家的苏州分号面临着倒闭的可能。如果苏州分号倒闭了,我有何面目面对当年创业的列祖列宗呀!”

李瑞椿没想到柏惠民遇到了这样的难题,他问:“你说柏家的苏州分号要倒闭?”

柏惠民说:“我前几天去了苏州,分号陆掌柜曾当面给我说苏州分号经营困难,我起初还有些不相信,以为他是危言耸听,专门给我设下圈套,企图阻止我以后再从分号抽取资金。后来,我在苏州转了几天,才感到情况的确很严重。”

李瑞椿早就听说过柏家在苏州有分号，而且还有一座占地四十余亩地的柏园，没想到前几年还很风光的苏州分号，说要倒闭就要倒闭了。他问：“惠民，情况真的像你说的那样糟糕吗？”

柏惠民心情沉重地说：“的确如此。风雨飘摇中的清政府不断开放口岸，洋货大量进入中国市场，民族商业面临巨大的经营危机，不光是柏家的苏州分号，几乎所有的民族商号都受到了冲击。这一年来，我不断从苏州分号抽取资金，让商号经营雪上加霜，陆掌柜更是苦不堪言。这一次，我为了筹集安徽水灾救济款，专门到了苏州，陆掌柜见我又要拿走三千大洋赈济安徽灾民，当场就给我撂挑子，弄得我很难堪。如果这种局面再不改变，我担心苏州分号就要关门了。”

李瑞椿说：“你为革命屡次输资，确实解决了不少燃眉之急，但这样下去，也不是个事。陆掌柜是个见过世面的人，对商号经营也是行家里手，他对你的做法有意见但却无法改变，就想用撂挑子来解脱。对这件事，你是如何考虑的？”

柏惠民说：“我还能咋办？我恳请他继续留下来经营苏州分号，还说过了这一阵好好跟他商量分号经营问题。”

李瑞椿说：“惠民，可能你还不知道，四川民众为了保护路权，已经闹出了大动静。我刚才接到报社记者从荣县发回来的消息，说是荣县已经宣布独立，声明脱离清政府统治了。”

柏惠民吃惊地问：“真有这事？”

李瑞椿说：“这还有假？如果你觉得我们报社的记者可能故意夸大事实，可以到民立报社去核实。我相信，对四川民众保护路权之事，于先生也很关心，他肯定也派出了记者关注此事。”

柏惠民说：“果真如此的话，四川民众尤其是荣县的独立，就为武装起义开了头，这下有清政府的好戏看了。”

李瑞椿说：“同盟会首领中宋教仁、井勿幕一直希望中路突破、南北呼应，现在四川荣县独立了，听说朝廷不但让端方前去镇压，又派了前两广总督岑春煊前往四川，会同川督赵尔丰办理剿抚，据说岑春煊已到了汉口。从目前形势看，全国武装起义的时机快要来临了。武装起义如果在长江流域开始，你就无法跟陆掌柜商量苏州分号的经营了。”

柏惠民说：“我们革命党人一直在努力推翻清政府的专制统治，想建立中华民国。如果武装起义打响了,柏家的商号经营算个啥嘛。”

李瑞椿说:“还是你心大,凡事总想着大事。”

柏惠民笑着说:“只有心大了,自家的事情就小了。”

李瑞椿感慨地说:“是啊,心大了,事情就小了。惠民,你说四川暴动之后,咱们陕西会咋样?”

柏惠民说:“高明德回到陕西后,把上海的情况告诉给了勿幕,他自己也在加紧制作炸弹。我想,以勿幕的性格,绝对不甘为人后,陕西的革命党人也绝对不会是孬种。”

李瑞椿欣慰地说:“陕西的愣娃精神在史册上都有记载,我也相信,陕西革命党人一定会在推翻清政府这件大事上不会落后的。”

柏惠民说:“陕西的武装起义一旦打响,清政府一定不会甘心放弃西北,战争一定会很惨烈。我担心勿幕他们的武器弹药肯定消耗很大,我们在上海,要为他们想点办法。”

李瑞椿说:“战争表面上看打的是消耗,其实打的是人心所向和经济实力。我看这样,咱两个就不要在这里空谈了,一起去找于先生吧。”

柏惠民说:“好。咱们这就走。”

# 第十三章　张凤□光复西安　柏惠民毁家纾难

在民立报社的总编室，于右任对四川荣县声明独立，脱离清政府统治的消息，也是兴奋不已。

柏惠民和李瑞椿刚进总编室，于右任高兴地说："好消息啊，四川荣县独立了。"

李瑞椿说："看来咱们两家报社的记者从四川发回来的消息的确是真的了。于先生，荣县独立，是否意味着其他省份就会群起效仿？"

于右任说："有这个可能。四川民众保护路权演变成了荣县独立，可以说是出乎意料，接下来就看其他省份的反应了。依我看，朝廷先后派端方、岑春煊前往四川镇压民众，而这两个人现在都在汉口观望，朝廷肯定也得到了荣县独立的消息，以摄政王载沣的秉性，他岂能善罢甘休？他肯定会让鄂督瑞澂配合端方、岑春煊到四川进行镇压。这几个人中，瑞澂、端方能力有限，口碑也差，岑春煊曾任过两广总督，还算有些能力，但他却无实权，很难让瑞澂、端方听从他的调遣。我听说瑞澂为了向朝廷表功，在武汉三镇大肆抓捕革命党，闹得人心惶惶，鸡犬不宁，风声鹤唳。这几个因素堆积到一起，我看武昌很可能成为打响武装起义的地方。"

柏惠民见于右任分析得头头是道，赞同地说："于先生高见。荣县已经独立，武昌如果爆发武装起义，就跟匆幕提出的中路突破很吻合，下来就看如何进行南北呼应了。"

于右任说:“辛亥年注定不是平凡的一年，很可能会成为改变中国命运的一年。惠民,我听说你到苏州筹集了赈灾款,并派人到安徽赈济灾民了。”

柏惠民说:“是的。估计苏州分号的二掌柜现在已经到了安徽灾区了。”

于右任沉思了一下说:“凡做大事者,为事择人,为人择事,惠民可谓是知人善用啊！”

柏惠民不好意思地说:“于先生谬赞了！”

李瑞椿说:“惠民这次赈济安徽灾民,可真是有些作难了。”

于右任不知道啥事还能让柏惠民为难,就问:“惠民,咋回事？”

柏惠民见于右任追问事情缘由,就把自己到苏州分号要钱的事,原原本本地叙说了一遍。

于右任听完柏惠民的叙说，叹息着说:“以柏家商号的资金救济受灾民众,此事虽堪称赞,但不是长久之计。如果武昌爆发了武装起义,陕西的革命党再积极响应,届时资金消耗肯定很大,会远远超过惠民捐献的救济款,这可如何是好啊？”

柏惠民问:“于先生,我和李先生就是为此事来找你的。你说,一旦武昌爆发了武装起义,勿幕和张凤翙他们是否会积极响应？”

于右任说:“勿幕一直在谋求实现中路突破、南北呼应的战略,一旦武昌爆发了武装起义,陕西肯定会积极响应的。”

柏惠民说:“陕西是内陆省份,也是控制西北的战略要地,一旦勿幕和张凤翙响应武昌起义，朝廷肯定会派出大量军队围剿陕军。如果出现这种局面,现有的武器弹药肯定支撑不了多久,这可咋办？”

于右任说:“上海虽有不少外国商行在做军火生意,但没有钱,人家是不会把军火给咱们的。再说,就算是武昌爆发武装起义,陕西革命党随之跟进,全国的形势也未必明了,外国军火商肯定不会赊账。说白了,要想购买军火支持勿幕和张凤翙,必须得用钱说话。”

柏惠民说:“俗话说,晴带雨伞,饱带干粮。于先生,此事必须未雨绸缪,先打听好外国军火商的行情,做好准备。一旦陕西发生了武装起义,咱们就是想支持勿幕他们,心里就有数了。”

于右任说:“我来打听军火行情的事,你们就等着事态如何发展吧。”

一九一一年(清宣统三年,辛亥年)十月十日晚,驻扎在武昌的新军工程第八营中的革命党人打响了武昌起义的第一枪，随后驻守在武昌城外的辎重队、炮兵营、工程队的革命党人举火为号，发动了起义。起义军在总指挥蒋翊武、参谋长孙武、总理刘公的指挥下，于十二日光复汉阳和汉口，起义军控制武汉三镇之后，成立了军政府，推举黎元洪为都督，改国号为中华民国，并号召各省民众起义响应辛亥革命。

这几天一直在民立报社关注长江流域各省份动态的柏惠民听说武昌打响了武装起义的第一枪，感到格外兴奋。他急匆匆地走进总编室，看到于右任正在审核即将印刷的《民立报》号外。

于右任见柏惠民来了，激动地指着一首诗说："惠民，快来看，武昌起义成功的消息传来，真可谓是鼓舞人心啊！南友社的记者周实特地为此赋诗，你看这首诗写的如何？"

柏惠民接过报纸清样，只见清样上写道："昆仑顶上大声呼，共挽狂澜力不孤。起陆鱼龙鳞爪健，处堂燕雀梦魂苏。重重草木羞依附，莽莽荆榛待剪除。千万亿年重九日，自由花发好提壶。"

柏惠民小声念了一遍，大声说："好诗！尤其是'昆仑顶上大声呼，共挽狂澜力不孤'一句，可谓是道出了革命党人的心声。武昌起义成功了，中路突破就实现了，下来就看如何南北呼应了。"

于右任说："我想把武昌军政府发布的檄文和周实撰写的诗文一同用号外的形式刊印，尽快让上海的民众知道武昌起义成功的消息。"

柏惠民说："于先生搞革命宣传工作多年，早就是行家里手了，就按于先生说的办。这份号外一出，就会更加鼓舞人心，推动全国各省效仿的。"

于右任说："接下来就看咱陕西革命党人的行动了。"

柏惠民笑着说："值得期待。"

时间不长，于右任、柏惠民、李瑞椿等人终于盼来了陕西武装起义成功的消息。武昌起义成功的消息传遍全国后，陕西当局极为恐慌，对新军中的革命活动非常害怕，为了防止新军发动武装起义的情形重演，陕甘总督衙门下令把驻守在西安城的新军调往外县。一九一一年十月二十二日，陕西同盟会骨干井勿幕、钱鼎、万炳南等人联合陕西哥老会，趁陕西巡抚钱能训及各司、道，西安将军文瑞等人在早慈巷省谘议局开会之机，发动会党和新军中以张凤翙为首的革命党人同时起义，经过两天激战，光复了西安，时任陕西巡抚钱能训藏匿于老百姓家中，陕甘总督升允逃往甘肃，西安将军文瑞投井自杀。十月二十七日，起义军成立秦陇复汉军政府，推举张凤翙为都督。

随着陕西打响了辛亥革命的第二枪，湖南、广西、安徽、广州、福建、上海、山西等地相继独立。在武昌起义成功之后不到一个月的时间里，革命党领导的民军就占领了大半个中国，清政府一下子面临着土崩瓦解危局。

于右任得到陕西武装起义成功的消息后，异常兴奋，更为张凤翙、井勿幕等人的胆识和成功感到自豪。他拿着从陕西发回来的消息，兴奋地对柏惠民说："惠民，陕西革命党光复了西安，真是大快人心之事。刚好，报社收到了一个署名李叔同①的人写的一首《满江红》，我看这首词的气势与岳飞的《满江红》可媲美，应该刊登在报纸头版。"

柏惠民对岳飞的《满江红》可谓烂熟于心，对于右任所说李叔同写的《满江红》尚未阅读。他听于右任对李叔同的《满江红》极为赞赏，一时好奇心顿生。他说："于先生，能否把李叔同所写的《满江红》让我欣赏一下？"

于右任笑着说："你的猴脾气啥时候能改，一听说有好词，就想一睹为快。刚好这首词就在这里，你拿去看吧。"说完话，于右任从办公桌上拿起一张纸，递给了柏惠民。

柏惠民接过纸张，见上面用工整的小楷书写着《满江红》的词牌名，他不由得念出了声：

皎皎昆仑山顶月，有人长啸。看囊底宝刀如雪，恩仇多少！双手裂开鼷鼠胆，寸金铸出民权脑。算此生，不负是男儿，头颅好。荆轲墓，咸阳道；聂政死，尸骸暴。尽大江东去，余情还绕。魂魄化作精卫鸟，血花溅作红心草。看从今，一担好河山，英雄造！

等柏惠民小声念完之后，于右任笑着问道："惠民，你觉得这首词如何？可否与岳飞的《满江红》相提并论？"

柏惠民钦佩地说："这首词立意高远，气贯长虹，确实是难得的佳作。尤其是最后一句'看从今，一担好河山，英雄造'，真可谓画龙点睛啊。"

于右任说："这就叫时势造英雄。有了这篇佳作，报纸就有了灵魂。"

①李叔同（1880—1942），又名李息霜、李岸、李良，谱名文涛，幼名广侯，字息霜，别号漱筒。著名音乐家、美术教育家、书法家、戏剧活动家，是中国话剧开拓者之一。从日本留学归国后，担任过教师、编辑之职，后剃度为僧，法名演音，号弘一，晚号晚晴老人，被后人尊称为弘一法师。

滿江紅

皎〻昆侖山頂月有人長嘯看囊底寶刀如雪恩仇多少雙手裂開鼷鼠膽寸金鑄出民權腦算此生不負是男兒頭顱好荊軻墓咸陽道聶政死尸骸暴盡去大江東余情還繞魂魄化作精衛鳥血花濺作紅心草看從今一担江山英雄造

柏惠民见于右任兴致很高,但一想到朝廷在调动军队围剿陕西革命军,就担心地说:“于先生,听说朝廷不愿意放弃西北重镇西安,已经加大了对陕西革命军的围剿,这个消息准确吗?”

于右任说:“武昌起义成功后,摄政王载沣重新启用了死对头袁世凯,让他统领段祺瑞、冯国璋、萨镇冰等人围剿黎元洪率领的湖北民军,陕西的情况更不容乐观。”

柏惠民急于想知道陕西的情况,他问:“于先生能否详细说一下情况?”

于右任说:“西安光复之后,打乱了清廷想凭借陕甘做基地向南方反扑的美梦,因此敕令陕甘总督升允一定要剿灭陕西的革命军,确保大西北的安定。升允认为革命军趁他开会之机,光复了西安,让他丢了西北重镇,感到颜面尽丧,也铆足了劲要与革命军较量一番。现在,河南的豫军与革命军激战于潼关,升允率领的甘回军已进至长武,气焰极其嚣张,一场血战在所难免。我刚刚听说,钱鼎率部增援潼关时,已在渭南为革命捐躯了,井勿幕正率部东援山西民军,与清军鏖战于运城。”

柏惠民听说钱鼎已经捐躯了,井勿幕正在山西运城与清军鏖战,心情一下子变得沉重起来,刚才的喜悦也随之烟消云散。他忧心地说:“陕军面对东西两路夹攻,形势确实不容乐观。让我担忧的是,陕军本来武器弹药就不充足,搞突然袭击可以,打这场持久战,武器弹药缺乏就成了致命的短板。我估计,张凤翙和勿幕不久就会向于先生求援的。”

于右任说:“我也为此担忧啊。”

柏惠民说:“上次于先生说要打听外国军火商行情的事,不知道情况如何?”

于右任说:“西方列强的军火商纯粹就是以赚钱为目的的,他们巴不得全国打得越乱越好。问题是,他们都不愿意赊账,这就难办了。”

柏惠民听完这话,也十分郁闷。军火商把出售军火当成了做生意,本来就无可厚非。现在,全国大多数省份宣布独立,清廷肯定不会善罢甘休,关键是清廷有财政支持,现在还是外国列强承认的合法政府,因此想得到列强的军火比革命军要容易得多。一想到井勿幕等人为了保证革命成功的火种不被朝廷的军队粗暴地熄灭,正在浴血奋战,他就觉得一阵阵揪心的痛。

于右任见柏惠民不说话,继续说:“这场革命来势凶猛,波及了大半个中国,从武装起义这个角度讲,革命党取得了令人瞩目的成就,但要捍卫初步胜利的成果，还需要同志们做出巨大的牺牲。这个牺牲，不但包括身家性命，也包括资金乃至家产。”

柏惠民说：“道理大家都懂，关键是要有行动。现在，上海光复了，陈其美当了总督，据说军费十分紧张。陕西革命军正在与升允鏖战，肯定需要支援。俗话说，一文钱难倒英雄汉，我看革命党现在遇到的问题就是英雄无钱的困境。”

于右任忽然想起了柏惠民曾对陈其美说过的话，于是问道：“惠民，我记得你曾经对陈其美说如果他有需要可以向你开口，不知道你还记得吗？”

柏惠民说：“当然记得了。说实话，我没料到革命形势发展如此之快，更没想到陕西革命军正在遭受升允率领的陕甘回军围剿。现在，宋先生到武昌帮助黎元洪抵御袁世凯率领的清军，他们也有实力打这场战争，可以暂且不管。仅就上海和陕西而言，无论从感情上还是大局方面，不管是勿幕，还是陈其美，都应该支持。”

于右任说：“你上次为安徽赈灾之事，已经和苏州分号陆掌柜闹得很难堪，再说现在的苏州分号肯定也拿不出资金来了。你想支持陕军，最好是为他们购买武器弹药，可钱在哪里呀？”

柏惠民说：“容我考虑一下，然后再答复。于先生，如果在上海购买武器弹药，你有把握吗？”

于右任说：“我有渠道可以购买到，只要资金到位，军火商保证随时提供各种武器弹药。”

柏惠民说：“我先回去考虑如何筹集资金，你落实武器弹药采购渠道。一旦张凤翙或者勿幕有求援电报，你打电话告知我。”

柏惠民回到旅馆，犯起了熬煎。柏家虽说在汉口、苏州、四川、兰州等地开设有商号，但现在汉口战事正酣，想从汉口和四川分号获取资金基本上就是做梦。陕西当下正在打仗，要想从兰州和陕西获取资金也无异于登天。想来想去，唯一能获取资金的就是苏州分号。可苏州分号经过几次抽取流动资金之后，已经面临着巨大困难，这可咋办？

柏惠民一想到苏州分号，心里就觉得特别难受。自明代中期开始，柏家祖上就在江南贩布，每年在贩布这项生意上赚取的银钱至少在十万两以上。在来苏州分号的船上，管家姚崇文曾经给几个随同的伙计讲过柏家当年在苏州的辉煌,可惜的是,如今的柏家除了在柏家弄的陕西会馆附近有一座占地四十亩的柏园还保留着昔日的容貌,分号经营已面临绝境。在这种情况下,要想获取资金支持陈其美和陕军,只有出售柏园和商号了。

这个念头刚在柏惠民的脑海里一闪现,他顿觉浑身都在打战,头上也冒出了冷汗。在柏家几百年的商业经营中,只有不断购进地产,不断扩张各地分号,还没有一个后代不管何种原因出售祖上留下来的家产的,难道为了支持革命,就从自己开始要变卖家产了吗?现在全国各地都在反抗清政府的武力镇压,能否最终建立中华民国,谁都无法保证,在这种局面混沌的情况下,出售祖上家产和苏州分号值得吗?

柏惠民脑海里思考着这些问题,翻来覆去无法入睡,一直在为卖和不卖苏州柏园和分号纠结。

黎明的曙光洒在窗户上时,柏惠民终于下定了决心,用苏州柏园和分号做抵押,全力以赴支持陕军和陈其美。

过了几天,果然从陕西传来了消息。井勿幕在山西运城一带击败清军进攻后,已经率军渡过黄河返回了陕西渭北一带。升允率领的西路甘回军前锋已到乾县附近,直逼咸阳,并发誓要夺回西安,张凤翙四处调集陕军,亲临前线指挥,现在双方一直在咸阳附近激战,死伤惨重,陕军急需补充武器弹药。

于右任接到告急电报后,立即给柏惠民打电话。在电话中,于右任只是简短的一句话:“惠民,你火速到总编室来,有要事相商。”

柏惠民放下电话,出门叫了一辆黄包车,他让车夫加快速度,用最短的时间赶到民立报社。

柏惠民急匆匆地跨进总编室,见于右任正在总编室来回走动,满脸的忧愁。

柏惠民问:“于先生,有啥要紧事?”

于右任说:“像此前咱们估计的一样,陕西的战事极其惨烈,并且开始了拉锯战。陕军及由关中刀客组成的敢死队多以杂色土枪、大刀、长矛乃至铡刀与敌军作战,伤亡惨重,许多同盟会的首领已经为革命捐躯。井勿幕和张凤翙联名发来电报,请求支援。惠民啊,虽说武昌起义成功后,改国号为中华民国,但实际情况是并没有形成国家,并没有组织政府。现在起义的省份各自为战,都很艰难,更无法统一号令。井勿幕和张凤翙此时联名发电报希望上海支援，我们拿啥支援他们呀？”

柏惠民听出了事态的严重。拉锯战不但人员伤亡惨重，武器弹药消耗也大。升允这个满族重臣、陕甘总督，是铁杆的保皇派，他为了挣回面子肯定会不惜一切代价的。这样打下去，张凤翙和井勿幕不告急才怪哩。

柏惠民问：“不知道于先生联系的军火商咋样了？如果有钱，他们能保证军火供应吗？”

于右任知道柏惠民现在已经山穷水尽了，见他如此问话，狐疑地说：“我已经联系好了军火商，但苦于咱们手中无钱啊。”

柏惠民说：“钱的事情我来解决。你说要购买一万支枪，十万发子弹需要多少钱？”

于右任还没来得及回答柏惠民的问题，李瑞椿就跨进了总编室。他刚好听到了柏惠民的话，吃惊地问：“惠民，一万支枪，十万发子弹那可是天价啊，你有那么多资金？”

柏惠民说：“说实话，我没有那么多现钱。”

于右任瞪了柏惠民一眼，说：“惠民，现在陕西的战事正酣，每天都有大量伤亡和消耗，你没现钱开啥玩笑。”

柏惠民明白于右任心里着急，就说：“我虽然没有现钱，但可以用苏州柏家弄的柏园和苏州分号做抵押。”

李瑞椿说：“苏州柏园是柏家几百年积攒下来的产业，你难道真的为了陕西革命抵押祖上产业呀！现在战事正酣，形势不明，你就不怕血本无归吗？”

柏惠民说：“历来干大事者，有几人不是在豪赌？虽说现在形势尚不分明，但能有现在这样的结果，也是多少革命同志不惜流血牺牲才换来的。为了祖上的家产，让同志们再继续抛头颅、洒热血，我于心不忍。于先生、李先生，我已做出了用苏州柏园和分号资产作抵押购买枪支弹药的决定，希望能得到你们的支持。”

于右任见柏惠民心意已决，还是担忧地说：“惠民，你这样不计后果的决定固然可赞，但你想到没有，这样做会落下骂名的。”

柏惠民说：“我为推翻清王朝专制政府，屡次捐款，毫不在乎自己的名利得失。当此关键之时，更应该为了革命成功，就是倾家荡产也在所不惜。”

李瑞椿说：“上次为了给安徽灾民捐款，你和陆掌柜几乎撕破了脸皮。现在你要用柏园和分号资产做抵押，不但会让陆掌柜和几十号伙计失业，也会使柏家在苏州的产业荡然无存的。听我一句劝，此事还是应该慎重为好。”

柏惠民说：“我知道事情的严重性，但我不在乎别人咋议论。”

于右任劝说道：“即便如此，你也应该回到苏州之后，与陆掌柜他们商量一下，做好妥善安置事宜。虽说现在全国各地到处闹革命，但你的身份还没有完全暴露，做好他们的工作，就不会伤及无辜，更不会波及你的家人。”

柏惠民点点头说：“我这就动身回苏州，收集现有的房契、地契，盘点分号的所有货物，对它们进行估价抵押。等办完这些事情，我把资金带回上海，请于先生提前联系军火商吧。”

于右任、李瑞椿见柏惠民已经铁了心，只好表示赞同。

于右任说：“你放心回苏州，等资金到位，我保证军火会及时运回陕西。”

柏惠民在回苏州的路上，也在担忧陆效康他们对他决策的反应。

回到苏州，刚住进柏园，柏惠民就让护院去请陆效康，他在柏园的二堂里一边等候陆效康，一边琢磨着咋跟陆效康提起此事。

陆效康听说柏惠民回来了，就预感到没啥好事。最近这一个多月，全国各地都有革命党在造反，朝廷派兵四处镇压，不但生意没法做，有些商家的店面不是遭到炮火的摧毁，就是受到散兵游勇的洗劫，损失惨重，苦不堪言。柏惠民上次回来要钱赈济安徽灾民，他以辞职要挟，最终也没阻挡住他拿走钱。现在全国乱成了一锅粥，每天都有人员伤亡，财产损失，他在这档口回来，不知是来安慰分号伙计，还是继续要钱。

眼看着柏园就到了，他索性也不多想了，就想看一下柏惠民到底是啥打算。

进了二堂客厅，柏惠民正低着头在客厅转悠。

陆效康问：“东家回来了，有啥要事叫我过来呀？”

柏惠民刚才已经听到了陆效康的脚步声，他故意继续转悠，是想给陆效康一种压力。现在，他见陆效康先开了口，就说：“请陆掌柜坐下说话。”

陆效康坐下后，柏惠民亲自给他倒了一杯茶水，这才说：“今天把陆掌柜请来，确实是有要事相商。你肯定也知道最近全国各地都爆发了革命党的武装起义，四处都在打仗，生意估计也无法做了吧？”

陆效康喝了一口茶水，回应道：“东家所言的革命党武装起义，其实就是造反。有人要造反,朝廷肯定会派兵征剿,历朝历代都是一样。可惜的是,造反者和朝廷打得不亦乐乎,商家和老百姓就遭了祸殃。正如东家所言,这生意还真没法做了。"

柏惠民问:"以陆掌柜之见,苏州分号该何去何从?"

陆效康苦笑着说:"局势动荡,战祸四起,当下只有关门观望,减少损失,等局势稳定后再说吧。"

柏惠民说:"不管是起义,还是造反,最终都是经济实力的较量。郑观应在《盛世危言》中说'稽古之世,民以农为本;越今之时,国以商为本'。以当下局势而论,打仗离不开金钱,金钱离不开商人,没有商人倾力支持革命党,估计这场战争很快就能分出胜负。"

陆效康问:"听东家的意思,是想支持革命党吗?"

柏惠民说:"我正有此意,不知陆掌柜意下如何?"

陆效康说:"我知道陕西也在造反,听说战况惨烈,升允的甘回军和陕军互有胜负,正在进行拉锯战。不过话说回来,苏州分号现在举步维艰,已经没有现金可用了。东家想支持陕军与升允的甘回军继续作战,拿啥支持?"

柏惠民说:"这就是我找你来要商量的大事。"

陆效康清楚苏州分号的状况,一时间猜不透柏惠民葫芦里到底装的啥药,他疑惑地问:"莫非东家准备卖了苏州分号和柏园?"

柏惠民说:"你说的没错。我就是想把柏园和苏州分号的房产、土地和货物全部抵押,兑换成现金,然后在上海购买枪支弹药,支持陕军继续和升允的甘回军作战。"

陆效康闻听此言,大吃一惊。他急不择言地说:"东家,您该不会是脑子进水了吧?"

柏惠民知道陆效康会极力反对此事,没料到他竟然说出了这样刻薄的话。他说:"陆掌柜,你知道我这个人喜欢结交朋友,现在陕军中的许多首领都是我的朋友。秦陇复汉军大统领张凤翙,副大统领钱鼎、万炳南,北路宣慰安抚使井勿幕,军政府高等顾问郭希仁,敢死军统领曹印侯,这些人哪一个不是我的莫逆之交?现在钱鼎已经为革命捐躯了,其他人正在与升允率领的甘回军浴血奋战,我再不支援他们,可能还会有更大的伤亡。古语说,为朋友两肋插刀在所不惜,我还会顾及苏州的家产吗?"

陆效康说:"您知道这样做是在败家吗?说得好听,用苏州所有房产、土地和商号做抵押，您能保证将来能赎回来吗？我不知道您这样做，到底是为了啥？”

柏惠民脸色沉重地说：“我当然知道自己在为啥了。为了支持陕西的革命军，为了求得天下太平，我豁出去了。陆掌柜，也许你会说我是在沽名钓誉，但你也知道，自古英雄豪杰，绝无名利之心。”

陆效康说：“您一不为名，二不为利，这样做，不但毁了柏家几百年的老字号，让伙计们失业，而且会落下骂名的。”

柏惠民说：“我知道这样做的后果，也不在乎别人咋样评说。你去把柏园的地契、房产和分号的所有资产登记造册，看能抵押多少现金。”

陆效康见柏惠民死心塌地地要抵押苏州的所有资产，而且已无毫无回旋余地，只好说：“作为商人，我走过许多码头，见过各种各样的人，说过许多废话，像您这样年轻气盛、率性而为，不听人劝的，是我平生见到的第一个。既然东家一条道走到黑，不怕别人说闲话，我这个聘用的掌柜也无话可说。我保证您说的话不会让第三人知道，但是我就想问一句，东家抵押了苏州的房地产之后，如何安置分号的伙计们？”

柏惠民原先只想尽快拿到现钱回上海购买武器弹药，没料到陆效康当面提出了分号伙计安置之事。他一时无法驳斥陆效康的要求，只好说：“分号被抵押后，伙计们自然得安排妥当，最起码让他们生活无忧。我看这样，你先清算一下资产，我保证拿出一部分现钱让你遣散伙计们。”

两天后，柏惠民带着遣散伙计后剩余的现钱返回了上海。

于右任见柏惠民手提着黑色皮包，急匆匆地冲进了报社总编室，赶紧让他坐下，又给他倒了一杯茶水，这才问：“都办妥当了？”

柏惠民喝了一口水，说：“我把苏州柏园和分号所有资产抵押了，也把陆掌柜和伙计们遣散了，现在只剩下不到十八万大洋，全部拿回来了。”

于右任像不认识似的打量着柏惠民，再次问道：“你真的把苏州的家产全部抵押了？”

柏惠民平静地说：“这还有假？我把现金支票都带回上海来了。柏家的事情你多少知道一些，不把苏州的家产进行抵押，我哪里有这么多现金，难道我会去抢劫不成？”

于右任说：“你抵押了苏州的家产，就是革命成功了，中华民国政府给你赔偿,你也没有恢复家产的可能了。你此举,当真是为了革命毁家纾资啊!”

柏惠民说:“我对这件事情的结果有预判。现在苏州的家产已经抵押了,现金支票已经带来了,咱就说购买军火的事吧。”

于右任问:“你准备把这笔钱全部购买军火?”

柏惠民忽然想起了自己对陈其美的承诺, 就说:“从这笔钱中拿出一万大洋支持陈其美,其他的钱全部购买军火运回陕西,支持陕军抵御升允的甘回清军,确保陕西革命的胜利果实。”

于右任赞同地说:“陈其美要知道你抵押了苏州家产支持他领导的上海新军,还不知道有多高兴哩。这样,我马上联系军火商,落实购买军火的事。”

第二天上午,于右任打电话让柏惠民到报社总编室去一趟。柏惠民放下电话,猜到于右任已经把购买军火之事落实到位了。

柏惠民兴冲冲地快步走进总编室, 看见陈其美正在和于右任小声地议论着啥事。他高兴地说:“恭喜陈都督啊!上海现在有了你在进行军事管制,我等就无性命之忧了。”

陈其美听见柏惠民的声音,刚转过身,柏惠民正好走到自己面前。他说:“感谢惠民慷慨解囊,帮了我的大忙了。”

柏惠民说:“陕商素来有吐一口唾沫砸出一个坑的传统, 我虽然称不上合格的陕商,但说过的话向来算数。因为陕军正在和升允率领的甘回清军作战,急需武器弹药,我就只能资助你一万大洋了。”

陈其美双手抱拳,对柏惠民表示感谢。紧接着说:“惠民为革命不惜毁家纾资,精神难能可贵。我等再不努力,就辜负了惠民一片赤诚之心。”

柏惠民说:“都是为了革命,咱就别客气了。于先生,武器弹药之事落实的咋样了?”

于右任说:“按照你的要求,全部资金可购置一万支枪,十万发子弹,外加四门大炮,你看如何?”

柏惠民一听还能购置四门大炮,喜出望外。他激动地说:“陕军能有大炮更好呀,这样就更能打击升允那老贼的嚣张气焰了。于先生,这些武器弹药和大炮能顺利运回陕西吗?啥时候能起运?”

于右任笑着说:“看把你急的。现在革命军在全国不少省份与清军展开激战,但还没有哪一家敢得罪洋人。河南现在尚没有光复,陇海铁路还可以利用。我打电话叫你来，就是等你在银行支票上签字确认，把钱转给军火商之后，由军火商以洋人的名义运往陕西，你看咋样？”

柏惠民高兴地说：“这样最好，避免了许多麻烦，也能及时把军火和大炮运回陕西。”

于右任说：“陕西现在天寒地冻，大雪盈尺，革命军和甘回清军正在浴血奋战，武器弹药缺乏，战况空前惨烈。这批武器弹药一旦运回陕西，对革命军鼓舞士气、凝聚人心肯定会起到意想不到的作用，更能打击甘回清军的斗志。我们就等着陕西革命军的好消息吧。”

陈其美说：“清廷派袁世凯到湖北督战，听说袁世凯也在观望，在前线并不卖力，这对武昌的革命军是好事。袁世凯本就是立宪派，又受到过摄政王载沣的排挤打压，这次出山在湖北作战，听说他要改剿为抚，易战为和，战事可能不会太激烈。升允是朝廷的铁杆保皇派，肯定会为了夺回西北重镇西安不遗余力，死拼烂打，不计后果。由此看来，陕西的战事可能会成为革命以来最惨烈的战事。如果陕西光复的胜利果实能够确保，大事可成，建立中华民国指日可待。”

于右任说：“但愿如此。我相信，不管是张凤翙，还是井勿幕，陕西革命军绝对不是怂包软蛋，绝对不会把大好形势拱手让给升允。”

柏惠民说：“袁世凯这种做法对湖北新军有利，宋教仁等人就没了性命之忧。我就盼着陕西战事早日结束，天下太平。”

宋教仁虽说没有在武昌保卫战中受伤，但却在接下来的国事中被人暗杀殒命，留下了民国初年的一段悬案。

## 第十四章　宋教仁遇刺身亡　柏惠民悲痛迷茫

袁世凯在湖北与黎元洪没有达成议和协议，就接到了清廷的电报，让他回京城组织内阁。袁世凯返回京城后才得知，清廷一直焦急地盼着他能力挽狂澜，拯救危局，已经任命他为内阁总理了。

袁世凯立马组织了内阁，选用了王士珍、萨镇冰、唐绍仪等人担任内阁成员，并委派唐绍仪做代表南下议和。唐绍仪奉命到汉口之后，经过与黎元洪协商，只达成了双方暂时停战的协议，其他事宜让唐绍仪到上海去商议。黎元洪之所以没有擅作主张，皆因此时孙中山已从海外归来，刚到上海。唐绍仪到上海后，上海各界代表公推伍廷芳为外交总长，主持议和事宜。双方代表在英租界市政厅议论了半天，伍廷芳提出了四点要求，一是清帝退位，二是改行民主政体，三是给清帝年金，四是量恤旗民。唐绍仪对此无法表态，只好将议和情况如实上报内阁总理袁世凯。

再说孙中山是同盟会的发起者，在革命党人中享有崇高威望，他从海外回来，上海的革命党人自然是欢呼雀跃，异常兴奋。

孙中山到上海过了两三天，各省代表就召开了选举大会，选举孙中山为大总统，黎元洪为副总统，代表们齐声欢呼中华共和万岁，并将此消息通电全国。辛亥年十一月十三日，即公元一九一二年一月一日，孙中山在上海组织了中华临时政府，建号中华民国。随后，孙中山赴南京上任，并宣读了临时大总统誓词，接受了大总统印。南京政府成立后，公布了陆军、海军、司法、财政、外交、内务、教育、实业、交通九大部门总长、次长名单，于右任出任交通次长。

南京政府成立，军民欢声雷动，但清廷对伍廷芳提出的四点议和条件始终没有达成统一意见，责成内阁总理袁世凯全权办理。

南京政府与清廷还在为政体之事扯皮之际，袁世凯为了获取更大利益，就四处发电报，命令陕西、山西、安徽等地的清军四方牵制革命军，大有强攻之势。一时间，陕西的战事又发生了变化。

此时的陕西天寒地冻，北风凛冽，大雪纷飞，张凤翙指挥的陕军与升允率领的十多万甘回清军在乾县、礼泉一带激战正酣。听到中华民国政府已在南京成立的消息后，张凤翙、井勿幕、郭希仁、万炳南等人一起商议，他们觉得陕甘毗连，汉回杂居，这场战争持续越久，伤亡越大，彼此之间的仇恨就会越深，将来要想联合则更加困难。商量来商量去，还是觉得与升允议和休战对双方都有利。

张凤翙说："南方各省现在已停战，等待南北双方达成共识，建立统一的民主共和国，这是人心向背，大势所趋。遗憾的是我这位师长并不肯善罢甘休，一直企图收复西安，为他效忠的朝廷不惜军民性命，为自己挣回颜面。"

井勿幕知道当年张凤翙中举时，升允刚任陕甘总督，论起来两个人还有师生情谊。现在，这个当年升允推荐去日本士官学校留学的学生率领革命党造反，逼得老师逃亡甘肃，受到了朝廷的严斥，颜面无存，故此一直与陕军作战。他说："我同意张都督的意见，不管如何，还是要找人去清军大营与升允议和，让他认清形势，双方休战罢兵。"

万炳南说："派人去找升允议和，此前我们也做过，可惜议和不成，反倒让雷坤山丢了性命。这事如今想起来，还让人胆战心惊，不寒而栗。"

万炳南说的是此前张凤翙曾派雷坤山为代表去乾县清兵大营找升允议和罢兵，结果升允不但不同意休战罢兵，而且残忍地杀害了雷坤山，并把他大卸八块，扔在了双方的阵地前沿。张凤翙等人见升允铁了心要和陕军决一死战，这才无奈地继续与之战斗。现在南北双方正在议和，况且南京政府明确提出了要废除帝制，这就为重新议和罢兵带来了契机。

万炳南提到雷坤山的惨死，众人唏嘘不已，深感悲伤，一时无语。恰在此时，郭希仁的秘书进来了，他悄声对郭希仁说了几句话就退了出去。

郭希仁见众人都在打量自己，就说："刚才秘书进来说，清政府已经下达了清帝退位诏书。”

井勿幕惊喜道:“这是天大的好事呀。清帝退位了,升允还在为谁而战?张总督,议和罢兵正当时呀!”

张凤翙说:“升允痛恨革命党人造反,尤其是我这个他当年的学生领头造反。上次派雷坤山去谈休战罢兵之事,如今想起来还是有点不妥。雷坤山是革命党人,升允恨不得食其肉、寝其皮,故此做出了如此残忍之举。这次如果要派人前去议和罢兵,必须另选关中名人,最好是与革命党没有瓜葛之人,才有可能促成此事。”

众人都觉得张凤翙言之有理,几个人又商量了一番,最后决定让郭希仁请蓝田牛梦周[1]和兴平张晓山[2]、张衡山[3]兄弟一起去劝升允休战罢兵。

郭希仁说:“牛梦周与张都督当年同时中举,是名满关中的关学大儒,与升允也有师生情谊。张晓山、张衡山昆仲和牛梦周也颇有来往,而且这几个人与升允关系不错,向来被升允敬重。这次请他们三人出山,估计大事可成。”

张凤翙说:“这三人都以苍生为念,不忍心生灵涂炭,应该不会推辞的。”

郭希仁说:“我这就去请他们,你们就等着好消息吧。”

三天后,三位学究打扮之人出现在了礼泉县十八里铺的清军大营门口。守卫大门的清军见来了几位穿着棉袍、戴着瓜皮帽的中年男子,厉声喝道:“站住!什么人敢闯总督大人军营?”

牛梦周率先说:“军爷,请你前去禀告总督大人,就说总督大人的故旧蓝

---

①牛梦周(1867—1937),名牛兆濂,字梦周,号蓝川,陕西蓝田人,清末关中大儒。光绪十年(1884)肄业于关中书院,补廪膳生员,并被聘为塾师,曾讲学于蓝田芸阁书院、三原清麓书院,后人尊称为蓝川先生。辛亥革命后以遗民自居,后积极倡导抗日,1937年卢沟桥事变爆发后不久病逝。著有《吕氏遗书辑略》4卷、《芸阁礼记传》16卷、《近思录类编》14卷等,曾主纂《续修蓝田县志》。

②张晓山(1851—1931),名张元际,字晓山,号仁斋。清末西安府兴平县庄头村人(今兴平市庄头镇庄头村),政治文化世家出身,清末贡生,国子监学正。热心地方志编纂,编有《兴平县志》及《兴平县乡土志》各一部四卷,曾参与编纂《重修兴平县志》一部八卷。终生不涉官场,不慕荣利,讲学著书,乡人称贤。

③张衡山(1863—1955),名张元勋,字衡山,清末举人,清末西安府兴平县庄头村人(今兴平市庄头镇庄头村),张元际之弟。致力于理学研究,著有《地球浅说》《原道》《格物测算》《太阳质疑》《新正气歌》等,计50余册120卷。

田牛梦周，兴平张晓山、张衡山昆仲前来拜访。”

卫兵一听开口说话者自称与总督大人是故旧，生怕耽误了事吃罪不起，说了声稍等，然后一溜烟跑进了军营。

时间不长，卫兵回到军营大门口，对三个人说：“总督大人有请。”说完话，就在前面带路，一直把牛梦周等三人领进了升允的中军大帐。

1912 年 2 月 12 日，宣统皇帝溥仪在北京颁布了退位诏书，第二天，升允就看到了退位诏书的全文，气得他把诏书摔在了地上。

随升允指挥作战的副将仔细看过诏书，问道：“总督大人，皇上退位了，又下令让袁世凯组织临时共和政府，我们该咋办？”

升允气哼哼地说：“我本来想率领甘回军夺回西安，剿灭乱党，然后整顿兵马，进攻湖北。现在皇上颁布了退位诏书，我们还真不知道为谁而战了？”

升允和副将正在苦恼之际，卫兵进来报告说牛梦周、张晓山、张衡山前来拜访，升允就猜到了他们来的目的。

牛梦周等人进了大帐，升允一身戎装坐在帅位上，面色清癯，眼泛寒光，直看得三人浑身不自在。

升允说：“梦周，你也有胆和晓山、衡山一同进我的中军大帐？难道你们不怕会步雷坤山的后尘？”

牛梦周说：“学生来看望老师，哪有敢不敢之说？我们几位本来是以著书立说、倡导关学为主的，眼看着老师率领十几万甘回清军与张凤翙率领的陕军苦战几个月，闹得关中西北部满目疮痍，村为废墟，民众流离失所，苦不堪言，我等实在是于心不忍啊。”

升允说：“关学四句中就有为生民立命之说，我不怪你。我率军与乱军作战，完全是按照朝廷的旨意，誓死要剿灭乱党，保境安民，还天下太平。”

张晓山说：“总督大人，现在宣统皇帝已宣布退位，朝廷也不存在了，您在为谁而战？这场战争持续了几个月，双方伤亡惨重，疲惫不堪，您难道还要继续打下去吗？”

张衡山接着说：“总督大人，您说要剿灭乱党，现在全国各地都是乱党，您以一己之力剿灭得了吗？大厦将倾，您虽有心但也是独木难支呀！您要还一个天下太平，还不如就此休战罢兵，最起码陕西就太平了。”

升允苦笑着说：“几位先生言之有理。今皇上退位，无君可事，我真不知道在为谁而战了。看在苍天百姓的面子上，你们回去告诉张凤翙，双方就此议和罢兵。”说完，先是仰天长啸，随之号啕大哭。

对于升允为何疯狂进攻陕西军政府之事，他后来在《自述》中是这样说的：“我本察汗一老胡，云龙际会来燕都。深受国恩历七代，休戚与共无相渝。自读儒书服儒服，渐忘边外牛羊牧。美食鲜衣日不足，非复北来古风俗。单于犹是有君臣，中华乃为化外人。王者迹熄匹夫责，吾欲藉此明彝伦。呜呼，礼乐征伐自天子，春秋之作岂得已。” 1931 年 9 月 20 日，升允病故于天津，时年 73 岁。

历时五个多月的陕西军政府保卫战结束的消息传到上海，柏惠民终于在煎熬中长舒了一口气。

此时，孙中山已辞去了中华民国临时大总统之职，袁世凯在北京宣誓就任中华民国第二任大总统，并把首都放在了北京。在随后由唐绍仪组织的国务院之中，柏惠民在上海交往颇多、情谊深厚的宋教仁出任农林总长，陈其美出任工商总长。柏惠民从报纸上看到袁世凯任命的唐绍仪内阁成员名单，不禁为宋教仁、陈其美感到高兴。

世事难料，柏惠民的兴奋劲还没过去，宋教仁就辞职不干了。

柏惠民在上海见到宋教仁已经是民国二年三月初了。老朋友久别重逢，自然是无话不说。

柏惠民和宋教仁寒暄过后，对他辞去农林总长一事感到难以理解。他想中华民国已然成立了，正好为国家建设出力，宋教仁却辞职不干了，百思不得其解，他问：“宋先生，国家百废待兴，正是用人之际，不知先生为啥辞职不干了？”

宋教仁叹了一口气，说道：“同盟会原本就是由各帮派组织在一起的联盟，革命成功后，每个人想法不一样，就分化成了国民党、共和党、民主党、统一党等政党，各自为了利益争论不休。自从袁世凯当了大总统之后，出台了一系列诏令，模仿外国立宪的方法，现在国会议员中多半是国民党的人，而袁世凯一直很忌惮国民党，就借机为难国民党人。我对法律也算是个内行吧，曾担任过法制院院长，编写过临时政府的约法，看了袁世凯颁布的诏令，就知道他另有企图。我于是从政党入手，把共和党、统一党的党员拉进同盟会，改组了国民党，并被推选为理事长。我想着国民党已经基本成型了，就想归隐山林，孝敬老母，没想到其他党员多次发电报邀请我回北京维持党务，盛情难却，我在上海滞留几天，然后准备北上。”

柏惠民第一次听说政党之争竟然如此激烈，他担心宋教仁能否实现自己的抱负，就问：“宋先生此次北上，肯定是胸有成竹了？”

宋教仁微笑着说：“唐绍仪的内阁倒闭之后，陆徵祥组织了新内阁，满清的遗老遗少们以为机会来了，大多蠢蠢欲动，大有死灰复燃的迹象。我不能看着革命的胜利果实落在这帮人手里。兄弟说我胸有成竹，实在不敢当。前一阵，我和已经辞职的范源濂在杭州游玩了几天，作了一首五言诗，我念给你听听。”

柏惠民说：“求之不得，愿闻其详。”

宋教仁随后吟诵道：“日出雪蹬滑，山枯叶林空。徐寻屈曲径，竟上最高峰。村市沈云底，江帆走树中。海门潮正涌，我欲挽强弓。”

柏惠民听完宋教仁的五言诗，钦佩地说：“好诗！尤其是最后一句‘海门潮正涌，我欲挽强弓’，让我见识了你的雄心壮志，你面对乱局关心国家大事的气魄更是让我刮目相看啊。”

两个人正在谈论这首五言诗之际，于右任来了。

于右任刚进门就听见柏惠民对宋教仁的五言诗大加赞赏，笑着说：“难得二位有此雅兴，在这里讨论起诗词了。”

宋教仁说：“刚才跟惠民谈论了一会政局，他问我对政局的看法，我就随口把在杭州作的一首五言诗念给他听，没想到惠民对最后一句格外欣赏，就彼此谈论了一番。于先生前来，莫非也是为了当前政局之事？”

于右任说：“我在南京临时政府担任了几天交通次长，随后孙先生辞去临时大总统之职，袁世凯在北京继任大总统，我就回到了上海。现在唐绍仪内阁已经倒闭，陆徵祥又组织了新内阁，不知宋先生对当前政局有何看法？”

宋教仁说：“现在国会即将正式成立，所有纷争的关键有三点，就是总统问题、宪法问题、地方问题。于先生也知道，此前唐绍仪内阁被人称之为混合内阁，现在陆徵祥内阁被人称之为超然内阁，这两个内阁，皆不足以承担大任，他们对蒙古之事迟迟拿不出意见，在内政方面更不堪问，只想维持现状。我倡议将同盟会改组为国民党，就是想组织政党内阁，制定宪法，对社会进行改良，对国家进行全面建设，达成实现三民主义的革命初衷。”

于右任说：“依我愚见，孙先生以为袁世凯逼清帝退位，是对革命做出了贡献，就把中华民国大总统之职拱手相让，这是个失误。现在袁世凯掌控了大权，不断颁布诏令，限制国会权力，宋先生想组织政党内阁，对大总统权力进行限制，恐怕难以做到啊。”

柏惠民插言道：“大争之时，必然要有人出来力挽狂澜。宋先生有雄才大略，当为实现三民主义的初衷不懈奋斗。”

于右任说：“两届内阁，啥都没干，却把南京临时政府确定的九大部门改成了十二个部门，有些人为了争权夺利，当官发财，斗得头破血流，对国家大事经常是只有议论没有结论，甚至因政见不同、言语不和大打出手。这种乱象，可真应了一句老话，天下熙熙皆为利来，天下攘攘皆为利往。长此下去，如何得了？”

宋教仁激动地说：“正因为有此乱象，我辈更应努力改正。对了，惠民，现在革命成功了，国家也在用人之际，你有啥想法？”

柏惠民听到于右任和宋教仁对国家政局的谈论，感到现在的国家由清廷重臣袁世凯当家，国家乱象丛生，自己如果从政，肯定难以应对。想到此前他对陆效康说过的话，他说：“宋先生，我在抵押苏州房产支持陕军抵御升允率领的甘回清军时，曾对苏州分号陆掌柜说过，自古英雄豪杰，绝无名利之心。现在，宋先生问我的想法，我就告知二位先生，惠民支持革命，纯粹是发自内心，绝无想当官发财的愿望，也不想涉足政界。我虽不是英雄豪杰，但也自立约法三章：一是绝不做官；二是不谋私利；三是不图名声。”

宋教仁听完柏惠民的话，点头说道：“好一个自立约法三章啊！”

于右任说：“惠民的做法值得钦佩。据说陕军当中曹印侯等人也归隐山林了，就连井勿幕也交出了兵权。自古以来，能够功成身退之人少之又少，惠民这是在效仿前贤哩。”

柏惠民谦逊地说：“于先生这是在打我的脸哩。岁月在流逝，我也在成长。以我的性格，不适合做一个政客。我认为名利场其实就是个大染缸。一般人都知道好利之害，对好名之害知之不多，依我看，好名之害比好利更甚。好利之害轻而易见，人人皆能权衡。好名之害细而难知，非有智慧者难以辨别。曹印侯、井勿幕都归隐了，我就更无资格步入官场了。”

宋教仁说：“人各有志，不能强求，用陕西话说叫强扭的瓜不甜。于先生，惠民为陕军购买军火可谓毁家纾难，你看能否让陕西军政府给惠民补偿一下。”

于右任说：“惠民能在革命形势混沌未明之际，破釜沉舟地毁家输资，这在全国商人之中也是凤毛麟角。我会与陕西军政府沟通，让陕西军政府给惠民补偿。遗憾的是，就是拿到补偿，惠民也无法赎回苏州柏家弄的柏园和苏州分号的资产了。”

柏惠民说：“陕西军政府现在也是焦头烂额，为抚恤革命烈士忙得不可开交。说实话，我当初决定抵押柏园和苏州分号，就没想到过补偿。现在革命成功了，让陕西军政府酌情办理吧。”

宋教仁说：“还是惠民度量大，所有事情都不以自己利益为念，值得我等学习啊！”

柏惠民说：“古人说，凡做大事者，为事择人，为人择事。我是用出钱的方式跟着你们做了一件大事，帮助革命党人推翻了清王朝专制统治。现在国家政体初定，我又无政治智慧，加上很早就有约法三章的想法，从此就不再参与政治之事了。”

宋教仁说：“南京党支部邀请我去一趟南京，给党员们谈一下治国方略。等我从南京回来后，咱们再一起继续畅谈，同时我也想听一下于先生对治国理政的高见。”

于右任说：“你改组国民党居功至伟，如果能成功组织政党内阁，实现三民主义就有了希望，我等翘首期盼。”

宋教仁在南京受到了总督程德全和江南国民党支部的热烈欢迎，在三月九日江南党支部三千多人参加的会议上，宋教仁发表了慷慨激昂的讲话，有记录员随后将讲话内容传递给各大报纸，引起了强烈反响。

柏惠民以为宋教仁还要在南京待上一段时间，最起码要整顿江南党支部，没料到几天后宋教仁就返回了上海。对宋教仁如此急匆匆地返回，柏惠民大为不解。

柏惠民赶到宋教仁所住的客栈时，原同盟会主要人物于右任、黄兴、陈其美都在。看见柏惠民进门，大家对他客气地让座。

柏惠民坐下后，就听宋教仁说：“在南京几天，忙得不亦乐乎，不是演讲，就是座谈。尤其是各大报纸上刊登了我在南京党支部党员大会上的讲话后，袁世凯总统发来电报，邀请我到北京商议政事。我在上海待几天，然后准备北上，看能否组成政党内阁。”

黄兴在北京与袁世凯打过交道，深知其人狡诈异常，如今听宋教仁还想组织政党内阁，他担心地说："袁世凯其人老谋深算，城府很深，经常把各色人等玩弄于股掌之上，对他的邀请，你不得不防。"

陈其美说："国会中国民党占据大多数，已经引起了袁世凯的警觉和反感。你在重组国民党之后，又要组成政党内阁。这样的内阁，国民党肯定会占绝对多数，袁世凯岂能坐等受内阁制约？"

于右任说："各大报纸刊登了你在南京党支部党员大会上的讲话之后，有人撰文指出，你是在抨击时政，指责袁世凯政府。依我之见，你此次北上一定要考虑周详。"

宋教仁说："孙先生辞去临时大总统之后，心情郁闷地去了海外，我等国民党人再不努力争取，岂不辜负了当初革命的初衷？我准备在上海待几天继续演讲，造成声势，然后再去北京与袁世凯协商，如果能组成政党内阁，实现三民主义就有了希望。"

众人见宋教仁全部心思都是以国事为重，丝毫不考虑自身的安危，都替他捏了一把汗。

三月三十日上午，宋教仁在住所给柏惠民打电话说，他准备当天晚上坐火车北上，希望能在火车站与柏惠民见上一面，聊作告别。柏惠民知道宋教仁现在忙于政事，每天都有不少政客围在他身边，就是到他的住所，也难有单独说话的机会。宋教仁能在离开上海之际，打电话告知他的行程，看来也是把他当成了患难之交的朋友。柏惠民当即在电话中说，一定前去火车站为宋先生送行，同时他也告诉宋教仁，给宋教仁送行之后，他将返回陕西老家。

当天晚上，上海下起了蒙蒙细雨，夜色要比往日更浓重。在透着寒意的细雨中，一列开往北京的专列冒着乌黑的浓烟蓄势待发，站台上的旅客人头攒动，脚步匆匆。送站的和被送的，似乎有说不完的话，隔着列车的窗户还在聊个没完。

此刻的贵宾室里，宋教仁与前来送行的陈其美、于右任、黄兴、廖仲恺等人谈兴正浓。宋教仁正在向这些国民党大佬们滔滔不绝地谈论着组建政党内阁的美好愿望，甚至勾画着建设中华民国的理想蓝图。等柏惠民赶到上海火车站时，他才发现许多知名人物在为宋教仁送行，其中就有他熟识的于右任、陈其美、黄兴等国民党重量级人物。

柏惠民进了贵宾室，见宋教仁正在和几位大佬级人物谈论着他的理想，没好意思打扰，只是站在贵宾室门口不远的地方，认真听着宋教仁的谈话。直到晚上十时四十五分，站台上传来了一阵阵急促的鸣笛声，宋教仁这才打住话题，准备走出贵宾室。

快到门口时，宋教仁发现了柏惠民。他走过去与柏惠民握了握手，说道："我这就准备去北京，咱们就此别过，后会有期。"

柏惠民松开手后说："宋先生一路保重。如有需要惠民之处，请尽管吩咐。"

众人随着宋教仁上了站台，一阵寒风吹来，宋教仁打了一个寒战。一行人刚走到检票口，就听一声沉闷的枪声骤然响起，站台上顿时慌乱起来。宋教仁一个踉跄，靠在了检票口旁边的栏杆上，他用手捂着小腹，满脸痛苦地对紧跟着他的于右任说："我中枪了。"

于右任和黄兴等人抬头一看，只见一个身材矮小的男子手握短枪，正在往站台外面狂奔。

于右任和黄兴同时大声喊："快抓住那个拿枪的人！"持枪男子一边跑，一边向空中连开两枪，站台上顿时乱成了一锅粥，不管是准备上车的还是前来送行的，纷纷躲避，奇怪的是站台上竟然没有一个巡警，任由持枪男子一溜烟地跑得没了踪影。

顾不上抓凶手的于右任等人赶紧扶着宋教仁出了火车站，上了汽车后催促司机加大油门火速赶往最近的沪宁铁路医院。

此时沪宁铁路医院的医生大多已经下班，只有几个值班的医生。于右任等人大声叫人去找值班医生，想马上检查宋教仁的伤势。此时宋教仁的脸色已变得苍白如纸，手捂着伤口处不停地痛苦呻吟。

于右任想察看他的伤口，宋教仁不让，他泪流满面地对于右任说："我很痛，怕是支持不下去了。人总有一死，我没有什么遗憾的。现在有三件事要托付于先生。"

于右任拉着宋教仁的手，劝说道："先让医生检查伤势，其他的事等检查完再说不迟。"

宋教仁抽搐着坚持说："第一，我在南北两京和日本东京寄存的书籍统统捐给南京图书馆。第二，我家里没有什么钱，但我的老母亲还在世，就拜托你和黄兴还有各位老友替我照料了。第三，各位要继续为大业努力呀，千万不要因为我遭到不测就心生退意，放弃了为国民的责任。我本来想调和南北的，还为此费尽了苦心……没想到暴徒误会了我的意思，要置我于死地，我这是自作自受呀。”

于右任见宋教仁不惧死亡，在面临生死之际，还淡定地嘱托后事，大为感动，急忙点头答应了宋教仁的嘱托。围在病床旁边的人，受伤感气氛的影响，更不愿相信宋教仁会就此离开，大多好言安慰。

医生检查完宋教仁的伤势后大吃一惊，对于右任说，宋教仁受伤的地方在右腰骨，但是离心脏很近，只能先取出子弹，然后再做进一步治疗。

医生和护士推着宋教仁去了三楼手术室之后，原先去车站送行的众人就在手术室外焦急地等待手术结果。众人熬过了漫长的一个多小时，医生出来说，子弹已经取出来了，并给病人注射了止痛药，希望病人能够安然度过当晚。随后，医生把取出的子弹递给了于右任。

于右任等人一看子弹形状，显然是新式手枪所用，料定是蓄意谋杀。众人商量了一阵，决定一方面要求追查凶手，一方面将宋教仁被刺杀受伤的噩耗向袁世凯汇报。初步议定之后，众人纷纷离去。

于右任见柏惠民还停留在远处未动，走近前劝说道：“惠民，现在已经深夜了，宋先生做完手术刚休息，也不便打扰，你先回去吧。我在这里照顾，万一有不测之事，我会及时告知你的。”

柏惠民点了点头，默默地出了医院。

第二天，宋教仁病情忽然加重，气息微弱。他对黄兴、于右任等人说：“我自知大难已近，但我死后请各位继续前行。现在，我想以我的名义给袁世凯发一封电报。”

于右任说：“宋先生有啥话要交代尽管说，黄兴做好记录。”

众人屏声静气，细心听着宋教仁喘着气口述了如下一份电文：

北京袁大总统鉴：仁本夜乘沪宁车赴京，敬谒钧座，十时四十五分，在车站突被奸人自背后施枪，弹由腰上部入腹下部，势必至死。窃思仁自受教以来，即束身自爱，虽寡过之未获，从未结怨于私人。清政不良，起任改革，亦重人道，守公理，不敢有一毫权利之见存。今国基未固，民福不增，遽尔撒手，死有余恨。伏冀大总统开诚心，布公道，竭力保障民权，俾国家得确定不拔之宪法，则虽死之日，犹生之年，临死哀言，尚祈鉴纳！

宋教仁口述完电文,头上汗如雨下,脸上表情极其痛苦。他说:“自发誓推翻清王朝专制统治以来,每天出生入死,我早已习惯了。我不怕死,但我怕痛。如果死能止痛,我宁愿快点死了的好。”

众人纷纷劝说宋教仁要珍惜生命,好好活着,只有这样,才能完成组建政党内阁之大任。

宋教仁说:“遗憾的是,我不知道和谁有深仇大恨,必除我而后快?”

于右任等人听完这话,异常心酸,想到宋教仁不知凶手是谁,心犹不甘,于是又让人去找医生商量,最好从其他医院多找一些医生一起会诊,争取挽救宋教仁的生命。

几个小时后,会诊的医生们对宋教仁的病情下了诊断结论:宋教仁的肠子已经被打烂了,如果试一试手术缝合,可能还有一线生机。

听完医生们的话,于右任对众人说:“宋教仁命在旦夕,与其慢慢等死,还不如按医生说的进行诊治。死马当作活马医吧,说不定还能治好他的病。”

众人知晓于右任和宋教仁的关系,现在于右任做出了这样的决定,众人踌躇了一番,最后大部分同意开刀诊治。

宋教仁被第二次推进手术室时,示意只让于右任陪着进去,众人只好在手术室外等候消息。

进了手术室,五个医生一起配合着做手术,先打麻药,然后剖开宋教仁的腹部,取出大肠。医生们仔细一看,肠子里有淤积的血块,肠壁上有许多小洞。处理完血块,缝补好小洞,将内脏器官放回原处,缝合好伤口,再注射了几针吗啡,手术就算完成了。于右任自始至终看着手术的整个过程,祈祷着经过这次手术,宋教仁的病情能够出现转机。

谁知当天晚上,宋教仁病情急剧恶化,生命垂危。医生检查后说宋教仁的肾脏已经坏死,无药可救了。弥留之际,宋教仁断断续续地说:“我想把要说的话全说完……你们还有啥话要问我吗?”刚说完,就大口喘气,他知道大限临近了,慢慢将双手在胸前合十,做出了一副向众人道别的样子。

黄兴用手一摸宋教仁,发现他的身体已经变凉,再用手搭在他的手腕上,发现脉搏几乎摸不到了。黄兴弯下腰,在宋教仁耳旁伤感地说:“你放心去吧,后事就交给我们。”

宋教仁被刺身亡的消息传出后,舆论大哗,政界震动,纷纷要求追查幕后凶手。远在北京的袁世凯也接连发来两份电报，要求“迅缉真凶，彻底根究”。于右任、黄兴、陈其美等人写信给公共租界总巡捕——英国人卜罗斯，拜托他注意可疑情况，并悬赏一万大洋缉拿凶犯，沪宁铁路局也悬赏五千大洋打听凶犯下落……

宋教仁出殡那天，柏惠民臂缠黑纱前往吊唁。宋教仁的灵柩被运往湖南会馆的路上，不断有人前来送别，人们穿着素色衣服，开着白车，随着运送灵柩的车辆一起缓缓前行，恰在此时，天空下起了小雨，刮起了微微的西风，几千人的泪水伴着雨水一路洒落，仿佛是天地同悲。

到了湖南会馆，宋教仁的遗像被放置在一张桌子上，周围环绕着黑纱，遗像两旁写着一副挽联：为宪政流血，公真第一人；作民权保证，谁为后死者。看着宋教仁的遗像和挽联，往日交往的情形一幕幕在眼前呈现，柏惠民的泪水一下子涌出了眼眶。他对着遗像三鞠躬，随后放声大哭。

从湖南会馆回来后，柏惠民来到民立报社，他想打探一下缉拿凶手的有关情况。一直等到晚上十点，于右任才疲惫不堪地回到了报社总编室。

见于右任进门，柏惠民急不可待地问：“于先生，追查凶手的事进展得咋样了？”

于右任说：“人常说，重赏之下必有勇夫。现在听说一个叫王阿法的人认识凶手，巡捕房已经安排了人手正在四处追捕，估计很快就会有结果。”

柏惠民伤心地说：“宋先生在紧要关头被人暗杀，实在是令人痛心疾首啊！天妒英才，让宋先生英年早逝，革命事业肯定会受到影响。”

于右任说：“谁说不是哩。宋先生被暗杀的消息被各大报纸刊登后，孙中山先生也从日本赶回来了。”

柏惠民说：“宋先生之死还真应了自古英雄多以悲壮结局这句老话。于先生，现在政局不稳，危机四伏，你等国民党干事以上要员，时刻面临着意想不到的险境，一定要汲取宋先生的教训，有防则安，无防则危。”

于右任点头同意柏惠民的说法，然后问：“惠民，你今后咋打算？”

柏惠民说：“我曾经给您和宋先生说过自立约法三章之事，现在宋先生尸骨未寒，我不能失信于他，更不想让人讥讽。此前我就接到了家里的电报，催我尽快返回，说是有要事需要做决断。本来我想送宋先生去北京后就返回陕西，因宋先生突然被人暗杀，耽搁了几天。再说追查凶手及幕后主使者也不是三天两天的事，因此我想尽快离开这个令人伤心之地。”

于右任痛心地说："宋教仁与我们已是阴阳两隔，你也因家中有事要离开，今后我在上海就几乎没有无话不谈的朋友了。惠民，你有啥要求尽管说。"

柏惠民沉思了一下，说："我想请于先生给我写一幅字，不知道可否？"

于右任说："小事一桩，你说想写啥？"

柏惠民说："我家后院有一座水榭亭，想必于先生还有印象吧？"

于右任说："我在你家躲避通缉三年，对你家的情况咋能忘记？水榭亭是我常去的地方，那里的一草一木，水塘荷花，我至今记忆犹新。"

柏惠民说："我想把水榭亭的牌匾换了，求于先生给我书写'隐忧亭'三个字。"

于右任听柏惠民要自己写"隐忧亭"三个字，就明白了他的良苦用心。自柏惠民到上海后，就与宋教仁交往频繁，两个人经常是推心置腹，谈天论地，无话不说。现在，宋教仁因为要组建国民党内阁被人暗杀，已经作古，让柏惠民心寒彻骨，同时对国家命运更是担忧。他请求自己书写"隐忧亭"三个字，就是他心意的直接表达。

于右任站起身，走到办公桌前，铺开一张宣纸，饱蘸浓墨，凝神聚力，用草书书写了"隐忧亭"三个大字。他看了一会，觉得不满意，就又写了一幅。

等墨迹稍干后，于右任说："你在这两幅字里挑一幅吧。回去后，你把'隐忧亭'三个字刻成牌匾换下水榭亭牌匾，也算是对宋教仁最好的怀念。说不定哪一天，我也会回到陕西的，届时一定前去看望你。"

柏惠民说："如果暗杀宋先生的真凶找到了，万望于先生告知我一声。"

于右任说："这事你放心，《民立报》一定会连续追踪报道追查真凶的进展情况。如果有消息，我会告知你的。惠民，你为陕西革命毁家输资一事早已闻名遐迩，此番从上海回陕西，路途遥远，路上一定要加倍小心。"

柏惠民说："我现在就是一个穷光蛋，没人会劫持我，更谈不上暗杀了。"

于右任说："说你是穷光蛋为时尚早，但想要回资助陕军的十几万大洋就有些困难了。前一阵，袁世凯把张凤翙调到了北京，封了个将军府将军兼扬威将军，其实是剥夺了他的军权。现在陆建章任陕西总督，此人是袁世凯的心腹，我就是写信给他，估计也难要回你的资金了。"

柏惠民说："我当初抵押家产支持陕军，就没想有回报。时局变化，人事更迭，这些钱能否要回只能顺其自然了。"

于右任劝说道："即便如此，你还是谨慎为上。你为革命事业已经毁了家业，如果再出现意外，让我等情何以堪？"

柏惠民苦笑着说："知道了。"

柏惠民在返回陕西的路上，一直关心着宋教仁被刺杀一案的进展情况，直到回到了泾阳老家柏家庄园，才从报纸上陆续知道刺杀宋教仁的凶手叫武士英，但此人是受上海青帮老大应桂馨的唆使。后来黄兴、陈其美等人在应桂馨家里搜出来许多文件，这些加密文件不但有发给内务部洪述祖的，还有发给国务总理赵秉钧的。陈其美等人破解了加密文件后，发电报要求大总统袁世凯组织特别法庭审判罪犯，但电文却如泥牛入海，不但袁世凯没有回复，赵秉钧也不闻不问。后来武士英莫名其妙地死在了监狱，应桂馨被保释，宋教仁被刺一案不了了之。

柏惠民在得知这样的结果后，一时痛彻心扉，气血倒涌，大病了一场。

病中的柏惠民做梦也想不到，一场更大的灾难正在汉口分号悄悄酝酿，随时都会给他更大的打击。

## 第十五章　遇大火财产尽丧　迷雾浓暗自神伤

人在病中，容易胡思乱想，甚至会产生一些奇怪的念头。此时，柏惠民就处在病痛和迷惘之中。

高轩德和姚崇文两位管家见东家终于回到了老家，本来想抽空汇报甘肃兰州分号因战火倒闭之事的，现在看东家身染重病，郁郁寡欢，只好轻描淡写地汇报了兰州分号已经倒闭的噩耗。

柏惠民有气无力地说："战祸频起，民不聊生，在乱世中做生意就更加艰难。倒闭了就倒闭吧，或许这也是命中注定的。是福是祸，现在无法断定。"

高轩德忧心地说："柏家几代人创下的产业，先有苏州分号抵押，后有兰州分号倒闭，这样下去，如何得了？"

柏惠民清楚这是高轩德为柏家产业担忧，他说："自民国建立以来，各地有钱有枪者都称王称霸，战乱不断，商道不通，生意难做。仅以做生意而论，现在还不如清政府时期了。"

姚崇文本来想责怪柏惠民，现在听他说的都是实话，接着他的话茬说："东家把苏州柏园和分号资产全部抵押，支持辛亥革命，创立了中华民国，你也没想到会是这种局面吧？"

柏惠民知道最起码现在的陕商都知道了他在上海毁家纾资支持陕西革命军的事，更不要说面前的二位管家了。对于自己做过的事，他向来不反悔。如今听姚崇文言语之间颇有怨言，他自嘲地说："推翻清政府封建专制，是我当年的理想，就像父母都想生一个聪明伶俐的孩子，谁知道孩子生下来了，却不是自己理想中的。现在的中华民国虽然还没有正式统一全国，整天因政见不同，吵吵闹闹，但我相信，总会有人出来收拾局面的。就像孩子虽然先天不足，后天的教育可以改变其性格品性一样。”

三个人有一搭没一搭地闲聊之际，柏惠民的儿子柏纪会放学回来了。他跑进柏惠民的卧室后，看见二位管家正在跟父亲说话，就想溜走。

柏惠民说：“纪会，过来。今天老师都教了些啥？”

柏纪会双脚并拢，站直了身子，恭敬地说：“老师今天教的是《弟子规》。”

柏惠民说：“你给我背一段听听。”

正当柏纪会要背书时，高轩德说：“东家，少爷年龄小，正处在贪玩的时候，你也在病中需要静养，就不要为难少爷了。姚管家，我们也走吧，让东家安心养病。”

二位管家和儿子走后，柏惠民一个人躺在炕上，辗转反侧，他静想了一下这些年自己的所作所为，不由得一阵心酸。这些年，第一个儿子纪宪未过满月即夭折，原配夫人南氏在生女儿纪华时因难产母女一同撒手人寰。后来，他续娶胡平甫之妹胡锦云为妻，又生下了儿子纪会，这才确保了柏家后继有人。这些年，为了革命，他四处奔波，很少把心思放在家庭和儿子的教育方面，家里的一切内务全由胡锦云打理，商业经营全部依仗高轩德、姚崇文操心。自己除了屡次捐资，甚至把苏州柏园和分号抵押，好像还没有为柏家做出过啥贡献。这些事情不断在脑海中闪现，弄得他很郁闷。他知道，有些人指责他是败家子，只知道胡乱花钱，不知道如何挣钱，更不懂挣钱的难处和辛苦，这和孙中山、于右任、井勿幕乃至陈其美等人对自己的评价截然相反。思来想去，他觉得自己虽然亲历过许多大事，但终究不是一个成功者。

有一天，姚文山登门来看望柏惠民，又和他说了一些辛亥革命之后陕西当地的事。

姚文山见柏惠民病恹恹的样子，也有些不忍心。他说：“自创建了中华民国，全国就乱了套。袁世凯现在当了大总统，根本就不可能按照孙先生提出的三民主义建设国家。从目前形势看，国家可能还要乱上一阵子，等待有魄力、有思想者来收拾。”

柏惠民原本对姚文山加入同盟会没有告诉自己心存芥蒂，但残酷的现实让他早就把这事抛到了脑后。现在他见姚文山为国家命运担忧,就说:“同盟会本身就成分复杂,在推翻清政府封建专制方面虽能达成共识,但革命成功后,各派想法就发生了巨变。政见不同只是个表面现象,实质是利益诉求不同。宋先生改组了国民党,想组成政党内阁,实现三民主义,谁想到却被人暗杀,留下了未解之谜。文山,政局动荡,利益纠缠,不是我等能预料的。还是说说你吧。”

姚文山清楚柏惠民在上海结交了许多同盟会重量级人物,与现在的国民党骨干人物来往紧密,肯定也受到了他们的影响。他见柏惠民问起了自己的情况,就说:“陕西辛亥革命之后,泾阳县令胡效忠和管理地方治安的方泾渭离开了泾阳,到外地谋生去了。自从张凤翙被袁世凯调到北京之后,陕西督军换成了陆建章,此人是袁世凯心腹,对陕西同盟会骨干极力打压,现在井勿幕、郭希仁、曹印侯、高铭新等人都离开了军队,有的归隐,有的赋闲。我看不到三民主义建国的希望,就跟着牛八爷学医,现在基本上能给人看病了。”

柏惠民说:“学医是好事,可以悬壶济世,治病救人。”

姚文山笑着说:“对别人的病我可以治,对你的病我是无能为力。”

柏惠民说:“我的病得我自己治。文山,你如果有空闲了,就来柏家庄园,陪我说说话,聊聊天,给我说一下当前的局势如何?”

姚文山明白柏惠民虽说有病在身,但仍然关心着国家大事。他说:“没问题。如果不忙的话,我会经常来看你的。”

过了两天,姚崇文来到卧室对躺在炕上养病的柏惠民说:“东家,井勿幕先生前来探望您,该如何接待?”

柏惠民一听井勿幕来了,就挣扎着下地,想到二堂客厅去招呼老朋友。谁知道挣扎了几次,始终没能如愿坐起身,他无奈地说:“姚管家,请他到卧室来吧。”

时间不长,井勿幕大步进了卧室。他发现往日生龙活虎、身体健壮的柏惠民,如今瘦得皮包骨头,满脸病态。

井勿幕关切地问:“惠民,病得不轻啊。”

柏惠民说:“气血不畅,无大碍。快给我说一下当前的局势情况。”

井勿幕说:“你现在应该以静心养病为主,就不要操太多心了。”

柏惠民说:“话不能这样说吧,我们劳神费心,抛头颅,洒热血,好不容易推翻了封建帝制,建立了中华民国,总不能不闻不问吧。”

井勿幕说:“现在全国都在反对袁世凯,广东已经成立了护国军,推举黎元洪为民国大总统,云南贵州两广以及浙江群起响应,联合起来讨伐袁世凯。告诉你两个不幸的消息,陈其美在上海被张宗昌手下暗杀了,邹子良因反对袁世凯,在西安被逮捕后也被害了。”

柏惠民闻听陈其美被暗杀,邹子良被害,顿时泪流满面,他悲愤地说:“清政府的时候,咱们四处联络革命同志,整天想着要推翻清政府专制统治,建立中华民国。如今,中华民国倒是建立了,却让袁世凯篡权当了总统,他把国民党的骨干列为通缉要犯,指使张宗昌手下暗杀了陈其美,还把同盟会关中总揆之一的邹子良杀害了,这还是我们当初要建立的民国吗?现在全国乱成了一锅粥,还有办法收拾吗?”

井勿幕见柏惠民情绪激动,言辞犀利,满腔怒火上涌,他说:“袁世凯不但当了大总统,传闻还要复辟称帝哩。他上任之初,就把张凤翙强逼到北京,封了个扬威将军,实际上是囚禁了张凤翙,随后安排他的心腹干将陆建章出任陕西总督。陆建章到陕西上任后,干的第一件事就是强力缩编陕军,我当时想革命已经成功,就交出了军权,谁能想到局势会变成这样。”

柏惠民知道井勿幕不会就此善罢甘休,他问:“勿幕,你难道就能甘心?”

井勿幕说:“不甘心又能如何?现在我手里无权无军队,就是想起兵讨袁也没资本呀!南方现在闹得轰轰烈烈,陕西好像也不甘心。我听说陕西督军陆建章和镇守使陈树藩联合给袁世凯发了一份电文,说是要独立,气得袁世凯大骂陈树藩谋反。现在的形势,可能又会出现辛亥革命时南北呼应的局面了,将来陕西乃至全国局势如何发展一时真的无法预料。”

柏惠民一听这话,心情激动了起来。他说:“看来袁世凯确实是不得人心,他的铁杆都会发电文宣布陕西独立,估计老袁的好日子就快到头了。”

井勿幕说:“不管局势如何发展,你先把病养好才是关键。我听说你把水榭亭的牌匾换成隐忧亭了,可有此事?”

柏惠民说:“你也知道我和宋教仁的关系,自从宋教仁被刺杀之后,我确实看不惯官场的尔虞我诈,翻云覆雨,有点心灰意冷了。从上海返回陕西时,我特意让于先生给我写了隐忧亭三个字,回来后就让人刻成了牌匾,换下了水榭亭牌匾。当年咱们意气风发,豪情万丈,水榭亭会议后,你曾指着水榭亭的牌匾对参加会议者说此亭可与兰亭相媲美，没想到斗转星移，世事变换，如今却成了这个模样。”

井勿幕见柏惠民谈吐之间，满是伤感，知道他心里难受、憋屈，甚至彷徨、苦闷。为了让柏惠民安心养病，他说：“世事难料，咱们就走一步看一步吧。你先把身体养好，有时间的话尽量打理一下生意上的事吧。”

柏惠民说：“说句你不爱听的话，在清政府时期，商家凭着给官府上税换取的路引就可以畅通无阻，如今到了民国，各地官府各自为政，关卡多如牛毛，苛捐杂税名目繁多，商家苦不堪言。我看再这样下去，商家大部分都要关门了。”

井勿幕清楚当下的局势，也知道柏惠民说的是实情。他说：“你为革命毁家纾资，已经损失了苏州分号、兰州分号，再不能有闪失了，否则就会愧对柏家列祖列宗啊。”

柏惠民说：“在上海时花销较大，陕西军政府看在我毁家纾资的分上，给了一定补偿，但苏州的柏园和分号却永远不属于柏家了。现在，柏家只剩下汉口天成祥和四川天成德两大分号，我的日子过得也没有以前舒坦了。”

井勿幕说：“天下战乱不休，百姓受罪遭殃，自古都是这个道理。你还是多关注一下汉口和四川分号吧，这两个地方现在都在打仗，说不定还会弄出啥幺蛾子来哩。”

柏惠民没料到井勿幕的这番话就像是谶语，没多久他就接到了汉口分号遭遇大火的噩耗。

柏惠民毁家纾资鼎力支持陕军抵御升允甘回清军的消息在陕商中不断被人传播演义，引起了汉口分号大掌柜宋得财的格外关注。

他觉得柏惠民其实就是一个不懂商业经营的二杆子、愣娃。既然东家把大量钱财都捐助给了革命党，全然不顾苏州分号掌柜和伙计们的生计，自己为啥不趁机捞上一把哩。

当听说柏惠民回到柏家庄园生病后，宋得财觉得这是天赐良机。以他对柏惠民的了解，此人广交朋友，仗义疏财，对商业经营疏于管理，尤其是在革命成功后，他自称约法三章，远离政界，也逐渐与军界的朋友疏远，在这种情况下，只要动点心思就可以保证自己后半生生活无忧，说不定还能弄个东家当当。

有了这个心思之后，宋得财就开始琢磨着如何才能把柏家的资产瞒天过海地转移到自己的名下。此时，正好袁世凯称帝，全国掀起了声势浩大的护国讨袁运动，四川的反响尤其强烈。气急败坏的袁世凯命令心腹将领曹锟率领第三师全军和第七师一旅入川镇压。曹锟的军队沿途经过湖南、湖北等地方时，四处扰民，烧毁房屋，欺辱妇女，抢劫商户，弄得民怨沸腾。这些传闻不断被人告知宋得财之后，他觉得到了动手的时候了。

宋得财苦思冥想了半天，觉得一个人行动无法遮挡众人的耳目，就决定先探一下二掌柜刘明清、账房先生余居仁的口风。如果这两个人愿意配合，既可成好事，而且可以瞒过分号所有伙计，日后就算是东家或者高轩德、姚崇文两位管家想追究，也会让他们找不到蛛丝马迹。

这天早上，宋得财抱着一壶热茶刚晃悠到分号二堂大厅，就有伙计进来说，曹锟的军队已进入湖北，正在向汉口进发，请问宋掌柜有啥安排。

宋得财说："自从民国建立，汉口好像就没安宁过几天，眼看着又要打仗了。兵荒马乱的年月，商家的日子最难过。你去把二掌柜和账房先生请到二堂来，我跟他们商议一下看如何应对。"

不一会儿，刘明清、余居仁先后到了二堂。等他们坐下后，宋得财面色忧郁地说："最近听说洪宪皇帝命令各路人马征讨南方的护国讨袁军，曹锟率军即将进入汉口，一场大战一触即发。面对危局，我们该咋办？"

刘明清说："东家把分号的经营管理大权交给了大掌柜，而且大掌柜还是带肚子掌柜，我听大掌柜的，你说咋办我就咋办。"

余居仁说："汉口虽说是柏家的一个大分号，但这几年的经营情况并不理想，我们几乎每年都完不成东家下达的经营任务，薪酬方面多少也受到了影响。如今，战祸再起，汉口肯定会成为南北双方的必争之地，我们就更没有指望完成今年的任务了，能保住小命就烧高香了。"

以宋得财对两个人平时的观察，他觉得这二人各怀心事，得想办法让他们跟自己拧成一股绳，这样才好办事。他说："东家前几年在上海，为了支持陕西的辛亥革命，抵押了苏州柏家弄的柏园和苏州分号，遣散了苏州陆效康掌柜和众伙计，这件事被革命党人称之为毁家纾难，并大肆宣传，闹得沸沸扬扬，路人皆知。如今，袁世凯登基做了洪宪皇帝，他对革命党人深恶痛绝，指使张宗昌暗杀了东家曾经支持过的沪督陈其美，听说还让陕督陆建章暗害了东家的好朋友邹子良。袁世凯对陈其美、邹子良都狠下毒手，肯定对柏家的产业也不会放过。此次曹锟率军到汉口，我是怕汉口分号会遭到灭门之灾，伙计们都会有性命之忧呀！”

刘明清一听这话，不住点头说：“东家在上海与宋教仁、陈其美、黄兴等人来往过密，听说还资助过陈其美。现在宋教仁、陈其美先后被暗杀，孙中山、黄兴等人成了袁世凯的眼中钉，肉中刺。依我之见，与其让汉口分号毁于战乱，不如早点请示东家，尽快想办法转移资产，减少损失。”

宋得财说：“东家自宋教仁被刺身亡后，得了大病，一直不见好转。眼下曹锟的兵马快到汉口了，咱们就是想请示东家，恐怕也来不及吧？”

余居仁不知道宋得财到底有啥打算，就说：“大掌柜的意思是先斩后奏？”

宋得财说：“除了先斩后奏这个老招数之外，不知道二位还有没有其他良策？”

刘明清听宋得财话中有话，猜想他肯定有其他想法。他说：“宋掌柜，咱们打交道也不是三年五年了，你有话就明说，没必要这么藏着掖着让别人猜测吧。”

宋得财瞥了余居仁一眼，发现他正在用狐疑的眼神打量着自己。他把茶壶往八仙桌上一蹾，大声说：“二位都知道，我这个带肚子掌柜虽说肩负着保护东家财产之职，其实屁大的权力都没有。东家被人称为活财神，到处捐款捐物救济受难民众，我们在汉口这几年，与受难民众有啥区别？除了对外磕头作揖，打通商道，维持正常经营之外，就连养家糊口都很困难。我想曹锟率军前来，天成祥分号在劫难逃，与其让乱军抢劫了分号财产，还不如咱们三人分了分号财产，不知二位意下如何？”

刘明清、余居仁听完宋得财的话，顿时目瞪口呆。他们没料到宋得财竟然是这种想法。

余居仁虽然觉得宋得财想法大胆，不可思议，但在目前形势下，能让分号财产不落入曹锟的乱军之手，也不失为一个办法。老于世故的余居仁知道人心隔肚皮，不会轻易吐露真言，更怕这是宋得财给他和刘明清故意设的圈套，他说：“我在分号几十年，一直掌管着分号的账房，也算是柏家的老人手了，但我从来没有日鬼捣棒槌地侵吞柏家一文钱，这才赢得了高、姚二位管家的信任。宋掌柜如今提出要瓜分柏家财产，说白了就是欺负柏家现在无人。”

刘明清听完余居仁的话，一想也对。柏惠民是抵押了苏州柏园和分号购买了武器弹药，但钱是柏家的，柏惠民想咋花那是他的事。如今宋得财想趁曹锟兵临城下，找借口要瓜分柏家财产，也不失为一个好主意。柏家偌大的汉口分号资产如果被三人瓜分，自己就能得到一份天大的财富，何乐而不为哩。他忧心的是，这事如果不机密被外人知道，除了被人戳脊梁骨大骂之外，今后还有啥面目在商界混。想到此，他说："宋掌柜之言不无道理。说实话，东家现在重病缠身，柏家也确实是无人可用，更无暇顾及汉口分号了。如果宋掌柜有意要瓜分汉口分号财产，我没意见，但一定要把事情考虑周全。"

宋得财听话听音，已经明白了刘明清也想分一杯羹。他说："自古以来，就有人为财死、鸟为食亡之说，在商界也流传着一句富贵险中求的真言。咱们现在生逢乱世，我听说过没钱被饿死的，还没听说过钱多被撑死的。我这样做，不是欺负柏家无人，而是不想让这笔财产落入乱军之手，增加了乱军实力。我们瓜分了这笔财产，总比乱军抢劫了强吧？"

余居仁听完刘明清和宋得财的一番话，觉得这二位可能早已经串通好了，此刻在自己面前演双簧专门探他的心思。一想到能得到一笔意外的财富，他心里虽说有点不落忍，但最终还是让这笔财富迷了心窍。他叹了一口气，说道："既然二位有这心思，还需从长计议，千万不能露出马脚，更不能让东家和二位管家知道蛛丝马迹。"

宋得财终于弄清了刘明清、余居仁的真实想法。他兴奋地说："此事我筹谋很久了，已经有了一整套打算。二位现在已经同意了我的提议，接下来就按照我的妙计办理，既可以让东家哑巴吃黄连，有苦难言，也能让我们落下一个为了保护东家财产不惜生命的赞誉。事情完成后，还需要于先生亲自回泾阳，在东家和二位管家面前上演一出苦肉计。"

余居仁心里清楚汉口分号的家底，一想到三个人要瓜分柏家三万多大洋的资产，心里多少有些后怕。他问："宋掌柜果真有奇思妙计？"

为了打消余居仁的顾虑，宋得财说："我和二掌柜找几个忠实可靠的伙计，先把仓库里的贵重货物全部转移，用杂草冒充货物再放到仓库，等曹锟率军到达汉口，一旦与湖北民军发生激战，就一把火先点了仓库。当仓库着火后，咱们三人要带着伙计前去救火，估计还会有人受伤。等大火熄灭后，余先生盘点损失，带上账本回泾阳柏家庄园向东家和二位管家如实汇报大火损失。二位看，这个计策如何？"

余居仁、刘明清听完宋得财的一番妙计，也乐得当个同谋，一起瓜分柏家财产，把柏家多年来对他们的恩惠和好处全部丢到爪哇国去了。

袁世凯登基没几天，就在全国的讨袁声中去世了。柏惠民听到这个消息，觉得袁世凯死了，局势就会好转，心情一下子变得舒畅，病情随之减轻了不少。

这天早上，天气晴朗，微风一吹，使人感到惬意。柏惠民见屋外阳光灿烂，枝头鸟儿鸣唱，就挣扎着起来，披上一件外套，独自一个人到东院隐忧亭附近散步。

八月的早晨，太阳光还是比较强烈的。当柏惠民转悠到隐忧亭时，浑身上下出了一层细汗，他脱掉外套，靠在亭子内的栏杆上，一双眼睛看着池塘里碧绿的荷叶发愣。睹物思人，想着当年曾经发生在这里的事，真的有恍若隔世之感。

忽然间，柏惠民听见一阵脚步声，抬头一看，姚崇文正急匆匆地往隐忧亭方向走来。

等到姚崇文到了跟前，柏惠民问："姚管家，有啥要紧事，这么着急？"

姚崇文停下脚步，神情沮丧地说："汉口分号账房先生余居仁回来了。"

柏惠民愣了一下，问道："现在才八月初，余账房回来有啥紧要事？"

姚崇文说："他刚才给我和高管家说，汉口分号遭遇大火了，详细情况他当面给东家汇报。"

柏惠民听完这话，一个踉跄，差点摔倒在地。他勉强站直身子，不相信地又问了一句："果真遭了大火？"

姚崇文说："您先不要心急上火，咱们到二堂客厅去，余账房和高管家在二堂等候东家哩，等会让余账房当面向您详细汇报。"

柏惠民跟着姚崇文来到二堂客厅，只见汉口分号账房余居仁衣衫褴褛、形容枯槁地坐在椅子上，低着头正在抽泣。

余居仁听见一阵脚步声向客厅而来，抬头一看，柏惠民正拖着病躯缓步走了过来，等柏惠民进了客厅刚坐下，余居仁扑通一声就跪在了柏惠民面前，哭泣着说："东家啊，汉口天成祥分号遭遇了大火，仓库货物全部被烧成灰烬了，这可咋办呀？"

看着余居仁痛哭流涕的样子，柏惠民心里像刀割一样难受，他只觉得眼前发黑,嗓子发甜,一张嘴,一口鲜血喷涌而出,差点喷到了余居仁的脸上。

高轩德一看东家急火攻心,口吐鲜血,赶紧上前抱住了柏惠民的身子,一只手在他背上慢慢敲打,希望能缓解他的伤痛。

过了一会,柏惠民睁开眼睛,缓缓问道:“余先生,坐下来说话。分号伙计有没有伤亡?”

余居仁站起身,坐回到原来的椅子上,说:“大掌柜宋得财、二掌柜刘明清都受了重伤,几个伙计受了点轻伤。”

姚崇文觉得事情有点蹊跷,他说:“余先生,你把发生大火的过程详细向东家汇报一下。”

余居仁说:“袁世凯称帝之后,南方各省起兵讨袁,曹锟率军到了汉口。当时宋掌柜、刘掌柜和我商量要拼死保护分号资产,就把伙计们分成了三拨,昼夜轮换,确保分号安全。谁知曹锟大军进驻汉口后,怂恿部下大肆抢劫,稍有不从,就开枪伤人,甚至放火烧毁店铺民房。天成祥仓库在汉口码头附近,兵匪到达之后,与宋掌柜,刘掌柜及伙计们发生了冲突,贼兵打伤了二位掌柜,放火烧了仓库。大火起来后,二位掌柜带着伙计们救火,无奈火势太大,加上江风一吹,火借风势,不到一个时辰,分号仓库里的所有货物就变成了灰烬,二位掌柜在救火时再次受伤,现在还在汉口一家医院里住着诊治。发生了这么大的事情,他们嘱托我赶紧回来向东家和二位管家汇报,并请示接下来咋办。”

高轩德打量了余居仁一眼,见他恓惶的样子,也有些心酸,他同情地问:“余先生,你咋变成了这个模样?”

余居仁说:“我按照宋掌柜的要求,带着分号的账册和少许零钱就上了路,谁知道在返回陕西的路上,到处都是散兵游勇,他们设卡盘查行人,勒索过卡费用。我过潼关时,被一伙兵匪盘查,他们见得不到任何油水,不但把我毒打了一顿,还把账册撕毁扔进了河里。东家,只怪我等无能啊!”

柏惠民见事已至此,除了听余居仁哭诉,给心里添堵,无任何值得怀疑的之处。他叹了一口气,说:“姚管家,先安排余先生住下,洗个澡,换身衣服,弄些好吃的。其他的事咱们明天再说。”说完话,柏惠民挣扎着站起身,拖着病躯缓缓走了。

当天晚上,姚崇文特意来到高轩德房间。姚崇文刚进门,高轩德就猜出

了他的来意。

给姚崇文倒了一杯茶之后，高轩德问："姚管家，你是不是觉得此事有点蹊跷？"

姚崇文说："不迟不早，刚好在曹锟率军到汉口时发生大火，难免让人心生疑义。高管家，你是老江湖了，不觉得这场大火有些奇怪吗？"

高轩德说："按余居仁的说法，貌似合情合理，但仔细一想，其中还是有些疑惑。你这话，倒让我想起了汉口分号前任大掌柜刘掌柜辞职时说的一句话。姚管家，刘掌柜辞职时，让东家另选人员接任大掌柜，东家当时觉得宋得财殷勤听话，腿脚麻利，就让宋得财继任了大掌柜。我听刘掌柜说了一句无故献殷勤，非奸即盗。当时，我不明白这句话的寓意，也不便多问。现在想起来，这场大火恐怕没有这么简单呀。"

姚崇文听完这番话，沉思了一会。他说："我陪东家去汉口时，宋得财的确对东家很殷勤，照顾得很周到，当时我想是东家有恩于他，也没有往别处想。后来，井勿幕派人到汉口让东家捐资到日本购买手枪，东家当时身上没钱，就撸下了手腕上的玉镯和脖子上戴的金项链，让高明德拿到当铺换钱，后来手镯和金项链也是宋得财用现金赎回来的。如今想起来，宋得财此人确实值得怀疑。另外，我与余居仁打交道多年，此人在理财方面是个行家里手，多年来，汉口分号账务分毫不差，没有出现过任何纰漏，挑不出任何毛病，他该不会和两个掌柜合谋吧？"

高轩德沉默了一会，说道："世道乱了，人心不古，这种事情时有发生。从刚才你说宋得财的举动来看，此人心机很深，隐藏不漏，可能是个难对付的角色啊。"

姚崇文说："依东家的秉性，可能还会抚恤受伤的二位掌柜和伙计，咱们不能让这些人得了钱财还卖乖吧？"

高轩德说："我就怕这场大火果真像余居仁说的那样，宋得财、刘明清和伙计们为了保住柏家产业，不惜冒着生命危险，咱老哥俩此番议论，难免有以小人之心度君子之腹的怀疑。就是有怀疑，也只能悄悄调查，万不可让他人知道，否则，就会寒了掌柜和伙计们的心。"

姚崇文点头同意高轩德的说法，随后说："我这就让护院首领孙志高快马加鞭赶往汉口，努力寻找人证物证，争取弄清事情的真相。"

高轩德说："还是你想的周全。叮嘱孙志高，到汉口后千万别与宋得财、刘明清见面，以免引起他们的怀疑，只私下与参与救火的伙计们打探消息。弄清真相后，尽快赶回来。”

姚崇文说：“老哥放心，我会办好的。”

这天晚上，柏惠民也是寝食难安。余居仁报告汉口分号被大火烧毁的消息不啻晴天霹雳，让他当时六神无主，只好说了第二天再商议的话。现在想起来，他觉得如果这场大火真如余居仁所言，可能就是老天爷对他的惩罚。思来想去，他觉得既然大火已经发生，货物损失殆尽，二位掌柜和伙计们又因救火受伤，眼下的要事只能是先救人，然后再看汉口分号能否保住了。

与二位管家和柏惠民心态截然不同的是余居仁。那天曹锟的军队进入汉口后，宋得财、刘明清为了掩人耳目，把事情做得逼真无瑕，让他留在分号，他们领着伙计们去了仓库。宋、刘二人猜想兵匪们会明确提出要钱要物，他们搪塞一下就行了，谁知道一路抢劫而来的兵匪根本不容他们说话，见宋、刘二人带着十几号伙计站在仓库门前不让道，一个连长模样的人夺过士兵的长枪上前就殴打站在前面的宋得财，刘明清见匪兵连长动真格的了，怕宋得财受伤，就上前阻挡，没料到那连长一看有人阻拦，喝令士兵们一起上前，一阵乱打之后，宋得财、刘明清和几个伙计都挂了彩。有些气愤的连长随后让士兵点起火把，果真把仓库点燃了。

连长带着士兵们走后，火势随风而起越来越大，眼看着就要蔓延成一片火海。宋得财看了一眼刘明清，大声对伙计们说：“兄弟们，东家对咱们不薄，咱们不能让东家的财产化为灰烬，赶紧操家伙救火吧。”说完话，宋得财带头冲进了火海。刘明清见宋得财带头救火，二话没说也跟了进去。或许是天理昭昭吧，宋得财、刘明清不但没有扑灭大火，反而不同程度地再次受伤，尤其是宋得财伤势严重，被送进了汉口医院急救室。

余居仁到医院看望宋得财、刘明清时，宋得财气息奄奄地对他说：“余先生，还是按照原来商定的方案，你回到泾阳向东家汇报吧。”

宋得财受伤如此严重完全出乎余居仁的预料，他见宋得财躺在急救室的病床上，还念念不忘原先的预谋，只好说：“请宋掌柜放心，我明天就回泾阳向东家汇报。”

随后，余居仁到刘明清病房探望时，刘明清有些后怕地说：“余先生，我们做了亏心事，可能遭到了天谴。不过，假戏演到这个份上了，必须得继续往下演，否则就是前功尽弃，也无法做人了。”

直到回到泾阳,余居仁的心里还在忐忑。他感觉自己就是鬼迷心窍地上了贼船,如果不硬着头皮继续演戏,陕商唾骂他们的唾沫星子就会把自己淹死。当在二堂客厅见到柏惠民时,他按照预先安排的套路汇报了汉口分号大火的情形,当时就觉得二位管家神情怪异,东家更是痛心疾首,在那一瞬间,他的良知受到了拷问。随后,听到柏惠民让姚管家安排他先换洗衣服并吃住,这才稍稍放心了。

经历过这番惊心动魄的事情后,余居仁心想,不管如何,这出假戏还得按照宋得财的脚本继续往下演,至于柏惠民和二位管家如何处理这件事,只能骑驴看唱本了,最起码自己不能先怂了。

第二天早上,柏惠民刚坐到二堂客厅,姚崇文就进来了。姚崇文说:“东家,汉口分号失火,柏家损失惨重,你看这事咋办呀?”

柏惠民惺忪着眼睛,有气无力地说:“你去把高管家和余先生请来,咱们一块商议。”

姚崇文见柏惠民心绪不佳,没有多说,转身就出去找人去了。

时间不长,高轩德、余居仁随着姚崇文一起来到了二堂客厅。柏惠民见余居仁气色好转了,略显欣慰地说:“汉口分号遭遇大火,让余先生和二位掌柜受苦了。眼下,二位掌柜伤势不明,伙计们也需要安抚。按道理,余先生千里迢迢回来报信,应该休养几天,但汉口分号灾情不明,还需要余先生再辛苦一趟。”

余居仁说:“东家有啥安排尽管说,余某万死不辞。”

柏惠民说:“麻烦余先生和姚管家再去汉口,弄清分号损失情况。如果汉口分号已经资不抵债了,就由姚管家做主,安抚完受伤的二位掌柜和伙计,关闭分号。”

高轩德一听这话,眼光一扫姚崇文,正好姚崇文也在用眼光征询他的意见。

姚崇文说:“请东家放心,我这就回去收拾东西,明天一早就和余先生一起去汉口。”

高轩德知道姚崇文昨天晚上已经安排孙志高快马加鞭连夜赶往汉口了,他这么安排,也是为孙志高打探事情真相争取时间。想到此,他说:“东家还真是胸襟豁达啊,自己受了损失不提,却把安抚二位掌柜和伙计们放在前面，这让我等钦佩不已。”

柏惠民叹息着说：“事已至此，怨天尤人于事无补。姚管家，汉口的事就交给你了。”说完话，柏惠民神情黯然地站起身进了卧室。

等姚崇文、余居仁赶到汉口，刘明清给他们汇报说宋得财因伤势严重，引发败血症不治而亡了。姚崇文和余居仁听说宋得财已死，更是唏嘘不已。

傍晚余居仁专门把已经恢复健康的刘明清叫到自己房间，询问事情经过。

刘明清说：“当初，我和宋掌柜想把假戏演成真的，谁知道那帮兵匪还真动手打人。我和宋掌柜虽说受了点轻伤，但看见仓库着火，装样子也得救吧，就带头去救火。不料宋掌柜被屋梁砸倒在地，被大火烧伤了，我就知道大事不妙。赶忙把宋掌柜送进医院，更没想到外伤加上烧伤，导致他得了败血症，一命呜呼了。”

余居仁遗憾地说：“或许是他命里就没有这笔横财，不该他享受。现在，东家派姚管家和我回来处理安抚事宜，我估计东家不会怀疑这场大火，倒是怕姚管家心里起疑。”

刘明清说：“宋掌柜已经为此事送命，我们两个只能死咬住就是大火烧了仓库所有货物，否则，很可能步宋掌柜后尘，还要落下骂名。”

余居仁说：“我们已经是一条船上之人了，只能把这件昧良心之事做到底。”

刘明清苦笑着说：“这就是他妈的所谓的富贵险中求吗？”

余居仁说：“是福是祸，全要看老天爷的了。”

姚崇文到汉口，首先想到的是提前赶到的孙志高。

孙志高不无遗憾地对他说：“我到汉口后，询问了参与救火的伙计。据他们说，确实是曹锟的军队打伤了宋得财和刘明清，当仓库被兵匪点着后，宋得财和刘明清带头去救火，当时仓库里确实堆满了货物。宋得财被屋梁砸倒在地后，伙计们见无法扑灭大火，就把二位掌柜的送到医院诊治，结果就和刘明清给你汇报的一样。”

姚崇文低着头长时间不说话，孙志高又说：“姚管家，莫非我们真的冤枉了二位管家？”

姚崇文说："仓库货物已被烧成了一堆灰烬，无法核对具体品种了，咱们苦无证据呀。要说冤枉了他们，确实有点不忍心，但如果这场大火是有人故意所为，这事做的就可真是天衣无缝、无懈可击啊。"

孙志高问："姚管家，接下来咱们咋办？"

姚崇文说："东家让我来汉口，就是处理伙计们安抚事宜的。没料到宋得财死了，许多伙计救火受伤，这可是一大笔支出。依我看，汉口分号在处理完这些善后事宜后，将不复存在了。"

孙志高说："汉口分号发生火灾，对东家来说，可真是屋漏偏逢连阴雨呀。"

姚崇文说："有句话叫人倒霉了，放屁都砸脚后跟。东家损失了苏州柏园和分号，现在汉口分号也没了，往后的日子就艰难了。"

姚崇文和孙志高返回泾阳后，姚崇文把汉口分号大火之事如实进行了汇报，当然他隐瞒了自己的怀疑。

柏惠民听完汇报，仰天长叹了一声说："罢了，只要安顿好了伙计就行了。"

姚崇文劝说道："东家，或许这是命里注定的。您凡事想开点，多保重身体。"

柏惠民点了点头，没有吱声。

让柏惠民没想到的是，一场更大的打击已经悄悄临近。

## 第十六章　井勿幕殒命疆场　靖国军痛失栋梁

柏惠民在柏家庄园休养了一段时间之后，行动已无大碍，就决定到三原商号去转一下，散散心，顺便拜访一下妻舅胡平甫。

到了三原商号，掌柜马树森安排好了他的吃住之后，就陪着他闲聊。

马树森说："自从辛亥革命建立中华民国之后，全国各地战乱不止，生意越发难做了。前一阵，听说陕西督军陈树藩投靠了段祺瑞，郭坚、耿直等人在周至县竖起了靖国军的旗帜，号称要反段讨陈，看来陕西又不得安宁了。"

柏惠民听姚文山说过此事，他说："这些年不是你打我，就是我打你，打得不亦乐乎，有几个人真正在关注民生啊。我听说孙中山在广东成立了军政府，号召各地国民党人维护《临时约法》，并准备北伐，眼看着全国就要再次乱起来了。三原商号经营的是京广杂货，估计战乱一起，商道不通，生意就更难了。马掌柜，我不求你能贡献多少利润，把伙计们养活住就行了。"

马树森一听东家这样说，心里暗自欢喜。他说："东家此次到三原来散心，肯定要去拜访胡大人吧？"

柏惠民笑着说："清王朝早就灭亡了，哪里还有啥胡大人？当年，就是我妻舅胡平甫劝我到南方巡视各地商号，我才有机会结识了许多著名人物。既然到三原来了，肯定得去当面感谢一下的。"

马树森说："东家啥时候去，我给您准备礼物。"

柏惠民说："你去准备几样简单的吃货就行了。清政府被推翻后，他就辞职归隐了,听说现在一门心思在研究历史,我正好有事要请教。”

第二天早上,柏惠民提着几样礼物来到胡平甫的住宅门前,只见大门紧闭,昔日川流不息的景象已了无踪影,真有点“门前冷落鞍马稀”的感觉。

柏惠民上前叩门,过了一阵,大门“吱拗”一声打开了,开门之人就是柏惠民多年未见的妻舅胡平甫。

胡平甫见门外站着一位手提礼物、面容清瘦的男子,猛然间没有认出来,他问:“先生,您找谁呀?”

柏惠民见到胡平甫有点老态龙钟的样子也是大吃一惊,他听见胡平甫这样问,就知道自己这几年一直生病,可能容貌也发生了变化。他说:“妻舅,我是惠民啊!您连我都认不出来了吗?”

胡平甫仔细端详了柏惠民一番,这才大声说:“果真是惠民。啥风把你吹来了,快请进。”

柏惠民跟在胡平甫身后,进了大堂客厅。

等坐下之后,柏惠民说:“妻舅,您明显变老了。”

胡平甫说:“岁月不饶人啊,我变老很正常,倒是你年纪不到三十岁,弄得跟五十岁似的。”

柏惠民说:“一场大病就像催命鬼似的,把我弄成了这般模样。妻舅,最近还好吧?”

胡平甫说:“差强人意。惠民,当年我劝你去南方巡视各地商号,是升允大人猜疑你是革命党,没想到你真的是革命党啊。”

柏惠民说:“往事不提了,再提当年那些事让我叵烦。”

胡平甫不甘心地说:“惠民啊,不是我怪罪你们这帮革命党,你看如今这世道,派系林立,军阀混战,民不聊生,与大清时期有啥区别?”

柏惠民清楚胡平甫的话隐含着其他意思,其中就包含着自己毁家输资支持革命党人推翻清政府。但仔细一想,他的话似乎也有一番道理。虽说进入民国多年了,全国到处乱哄哄的,今天你上台,明天我上台,民国的总统像走马灯似的不断换人,弄得天下反倒不太平了。

柏惠民微笑着说:“妻舅,出现这种乱象,并非我等革命党人的初衷。您也知道,民国创建之初,就提出了《临时约法》,倡导建立民主共和体制,谁知道让歪嘴和尚念歪了经。我最近听说孙中山先生在广东成立了军政府,号召北伐护法。如果真按照《临时约法》来办，全国可能就是另一番景象了。”

胡平甫说：“孙中山提出的三民主义倒是一个不错的建国方略，遗憾的是你们国民党人都形不成合力，更谈不上贯彻落实。现在，宋教仁、陈其美、廖仲恺、黄兴、蔡锷等精英骨干先后或者被暗杀，或者病故，孙中山现在依靠蒋介石北伐护法，岂不是比登天还难。”

柏惠民说：“还真是秀才不出门，便知天下事啊。我看您门前冷落，了无人迹，还以为您不关心国家大事了，谁知道您对国家大事如数家珍啊。”

胡平甫说：“我虽是前清遗老，但对国家命运还是关心的。你还别说，自郭坚、耿直等人在周至竖起靖国军大旗之后，胡景翼所部补充营营长张义安、连长董振五、参谋邓宝珊率军在三原起义响应。最近听说胡景翼由蒲城，曹世英由耀县都要来三原，想共同举起陕西靖国军的大旗，反段讨陈。据说还邀请于右任从上海返回三原，担任陕西靖国军总司令哩。”

柏惠民一听于右任要回来，高兴地说：“于先生是同盟会元老，国民党骨干，他若能回陕西，估计大事可成。妻舅，您知道井勿幕的消息吗？”

胡平甫说：“我就知道你会问起井勿幕。据说陆建章任陕西总督之后，大力缩编陕军，井勿幕裁减了所部，只留下了少部分人自称水利军，在黄龙山一带驻屯。一年前，井勿幕乔装成商人从陕西步行至北京，促成李根源任陕西省省长，共同对付现在的督军陈树藩。井勿幕对禁烟、财政、教育等方面多次提出建议，但陈树藩到处掣肘，未能实施，让他感到很郁闷。后来，陈树藩和段祺瑞拉上了师生关系，依附安福系，加入督军团，强势夺取了李根源省长印信，井勿幕愤而辞职，现在被陈树藩软禁在西安了。”

柏惠民听完这番话，不禁开始为老朋友的性命担忧了。

过了几天，于右任果真从上海回到了三原，就像胡平甫说的那样，于右任被大家推举为陕西靖国军总司令，指挥陕西靖国军正式拉开了反段讨陈战争的大幕。

陕西靖国军当时有六路大军，多次攻打省会西安。陈树藩见屡战不利，更怕失去督军宝座，就邀请刘镇华的镇嵩军入陕，并许诺如果打败靖国军，就让刘镇华当陕西省省长。

刘镇华率领镇嵩军入陕后，战场形势发生了急剧变化，由原来的靖国军连战连捷，变成了互有胜负，反段讨陈战争进入了相持阶段。

这天傍晚时分,柏惠民没事走出了商号溜达,没想到一下子转到了靖国军司令部所在地。警卫们见一个身材瘦弱的青年男子走了过来,就大声喊站住。柏惠民抬头一看,见门口挂着陕西靖国军司令部的竖匾,明白这里是禁地,不许闲杂人等靠近。转念一想,既然来了,就进去看望一下于右任吧。

他对一个挂着排长军衔的警卫说:“麻烦军爷进去给于司令通报一声,就说故旧柏惠民前来拜访。”

警卫排长听说来人自称柏惠民,又和于司令是故旧,就说:“请柏先生稍等,卑职这就进去报告。”

时间不长,一身戎装的于右任大步走了出来。刚出门,见柏惠民站在门口不远处四处打量,大声喊道:“惠民老弟,你病好啦?咋现在才来看我?”

柏惠民快步走到跟前说:“于司令军务缠身,正在指挥靖国军与陈树藩、刘镇华作战,我一个闲人,咋好意思没事来打扰您。”

于右任拉着柏惠民的手说:“站在这里说话不方便,走,咱们进去说。”

两人进了司令部,柏惠民见司令部里人来人往,脚步匆匆,有几个作战参谋站在沙盘前议论着局势。所有人见了于右任都起身敬礼,把紧跟在后面的柏惠民弄得不好意思了。

于右任转过身说:“别管他们,咱们到我办公室。”

进了于右任办公室,仿佛就像进了杂货铺,里面到处堆放着资料、电文,办公桌上摊开着一张作战态势图。

柏惠民刚坐下,卫兵就把茶水递到了他手上。喝了一口茶,柏惠民说:“于司令军务繁忙,我就问一句话,问完就走。”

于右任说:“既来之,则安之。现在双方处在胶着状态,谁也不可能在短时间内获胜,这场仗不知道啥时候才能结束哩。”

柏惠民问:“于先生,有勿幕的确切消息吗?”

于右任说:“井勿幕现在被陈树藩囚禁在西安,没有行动自由。”

柏惠民担忧地问:“那他会有性命之忧吗?”

于右任说:“辛亥年陕西光复时,井勿幕任北路宣慰安抚使,陈树藩任东路节度使,两个人都是同盟会会员,没有矛盾。近两年,井勿幕劝说李根源任陕西省省长,他屈任关中道尹,暗中与投靠段祺瑞的陈树藩较劲。陈树藩夺去了李根源省长大印之后,井勿幕一怒之下也辞职了。从目前情况看,陈树藩只是囚禁了他,暂时还没有伤害他的企图。”

柏惠民说："故旧一个个离开了人世，让我不免为勿幕的性命担忧啊。"

于右任刚想说话，参谋长进来说："于司令，我刚刚接到几份电报，说是叶荃率滇军第八军三千余人经四川、甘肃入陕，已经到了凤翔、陇县一带。鄂军王安澜和川军吕超各部即将到达陕西。"

于右任高兴得一拍大腿，激动地说："有了这几个省的军队支持陕西靖国军反段讨陈，陈树藩的好日子就快完蛋了。"

陈树藩听说叶荃、王安澜、吕超率军入陕支持陕西靖国军反段讨陈之后，顿时大惊失色，赶紧叫人找来幕僚商议对策。

当陈树藩把滇军、鄂军、川军即将与他开战的消息告诉幕僚之后，这些幕僚也是目瞪口呆。

众人慌乱地议论了一阵，没有一个人能拿出好办法。陈树藩看着这些整天在自己面前叽叽喳喳、高谈阔论的幕僚们，真想派他们全部上前线去打仗。

没办法，陈树藩赶紧向国务总理段祺瑞发电报汇报陕西的情况，并请求段祺瑞调兵支援。发完电报之后，陈树藩突然想起了井勿幕。这个念头刚在脑海中一闪现，他顿时觉得有了主意。

陈树藩对警卫团王团长说："王团长，你去给我把井勿幕请到督军府来，就说我有要事和他商量。"

王团长走后，陈树藩不停地在办公室踱步，对能否请动井勿幕出山，他心里多少还是有点忐忑。平心而论，自从辛亥年陕西光复以来，他多次与井勿幕共事，对井勿幕当年指挥陕军过大庆关和夏阳渡，支援山西民军，接连夺下蒲州、解州、潞州、运城等地的军事指挥才能相当钦佩。现在陕西局势危急，而靖国军当中有好多将领都是井勿幕当年的部属，如果他能前去劝说这些人反正，或者消极应对于右任，陕西当前的危局就可化解。

当陈树藩为自己的奇思妙想喜不自禁之际，王团长进来报告说，井勿幕已经被请来了，就在督军府大堂等候。

陈树藩急匆匆走到大堂，见到井勿幕，他高兴地说："不愧是好兄弟，还真给我面子。"

井勿幕面无表情地问："不知督军大人请我来有啥要事？"

陈树藩心里清楚，井勿幕为自己夺去李根源省长大印之事还耿耿于怀，忙赔着笑脸说："此番专门请你来，确实是有要事相商。你也知道，孙中山在广州成立军政府之后，于右任又回到了三原任陕西靖国军总司令，他们打着护法的旗号，和我打了半年多了。这场战争现在处在相持阶段，我想尽快结束这场战争，让陕西民众过上太平的日子。”

井勿幕不动声色地问："你说这些与我何干？"

陈树藩说："陕西靖国军的六路大军中，许多将领都是你的老部下，我想请你前去说服他们改邪归正，不知道你敢不敢去？"

井勿幕没料到陈树藩这个时候会派他到靖国军当说客。他一时弄不清陈树藩的真正用意，犹豫地问："陈督军果真如此打算？"

陈树藩说："你问这话就有些见外了。关中地区民众饱受战争之苦，作为陕西督军，我自感责任重大，但不消灭靖国军，何来太平？兄弟，咱们一起共事十多年了，你一直关注民众疾苦，又是国民党陕西支部负责人，你前去劝说旧部属，肯定能收到奇效。靖国军瓦解了，民众就能过上太平的日子了。"

井勿幕见陈树藩言语诚恳，不像是在试探他，就说："我去试一试吧。靖国军中虽说有许多人是我的旧部，但这些人能扯旗造反，肯定是铁了心肠的。就算他们给我面子，你能保证既往不咎吗？"

陈树藩明白不说定此事，井勿幕肯定不会去。就是去了，那些将领们也会问这个问题。这个问题不答应，他们定会心有余悸，怕他秋后算账，可能就不会给井勿幕的面子，弄不好还会扣留他做人质。

陈树藩说："你尽管放心，我不但不会既往不咎，还会让他们保留原职，甚至官升一级。"

井勿幕说："有了陈督军这番表态，我明天就动身去三原靖国军司令部驻地。"

陈树藩说："我让王团长派车送你去。"

井勿幕毫不领情地说："不必劳烦了。"说完话，就大步走出了督军府。

看着井勿幕离去，王团长不放心地说："陈督军，井勿幕与靖国军总司令于右任是知己至交，他们打交道比您还早，您让井勿幕去三原劝降，无异于蛟龙入海，虎归山林呀。"

陈树藩说："你懂个屁！以我对井勿幕的了解，此人心系民众，不计名利，要不然也不会在关中道尹的位置上还提了许多有关民生的建议。现在陕西靖国军得到了滇军、鄂军、川军的支持，声势大振，士气高昂，再不派他去瓦解靖国军，我们就会完蛋。"

王团长说:“我咋觉得您这是病急乱投医哩。如果井勿幕劝说不了那些靖国军将领,反倒和他们一起反对咱们,这可咋办?”

陈树藩一听这话,倒吸了一口凉气。但一想好不容易劝说井勿幕前去劝降,不能因为王团长的消极言论坏了大事。他说:“你放心,果真出现了这种事情,我会让他身首异处,不得好死。”

第二天中午时分,于右任正在司令部会议室开会,值班参谋走到跟前,悄声对他说:“井勿幕从西安来了,他有事求见。”

于右任听说井勿幕来了,立即宣布散会。

他回到办公室后,井勿幕忙站起身高兴地说:“打扰于司令了。”

于右任说:“快坐下,有话慢慢说。”

井勿幕说:“于司令,我是陈树藩派来的说客,你见了我还这么高兴?”

于右任笑着说:“你来当说客?这可是天大的笑话呀!要我说,陈树藩派你来,这是鬼迷心窍了。快给我说说陈树藩的如意算盘。”

井勿幕随后把陈树藩的话告知了于右任,并说:“陈树藩已经不是当年的陈树藩了,他攀上了段祺瑞,并支持段祺瑞废了《临时约法》,这种倒行逆施、为虎作伥之举,我辈岂能忍受?我被他囚禁一年多了,一直苦无良策出来,这下倒好,他想让我来劝说旧部将领投降,真可谓瞌睡借着了枕头,把我想不到的事替我办了。”

于右任喜道:“你来了,事情就好办了。现在滇军、鄂军、川军都来陕支持咱们,陈树藩请求段祺瑞派兵支持他,估计毫无指望。以陈树藩和刘镇华现有的实力,我们完全有取胜的把握。”

井勿幕说:“我愿意听从于司令的调遣,为反段讨陈赴汤蹈火,万死不辞。

于右任说:“我下午就召开六路军高级将领会议,任命你为陕西靖国军总指挥。”

井勿幕笑着说:“陈树藩要是听到这个消息,非得气死不可。”

于右任哈哈大笑着说:“能气死陈树藩最好,这样就不用流血牺牲了。”

井勿幕就任陕西靖国军总指挥的消息传到西安后,陈树藩气得咬牙切齿,发誓要给井勿幕颜色看。

再说井勿幕任总指挥后,真的是精神大振。不过他很快就发现靖国军中有些部队纪律涣散、战斗力不强,这才导致了与陈树藩和刘镇华的军队长期相持,打起了拉锯战。

井勿幕在六路大军司令官会议上提出了要整顿军纪,提高战斗力的要求,并说自己将会亲自去各部队检查。

过了几天,井勿幕对于右任说:“叶荃率滇军已到达凤翔了,我想去劳军,顺便检查一下一路军郭坚部队的驻防和军纪情况。”

于右任说:“滇军不远万里来支援陕西靖国军,确实应该慰劳。我听说郭坚的部队军纪不好,经常扰民,你还是小心一点。这样吧,你带上几个人一起去,路上一定要谨慎小心。”

没等井勿幕回应于右任的话,柏惠民就跨进了于右任办公室。他听见于右任对井勿幕说路上一定要谨慎小心,就问:“勿幕准备去哪里呀?还要谨慎小心。”

井勿幕转头一看,见柏惠民已站在了自己面前,他高兴地说:“惠民,好久不见了。我回到三原后,于司令让我担任陕西靖国军总指挥,忙得一塌糊涂,也没时间去看你,没想到在这里碰见你了。”

柏惠民说:“你们在为护法北伐忙碌,我一个病人也帮不上啥忙,更不想给你们添乱。我听说你回来了,就弄了一桌酒菜准备给你接风洗尘。”

于右任说:“他正准备去凤翔一带劳军哩。这样也好,既为他接了风,也为他送了行,一举两得。”

在三原商号的客厅里,于右任、井勿幕、柏惠民三个老朋友把酒言欢,畅叙着友情和当前局势。

当听说井勿幕要去凤翔一带慰问滇军,顺便检查第一路军郭坚所部军纪时,柏惠民不无担忧地说:“我在兴平县的商号传回来消息说,郭坚所部李栋材的营部就驻扎在兴平县的南仁堡,该营纪律涣散,经常扰民,你此次前去巡视,一定要倍加小心啊。”

井勿幕不以为然地说:“怕啥呀!郭坚、李栋材和我都是蒲城老乡,彼此打交道也不是三天两天了,我就不相信他们会对我动手脚。”

柏惠民说:“当年我离开上海时,曾经对于司令说过一句话,今天也送给你。凡事有防则安,无防则危。”

于右任说:“老话说,害人之心不可有,防人之心不可无。我看你就带上岳维峻、董振五、邓宝珊等人一起去吧。这样既可以让滇军叶荃军长觉得有面子,也可以预防不测。”

井勿幕见两个老朋友对自己此行都有担忧,就说:“那就依于司令的安排,我明天带上岳维峻等人和卫兵出发去凤翔。”

去凤翔的路上,满眼都是残垣断壁,激战过后的痕迹随处可见,就连空气中也弥漫着硝烟和死尸的气味。有些郁闷的井勿幕一路上心情沉重,思绪万千……



在凤翔慰问完叶荃率领的滇军第八军之后,井勿幕等人就进了郭坚的第一路军军营。军营里面士兵懒散,军容不整,吹口哨的、吹牛聊天的、打纸牌的比比皆是,这番情景一下子让井勿幕气上了心头。

在郭坚所部高级军官为井勿幕等人准备的欢迎酒宴上,井勿幕毫不客气地说:“郭司令,我在三原开会时,就已经强调了要加强部队纪律,严禁部队扰民,你看看你的部属与土匪有啥区别?这是靖国军的形象吗?这样下去,让关中民众如何支持我们反段讨陈?”

郭坚见井勿幕劈头盖脸地训斥自己和部属,脸上有点挂不住了。他说:“井总指挥,你说的确实是实情,但整顿军纪要有一个过程,不能说今天整顿,明天就出现了新气象。这些部属,平时懒散惯了,对于整顿军纪一时还不适应,你给我一段时间,我保证让军容军纪大变。”

井勿幕说:“现在大战随时都可能爆发,军纪不严,战斗力肯定不强,要想取胜就会更加困难。我希望从今天开始,一路军要坚决做到纪律严明,令行禁止,一切行动听从于司令的调遣。”

这顿欢迎酒宴,因为井勿幕发火不欢而散。

送走井勿幕等人之后,参谋长马凌甫脸色阴沉地走进了郭坚的办公室。他见郭坚也在为刚才酒宴上井勿幕的一番话生气,就说:“陕西靖国军六路大军中,难道我们第一路军军纪最差吗?井勿幕当着大伙的面这样痛斥一路军,分明是在打击异己,树立他自己的威信,这种做法让郭司令颜面何存呀!”

郭坚虽然当时很尴尬,现在听马凌甫这么一讲,还是觉得他的话有些不妥。他说:“我和井勿幕是老乡,一起参加过陕西光复的许多战役,对他我还是比较了解的。至于你说他打击异己,树立自己威信,我倒不这么看,今后你也不要再说这样的话。井勿幕性子直,心直口快,虽说他说话不留余地,没给我这个老乡面子,但军纪不严、战斗力不高,确实影响了反段讨陈战争的进程呀。”

马凌甫见郭坚是这种态度，原先想搬弄是非的心劲就散了一大半,他说:“井勿幕心高气傲,不让他受点教训就便宜他了。”

郭坚知道马凌甫花花肠子很多,听他这么一说,就明白马凌甫想给井勿幕找难堪。为了维系靖国军反段讨陈的大局,他也不想闹得过分,以免将来见面时彼此尴尬。他说:“参谋长,井勿幕也算是一心为公吧。凡事适可而止,千万不能过分,让陈树藩笑话靖国军。”

马凌甫说:“请司令放心,我不会做出出格之事的。”

他虽然当面对郭坚表了态,但随后就变卦了。一直关注着井勿幕等人行踪的马凌甫,终于想出了一条毒计,欲置井勿幕于死地而后快。

井勿幕带领一帮人离开凤翔返回三原的途中，就遭到了驻扎在扶风县城的一路军刘顺天营的截击。尽管这段小插曲很快得到了解决,双方也没有多大伤亡,但还是让跟随他劳军的岳维峻等人起了疑心。

井勿幕一行快到兴平县时,又受到了驻扎在县城的贾福堂营的攻击。贾福堂原是陈树藩的部队,后来向郭坚的一路军投降,现在驻扎兴平县。受到贾福堂营攻击后,井勿幕等人大为恼火,命令随行部队攻击兴平县城。贾福堂凭借城墙高大坚固,粮弹充足,负隅顽抗,井勿幕等人攻击了几天,也没拿下兴平县城。郭坚听说井勿幕等人在兴平县城遭到了贾福堂的攻击,大为恼火,就命令驻守在南仁堡的李栋材营协助策应。

这场出乎意料的战斗打了几天,井勿幕见一时无法破城擒拿贾福堂,就准备放弃攻击。此时,他接到以郭坚名义发来的公函,说是请井总指挥赴南仁堡聚集开会,商讨攻击贾福堂驻守的兴平县城,进而进攻西安的计划。

井勿幕正在气头上,看了公函之后,觉得是好事,就准备按时赴约。

邓宝珊说:“总指挥,我看这份公函来得蹊跷,恐怕有诈,您还是返回三原司令部为上策。到了三原,我们再从长计议也不迟呀。”

岳维峻说:“这一路上我们受到的攻击,全部是郭坚的一路军各部。郭坚现在来公函说是商议攻击兴平县城,进而进攻西安,那他为啥不亲自前来帮着咱们一起收拾贾福堂?”

井勿幕说:“事发突然,估计郭坚也没有料到贾福堂会反叛。依我之见,这是好事。现在滇军、川军、鄂军都已入陕，也是商议进攻西安的大好时机。”

董振五担忧地说：“总指挥，人心隔肚皮。刘顺天、贾福堂能主动攻击总指挥率领的劳军部队，说明他们心怀叵测，图谋不轨，您最好还是谨慎一点呀。”

井勿幕见众人为他的安危担忧，笑着说：“诸位不必担心。李栋材是我老乡，我不相信他会害我。这样吧，你们三人带着劳军部队回三原，向于司令报告一下情况，就说我在南仁堡和郭司令商议攻打兴平县城和进攻西安的计划，随后我会赶回来当面向于司令汇报商议结果。”

岳维峻说：“这样不妥吧？我建议让邓宝珊领着劳军部队跟着你，以防不测，我和董振五回三原向于司令汇报就行了。必要时，我会带着部队来接应你们。”

井勿幕说：“咱们在返回的路上，接连和郭坚所部发生了冲突，闹得不愉快，我再带着部队前往，怕他们起疑心。为了革命，我早已将生死置之度外了，难道还怕郭坚和李栋材这两个老乡不成？”

众人见无法劝说井勿幕不去赴约，就让他的卫兵班长安彦明小心照顾井勿幕，一定要确保总指挥的安全。

岳维峻等人走后，井勿幕带着安彦明等四个卫兵前往南仁堡。

此时南仁堡驻军营长李栋材正盼着井勿幕大驾光临，他好实施自己的计划。在井勿幕等人率部队攻打兴平县城之际，李栋材接到了马凌甫的密函，让他想方设法教训井勿幕。李栋材看过密函之后，心里一阵窃喜。此前，陈树藩就派参谋来劝降，并许诺给他加官晋级，他一直想不出给陈树藩送什么见面礼。现在陈树藩痛恨的井勿幕要来南仁堡参加军事会议，真可谓天赐良机。

二十一日一大早，井勿幕在四名卫兵的护卫下来到了南仁堡，李栋材欢天喜地地把井勿幕迎进了营部。他见井勿幕只带了四名卫兵，更是喜得心花怒放。

等井勿幕在营部坐定后，李栋材殷勤地说：“请总指挥稍等，郭司令正带着人赶往南仁堡，您正好趁此时间休息一下，等郭司令来了，再商议大事不迟。”随后，李栋材安排人把安彦明等人招呼到别处休息等候。

井勿幕随后一面等候郭坚等人，一面和李栋材聊起了家常。两人叙谈了一会儿同乡之谊,话题就转到了当前的局势。

直到中午时分,井勿幕才隐隐约约听见一阵散乱的马蹄声从北面由远及近,他以为郭坚等人来了,就起身走出了营部大门。

走到门口,井勿幕并没有发现郭坚等人的踪影,只看见郭坚的马弁等数十人正在下马,他问:"郭司令来了吗?"

马弁说:"郭司令马上就到。"

井勿幕见郭坚没来,转身就往营部走,丝毫没有觉察到危险正在向他逼近。井勿幕刚走进营部,李栋材就拔出了随身佩带的手枪,对着井勿幕的背部就是砰砰两枪,井勿幕随之一个前扑,倒在了地上。

李栋材走上前翻转井勿幕的身体,发现井勿幕口鼻流血,已经气绝身亡了。随后,他取来放在办公桌旁边的大刀,残忍地砍下井勿幕的头颅,用布一裹,出了营部,飞身上马,往西安方向狂奔而去。

营部突发的枪声,令卫兵们不知道发生了啥事,一时乱成了一团。安彦明等人提着枪冲进营部时,看见井勿幕倒在血泊之中,头颅不知去向,顿时惊恐万状,失声痛哭。

营长李栋材跑了,南仁堡也乱成了一锅粥。

安彦明见驻军中无人能做主,听人说看见李栋材提着一个包袱逃往西安方向了,只好用一床棉被把井勿幕的尸身包裹起来,放在车上。

其他几个卫兵看到井勿幕的尸身,失声痛哭,大骂李栋材丧尽天良。安彦明清楚自己没有尽到保护井勿幕之责,惹了大祸,又怕把井勿幕的尸身放在南仁堡出现其他意外,就和卫兵们带着井勿幕的尸身赶往三原,准备当面给于右任汇报噩耗。

轿车过了泾河之后,一个年长的卫兵说:"安班长,咱们这样回去报告总指挥被害身亡,于司令怕是会把我们一块枪毙祭奠总指挥的。"

安彦明正在为井勿幕遇害伤心,随口就说:"要是于司令枪毙了我们能换回总指挥的命,我也心甘情愿。事已至此,我们还能咋办?"

年长的卫兵说:"不如咱们把总指挥的尸身带到泾阳县城吧。泾阳驻军营长田玉洁是胡景翼司令的部下,胡司令和总指挥交情不错,也是老乡,田营长看在胡司令的面子上,或许会帮助咱们妥善协调此事。"

安彦明听完这番话,觉得有道理,就带着井勿幕的尸身进了泾阳县城。

田玉洁做梦也没想到安彦明等人会给他带来井勿幕的无头尸身。万分

震惊的田玉洁安顿好卫兵，特意把井勿幕的尸身停放在离县政府不远处的一间平房里，并派了卫兵看管，这才带着卫队打马如飞地赶到三原靖国军司令部向于右任报告噩耗。

于右任突然听闻井勿幕在南仁堡遇害的消息，先是惊讶，随后失声痛哭。虽然此前他叮嘱井勿幕要注意安全，没料到他在李栋材的营部被害身亡，还被砍下了头颅，此仇不报，难以向靖国军将士交代，以后更无脸面见屡次支持靖国军的井勿幕胞兄、人称榆林王的井岳秀。

冷静之后，于右任一面将井勿幕遇害的噩耗向孙中山和广东军政府上报，一面严令追查凶手，一定要想方设法把李栋材捉拿归案，替井勿幕报仇雪恨。

于右任不忍心井勿幕身首异处，无法入土为安。他悲恸地对田玉洁说："田营长，你与陈树藩也有点交情，现在我命令你亲自到西安去，无论如何一定要把井勿幕的头颅要回来。"

田玉洁当即表态说："请于司令放心，卑职一定办到。"

李栋材带着井勿幕的头颅进了西安城，直奔督军府署。正在办公的陈树藩听说李栋材枪杀了井勿幕来见自己，高兴得手舞足蹈。

他对王团长和幕僚们说："当初，我派井勿幕前去三原劝降他的旧部，没想到他竟然当了靖国军的总指挥。大家记得我听说此事后说的话吗？我要让背叛我的人身首异处，今天李栋材带着井勿幕的头颅作为见面礼，还真应了我当时的气愤之言。"

王团长说："督军莫要高兴得太早了，让李栋材把人头送进来当场验明正身再高兴也不迟。我怀疑李栋材此举有诈，督军应该谨慎对待。"

其他幕僚见王团长考虑事情周详，都很赞同。陈树藩于是就让督军府警卫排长解除了李栋材的武装，让他只带着包裹进门。

李栋材进了陈树藩的办公室，当场打开包裹，一颗血淋淋的人头就露了出来。陈树藩、王团长等人走近前一看，果然是井勿幕。

陈树藩对李栋材竖起了大拇指，高兴得哈哈大笑，他说："李营长为本督军剪除了心腹大患，必要重重奖赏。你说吧，想要什么封赏？"

李栋材说："卑职一门心思只为除去督军痛恨之人，没想到要什么封赏。现在卑职把井勿幕的人头送来了，求督军看在卑职竭尽全力办事的分上，给卑职指一条生路。”

王团长趁机说：“陈督军，当初井勿幕叛逃到靖国军并任总指挥，确实让人痛恨切齿，您当初也放出了狠话。现在李营长砍了井勿幕的头颅送来，可谓大快人心。卑职以为，此事对您来说是好事，但井勿幕的胞兄榆林王井岳秀肯定不会善罢甘休，一定会追查凶手。为了避免井岳秀为报胞弟之仇，带领军队加入于右任的靖国军与咱们发生直接冲突，督军不如给李营长一大笔金钱，让他到外地躲避，等咱们剿灭了靖国军，再让李营长回来，届时督军封李营长任何官职，其他人都不会有意见。”

陈树藩知道井岳秀不好惹，更担心出现王团长所言的局面，就说：“王团长言之有理。李营长，你看就按王团长说的办如何？”

李栋材知道井岳秀和井勿幕是一奶同胞，情深义重，肯定会为兄弟报仇雪恨。如果自己现在待在陈树藩的军队中任职，难免哪一天就一命呜呼了，说不定死得比井勿幕更惨。他说：“多谢督军大人美意。卑职一切听从督军大人安排。”

打发走李栋材之后，王团长说：“靖国军失去井勿幕之后，肯定会军心涣散，士气不振，督军可趁此和镇嵩军刘镇华联手，向靖国军发起猛攻。”

陈树藩说：“不着急。郭坚部下李栋材杀害了井勿幕，靖国军内部为了追查凶手，肯定会彼此猜疑，造成混乱。等他们反目成仇，我们再趁机出兵，即可大获全胜。”

王团长见陈树藩成竹在胸，就没有多说。

再说田玉洁进了西安城，托人几次转告陈树藩想求见一面，陈树藩念在他们当年都是同盟会同志的分上，虽说没有让人缉拿田玉洁，但也丝毫没有见面的意思。

这天傍晚时分，督军府警卫排长进来报告说，门口来了一位商人打扮之人，说是陈督军的故旧，想进来拜访督军。

陈树藩不知道谁在这个时候前来拜访，又听说是一位商人，还以为是贿赂他来了。他毫无戒心地说：“让他进来。你把他带到书房等候，我处理完手头的事，马上过去。”

等陈树藩踱着小步慢悠悠地走进书房才发现，所谓的商人竟然是驻守泾阳的靖国军第四路军胡景翼部下田玉洁。孤身一人的陈树藩顿时大惊失色，颤声问道："田玉洁，你想干啥？这里是督军府，我奉劝你不要胆大妄为。"

田玉洁站起身，面色平静地说："陈督军，请您不要害怕，卑职此番前来，只是想和您商量一件事，绝对不会伤害您的。"

陈树藩听了田玉洁这番话，看到他也是孤身一人，这才放心地坐下。

田玉洁说："我知道郭坚部下营长李栋材把井勿幕的人头送给督军做了见面礼。卑职此番前来，就是想要回井勿幕的人头，让他身首合并，入土为安。"

陈树藩说："田玉洁，你想得太美了。说实话，我准备把井勿幕的人头悬挂在北门上，以儆效尤，惩治叛将哩。"

田玉洁说："督军大人难道不知道这样做就会大祸临头吗？"

陈树藩不以为然地说："你想要回井勿幕的人头，也用不着拿这话来吓唬我。我没杀井勿幕，我怕啥？"

田玉洁说："恐怕于右任、井岳秀不会这么认为吧？督军难道不知道孙权把关羽的人头送给曹操的故事吗？"

田玉洁的话，顿时令陈树藩胆战心惊。三国时期，关羽败走麦城，被潘璋部将马忠擒获。孙权想劝降关羽父子归降时，主簿左咸列举了曹操如何善待关羽的往事，并提醒孙权说"若不即除，恐贻后患"。孙权遂命杀害了关羽父子。之后，孙权听从张昭之计，砍下关羽首级，用木匣盛装派人送给了曹操。曹操清楚这是孙权想嫁祸于人，于是用沉香木雕刻了关羽的身躯，以王侯之礼在洛阳南门外安葬，并派差官为其守墓，这就是如今洛阳附近的关林。田玉洁的提醒，让陈树藩犹如醍醐灌顶，茅塞顿开。

陈树藩感激地说："多谢田营长，要不是你提醒，我真可能把井勿幕的人头悬挂在北门哩。既然你亲自来要人头，那就带回去吧。"

随后，陈树藩让警卫排长取来井勿幕的人头交给了田玉洁。田玉洁立刻出了督军府大门，连夜赶回三原，交给了于右任。

在公祭井勿幕的大会上，柏惠民见到了于右任为井勿幕写的挽联。挽联写道：我哭井勿幕，汲汲救国忠诚，不亚宋渔父；谁言李栋材？明明杀人犯，就是陈树藩。

追悼会结束后，于右任亲自安排人把井勿幕安葬在了老家墓地，一代英雄就此魂归故里，年仅三十一岁。

极度伤感的柏惠民有感于老朋友井勿幕为革命捐躯，就不想在三原待了。在井勿幕下葬之后，他找于右任告别。

柏惠民见于右任一下子变得苍老许多，心情越发沉重。想到现在两军仍在对峙，靖国军痛失大将，于右任肯定会悲愤伤神，要尽快结束战争，为井勿幕报仇雪恨。

柏惠民痛心地说："于司令，在三原见到你和勿幕，本来是人生一大快事，没想到勿幕惨遭不测，身首异处，真的令人伤感不已。我决定明天就回泾阳老家，待在这里，总会让我想起勿幕的往事，更加悲伤。"

于右任说："你现在有病在身，应多多保重，不能再有闪失了。井勿幕的事，我已经上报给广东军政府了，孙中山先生发来唁电说，井勿幕惨遭不幸，西北革命痛失巨擘，还让国民党党史委员会为其立传，并由国民政府明令褒扬，由章炳麟撰《井勿幕墓志铭》。"

柏惠民说："人不在了，这些东西都是虚名。老话说，瓦罐不离井边破，将军难免阵前亡。勿幕牺牲，可谓生是人杰，死肯定为鬼雄呀！"

于右任说："你这句话中肯。我在上报国民党中央的电报中就曾经这样评价井勿幕：名家龙虎，关中凤鸾，奔走南北者十余年，经营蜀、秦者可百余战。慨虎口之久居，已乌头之早白。淮阴入汉，旋登上将之坛；士会渡河，胥慰吾人之望。武侯之指挥未定，君叔之志俱歼，空洒平陵之泪。"

柏惠民说："我可没有于司令的文采，只能说一些大实话。"

于右任说："惠民，要不然你到靖国军来帮忙吧？"

柏惠民说："于司令知道，我早就没有从政之心了。现在官场乌烟瘴气，鱼龙混杂，尔虞我诈，与其上这样的舞台演戏，还不如当个观众看得明白。这样的舞台，我不参与，就是当个局外人，即使不发言评论，也知道是非曲直。"

于右任听完这番话，明白了柏惠民的心思。如果说宋教仁被刺杀身亡让柏惠民心寒的话，井勿幕的惨死，就更让柏惠民对国民党窝里斗灰心。他既然已无心从政，再劝说就有些勉为其难了。

于右任说："惠民，你放心，井勿幕之事，肯定会给世人一个交代的。"

柏惠民说："但愿早日缉拿到凶手，让勿幕的在天之灵得到安慰。"

后来，井勿幕的胞兄"榆林王"井岳秀费尽周折，花重金将躲进汉口租界的李栋材抓捕到榆林，剖腹剜心，祭奠其弟，但没有挖出背后主谋。此案件随之成为民国时期的一桩悬案。

# 第十七章　柏惠民遭遇钱荒　于右任远走沪上

柏惠民满怀悲愤地回到柏家庄园之后,一面养病,一面不断打听陕西靖国军的动向。

翻过年之后,于右任率领的陕西靖国军和陈树藩的军队继续在关中一带展开拉锯战,双方互有胜负。一直听不到所盼望的陕西靖国军大胜消息的柏惠民无法预知这场战争何时结束,心里感到很叵烦。

四月中旬的一天中午时分,姚文山垂丧着头,快步来到了柏家庄园。大管家高轩德知道姚文山是东家的挚友,也经常来给东家看病,就请姚文山直接到二院去找东家。

姚文山见到柏惠民,未曾说话就泪流满面,不停地唏嘘、叹息。

柏惠民见此情景,知道有大事发生,但他猜不透到底发生了啥事,于是着急地问:"文山,到底发生了啥事,你快说呀!"

姚文山说:"高铭新在去富平县美原镇的路上遇刺身亡,今天早上被安葬在了王桥镇附近的白公渠畔。"

柏惠民听完这话,心情一下子沉重了起来。他从上海返回陕西后,就和高铭新交往比较多,两个人联合其他人出资在西安设立了新民图书馆,专门购进书刊,做着开启民智的事情。后来陕西靖国军成立,高铭新受邀参加了陕西靖国军,先后担任过第六路军参谋兼工程营营长、乾县县长。前一阵,他听说高铭新回到了靖国军总部担任参谋,成了于右任的得力助手,这才几天，咋会遇刺身亡呢？

柏惠民不相信地问："文山，你说的是真事？"

姚文山说："我知道你和高铭新志趣相投，颇有来往，但他确实遇刺身亡了。咱们两个也是多年的交情了，我能拿这事骗你吗？"

柏惠民一阵心痛，他想不到仅仅比他大一岁的高铭新就此与他阴阳两隔了。柏惠民叹息了一阵，问道："文山，你把铭新遇刺的经过给我说一下吧。"

姚文山随后说，高铭新因对关中地形比较熟悉，在战场上屡出奇谋，重创陈树藩的军队。前一阵，于司令命他到富平县美原镇帮助当地驻军抵御陈树藩的军队，他在前往美原镇途中，遭到不明身份枪手的袭击负了重伤，临终之际，高铭新对随从说："余平生没有私仇，击吾者乃公敌也。可转告同志为国努力，余死无憾矣。"说完这番话之后，他长啸了一声，就殒命了。

听完姚文山的诉说，柏惠民想起了挚友宋教仁当年遇刺身亡之前说的话。这两个人心胸坦荡，一心为了实现三民主义，但结局几乎如出一辙。是天妒英才，还是时事弄人，柏惠民一时无法弄清楚，更却感到了寒心。

柏惠民说："文山，铭新撒手人寰之后，就剩下了妻子刘淑铭和不满一岁的儿子高鸿[1]，这对孤儿寡母今后的生活就更加艰难了。当年我们和铭新都是同盟会会员，咱们这些活着的人一定不能让这对孤儿寡母受罪才是啊。"

姚文山叹息了一声，说："你说得对。我们应该尽力资助高鸿母子，尽可能让高鸿成才，这样才能对得起为国捐躯的铭新。"

柏惠民说："我现在虽说光景不咋样，但还有能力资助他们。至于今后会有啥变化，我想与铭新相交甚厚者，不会撒手不管的。"

姚文山心里清楚，柏惠民听到高铭新遇刺身亡的噩耗之后，心情肯定会低落，有可能加重病情。他说："你先养病，有啥消息我会第一时间来告知你的。"

---

①高鸿（1918—2013），陕西省泾阳县人。我国近代仪器分析学科奠基人之一，分析化学家、教育家，中国科学院院士。1943 年毕业于中央大学化学系，1947 年获美国伊利诺伊大学博士学位。历任南京大学副教授、教授、终身教授，全国首批博士生导师，陕西省政府决策咨询委员会特邀咨询委员，西北大学终身教授。多次荣获全国科学大会奖、国家自然科学奖、全国优秀图书奖等国家级奖励。

时间不长，柏惠民陆续听说段祺瑞的北洋政府为了支持陈树藩剿灭陕西靖国军，先后派奉军、晋军、川军、甘军进入陕西作战，双方几十万军队在关中大地上打起了拉锯战，弄得关中民众流离失所，田园颓废，怨声载道。

这年八月中旬的一天中午，高轩德趁柏惠民在隐忧亭旁看书之际，对他说："东家，快开学了，桥底镇两所学校和三原的学校都需要整修，教员们的薪酬也需要东家明确一下。"

柏惠民放下手中的书本，半天没有吭声。

柏惠民于清末就在村里兴建了效愚男子小学和女子小学，在桥底镇兴建了惠民高等小学，在三原设立了英算专修学堂，在西安开办了三育学堂和西岳庙女子小学，这些学校所用的课本、文具、制服等一直由柏家免费供给，他因此曾受到过泾阳县知县蔡元儒和陕西巡抚曹鸿勋的嘉奖，也被民众普遍敬仰。自从苏州分号、汉口分号、兰州分号倒闭之后，柏家的收入连年下降。近年以来，全国各地到处都是军阀混战，柏家更是入不敷出。面对即将到来的秋季开学花费，柏惠民也是苦不堪言。

柏惠民见高轩德站在面前等回话，无奈地说："高管家，柏家现在还有多少现钱？"

高轩德说："现在账面上的现钱，仅仅够修缮学校的费用，课本、文具、校服和教员们的薪俸还没有着落。"

柏惠民听完这话，心里咯噔了一下。他没料到如今的柏家竟然连这些学校的正常费用都无法维持了。这些学校已经开办多年，吸引了无数的学生就近入学，就连教员们也觉得学校给的薪俸比较高，教书也很认真，教育质量得到了广泛好评。如果因为资金得不到保障，让这些学校无法正常开学，引起的反响肯定会很大。

柏惠民叹了一口气说："如今这六所学校的费用，已经成了我的心病。柏家前些年为了正常开办这六所学校，投入了大量费用，那时候柏家有钱。现在柏家入不敷出了，这事还真让我头痛啊。"

高轩德劝说道："东家，要不然咱们把附近的这几所学校正常开办，把三原、西安的三所学校转让出去吧，这样也能减轻一些负担。"

柏惠民说："村里和镇上的三所学校是我最早兴办的，当地民众的子女都在此上学，一定得确保正常开学。至于三原和西安的学校，你跟姚管家商议一下，最好是找热心教育之人接手兴办，不能因为柏家转让了这几所学校，让原来在此就读的学生娃失学。”

高轩德说：“我这就去和姚管家商议，等事情办妥之后，再给您回复。”

看着高轩德走出花园，柏惠民没有心思继续看书，就坐在隐忧亭里发呆。

快吃午饭时，儿子柏纪会跑进花园来叫他，他才感到时间过得真快，自己一个人孤坐在隐忧亭已经快一个时辰了。

柏惠民问儿子：“纪会，你最近在看些啥书？”

柏纪会说：“放暑假前，老师要求我把《大学》《中庸》都读一遍，今天正好读完了。”

柏惠民问：“快开学了，你乐意去上学吗？”

柏纪会说：“当然乐意了。开学了，学校里有许多小朋友，我们就可以互相交流学习，也可以玩游戏。”

柏惠民听完儿子的话，终于露出了难得的笑容。小孩子天真烂漫，说的几乎都是心里话，不像成年人说话，往往话到嘴边还要留上三分。

柏惠民故意问：“你平时很少到花园里来，今天咋跑来了？”

柏纪会仰着头说：“父亲经常在花园里读书，我怕进来乱跑打扰您。今天来是叫您回去吃午饭的。”

柏惠民说：“没想到你还这么懂事。好，咱这就一起回去吃饭。”

时光荏苒，一晃两年就过去了。这期间，陕西靖国军和陈树藩带领的各路军阀一直在作战，关中一带经常能听到枪炮声，不时就有谁家儿子或丈夫阵亡的消息传来，田野里不断有新坟隆起。见怪不怪的乡邻们在哀叹中度日如年，期盼这场持续了几年的战争早点结束。

到了一九二〇年八月中旬，柏惠民忽然听说靖国军一路军司令郭坚在西安城被冯玉祥杀害了。时隔不久，又听到胡景翼宣告取消陕西靖国军名义的消息。

柏惠民想不到陕西靖国军会是这样一种结局，又开始为于右任的命运担忧起来了。

过了几天，正在午休的柏惠民被管家姚崇文叫了起来，说是于右任带着几个卫兵到了柏家庄园，现在正在大堂客厅喝茶等候。

柏惠民听说于右任来了，急忙下炕，一边穿鞋，一边往外走。进了客厅，果然发现于右任坐在太师椅上，端着茶杯正在品茶。

柏惠民还没坐下就急问："于司令，你咋来了？取消陕西靖国军名义到底是咋回事？"

于右任放下茶杯，神情落寞地说："真是世事难料啊！当初郭坚等人竖起了陕西靖国军的大旗，胡景翼、曹世英等人群起响应，又把我从上海请回来担任总司令。几年下来，井勿幕、郭坚、宋向辰、邹子良、高铭新等人不是殒命疆场，就是被人暗害，真让人痛心疾首。现在，直系军阀势力正盛，靖国军人心不齐，有人看到战争无法短期内结束，就表示愿意接受直系军阀改编，局面堪忧。尤其是胡景翼此时宣布取消陕西靖国军名义，真让人心寒啊。"

柏惠民着急地问："陕西靖国军不存在了，您这个总司令下一步咋打算？"

于右任说："胡景翼宣布取消陕西靖国军名义之后，孙中山先生从广东给邓宝珊发来电报，劝阻邓宝珊不要接受直系军阀代表冯玉祥的改编。目前，改编这事暂缓了下来，我也心烦意乱，就到你家里来了。"

柏惠民说："你一心想与孙中山的广东国民政府南北呼应，护法为国，没料想会出现这种结局。几年下来，关中一带哀鸿遍野，田野荒芜，残垣断壁随处可见，老百姓可真是苦不堪言呀！"

于右任说："我们革命的目的，就是想实现三民主义，建设与西方列强平起平坐的强盛国家，为了达到这个目标，不付出代价是不行的。惠民啊，不说这些大事了，谈谈你吧。"

柏惠民见于右任转了话题，让他谈自己的日常生活，就明白于右任现在正处在进退两难之地，老是说这些不痛快的事，只能增添他的烦恼。

柏惠民说："从三原回来后，我一面将养身体，一面打理以前所办的六所学校。空闲时，看看历史书籍，关心一下儿子的学习。"

于右任羡慕地说："还是你的日子过得舒坦啊。"

柏惠民笑着说："各人境况不一样，烦恼也有差别。你关心的是国家大事，希望国民党能够统一全国，用三民主义治理国家。我关心的是柴米油盐酱醋茶，用入不敷出的收入支应各项开销。"

于右任听到入不敷出之语，不相信地问："惠民，说实话，你现在真的是入不敷出了？"

柏惠民说："我骗你干啥。自从苏州分号、汉口分号、兰州分号先后倒闭之后，柏家现在的大商号就只剩下四川的天成德分号还在勉强经营，三原、兴平和泾阳的小商号虽说每天也在开门，但都是苟延残喘，没多大指望。柏家虽说主人不多，但要养活许多干活的人，包括学校的教员，这些开支不是个小数目。”

于右任清楚柏惠民说的是实情。以前，柏家的商号遍布江南、西北，生意兴隆，财源广进，这才有了“大簸箕柏”的名号，没想到这才十几年，柏家现在就空有其名了。一想到柏惠民为革命毁家纾资的往事，于右任心里就感到难受。

于右任说：“惠民啊，凡事想开些。我们都是凡夫俗子，谁能料到推翻了清王朝专制政府之后，全国会出现这种混乱局面。现在国家建设无法进行，老百姓期盼的太平日子遥遥无期，每当想起这些事，就让我心酸啊。”

柏惠民说：“不说这些了。你随我到花园去转一下，看一下当年在上海写的隐忧亭牌匾吧。”

于右任站起身说：“走，去看一下牌匾，顺便让我看一下当年在你家的生活场景。”

俗话说，一文钱难倒英雄汉。柏惠民现在就面临着这样的尴尬。

翻过年之后，高轩德来请示学校开学的具体事宜。柏惠民见高轩德拿着账本走进了二堂客厅，头顿时就变得像老笼一样大。他清楚高轩德又来要钱了。

等高轩德坐下后，柏惠民问：“高管家，新年开学的费用大概需要多少？”

高轩德指着账本说：“最少需要一千五百大洋。”

柏惠民苦笑了一声，随后说：“如今不比当年了，虽说只需一千五百大洋，也让我感到了艰难。这些钱，我一时半会还想不到去哪里筹集。”

高轩德知道柏家现在的状况。但没有钱，这些学校就无法正常开学。他说：“钱是硬通货。老话说，有理走遍天下，无理寸步难行。依我看，这没钱也是寸步难行啊！”

柏惠民叹了一口气，说：“三原商号这几年因战乱几乎没了生意，我看还不如把它转让了。这样一来，我们就能凑点钱，不至于让娃们家没学可上。”

高轩德听柏惠民说要转让三原商号，心里觉得很难受。为了附近的学生能够正常开学，东家现在竟要继续出卖祖上的产业了。

樂善好施

没等高轩德表态，姚崇文走进了客厅。他见高轩德不吭声，就说："东家，对出卖三原商号之事我表示反对。柏家现在就剩下一个大商号和几个小商号了，如果为了学校正常开学继续出卖祖上产业，不知道你还能出卖几次？"

柏惠民知道姚崇文是为自己好，但眼下没有现钱，学校就无法开学，自己兴办了十多年的学校就会关门歇业。为了学生们能够继续上学，他准备再得罪一次姚崇文。

柏惠民说："对出卖三原商号之事，我也是揪心不已啊。姚管家，你说除了出卖祖上留下来的产业，我还能有啥办法筹集现钱让学校正常开学啊？不但村里和镇上的学校要开学，就是纪会也要出门读书，这哪一样不需要钱来说话？"

姚崇文听完这番话，确也无法辩驳，只好不再吭声。

高轩德见状，就说："东家，现在柏家现金不足，我看可以取掉以前资助学生书本、文具和校服的规矩，柏家只管教员们的薪俸，这样就可以节省一大笔开销，也能减轻柏家的经济压力。你看这样办行吗？"

柏惠民明白这样做的好处，但他却丝毫没有这样做的打算。他说："二位管家都知道，当初兴办学校时，我就立下了规矩，由柏家出资包办在学校上学学子的课本、文具、校服和教员的薪俸，确保教学质量不受任何影响。学校办了几年，当地民众颇为称赞，说我做了一件善事。此事被官府知道后，泾阳县令蔡元儒为此赠给我一块'文明先导'的牌匾，陕西巡抚曹鸿勋也赠了一块'信古好礼'的匾额，这两块牌匾现在就挂在大堂客厅，你们难道就熟视无睹吗？"

姚崇文低声说："规矩是人定的，当然人就能打破。只有打破一些不合时宜的规矩，才能让事情办得更顺当，打破规矩者也能有成就感，心情也更舒畅。"

柏惠民听罢，立即反驳说："那要看打破啥样的规矩。二位都知道传奇乞丐武训办学的故事吧，难道我柏惠民现在还不如当年的乞丐武训了？"

二位管家当然知道山东堂邑县柳林镇的传奇乞丐武训。武训因家境贫困，目不识丁，在给地主拉长工时被克扣工钱气愤不过，发誓要办义学。他从二十一岁开始要饭，足迹遍及山东、河北、河南、江苏等地，直到光绪十四年终于兴办了第一所义学堂，取名崇贤义塾。后来又与一所寺院合作，兴办了第二所义学，到了一八九六年，因受到临清县官绅的资助，办起了第三所义学。山东巡抚张曜知道武训的义行之后，专门召见了他，同时奏请光绪皇帝给他颁发了乐善好施的匾额，清廷还授给他义学正的名号，赏穿黄马褂。行乞三十八年的武训，终生未娶，把全部所得用来兴办义学，此事被朝廷褒奖并广为宣传，据说他也成了中国历史上以乞丐身份被载入史册的唯一一人，被誉为千古奇丐。

姚崇文见柏惠民提起了武训，就说："武训行乞三十八年，置办了不少土地，用放贷收租之法免费供贫寒学子上学，维持三所义学的日常开支，这与东家此前兴办学校的做法如出一辙。我们是商贾之家，老话说，计利当计眼前利，留名要留身后名。咱们眼下经济能力不足，实在难以坚守以前的规矩，我认为还是应该量力而行，不应该为了面子硬撑。"

柏惠民说："好一个计利当计眼前利，留名要留身后名呀！我现在还要啥虚名？我是不忍心学子们失学。"

高轩德见柏惠民打定主意要用出卖三原商号的钱维持三所学校的日常费用，知道再劝说只能是徒劳无益。他说："东家，出卖三原商号，只能应付一时之急，却不能确保一劳永逸啊。"

柏惠民说："先过了眼前这道坎再说。如果这场战争还在继续，今后这三所学校的经费就用出卖柏家的土地来维持。我不想让人给我树碑立传，但也不想让仅剩下的三所学校关门啊。"

姚崇文听柏惠民要用出卖土地维持三所学校的开支，摇着头叹息了一声，站起身走出了客厅。

看着姚崇文走了，柏惠民说："高管家，世道虽乱，但做人还是要有底线的。我兴办了六所学校，现在仅剩下家门口的三所，如果不维持它们正常办学，让我颜面何在？"

高轩德说："你这是为了面子败家，知道吗？"

柏惠民苦笑着说："高管家，我内心的苦楚只有我自己知道，你和姚管家可能都无法理解。说到出卖商号和土地，你们肯定会把我看成败家子，是一个只会花钱不会赚钱的无能之辈。说这些话，你们会列出许多证据，譬如为了支持陕西辛亥革命，我抵押了苏州柏家弄的柏园和苏州分号，赞助于右任创办《民立报》，还有资助陈其美军费及赈灾等等，我这样做，原本是为了国家和民众更好一些，没料到民国建立十多年了，早就不是我当初想象中的民国了，反倒是自己落下了一个败家子的名声，我能不心痛吗？"

高轩德同情地说："东家，你就是想出卖土地，现在也卖不上个好价钱呀！"

柏惠民说："自辛亥年开始，关中一带战乱频繁，民不聊生，土地荒芜，民众饱受战争之苦。我知道，现在出卖土地，肯定不会卖个好价钱，但我有啥好办法？"

高轩德说："关中各地的军队就像是走马灯，今天来这一拨，明天来那一拨，农民种地要冒着生命危险不说，就是种出来的庄稼，也不知能否自己收获。在这种情况下，土地只能贱卖，东家肯定损失不小。"

柏惠民知道高轩德说的是实情，还是想变着法劝他不要轻易出卖祖上留下来的家产。他说："咱们骑驴看唱本，走着瞧吧。等世道变太平了，再改变主意也不迟。"

过了两年，终于传来了陕西督军冯玉祥彻底改编陕西靖国军的消息，民众期盼的陕西战乱马上就要结束了。

一九二二年三月中旬的一天中午，柏惠民吃过午饭正准备回卧室休息，护院首领孙志高急匆匆地追上他说："东家，于先生带着几个卫兵到大门口了，见还是不见？"

柏惠民停下脚步，疑惑地问："哪个于先生？"

孙志高说："就是那个靖国军的大胡子于司令。"

柏惠民说："赶紧请进来，我在大堂客厅等候。"

过了一会，就见于右任神情沮丧地大步进来。柏惠民赶紧让座，倒茶。

等于右任坐下，喝了一口茶水后，柏惠民问："于司令，吃过午饭没有？"

于右任放下茶杯说："吃过了。我准备去驻扎在武功县的靖国军第三路军第一支队杨虎城部，顺道来向你告别。"

柏惠民问："难道陕西靖国军真的就这么完了？"

于右任落寞地说："现在直系的冯玉祥、刘镇华先后改编了陕西靖国军各路人马，只有第三路军第一支队杨虎城坚决反对改编。对于陕西靖国军被直系军阀改编之事，孙中山先生也曾极力反对，要求各路将领不要接受改编，我劝说无效，只能接受这个严酷的现实。杨虎城率部驻扎在武功、扶风一带，他邀请我去驻地，并声称一定要把靖国军的旗帜打到底，还说让我恢复靖国军司令部。"

柏惠民问:“于司令如何打算?”

于右任说:“陕西的这场护法战争,屈指算来已有六年了。双方参战兵力之众多,死伤之惨重,在全国都是独一无二的。当年陕西同盟会中的骨干人物如井勿幕、邹子良、曹印侯、郭坚、耿直、高铭新等人都在这场战争中牺牲了。现在,杨虎城虽有把靖国军旗帜打到底的英雄气概,无奈实力有限,恐怕也难有作为。虽然孙中山先生竭力反对陕西靖国军被直系军阀改编,但大势已去,我这个光杆司令也无可奈何了。”

柏惠民见于右任愁容满面,语速迟缓,猜想他正在为将来的局面担忧。他说:“那你就去杨虎城的部队看一下再说吧。”

于右任说:“杨虎城也是独木难支呀!”

柏惠民问:“于司令准备咋办?”

于右任说:“我在陕西没法待了。到杨虎城驻地后,我把靖国军的大旗交给他,然后准备去上海。”

柏惠民见于右任对仅留下来的杨虎城第三支队没抱多大希望,遗憾地说:“于司令,你说靖国军干的是护法的正义事,为啥还打不过直系军阀哩?”

于右任苦笑着说:“打个比方说吧,君子和小人打架,你说谁能赢?”

柏惠民毫不犹豫地说:“这还用说,当然是小人能赢了。”

于右任点头说:“豪杰和恶人争斗,一般也是恶人会赢。你肯定会问为啥,我就索性告诉你。君子疏忽而小人精细,君子宽容而小人凶狠,君子用正常手段而小人用卑劣伎俩。从这个层面上讲,君子或者豪杰未必能打赢小人或恶人。靖国军虽说在反段讨陈,其实面对的是北洋军阀分化出来的直系军阀这个利益集团,我们在财力、人力上都吃亏,加上内部不团结,有些人打着自己的小算盘被改编,整体实力就更加弱小。依我看,孙中山先生要实现三民主义,可能还要走更长更艰难的路。”

柏惠民听完此话,心情更加烦闷。双方沉默了一会,柏惠民说:“于司令如果准备去上海,有啥要求尽管说。”

于右任说:“你自己现在已经是泥菩萨过河自身难保了,还问我有啥要求。”

柏惠民说:“我眼前确实有点捉襟见肘,家境情况不如以前了。说句不怕您见笑的话,几年前我就开始出卖祖上留下来的家产,用来维持村里和桥底镇开办的学校了。”

于右任说："我知道。在三原时，我有一次到你的三原商号，一打听，说是早就转让了。我当时听说后，心里很难受。现在再听你当面讲，更是觉得难堪啊。"

柏惠民说："没事。钱财这事，生不带来，死不带去，只要还活着，就有可能挣回来。"

于右任说："你算是把世事看开了。"

柏惠民笑着说："读了许多书之后，我才悟出了一点道理。我当下这种现状，可以说是少年时追求激情，成熟后却迷恋平庸。人所处的环境变了，地位不一样了，心思也多少会变的。我的这点感悟，让于司令见笑了。"

于右任听完之后，半天没吭声。

送于右任出柏家庄园大门时，柏惠民遗憾地说："于司令，一路上多保重。这次分别，不知道何时才能相见？"

于右任说："别时容易见时难，相逢更待是何年。老弟啊，你也要多保重。等把靖国军的大旗交给杨虎城，安全到上海之后，我会写信告知你的。"

当年八月份，柏惠民终于打听到了于右任离开柏家庄园之后的消息。于右任到凤翔杨虎城驻地后，把陕西靖国军的大旗交给了杨虎城，然后从凤翔乔装出走，绕道甘肃、四川远走上海。随后杨虎城率部转战各地，最后到了陕北，得到了井岳秀的庇护。

日子虽说太平了，但柏惠民并不舒心。他现在要面对的就是与快要成人的儿子柏纪会在选择学业方面的较量。

人到中年的柏惠民见惯了世事无常，儿子现在已经中学毕业了，继续上学就要选择专业，为以后以何种手段谋生铺平道路，为此事父子两个有了矛盾。

柏纪会对父亲说："我已经中学毕业了，想到省城西安去读书。而且，我已经想好了，准备去读军事院校，将来报效国家。"

柏惠民看了儿子一眼，问道："你真的是这种打算？"

柏纪会说："真的是这种想法。现在世道不太平，战争频繁，去学军事，不愁没有用武之地。人常说，乱世出英雄，学了军事，我就会带兵打仗，说不定还能闯出一番事业来哩。"

柏惠民不同意儿子的观点，也不同意他去上军校，他说："自古以来，乱世出的最多的是枭雄,而不是真正意义上的英雄。你性格比较偏激,城府不足,不能去读军校,免得将来死无葬身之地。”

柏纪会见父亲不同意自己去读军校,嘟囔着说:“那依父亲之见,我该读啥学校?”

柏惠民说:“有两个职业供你选择,一是医生,二是教员。医生可以悬壶济世,救死扶伤治病。教员可以开启民智,传道授业解惑。这两个职业不管世道咋变,都不会失业,而且能得到世人的尊敬。如果能精于此道,有所心得,著书立说,还可以留下万世之名。”

柏纪会不乐意地说:“儿子将来想进入政界, 你说的两个职业与政界相距太远,我都不喜欢。”

柏惠民没料到儿子会有这种想法。自己在政界的边缘转悠了十几年却一直没有进入,就是因为政界太复杂,一般人进入政界,根本玩不转,更别说加官晋爵了。

为了打消儿子进入政界的幼稚想法,他说:“官场是个大染缸,处在里面时间久了,往往会变得做人没有底线,为了当官发财,不惜尔虞我诈,钩心斗角,甚至出卖良心。当今之世,鱼龙混杂,山头林立,今天这一派占上风,明天那一派当总统,别说你想找一个靠山,做一个政府高官,就连省长或者总理,也有可能今天还在耀武扬威,明天就可能被赶下台。”

柏纪会虽说年幼,但他知道父亲说的是实话。他见父亲执意反对自己学军事,进政界,无奈地说:“那父亲想让儿子学啥?”

柏惠民说:“我看你最好去上师范院校,将来做教员。咱家现在还保留着三所学校,你毕业后如果在西安没法混,也可以回来料理这些学校。”

柏纪会说:“你把儿子看扁了。既然走出了桥底镇,我就没打算回来。”

柏惠民知道儿子在跟自己斗气,想当年自己豪放不羁,狂交天下各路朋友,心想儿子肯定是继承了自己的做派,也不想受人限制。他说:“你去西安读书,可以住在六谷庄自家的院子,能节省不少费用。至于学成之后咋办,到时候再说不迟。”

柏纪会见父亲已经为自己安排好了一切,知道再想反驳也无用,就一脸不高兴地走出了客厅。

柏纪会刚出客厅,就碰见了高轩德。

高轩德见小少爷面色沮丧，满脸不高兴，打趣地问："谁招惹小少爷了？"

柏纪会说："还能有谁？我父亲不同意我去读军事院校，他想让我去读师范院校。"

高轩德察言观色，知道柏纪会很不情愿柏惠民对他的安排，又怕这对父子把事情闹僵。他上前拉住柏纪会的手，把他拽进了自己的住房。

进了门之后，高轩德招呼柏纪会坐下，然后问："小少爷，你不会为了读书的事跟你父亲闹得不痛快吧？"

柏纪会说："我想去读军事院校，将来从政。可我父亲坚决不同意。"

高轩德明白柏惠民的良苦用心。他在柏家庄园快三十年了，对柏惠民还是了解的。在柏惠民年轻时，虽说他对自己和姚崇文隐瞒了革命党的身份，编造各种理由暗中支持革命党，但在辛亥革命成功后，他却明确提出了约法三章，不再参与政事，不想留下名声，这让许多人当时无法理解。经过这么多年世事变换，事实证明柏惠民当年的约法三章还是有先见之明的。柏纪会不知道世事险恶，一心想通过读军事院校，然后进入政界，这与柏惠民的做法截然相反，柏惠民肯定不会同意的。

高轩德劝说道："小少爷，你父亲这大半生经历过许多大事，他对世事已经看开了。他现在为你选择的路，也是最稳妥的，你还是听他的吧。"

柏纪会对高轩德一直很敬重，把他当作爷爷辈对待。现在听他和父亲一个鼻孔出气，知道再说啥也不起作用。他说："依高爷爷之见，我只能屈服在父亲的威严之下了？"

高轩德说："看你这话说的，还冒出来个屈服在父亲的威严之下。说实话，你父亲替你选择的，不但是经验之谈，而且是经世实用之道。这些年他一直有病在身，时好时坏，让人担忧。人常说，自古忠孝第一，你还是按照你父亲的意思去读书吧。"

柏纪会说："高爷爷，难道就没有更改的可能了吗？"

高轩德明白柏纪会还不死心，就说："自辛亥年革命党人武装起义开始，你父亲就饱尝'新鬼烦怨旧鬼哭，天阴雨湿声啾啾'之苦，肯定不会让你进入政界的。"

柏纪会苦着脸说："我知道了。"

柏纪会在西安读了几年书，思想和眼界变得开阔起来，毕业之后，他拒绝回老家,自己在西安找了一所学校当起了教员。

柏惠民对此也无可奈何。儿子当年要去读军事院校,他极力反对,让儿子读了师范院校。现在儿子长大了,有了自己的主见,再想让他一切听从自己的安排,好像也不太现实。柏惠民虽然觉得有些遗憾,但也无能为力,只好顺其自然。

柏纪会当教员刚两年,就有人上门提亲来了。

柏惠民听高轩德说有人上门给柏纪会提亲,高兴地说:“快请提亲之人进来。”

半盏茶的时间,高轩德就领着一位风姿绰约的中年媒婆进了大堂客厅。

媒婆的眼睛骨碌碌转了一圈,就看清了客厅里面摆设的古玩字画、青铜玉器,她笑眯眯地说:“恭喜柏东家,小女子受人之托,今天登门拜访,是为你家公子提亲来了。”

柏惠民站起身,请媒婆坐下,亲自倒了一杯茶水递给她,这才问道:“有劳了。敢问您替哪家小姐说媒呀?”

媒婆说:“不瞒柏东家,我也只是做个顺水人情。你家公子在西安读书时,已经和社树堡姚家的小姐姚青莲相识,现在两个人已经是形影不离了。姚家担心夜长梦多,更怕两个年轻人闹出乱子,就让我上门提亲来了。柏东家,人常说男大当婚,女大当嫁,柏公子年龄不小了,姚小姐也容貌俏丽,知书达理,我看这门婚事就是门当户对,天作之合。如果柏东家没有意见,就请您看好日子下聘礼,小女子就是跑断腿也要让一对佳偶尽快喜结良缘啊。”

柏惠民从来没听说过儿子在外面和年轻女子来往,现在听媒婆这么一说,当时就觉得惊讶。转念一想,现在社会变了,提倡自由恋爱,儿子在省城待了几年,肯定学会了赶时髦。古人讲,儿女婚姻要有父母之命,媒妁之言,现在倒好了,没有父母之命,先来了媒妁之言。听媒婆刚才一番话,好像儿子与这个姚青莲小姐早已情投意合了。女方委托人来提亲,自家现在又是这种境况,咋好意思回绝。

柏惠民说:“事出突然,容我考虑一下咋办。”

高轩德说:“东家,社树姚家与柏家前几代就有姻亲关系,互相之间可谓知根知底。姚家现在派人来提亲,本身就是凤求凰,您还不乐意吗?”

柏惠民知道儿子和高轩德从小就比较亲近,现在听说媒婆给纪会提亲,巴不得他早日成家。为了不让高轩德难堪,也好让媒婆面子上有光,柏惠民说:“婚姻大事,容不得草率。请稍等,我这就进后堂和夫人胡氏商量一下,然后给你回话。”

媒婆高兴地说:“这种你情我愿的美事,世上少有,柏东家就不要犹豫了。”

柏惠民站起身,冲着媒婆点了点头,大步走向了后院。

柏惠民离开后,高轩德给媒婆续上茶水,说:“小少爷这几年出息了,还知道自己给自己找媳妇了。”

媒婆说:“社树姚家和你们柏家历代经商,门当户对,两个年轻人又情投意合,这世上的好事让你们占全了。”

高轩德说:“还是你会说话。这事如果让我去说,肯定费了一番口舌还不一定把好事促成。”

两个人坐在客厅里互相恭维着,就等着柏惠民回话。

柏惠民进了后院之后,就直奔自己的卧室。胡锦云这天没事,正在卧室里看书,听见一阵脚步声由远及近,她刚站起身,柏惠民就走进了卧室。

柏惠民说:“夫人,有媒婆登门来给纪会提亲来了,说的媳妇是社树姚家的姚青莲。”

胡锦云乍听此事,觉得这是好事。她高兴地说:“纪会年龄不小了,该到谈婚论嫁的时候了。姚家不嫌弃柏家没落,肯把小姐嫁给纪会,求之不得呀!”

柏惠民说:“姚家的生意现在除了四川的天增公分号由姚文青在经营,其他分号也像柏家的生意一样,大多关门了。姚小姐愿意嫁给纪会,我也高兴。现在柏家入不敷出,光是聘礼和结婚的费用就让我头痛啊。”

胡锦云说:“纪会和姚小姐都是读书人,说不定他们会按照新式结婚仪式办理婚事。你写封信把纪会叫回来,一起商议一下求婚和结婚的具体事情。”

柏惠民见夫人同意了这门婚事,于是说:“柏家就是再难,也要把纪会的婚礼办得风风光光的,不能让亲家瞧不起咱们柏家,也避免纪会今后在媳妇面前抬不起头。”

胡锦云清楚柏家现在的家底,就说:“掌柜的,还是量力而行吧。”

柏惠民说:“既然你同意这门婚事,我就去告知媒婆,过几天把两个孩子的生辰八字要来测算一下，若没有忌讳之处，就把婚事定下来。”

胡锦云微笑着说：“我没意见。”

现钱不称手的柏惠民为了办好儿子的婚礼，就在藏宝楼里搜集了一些历年来积攒下来金银玉器，让高轩德拿到西安城一家当铺变成现钱，才把儿子的婚礼办完。却没料到刚结婚的柏纪会马上就给柏惠民出了一道难题。

这天中午时分，柏惠民一个人端着茶壶正坐在二堂客厅喝茶，见儿子进了客厅。

柏纪会在父亲身旁坐下后，恳求地说：“父亲，儿子已经成婚了，现在不想继续教书了，求您托人让儿子到教育局谋个一官半职吧。”

柏惠民见儿子想往官场混，生气地说：“父亲虽然无能，但从来没有求过人。任何时候想当官，凭的都是自己的本事，不是投机钻营，更不是找靠山。”

柏纪会原以为自己已经教了几年书，而且结婚了，父亲会看在媳妇的面子上，托人说句话，就可以不再当穷教书匠，没料到父亲会发火。在西安城混久了，眼看着一个个不如他的人都当上了官，拿着比自己薪酬高出一大截的工资，还不用那么起早贪黑的辛苦，他一时也是气上心头，口无遮拦地说：“您一个同盟会的元老，难道就会毁家输资乱花钱吗？为了儿子的大事，求您说一句话就这么难吗？”

柏惠民听完这话，顿时脸色铁青，他大声说：“不知好歹的东西，你给我滚出去！”

柏纪会见父亲生气了，不甘心地说：“您就我这么一个儿子，难道您不想当官，也不愿意让儿子当官吗？世上有您这样做父亲的吗？”

柏惠民见儿子喋喋不休地重复当官的话，气得拿起拐杖就要往柏纪会身上扔。

胡锦云听见丈夫和儿子在二堂客厅争吵，赶紧过来拉起儿子就走。恰好新娘子姚青莲也在此时赶了过来，就一起把柏纪会劝说进了卧房。

胡锦云说：“儿啊，你父亲一辈子不愿当官，也从不想求人。你若是想往官场混，得凭自己的本事，别指望他去替你求人。他身体不好，又刚操办完你的婚事，你就让他安宁几天吧。”

姚青莲说：“纪会，现在世道混乱，官场也不是啥好地方，你还是安心教书吧。”

柏纪会见媳妇不帮自己说话，还说让他继续教书，生气地说："难道我想当官仅仅是为了我自己吗？柏家当年为革命做出了那么大贡献，我想谋个一官半职比登天还难吗？"

胡锦云见儿子牢骚满腹，句句都在埋怨丈夫，就说："柏家当年确实资助过辛亥革命，但你父亲认识的人不是故去了，就是不在陕西，现在的当权者，对你父亲也不待见，你还是不要惹你父亲生气了。他若是病情加重，还不是给你妈惹下了麻烦。"

姚青莲见婆婆说得有些恓惶，就说："纪会，你就听妈一句劝吧。现在这世道，就是当了官，又能咋样？除了巴结奉迎上司，可能还会丧失做人的尊严。我没指望你到官场去混个一官半职，能当好一个称职的教员就行了。"

柏纪会瞪大眼睛看了姚青莲一眼，气哼哼地说："好，就按你们说的办。柏家不待见我，我明天就回西安。我发誓，不混出点名堂，我绝不再回柏家庄园。"

胡锦云听儿子说出了这么决绝的话，气得眼泪在眼眶中乱转，一瞬间就扑扑往下掉。她生气地一跺脚，转身进了卧室。

姚青莲见婆婆伤心地走了，生气地埋怨说："你这是何苦哩吗？咱俩刚结婚，你就惹得两个老人不高兴，别人还以为我在背后给你出了馊主意。"

柏纪会说："这事与你无关。我说到做到，明天就回西安，我不想在这里待了。"

第二天早上，柏纪会带着新媳妇姚青莲果真走了。有些伤感的柏惠民见自己与新婚的儿子弄得不愉快，心里也很叵烦，就决定到兴平商号去散心。

柏惠民虽说是心血来潮地去了兴平，没料想正是在兴平这块地方，让他进了监牢。

# 第十八章　为追债费尽心机　设圈套请君入瓮

民国十四年(1925)初夏,关中盆地就变得比往年炎热,田野里的玉米、棉花都耷拉着绿色的叶子,就连粗壮的树木也是树叶低垂,失去了往日的活力。天地间不时刮过的热风,加上知了不停地鸣叫,弄得人心情烦躁。

这天中午时分,三原南街忠信魁钱庄经理杨惠亭坐在二堂客厅的太师椅上,手摇蒲扇,品着茯砖茶,低头看着今年以来各个客户的借款明细。

一阵脚步声由远及近传来,杨惠亭抬头一看,副经理胡福生拿着一个账本走了过来。

杨惠亭放下手中的账本问:"福生,有事吗?"

胡福生把手中翻开一页的账本递给杨惠亭,说:"杨经理,您看,这是泾阳桥底镇柏惠民在咱们钱庄的借款明细。今天,这笔借款刚好满五年,我算了一下,当初他借了五万大洋,现在连本带息快九万大洋了。虽说以前我们每年都派人上门催要,但都没有结果。再不想办法,恐怕这笔钱就打水漂了。"

杨惠亭仔细一看账本,抬头说:"柏家与忠信魁打交道几十年了,原来一直合作愉快,有借有还,这几年是咋了,这笔账拖了五年?"

胡福生说:"杨经理有所不知啊。柏惠民年轻时把大把的银钱支持了辛亥革命,听说汉口天成祥分号遭受了无名大火,把仓储物资烧得一干二净,苏州天成瑞分号因柏惠民在上海负债累累倒闭了,还有兰州分号也倒闭了。近些年,柏惠民出售了三原商号,听说还在不断出售土地,就这样,日子也过得紧巴巴的。我们如果不下决心让柏惠民还钱，这笔钱还真可能打水漂。”

杨惠亭倒吸了一口凉气。他说：“没想到柏惠民这个败家子，竟然把他先人柏森积攒的家业快折腾光了。福生，不是我不想要回这笔欠款，以前碍于两家交情，不好硬逼。如今本息都快一样了，再不催要，按柏惠民现在的状况，恐怕这辈子都无法还款了。”

胡福生说：“钱庄此前多次派人催要，柏惠民都说无力还账，让再宽限时日，伙计们为此跑了不少冤枉路。依我看，要想讨要回这笔欠款，杨经理还需要去请求马县长帮忙，否则，依然是竹篮打水一场空。”

杨惠亭说：“找马县长并不难，难的是马县长出面，可能就成了一场诉讼，这样我和柏惠民的脸皮就撕破了，再也不可能像以前一样笑脸相见了。”

胡福生知道杨惠亭爱财如命，他此前多次安排人到泾阳桥底、兴平柏家商号，全都是为了催要这笔借款。如今一说让他去找马县长，没想到却听到了这番假惺惺的话。胡福生在忠信魁担任副经理，这笔巨额借款能追回来的话，也有他的红利，他不想自己的辛苦白费，就继续鼓动说：“杨经理，您也别管柏惠民现在如何了，他考虑过您的难处和纠结吗？依我看，要催回这笔巨款，非得去找马县长帮忙，就是花些冤枉钱也值得。”

杨惠亭以前没见过胡福生对催讨这笔欠款有今天这样的态度，心想也是，再不下硬茬，估计想要回这笔债务不知道到猴年马月了。他说：“福生啊，马县长这个人看着斯文，其实满肚子的花花肠子。他要是得不到实惠，估计很难出面为我们做主。既然你打定了主意，我同意。你去准备一点见面礼，我后半晌就去求见马县长，让他帮咱们催讨债务。”

胡福生见杨惠亭终于动了真格的，满心喜欢。他说：“马县长在三原当县长几年了，他的为人我多少知道一些。我估计一点见面礼就让他帮咱们催讨九万大洋巨款，有点痴心梦想。对这种雁过拔毛的所谓县长，您还是得考虑周全一些。”

杨惠亭摇头晃脑地一想，胡福生的话确实有道理，他顺口问：“福生，如果马县长帮忙答应追回这笔欠款，你认为应该给他多少回报？”

胡福生说：“依我对马县长的了解，他如爽快答应追债，估计得给他一成回扣。”

杨惠亭初听此话有点惊讶，随后马上就淡定了。胡福生说的没错，虽然马县长表面温文尔雅，其实手段很老辣，要想让他出手催要回九万大洋，没有个万儿八千大洋，他是不会动真格的。杨惠亭说：“咱们一言为定，以一成为上限。俗话说有钱能使鬼推磨,咱就花点钱让马县长替咱推一回磨。”

后半晌,天气稍微凉爽了一点,杨惠亭提着几包陈年泾阳茯砖茶,带着一张古画,摇着蒲扇,直奔三原县政府。

这天下午,马县长刚处理完公务,坐在公案前假寐,就听见一阵轻轻的敲门声。他坐直身子,大声说:“谁呀?这么热的天不在家乘凉,跑到我这里干啥来了?”

杨惠亭推门进来,满脸堆笑地说:“鄙人忠信魁经理杨惠亭求见马县长。”

马县长见杨惠亭手里提着东西,笑着说:“杨经理,咱们打交道多次,谁还不知道谁呀。还鄙人忠信魁经理哩,生分了,坐下说话。”

杨惠亭把所带东西放在马县长公案旁边,然后找椅子坐下,说:“马县长,杨某遇上了头痛事,来请父母官为民做主来了。”

马县长看了一眼杨惠亭,心想你杨惠亭财大气粗,在三原金融业呼风唤雨,啥时候遇到过头痛事。他随口问:“杨经理也会有头痛事?既然求到了县政府门上,但说无妨。”

杨惠亭说:“五年前,泾阳桥底镇柏惠民为了他家四川天成德分号正常经营,在忠信魁借贷了五万大洋流动资金,现在本息合计快九万大洋了。其间,我们多次派人催要,柏惠民以无力偿还为由,赖账不还。我想请马县长立案追讨这笔贷款。”

马县长一听让他追讨九万大洋巨款,心里暗吃一惊。但一想到是向柏惠民讨债,心里又凉了半截。他虽然在三原县主政,但对渭北一带的富商大户心里都有一本账。对于柏惠民这个人,他多少还是知道一些的。此人早年支持陕西辛亥革命不惜银钱,以致前总理孙文对井勿幕都说过有困难找柏惠民的话。虽说民国建立后,柏惠民没有从政,但他在政界朋友较多,关系盘根错节,不容忽视。而单就经济而言,柏惠民不善经营,这几年家里又接连遭遇横祸,损失惨重。他听人说,柏惠民现在混得很狼狈,哪里会有九万大洋还债。想到此,马县长说:“杨经理,我这个人从来不打无准备之仗。对于你要求我对柏惠民立案讨债之事,本县实在是做不到。”

杨惠亭见马县长推辞,就知道他嫌见面礼太轻,无法让他动心。杨惠亭赶紧说:“马县长,这里没有外人,咱们就明说。如果马县长做主替我追回这笔欠款，杨某愿意把一成作为孝敬费用，不知道马县长意下如何？”

马县长一盘算，一成就是九千大洋。再一想，杨惠亭一张口就是九千大洋酬劳，看来这笔欠款肯定难要，否则，以杨惠亭的精明，绝不会这么爽快。马县长笑着说：“看到肉吃不上，我心里跟猫抓似的难受。杨经理，柏惠民躲在兴平不见你，本县确实没办法。”

杨惠亭说：“杀人偿命，欠债还钱，天经地义。哪有欠钱不还还躲着不见人的道理。对于这种人，如果不让他归还欠款或者把他绳之以法，天理何在？公道何在？法律何在？”

马县长说：“你说的都没错，可是你也知道，柏惠民为了支持辛亥革命，把大把的银钱购买了军火和枪械，许多商号因流动资金不足已经关门或者倒闭。看现在的光景，让他一下子拿出九万大洋归还你的债务，恐怕只能是白日做梦了。”

杨惠亭知道柏惠民现在很狼狈，平常的日子过得也有些恓惶，但作为忠信魁的经理，他不甘心自己九万大洋就这么打了水漂，白白丧失。他见马县长有意推托，就问：“那依马县长之见，就真的没有办法了？”

马县长明白这是杨惠亭让他给个准信。在国民政府官场混了多年的马县长，当然知道官场的潜规则，他不想惹祸上身，但又不能驳杨惠亭的面子，他说：“话不能这么说。你也知道，柏惠民因资助辛亥革命，与国民党元老级人物多有来往，认识不少高官大员。依我拙见，你不要借助法律渠道解决此事，更不要想由县政府出面采取非正常手段逼债。果真这样的话，事情传扬出去，上级怪罪下来，别说我这县长没法当，恐怕你也没有好果子吃。对于死娃抱住南门没救这种事，正规渠道走不通，得想另外的办法，那就是去找当地驻军魏凤楼[①]团长，让他出面帮你出主意，想办法。魏团长是冯玉祥将军的卫队团长，在军界人脉颇广，做事风格一贯手段强硬，不计后果，只要你给了他足够好处，保证能把欠款要回来。”

---

①魏凤楼：河南西华人，曾任冯玉祥卫队团长。1924 年跟随冯玉祥先后跟曹锟、吴佩孚、张作霖和李景林、张宗昌连续作战。中原大战后，任西北军某军军长，秘密加入中国共产党，属于“特别党员”[②]。参加中条山战役时负伤，后来在豫东抗战。1945 年率众起义，被冀鲁豫区党委宣布恢复党籍。

②特别党员：1938 年中共六届六中全会张闻天的报告中指出“凡党员处于特殊地位，而不过一般党的组织生活者，谓之特别党员”。

杨惠亭咋能不知道三原驻军的首领魏凤楼。据说魏凤楼是河南豫东人，其父是一个财主家的厨师，一家人日子过得很恓惶。魏凤楼有河南人尚武的爱好，自幼喜欢拳脚枪棒。冯玉祥在河南招兵买马时，就特别喜欢会点武功的豫东兵。魏凤楼进入冯玉祥军队后，因不怕牺牲，作战勇猛，很快就荣升为冯玉祥的卫队营长，现在已经是冯玉祥的警卫团团长了。魏凤楼的手下曾说，冯玉祥与曹锟、吴佩孚、张作霖作战时，每到战事胶着的关键时刻，都是魏凤楼带警卫团冲锋。魏凤楼的警卫团是冯玉祥军队中有名的“手枪团”，除了标准配置半自动毛瑟手枪外，每人再配一把大刀，远打近砍，赫赫有名。魏凤楼带人冲锋时，要求所有人冲到敌人五步远时才能开枪，其彪悍作风常常令敌人闻风丧胆，不战而退。对于这样一位沙场猛将，让他出面胁迫柏惠民还债，杨惠亭确实心里没底。

杨惠亭见马县长已经为自己指明了方向，还是惴惴不安地问：“我知道魏团长是冯将军面前的红人，但让人家介入民间借款之事，恐怕不妥吧？”

马县长为了把帮杨惠亭催债这件事彻底推托掉，就说：“自清帝退位以来，民国政府处于四分五裂状态，各地军阀派系林立，巧取豪夺，为发展实力不惜利用一切手段。就算是冯玉祥将军也只管辖了西北几个省份，其军队虽说不太扰民，社会还算稳定，但能把魏团长放在三原这个经济发达的富庶地方，也是想让他的付出得到一点回报。你想，这些出生入死的军人，哪个不想发财？泾阳的驻军团长田玉洁已经赚得金银万贯，富得流油，难道他魏凤楼就不眼红？”

杨惠亭知道既然马县长把球踢给了魏凤楼，再问下去也不会有好结果，他说：“多谢马县长指点迷津！我这就去找魏团长。”

马县长怕魏凤楼知道这是他的主意，就叮咛道：“见了魏团长，你只说柏惠民欠你大洋，让他想方设法替你讨还，别的事千万别提。如果魏团长知道这是我的主意，既有推托之嫌，也会落下话柄。”

杨惠亭心想你这分明就是推托，还嫌落下话柄。但当着马县长的面，这话无论如何都不能说出口。当他站起身就要离开之际，突然想到如果魏凤楼真的出面介入讨债，马县长会不会反对，或者不配合。他说：“马县长，我还有一事颇为担忧。”

马县长以为杨惠亭会按照自己的主意去找魏凤楼，没想到杨惠亭将要离开之际，说了这句让他摸不着头脑的话。马县长问：“杨经理还有啥担忧之

事？”

杨惠亭说：“如果魏团长采取手段为我讨债，县政府能否积极配合？”

马县长笑着说：“这个你放心。主意是我出的，县政府当然得配合。要不然，你想讨回这笔巨款还不知道要到猴年马月哩。”

杨惠亭见马县长表了态，这才放心地说：“多谢马县长替小民做主！这笔巨款如能讨回，我一定不会忘记马县长的恩德。”

马县长微笑着说：“你是县里的纳税大户，保护你的利益是本县长职责所在。至于恩德嘛，你杨经理知道就行了。”

杨惠亭说了声告辞，转过身就出了县政府大门。

杨惠亭进了忠信魁钱庄大门，副经理胡福生见他愁眉苦脸的样子，就知道他此番去拜见马县长，没有取得满意结果。但作为钱庄二掌柜，他也想知道杨惠亭和马县长交流的情况，于是他关切地问：“杨经理，情况如何呀？”

杨惠亭边往后面二堂走边说：“这里不是说话的地方，咱们到二堂再说。”

胡福生跟在杨惠亭后面进了二堂，见杨惠亭坐在太师椅上叹气，急忙给他倒上热茶，双手递给杨惠亭。等杨惠亭喝了一口茶水，这才问：“杨经理给马县长带了那么厚重的礼物，总不能没有啥结果吧？”

杨惠亭放下茶杯，叹了一口气说：“也不能说完全没有结果。”

胡福生听见有了结果，高兴地说：“还是杨经理有办法。有了马县长的支持，咱们就不怕要不回来这笔陈年巨债了。”

杨惠亭说：“你别高兴得太早了。马县长怕得罪柏惠民，出了个主意让咱们去找驻军魏团长。”

胡福生一听这话，眼睛顿时就瞪大了。他知道驻军团长魏凤楼是啥人，让他们去找魏凤楼，不知道还要花费多少银钱。他狐疑地问：“杨经理，马县长让咱们去找魏团长，咱们真的去找呀？”

杨惠亭此时心里也没底，听见胡福生这么问，有点生气地说：“那还能咋办？总不能让这笔巨款白白损失吧？胡经理，你也知道，这笔款借给柏惠民的四川分号多年了，虽说柏惠民当下偿还有些困难，但也不能不让他还吧。这笔巨款对咱们来说，关系到忠信魁能否继续经营的问题。咱们都没法活了，还管他能否活得滋润。再说，柏惠民就是没有现金，不是还有土地和房产吗？

既然马县长让咱们去找魏团长，咱们就死马当作活马医吧。”

胡福生说：“那咱们就不蒸馒头蒸（争）口气吧。不过，去找魏团长，又要破费了。”

杨惠亭说：“花点小钱能把巨款追回来，值得！”

胡福生说：“魏团长是行伍出身，给他送古玩字画，估计不感兴趣。我看不如就直接送大洋，这些东西直截了当，能看得见摸得着，魏团长肯定喜欢。说不定他一高兴，还真能想出办法帮咱们讨回这笔巨款。”

杨惠亭见胡福生说得有理，就说：“你先去准备一千大洋银票，等会我就去找魏团长。”

再说魏凤楼自驻军三原以来，对部下管束还算严格，这都源于他本身就是穷苦人家子弟。虽说现在冯长官把他安排在了以富商大贾居多，声名远扬的三原县驻军，他并没有像泾阳县驻军团长田玉洁那样贪得无厌，全然不顾民怨沸腾。魏凤楼知道田玉洁在泾阳县不得民心，巧取豪夺，积攒了大量钱财，但他毫不眼红。他不眼红，可并不能代表他的部下都能像他一样。

有一次，副团长尚世贵跟他聊起了田玉洁在泾阳的做法，魏凤楼不以为然地说：“田团长既是泾阳驻军的团长，又兼任泾阳县长，可谓大权在握，无所顾忌。我在三原县，仅是一个驻军团长，保护一方平安，县政府由马县长主政，管理全县一切政务。你也知道，我父亲就是一个财主家的厨师，虽说做得一手拿手的胡辣汤，但要养活全家人还是够呛。要不是冯长官当年在豫东招兵买马，扩充队伍，我也到不了今天这个位置。”

尚世贵见魏凤楼说起了过去的苦日子，心想知道过去的苦，就更应该抓住现在的机会，趁机发财。人生在世，谁不想活得舒坦一点，活得富裕一点。他劝说道：“魏团长，你我兄弟提着脑袋枪林弹雨里面闯，不图升官发财还能图个啥呀？依兄弟之见，除了保境安民，还是要想办法弄点外快。你说咱们守着三原县这个富庶之地，还过着穷日子，拿着省政府发的那点饷银有啥意思？”

魏凤楼也知道部分官兵因为饷银有限，还要养家糊口，对自己守着三原县这座金山银山而不想办法有怨言，就随口说：“尚团副，古人说君子爱财取之有道。你说咱们驻军总不能随便增加富商大户的赋税吧？”

尚世贵听话听音，见魏凤楼这么一说，就知道团长也想发财却有所顾忌，他笑着说："办法总是有的。如果魏团长不好出面，就让兄弟当恶人。我不相信，人说'宁要泾三原，不要西安府'的三原县，还没有咱兄弟们发财的机会。"

魏凤楼在战场上是一员猛将，对发财这事虽说有想法，又怕冯玉祥收拾，更不想步田玉洁的后尘，被人诅咒。他见尚世贵殷切恳求自己给机会，就随口说："凡事适可而止，不能乱来。我不想让人说我和田玉洁是一丘之貉，是一个贪得无厌之辈。如果弄得怨声载道，让冯长官知道了，你我都没有好果子吃。"

尚世贵见魏凤楼已经松口，急忙说："这点小事，请魏团长一万个放心。兄弟如果给魏团长闹出乱子，任凭魏团长处置，就是千刀万剐也毫无怨言。"

魏凤楼清楚尚世贵脑袋瓜子好使，估计也不会闹出多大乱子。再说，有自己坐镇，就算是闹出点小事，凭自己和冯长官的关系，都能摆平。他说："最好别打马县长的主意。自咱们驻军三原县以来，虽说与马县长打交道不多，但我还是觉得马县长看着温文尔雅，态度随和，其实心机很重，城府很深。你不能和他搅和到一起，否则，就是黄泥掉到裤裆里了，不是屎（事）也成屎（事）了。"

尚世贵笑着说："魏团长说话真是风趣。这个道理兄弟自然明白。"

这天后半晌，尚世贵陪着魏凤楼巡查完县城驻军的驻防情况，刚回到团部坐下休息聊天，就见卫兵进来报告说："魏团长，忠信魁经理杨惠亭在团部门口求见。"

魏凤楼说："自本团进驻三原县城以来，你啥时候见过本团长接待过当地富商大贾？"

尚世贵听说忠信魁杨经理来了，就猜到了有好事。他赶紧说："团座，忠信魁是个钱庄，掌柜的来找你，肯定有事求你。财神送上门了，您难道还要拒之门外吗？"

魏凤楼一想也对，何况还不知道杨惠亭因何事来找自己，对这样一位在关中道上有名的钱庄掌柜连面都不见，也说不过去。他转过身对卫兵说："有请杨经理进来。"

等卫兵走后，尚世贵说："等会杨经理进来，您就不要老绷着脸，该客气还要客气，主要看他找您有啥事。如果事情简单，三言两语打发走算了。如果事情难缠,你就推托让我去处理。这样,即使有啥事情,也有回旋余地。”

魏凤楼想起了前几天尚世贵曾经对他说过的话,就借坡下驴地说:“中,就按照你说的办。”

话音刚落,就听门外卫兵高声喊:“报告团长、团副,杨经理已经来了。”

魏凤楼说:“请杨经理进来。”

杨惠亭自从到了驻军团部外面,看见威武的卫兵一脸严肃,心里就有点打鼓,腿肚子也不争气地打战。现在听见屋子里面声音洪亮地说有请,只好硬着头皮跟着带路的卫兵走了进去。

进屋之后,杨惠亭一抬头,看见坐着两位穿着西北军灰色军装、腰扎武装带,斜挎驳克手枪的军官。他赶紧点头哈腰地说:“鄙人忠信魁经理杨惠亭,冒昧求见驻军魏团长,还望见谅!”

魏凤楼看着面前这位穿着湖蓝色府绸长袍,戴着石头眼镜,一副商人打扮之人,见他指名道姓地说要求见自己,就说:“我就是驻军团长魏凤楼,不知道杨经理找我有何贵干?”

尚世贵见魏凤楼丝毫没有让座的意思,就打趣地说:“站客难打发,还是请杨经理坐下说吧。”没等魏凤楼说话,尚世贵又喊了一声:“勤务兵,进来倒茶。”

等勤务兵给每个人倒上茶水之后,魏凤楼问:“杨经理,我是行伍出身,喜欢直来直去,不绕弯子。说吧,你今天来找我有啥事?”

杨惠亭见魏凤楼是这种态度,估计马县长出的主意要泡汤。但事到如今,他只好硬着头皮开口说:“鄙人有一件难缠之事求魏团长帮忙。”

魏凤楼说:“我等是本地驻军,只管保境安民,不理日常政务。如果你求我的事与驻军有关,尽管开口。如果牵扯到当地政务,请你去找马县长更为妥当一些。”

杨惠亭一听这话,脸色顿时显得有点难堪,嘴里说不出个囫囵话,只是点头。

尚世贵见状,料到杨惠亭此番前来肯定与驻军无关,但他对杨惠亭求见魏团长十分好奇,就说:“团座,您让杨经理把话说出来嘛。人家好不容易到团部来一趟,也不能就三言两语打发了吧。”

魏凤楼瞥了一眼尚世贵,正好看见他在向自己递眼色。他说:“杨经理,你这是无事不登三宝殿。既然来了,就说吧,想让我帮啥忙?”

杨惠亭见魏凤楼口气缓和了，赶紧说："是这样，泾阳桥底柏惠民在四川的商号几年前从忠信魁借贷了五万大洋周转资金，几年下来，连本带息已经九万大洋了。我们派人几次三番上门催讨，柏惠民不但分文不还，还装病躲在兴平商号连见个面都很困难。我想请魏团长出面替忠信魁讨要这笔债务。"

尚世贵一听九万大洋，心里直叫我的乖乖，一张口就是九万大洋，那是全团人马多少年的军饷啊！没等魏凤楼开口，他问道："杨经理，柏惠民欠了你的债务，按说你应该到县政府告状，让马县长替你讨还，你咋跑到驻军团部找我们魏团长来了？"

杨惠亭为了打消魏凤楼的顾虑，信口就说："对于柏惠民这种欠债不还的土豪劣绅，县政府没有丝毫办法。要不然，我也不会来求魏团长了。"

魏凤楼心里估算了一下，五万大洋的本金，几年下来就滚到了九万大洋，这和当时民间借贷的印子钱[①]没啥区别，肯定是高利贷。对这种事情，驻军有插手的必要吗？心里这样想，嘴里却说："杨经理，忠信魁放的是印子钱，你让驻军如何帮你去催讨？"

杨惠亭一听魏凤楼说自己放的是印子钱，急忙辩解说："魏团长，您弄错了。民间借贷确实有印子钱这个说法，但对于印子钱，世人经常是这么说的：印子钱，一还三；利滚利，年年翻；一年借，十年还；几辈子，还不完！我借贷给柏惠民的五万大洋，那是按照钱庄规矩立有本息字据的，和印子钱的性质大不相同。要怪就怪他拖延时间太长了，到如今利息快跟本金差不多了。"

尚世贵听杨惠亭说柏惠民是土豪劣绅，如果这个说法坐实，即使魏凤楼不出面，他也有办法拾掇柏惠民。他问道："杨经理，你说柏惠民是土豪劣绅，这话怎讲？"

杨惠亭说："柏惠民继承了他祖上的产业，前些年虽然也干了些修桥补路、开办学校的好事，但也没少糟蹋银钱。如今，柏家在汉口、苏州、兰州等地的商号虽已倒闭，但四川的十几个商号依然在经营。我看他这是故意拖欠不还。我是万般无奈才请驻军出面，惩治土豪劣绅，维护正当生意人的权益。"

杨惠亭提起了柏惠民修桥补路、捐资兴学，魏凤楼依稀记得冯长官说过

---

①印子钱：印子钱是高利贷的一种，每日本利计算，翻倍会越来越快。按照民谣的意思就是：印子钱日息三厘，1年365天复利计算，年利率200%。

柏惠民曾经为陕西辛亥革命毁家纾难，据说还是国民革命的元老，与当今的国民政府监察院院长于右任等人颇有交情，与同为西北军将领的杨虎城关系也不错。让军方派人拘押柏惠民，如果让国民政府高层知道，恐怕对自己不利。想到此，魏凤楼说："杨经理，我听说柏惠民是陕西辛亥革命的功臣，对这样的人让军方拘押，恐怕不妥吧？再说，他现在不还钱肯定有难处，你就体谅一下他吧。"

尚世贵见魏凤楼把财神往外推，赶紧说："杨经理，你们挣钱也快，就按魏团长说的，再宽限柏惠民一段时间如何？"

杨惠亭苦着脸说："二位长官不知道，都说钱庄挣钱快，有谁知道我们整天从早上鸡叫忙乎到晚上鬼叫，也不容易啊！说实话，因为柏惠民拖欠债务，导致忠信魁现在也是经营困难呀！"

尚世贵说："依杨经理之见，还非得驻军出面了？"

杨惠亭说："杀人偿命，欠债还钱，天经地义。只有驻军出面才有威慑力，才能让柏惠民砸锅卖铁归还本息！"

尚世贵说："既然杨经理对驻军这么有信心，那就容我和魏团长商量一下看咋办。你回去等消息，两天后给你答复。"

杨惠亭高兴地说："多谢魏团长，多谢尚团副。"说完话，从口袋里掏出一千两银票双手奉给魏凤楼，满脸堆笑地说："一点小意思，不成敬意，权当是给办差的兄弟们一点茶水费。"

魏凤楼接过银票，顺手放在桌子上。他黑着脸说："你先回去，等尚团副的回话。"

杨惠亭刚走，魏凤楼就生气地说："世贵，你咋这么糊涂？咋敢轻易表态替杨经理讨还巨债？"

尚世贵跟魏凤楼搭档多年，出生入死，从来没见过他冲自己黑着脸发火。脑瓜子一转，想到刚才魏凤楼见自己答应替杨惠亭讨债并没有反对，就笑着说："如果是民事官司，咱们自然不便插手。现在，杨经理说柏惠民是土豪劣绅，赖账不还，咱们就有了用武之地。团座，这是一笔好买卖，您难道不高兴，怕钱多了烫手？"

魏凤楼说："你我都是从豫东当兵进入西北军的，你对陕西的事情知道不多，这不怪你。你知道刚才杨经理说的那个柏惠民是谁吗？"

尚世贵不屑地说："我管他是谁。有债主求上门让咱们主持公道，咱们也不能拒之门外呀。别的不说,就土豪劣绅、欠债不还这两条,就可以把他缉拿归案。”

魏凤楼说:“柏惠民是陕西辛亥革命的功臣,与监察院长于右任交情深厚,与杨虎城也有来往,曾经为陕西辛亥革命毁家纾难。虽说现在落魄了,无力偿还忠信魁的债务,但对这样的人,还是小心为好。弄不好,吃不上羊肉,还会空惹一身骚。”

尚世贵不想就此罢休,他说:“团座,我知道你有顾虑。此事你不出面,兄弟我一手承办,出了问题我担着。对柏惠民这种无权无势之人,咱也不能因为他空有名号,放着嘴边的肉不吃吧?”

魏凤楼说:“既然你铁了心要弄此事,就尽量控制人员范围,不要把事态扩大。我提醒你,把柏惠民拘押之后,如果在短期内讨不回债务,见不到实效,还是交给县政府去处理。毕竟这种事情,不是驻军应该管的。”

尚世贵见魏凤楼答应了驻军出面拘押柏惠民讨债,就说:“请团座放心,我知道分寸。我看这样,让杨经理派人带着警卫连长李常胜和手下几个手脚利索的兄弟,到兴平柏家商号去拘捕人。至于好处费,我跟杨经理谈,总之不能便宜了他。”

魏凤楼见尚世贵已经有了打算,又叮咛说:“千万不能把事态扩大,闹得尽人皆知。”

尚世贵点着头说:“团座您放心,这点小事兄弟一定办好,绝对不给团座捅乱子。”

杨惠亭回到忠信魁钱庄,脸色与从县政府回来截然不同。

胡福生见杨惠亭面带喜色,就跟着杨惠亭一同来到了钱庄二堂,等杨惠亭坐下后,他问:“掌柜的,有眉目了?”

杨惠亭点着头说:“我去拜访了魏团长、尚团副,看样子魏团长尚有顾虑,倒是那个尚团副很积极。他们答应两天后给我个准信。”

胡福生高兴地说:“驻军这些行伍之人一向说话算数,只要他们答应了,事情就有了把握。您刚才说魏团长有顾虑,尚团副很积极,这就是好事。依我之见,尚团副肯定会帮着我们说话。掌柜的,您就等着好消息吧。”

杨惠亭说:“福生,咱们跟柏家商号打交道几十年了,要不是柏惠民拖着不还钱,我也不想走这条道。再说了,既就是尚团副做通了魏团长的工作,钱庄也得破费不少啊。”

胡福生知道杨惠亭心疼钱，但事到如今，想反悔恐怕也不易了。他劝说道：“掌柜的，凭咱们的一纸契约，恐怕是无法讨回这笔巨款了。俗话说，拿人钱财，替人消灾。既然尚团副答应了替咱们讨要欠款，给人家点辛苦费也是应该的，权当钱庄少收了一点利息。”

杨惠亭知道其中的利害关系，他说：“我不是怕花钱，而是怕尚团副狮子大张口，弄得我们既落下了恶名，也没有得到实惠。”

胡福生说：“尚团副不是说两天以后给您答复嘛，咱们就骑驴看唱本走着瞧。我不相信，他真的会狮子大开口。”

杨惠亭说：“既然已经走到这一步，就没有回头路了。我们是正当讨债，嘴是扁的，舌头是圆的，谁愿意说啥就让他们去说吧。”

胡福生见杨惠亭铁心要动用驻军追债，就说：“只能如此了，开弓岂有回头箭。咱们就等着尚团副的消息，看他到时候提些啥条件。”

两天后的中午时分，尚世贵带着警卫连长李常胜来到了忠信魁钱庄。胡福生看到是两位西北军军官打扮的人进了钱庄大门，就知道是尚副团长来给杨惠亭回话来了。他急忙迎上前去，堆着笑问：“二位军爷大驾光临，有失远迎，见谅！我是忠信魁二掌柜胡福生，请问哪位是尚团长呀？”

尚世贵看着面前这位方脸大耳、中等身材、穿着一袭月白色府绸长袍的中年男子，笑着说：“鄙人就是驻军尚世贵，不是团长，是副团长。”说完话，他用手一指身边的李常胜说道：“这位是驻军团部警卫连连长李常胜。我们今天来，是想拜会贵号杨经理。”

胡福生见李常胜沉着脸，一双泛着寒光的眼睛正打量着自己，他双手抱拳有点胆怯地说：“幸会，幸会。尚副团长、李连长，杨经理在二堂恭候二位大驾光临哩。”说完话，弯着腰，用手一指后面，做了个请的姿势，然后在前面带路，领着尚世贵、李常胜穿过大堂，进到了后面一个院子。

钱庄是一座典型的关中三进式四合院。前院既做门面又临街，二进院子左右修建有各六间厢房，青砖砌墙，松木门窗，石条铺地，院子中间栽着一颗桂花树。此时虽说早过了桂花飘香的季节，但郁郁葱葱的桂花树遮挡着太阳，把这个宽约三丈的院子笼罩得阴凉舒适，迎面是五开间重檐歇山顶建筑，屋檐下的四根红色立柱矗立在鼓形的青石墩上，五间房门全部是松木打造，上面精雕细刻着松鹤延年、牡丹荷花、福禄寿喜等吉祥图案。这些门平时只开正中一间，必要时可以全部打开，形成一个光线充足、视野开阔的巨大空间。没等尚世贵仔细观看红色立柱上悬挂的对联，就见杨惠亭满脸堆笑地迎了出来。

杨惠亭双手抱拳，对着尚世贵说："杨某盼星星，盼月亮，如同干旱盼天雨，总算把尚团副盼来了。快请进！"

等尚世贵进了二堂客厅，坐在了靠北边方桌的太师椅上，这才发现这间屋子里的博古架上摆满了古玩字画、奇珍异宝、金银玉器。他转过头笑着说："都说忠信魁杨经理是富甲一方的富商大户，我此前还不敢相信。今天算是见识了，让人钦佩啊！"

杨惠亭说："尚团副见笑了！俗话说盛世古玩，乱世黄金。如今虽说到了民国，但世道依然不安宁。仅看这些古玩字画就说我是富商大户，真的是不敢当啊！福生，给尚团副和李连长上好茶。"

茶水上来后，尚世贵端起茶杯，只见茶色橙红，芳香扑鼻，细品一口，满口清香，回味悠长。他赞赏地说："果然是好茶！"

杨惠亭说："这是陈年的泾阳茯砖茶，色香味俱全，而且有消食健胃、生津御寒等功能，是誉满西域的大宗物品。一般人只喝新产的茯砖茶，只有喜欢品茶的人才会购买发酵充分的陈年茯砖茶。尚团副如果喜欢，我让胡经理给您和李连长每人带上几块。对了，不知道魏团长和尚团副商量的结果如何呀？"

尚世贵知道杨惠亭不会跟自己多扯茯砖茶的事，却也没料到他这么快就进入了正题。放下茶杯微笑着说："我和李连长就是专为此事而来的。按说忠信魁追讨巨债之事与驻军无关，但你杨经理求到了魏团长，魏团长也是左右为难。魏团长当时并没有表态，是我替他做了主。你走后，魏团长怪罪我答应了你，弄得我也很难堪。后来我好说歹说，魏团长总算答应了替你追债。"

杨惠亭听尚世贵这么一说，就知道他想在自己面前卖乖讨好，更想得到好处。他说："多谢尚团副美言和成全，杨某虽说是小本经营，但一定不会忘记尚团副的大恩大德！另外，对于追讨债务之事，不知道需要忠信魁支付多少办案经费？"

李常胜插话说："杨经理，追债之事魏团长和尚团副交给兄弟办理了。你们几年都追不回来，肯定难度很大，而且债主柏惠民是陕西辛亥革命功臣，我们冒着巨大风险为你追债，不能让我手下的兄弟们白跑。经魏团长、尚团副商量，此次追债的办案经费需要一万大洋。”

杨惠亭和胡福生对望一眼，顿时都瞠目结舌。杨惠亭没想到李常胜还真的是狮子大张口，一开口就是一万大洋，让他感到像是被人剜了心头肉一样的疼痛。没等杨惠亭说话，胡福生就向他递眼色，言下之意是让他爽快答应。杨惠亭知道胡福生的意思，心想如果损失一万大洋能把这笔陈年老账追讨回来，自己咋算也是赚了。

杨惠亭抬头一看，只见李常胜没有喝茶，黑着脸，正用一双冷森森的眼光盯着自己。他一转头，希望尚世贵能说句话，没想到尚世贵只顾端起茶杯，丝毫没有替他说话的意思。杨惠亭明白了，这分明是一对活阎王，他们一开口，就只有答应了，否则也不会有好果子吃。

杨惠亭腆着笑脸说：“只要能追回这笔陈年老账，杨某豁出去了，一万大洋就一万大洋。话说回来，忠信魁能讨回这笔债务，也不能让李连长等兄弟们白辛苦嘛！”

尚世贵放下茶杯，微笑着说：“还是杨经理爽快！陕西商人有一句名言，叫吐一口唾沫砸出一个坑，既然杨经理这么爽快就答应了李连长的要求，李连长啊，下来的戏就由你来唱了，而且一定要唱好，绝对不能出乱子。”

李常胜说：“这事交给兄弟，就请长官和杨经理放心吧。接下来，你们只看结果，最好不要问过程。”

杨惠亭说：“杨某肯定希望有好的结果。至于李连长咋办案，杨某概不过问。”

尚世贵叮咛说：“此事只有咱们今天在场的四个人加上魏团长知道，不许向任何人透露丝毫消息。”

杨惠亭和胡福生点头说：“那是，那是。一定保密。”

尚世贵站起身，看着杨惠亭说：“咱们一言为定。你先支付李连长五千大洋办案经费，其余款项等把债务追讨回来再一笔结清。”

胡福生没想到尚团副现在就要一半的酬金，这和黑道上要债有何区别？他刚想阻止杨惠亭答应此事，没想到杨惠亭却说：“我知道驻军经费紧张，就按尚团副说的，先付一半资金算是办案经费，剩余的资金等欠债要回来一笔结清。胡经理，你看前面柜台上有没有五千大洋现金，如果有，让尚团副和李连长顺便带回去吧。”

胡福生清楚柜台每天的现金流量充其量不过一千大洋，不可能有五千大洋现金。他说："杨经理，还真有点不凑巧，今天柜台上没有这么多现金。不过，请尚团副和李连长放心，我明天一早就把忠信魁的现金支票送到团部，绝对不会影响李连长办案。"

尚世贵笑着说："那就一言为定。等胡经理把支票送来，李连长就可以行动了。告辞。"说完话，尚世贵和李常胜迈着大步出了忠信魁二堂回驻军团部去了。

等尚世贵他们走后，杨惠亭气得直跺脚，嘴里骂道："这帮乌龟王八蛋，跟土匪没啥两样，简直是在抢钱！"

胡福生本来也很气愤，见杨惠亭现在这样，心想早知如此，何必当初哩！再说了，话都说出去了，覆水难收，再怨恨也无益。于是他劝说道："杨经理，事已至此，咱们只能按照刚才说的办了。气大伤身，您还是多保重吧！如果钱能要回来，我看还是好事。"

杨惠亭知道再说啥都没用了，只好说："你明天到驻军团部找尚团副，给这帮王八蛋送去五千大洋支票。依我看，此事不会像他们说的那样轻而易举就能办妥。"

胡福生不解地问："你对他们没有信心？"

杨惠亭说："柏惠民现在就剩下一个烂摊子了，让他拿出九万大洋还债，谈何容易。"

胡福生说："这帮当兵的都是死人堆里爬出来的，啥阵仗都见过。既然把事情交给了他们，而且酬金丰厚，我想他们会尽力的。"

杨惠亭冷哼了一声，说："但愿不要节外生枝就阿弥陀佛了。"

三原县城发生的这一切，柏惠民自然不知道，他更不会想到有牢狱之灾正在等着自己。

# 第十九章　陷囹圄受尽苦难　卖家产归还巨债

柏家在兴平的商号位于兴平县城东关繁华之地，是一座二进式关中四合院，临街是门面，经营京广杂货，后面是住宅，供商号经理和伙计们住宿。现在，落魄的柏惠民和夫人胡锦云及二管家姚崇文就住在这里。

这天早上起来，柏惠民总觉得右眼皮不停地乱跳，预感到将有不好的事发生。他闷闷不乐地穿上浅色长袍，来到客厅，独自一个人坐在方桌旁发呆。前一阵，四川分号钱掌柜派人回来说，四川军阀为了抢夺四川王的宝座，在全川燃起了战火，造成了商道不通，不少商号被散兵游勇抢劫，经营形势极不乐观。更让他苦恼的是，三原忠信魁经理杨惠亭几次三番派人到桥底镇柏家催债。他知道杀人偿命、欠债还钱的道理，可眼下的境况哪里有钱可还？

柏惠民孤坐时间不长，姚崇文就来了。他见东家形容木然地呆坐着，急忙倒上茶水，又取来了东家的白铜雕花水烟袋，双手递给柏惠民之后，这才问："东家，您一人坐在这里发啥呆哩？"

柏惠民说："早上起来，右眼皮跳个不停，我怀疑是不祥之兆。"

姚崇文最近也有些心神不宁，坐镇桥底镇柏家庄园的大管家高轩德几次派人送信说三原县忠信魁三番五次催要借款，让他也为柏惠民担忧。见柏惠民神色黯然，很少说话，他就劝说道："东家也算是读书之人，咋还相信左眼跳财、右眼跳灾这种迷信说法。右眼皮总跳，说明东家昨天晚上没有休息好，加上你身体不好，又为债务缠身苦恼，肯定会出现这种征兆。"

柏惠民苦笑着说:“姚管家,你我都是知情之人,我也没有必要隐瞒。给四川天成德分号借忠信魁的五万大洋流动资金到如今连本带息估计快九万大洋了,杨经理催要,咱们无力偿还,我能不苦恼吗?”

姚崇文知道柏惠民的难处,但眼下的经济情况是无论如何还不上这笔巨款的,他说:“虽说曾经的柏家家大业大,可如今早就捉襟见肘了,连自己的生活都得不到保障,咋还杨经理的本息?”

柏惠民叹了一口气,说:“想当年我义捐了数十万两白银,如今却落了个被人催债的下场,可悲呀!”

姚崇文清楚柏惠民心中的苦楚,他劝说道:“愁也一天,乐也一天,日子总是要过的,与其愁着过,还不如凡事想开些。我想杨经理不至于为催要借款把柏家告上法庭吧?”

柏惠民说:“将心比都一理。此事反过来,你该如何办?”

姚崇文一想也是,就没有接柏惠民的话茬。

这天午后,太阳挂在天空,纹丝不动,炙热的阳光把大地烤得就像冬天里架硬柴猛烧的土炕,就是坐在房屋下,也能感到身上的汗水顺着脊梁骨直往下流,弄得人浑身黏糊糊的,极不舒服。

在二堂孤坐的柏惠民听见一阵急促的脚步声,抬眼一看,姚崇文领着几个穿着西北军军装的彪形大汉直冲自己而来。他略一愣神,这几个人就到了面前。为首一个穿着军官制服,腰挎盒子枪的黑脸大汉大声问:“你就是柏惠民柏先生?”

柏惠民虽然见过世面,但见来人声色严厉,多少还是有点胆怯。事到如今,他也不想抵赖,就说:“我就是柏惠民。请问军爷找我有何事?”

黑脸大汉说:“我是三原驻军团部警卫连连长李常胜。三原忠信魁经理杨惠亭到团部状告你是土豪劣绅,欠他巨额债务拖延不还,魏团长命我到兴平逮捕你归案。”

柏惠民原以为杨惠亭会通过三原县政府追要欠款,没想到他却求当地驻军团长魏凤楼替他追债。看着李常胜凶神恶煞的样子,他反问:“军方缉拿民间借贷当事人归案,这恐怕不符合常规吧?”

李常胜讥讽地说:“你还知道常规?你借人家杨经理的钱有些年头了吧,人家多次催要你丝毫不打算还,还躲到兴平享清福来了。俗话说,民不告,官不究。杨经理多次在三原县政府状告你，就是见不到你的人，这才一纸诉状把你告到了驻军团部。事情很简单，你随我们走一趟，到了三原驻军团部咱们再说事情咋解决。”

柏惠民见没有丝毫回旋余地，只好颤巍巍地站了起来。清瘦的面容，单薄的身材，衣服像挂在身板一样。这个曾经闻名全陕西的辛亥革命元老和富甲一方的财主，如今的模样让李常胜也感到吃惊。

姚崇文见柏惠民站起身准备跟李常胜一起走，赶紧说：“李连长，我们东家患病多年，弱不禁风，你们有啥话就在这里说好吗？”

李常胜回头看了一眼姚崇文，冷冷地说：“我是军人，军人以服从命令为天职，你难道不知道吗？魏团长让我把人带到三原县驻军团部，没有说让我在兴平县就地审问。再说，我也没有审问柏先生的资格。到了三原县驻军团部，何去何从就不关我的事了。淡话少说，收拾东西跟我们走人。”

姚崇文还想劝说，柏惠民说：“姚管家，别说了，这都是命里的劫数。你去跟夫人说一声，带上几件换洗衣服，我跟李连长去一趟三原县驻军团部。我不相信天下还没有说理的地方了。”

李常胜也想尽快走人，他不想在兴平地界惹上麻烦，更怕引起当地军队的猜忌，就说：“还是柏先生爽快。我等在大堂等候，希望柏先生尽快动身。”说完话，李常胜带着几个随从走出了二堂大厅。

姚崇文见李常胜走了，又说：“东家，你不能跟他们去呀！否则，后果真的难以预料啊！”

柏惠民说：“既然杨惠亭能让军方插手民间借贷，就是铁了心想要回借款。不管咋说，咱们理亏，再不随他们走一趟，恐怕也说不过去。”

姚崇文知道东家虽然已经落魄不堪，经济拮据，日子艰难，但骨子里仍然有一股子硬气。明白再说也是无益，转身就去找胡锦云给东家准备出门的日常用品。

柏惠民被李常胜一行几人看押着到了三原县驻军团部，情况就发生了巨变，厄运随之降临。

柏惠民是在夕阳西下时分进入三原县城的。对于这座县城，柏惠民可谓是刻骨铭心。早年他在三原高等学堂读书，后来又出资创建了勤公社，聚集了各路精英，井勿幕、邹子良、宋向辰、曹印侯、郭希仁等人都经常是座上客，相谈甚欢。如今物是人非，昔日的挚友大多亡故了，自己也成了阶下囚。

到了盐店街的驻军团部，柏惠民自认为能见上魏凤楼，也好陈说一下自己的困境，谁知道魏凤楼压根就没有见他的意思。倒是团副尚世贵满脸堆笑地迎了上来。

尚世贵问："柏先生近来可好？"

柏惠民打量了一眼面前的中年军官，只见他身材魁梧，方脸大耳，面带微笑眼神中却有些许肃杀之气。他说："好不好你一看就知道。听李连长说驻军把我拘押至此，是想替忠信魁杨惠亭追讨债务？"

尚世贵奸笑说："柏先生知道就好。你一路上辛苦，今天咱们就不说债务的事了，你先住在禁闭室，好好考虑一下如何还债，咱们明天再说。"说完话，他转过身对李常胜说："李连长，咱们军营没有看管犯人的地方，你就带柏先生到团部禁闭室去吧。好生伺候柏先生。"

李常胜双脚并拢，行了一个军礼，大声说："卑职明白，绝对不会怠慢柏先生。"

话虽然说得好听，但到了禁闭室，柏惠民才知道这是个怎样的地方。团部禁闭室房间不大，门口站着两名持枪的士兵，门上开了一个小窗户，里面放着一张木板床，因很久没有关押违纪士兵，屋子里蚊虫乱飞，湿气味霉气味很重。

柏惠民刚站在门口向里张望，就感到背后有一只手用力地推了一下自己，他不由自主地一个前冲，几乎跌倒。等他站直身子，刚才推他的士兵说："这里没有先生后生，只有违纪的犯人。乖乖待着，按照尚团副的吩咐，好好考虑咋还账吧。"说完话，就听嘭的一声，房门关上了，随后就是锁门的声音。

柏惠民坐在光秃秃的木板床上，心情极为沮丧。早年间自己在三原县城的一幕幕就像发生在昨天一样，那时候他广交朋友，出手大方，豪气干云，被勤公社的骨干成员视为财神。可眼下却因为欠下巨额债务身陷囹圄，真是冰火两重天啊！对于还债，他虽有想法，但却无能为力，沦落到被人囚禁，可谓悲催至极。在没有办法的情况下，他索性不去想如何还债了。既然进来了，就看明天尚团副咋说吧。

第二天早上，卫兵拿着两个黑面馒头，端着一碗凉水进了门，走到柏惠民跟前，往地下一放，语气生冷地说："请柏先生赶紧吃饭。吃过饭，尚团副要问话。”

柏惠民看着放在地上的黑面馒头和凉水，一点胃口都没有，反而有一种虎落平原被犬欺的伤感。他抬脚踢飞了黑面馒头，踹翻了水碗，孤坐在床上，等着尚世贵的发落。

时间不长，卫兵进来一看滚在地上的两个馒头和被踢翻的水碗，没好气地说：“脾气不小啊，弹嫌吃得不好！想吃好的，就别到这里来。在这里就是这种待遇，再这么胡闹，乱发财东脾气，小心你连黑面馒头都吃不上。既然不想吃，就跟我去审讯室吧。”

柏惠民跟着卫兵走出禁闭室，穿过一个院落，就到了团部审讯室。审讯室门口也是两个卫兵持枪站岗，里面放了一张桌子，尚世贵、李常胜和团部张参谋坐在桌子后面，离桌子不远处放着一把木质椅子。柏惠民知道那把椅子是给自己准备的，就晃悠着过去坐在了椅子上。

柏惠民刚坐下，尚世贵就问：“柏先生，今天找你来不说别的，就只谈你欠忠信魁巨额债务如何归还的问题。这笔债务你和杨惠亭立有字据，多年不还，县政府也拿你没办法。杨经理求到了我们，并说你是土豪劣绅，故意拖欠。你看这事咋办？”

柏惠民听尚世贵用这种口气跟他说话，就知道根本没办法再提过去的事。一个驻军的副团长亲自审讯他，其中必有猫腻。柏惠民有气无力地说：“尚团副，我估计你们在拘捕我之前，已经多少了解了柏家现在的境况。说实在的，我也知道欠债还钱，天经地义，可现实是我没有实力还钱。你说咋办吧？”

李常胜不悦地说：“柏先生，你这分明就是死猪不怕开水烫嘛！难道你真的想赖账？”

柏惠民有点生气地说：“李连长，你这话说得就不对了。人活脸，树活皮，我要是有实力能还钱，还用你们把我像囚犯一样对待吗？俗话说身处红尘难为全，总有风雨常浸肩。如今柏家商号倒闭的倒闭，被火烧的被火烧，我是实在拿不出九万大洋还忠信魁的借款了。尚团副，你看我现在这光景，像有钱人吗？”

尚世贵一心想追回借款，获取丰厚的回报，压根就不想听柏惠民诉苦。于是，他眼睛一瞪，右手在桌子使劲拍了一下，大声说：“我叫你一声柏先生，是尊重你的人格和为陕西辛亥革命做出过贡献。我既然能把你从兴平拘押

到三原,就是想主持公道,你别不知好歹！”

柏惠民说:“我确实困难,拿不出巨款还债,咋能叫不知好歹？”

尚世贵说:“这就是你昨天晚上考虑的结果吗？”

没等柏惠民回答,李常胜大声说:“欠债不还,嘴还硬得不行。我看这种人就是欠收拾！”

柏惠民看着李常胜凶神恶煞的样子,知道难免会受皮肉之苦。他这身板,能经得起他们的殴打吗?

看着柏惠民低头不说话,尚世贵站起身对李常胜说:“我没有耐性听柏先生不能还债的车轱辘话。李连长,这里的事情就交给你了,无论如何咱们得给杨经理一个交代。至于如何做,你应该知道。”

李常胜此前已经与尚世贵商量过了,如果柏惠民拒不还债,就用酷刑伺候。看着眼前柏惠民单薄的身子,他知道柏惠民经不起拷打。现在,尚世贵准备走了,动手的事肯定交给了自己。李常胜点头说:“请团座放心,对这种南山核桃砸着吃的人,兄弟见多了。”

尚世贵给李常胜使了个眼色,就走出了审讯室。李常胜明白尚世贵有话要对自己说,跟着走了出来。

尚世贵低声说:“柏惠民长期患病,经不起严刑,你下手当心着点,千万别把人打死在团部。”

李常胜点头说:“皮肉之苦难免。就是团座不吩咐,我也不会把人打死。”

尚世贵点了点头,转身走了。

李常胜对门口站岗的卫兵说:“里面的人是泾阳县有名的土豪劣绅,欠人巨债不还,你们两个进去替我收拾他。记住,不能把人打死。”

时间不长,刑讯室就传来了柏惠民撕心裂肺的惨叫声……

姚崇文眼睁睁见李常胜带人押走了柏惠民,赶紧让商号伙计套上驴车,带着夫人胡锦云直奔泾阳桥底镇柏家村。一路上,姚崇文不顾车子颠簸,不断用鞭子抽打拉车的驴,让它快跑,想尽快赶到柏家,和大管家高轩德一起商量如何营救东家柏惠民。

高轩德听完姚崇文的叙说,感到事情非常不妙。这么多年来,柏家接连遭遇各种灾祸,早已经入不敷出了,哪里还有能力偿还忠信魁的巨额债务呀。

高轩德摇着头说："还债的事咱们慢慢想办法，眼下当务之急是赶紧赶到三原驻军团部，看东家咋样了。杨惠亭串通魏凤楼，拘捕东家，就是想逼东家还债。柏家的情况你也知道，肯定拿不出九万大洋。还不上债务，东家肯定要受罪。"

姚崇文赞同高轩德的分析，他说："依我之见，我带着夫人去三原照顾东家，你派人赶紧到西安去找少爷，让他也想想办法。"

高轩德说："行，就按你说的办。你在家里拿点零用钱，想方设法打通关节，千万别让东家受罪。就东家那久病之躯，还不知道能否熬得过去哩。"

姚崇文让夫人胡锦云带上换洗衣物，连夜赶往三原县城。

李常胜让卫兵毒打柏惠民之后，没有得到他想要的答复。他原以为，像柏惠民这种养尊处优的人，只要下手毒打一顿，肯定会想办法尽快还钱。没想到柏惠民除了大声惨叫，还是那句老话无力偿还债务，这种情况出乎李常胜的意料。柏惠民虽然落魄了，但依然有广泛的关系，这也是尚世贵交代他不能把人打死的原因，可能也是魏凤楼所忌惮的。没办法，李常胜只好向尚世贵如实汇报拷问情况。

尚世贵听了李常胜的汇报，皱着眉头说："对这种事情，还是要有点耐心的。今天不行，明天继续拷问，我想他坚持不了几天就会答应还债的。"

李常胜说："柏惠民身体虚弱，我们怕把人打死不敢下狠手。对于这种宁愿挨打也不说还钱的人，还真有点难办。"

尚世贵说："除了严刑拷打，你就不会想点别的办法？只要不出人命，你尽可以放开手脚去干。"

李常胜心领神会地说："有了团座这句话，我就有办法对付这种只要银钱不要命的人了。"

姚崇文到了三原县城之后就直奔盐店街驻军团部求见柏惠民。到了团部大门外，持枪站岗的卫兵看见一个商人打扮的中年男子，手提一个竹篮子直往团部走来，没等他走到跟前，卫兵端起枪，大声喊道："站住，你是啥人胆敢私闯团部？"

姚崇文忙满脸堆笑地说："军爷，我是泾阳县柏惠民家的二管家姚崇文，到团部来想见一下东家柏惠民，请军爷行个方便。"

端枪的卫兵问另一个卫兵："哎，刘哥，柏惠民是啥人？你听说过团部有个柏惠民吗？"

未等姓刘的卫兵回答，姚崇文赶忙说："柏惠民是泾阳县桥底镇柏家村的财东。前天下午，团部警卫连李连长带着人把他从兴平拘押到你们团部来了，我来探望一下东家。"

持枪的卫兵说："我咋没听说过此事？"

姓刘的卫兵说："当时不轮你站岗，你自然不知道。既然这位掌柜的想见他东家，我打个电话问一下尚团副，看他是否同意让见人。"

姚崇文一听有戏，急忙说："那就麻烦军爷给尚团副打个电话问一下吧。"

姓刘的卫兵转身进了岗哨听，拿起了电话。不一会儿，他走过来说："掌柜的，你随我来吧。"

姚崇文跟着他进了团部大门。穿过大院，直到走到北面的一溜房屋前，姓刘的卫兵转过身，指着一间门口站着两个持枪士兵的房子说："姚管家，我们尚团副和李连长在里面等着你，至于能否见上柏惠民，你跟他们说吧。"

姚崇文抬眼一看，两个士兵面无表情站得笔直，门口墙上挂着一个长方形的木牌，当"刑讯室"三个红色大字赫然入目时，姚崇文顿时觉得浑身起了一层鸡皮疙瘩。

安排姚崇文到刑讯室见面，是尚世贵接到卫兵电话后临时决定的。他让勤务兵找来李常胜如此这般吩咐了几句，两个人就来到刑讯室等候姚崇文的到来。

姚崇文进了刑讯室，见地面上有不少已经发黑的血迹，不由得身子一紧，他放下装着饭菜的竹篮子，双手抱拳对着坐在桌子后面的两位军官模样的人作了一个揖，发现其中一个军官就是前天到兴平去拘捕东家的李连长，忙问："李连长，我们东家哩？"

李常胜没有回答姚崇文的问话，指着尚世贵说："这位是我们尚团副，他有话要问你。"

姚崇文说："尚团副好！我想见一下东家柏惠民。"

尚世贵说："没问题，等会你就会见到柏惠民。在你见他之前，咱们还有话要说。姚管家，你已经知道了我们为啥要拘捕你们东家，问题是柏惠民这个土豪劣绅死活不吐口还债。你来了正好，替我们劝劝他，让他赶紧把忠信魁的借款还清，否则，有他受的罪。”

姚崇文听尚世贵指名道姓地把东家叫土豪劣绅，就知道事情有点难办。转念一想，既然他们想让他劝说柏惠民，就有与东家见面的机会。他说：“尚团副，我的东家柏惠民毁家支持陕西辛亥革命，这个事全陕西人都知道，现在咋成土豪劣绅了？再说柏家近年来天灾人祸不断，确实无力偿还忠信魁的九万大洋，恳请尚团副和李连长高抬贵手，放我们东家一马吧。”

李常胜黑着脸说：“按说军方一般不管民事纠纷，但忠信魁杨经理状告柏惠民是土豪劣绅，赖账不还。你也知道，打击土豪劣绅也是军方的职责。你去劝说一下柏惠民，让他识相点，无论如何尽快还债，否则有可能被就地镇压。何去何从，你探望过他之后，给我们一个回话。”

尚世贵接着说：“民间借贷，一向是民不告官不纠。现在杨经理向军方状告柏惠民是土豪劣绅，赖账不还，我们就一定会管到底，给杨经理一个交代。否则，赖账之人得不到惩治，这个社会公平正义何在？”

姚崇文一听这话，就清楚这两个人在给他演双簧，他知趣地说：“请尚团副和李连长放心，我这就去劝说东家，让他尽快给你们一个答复。”

李常胜朝门外喊了一声，一个卫兵走了进来。李常胜对卫兵说：“你带着姚管家到禁闭室去见柏惠民。”

卫兵大声回答：“是，长官。”

姚崇文跟着卫兵进了禁闭室，见木板床上的柏惠民浑身血迹，气息奄奄，泪水顿时涌出了眼眶。他放下竹篮子，摇醒柏惠民，抽泣着说：“东家，你受大罪了。这帮人咋下手这么狠，看把你打得浑身上下到处是伤，这可咋办呀？”

柏惠民缓缓睁开眼睛，见是姚崇文来了，轻声问道：“你咋进来的？”

姚崇文说：“我和夫人都撵到三原来了。刚才尚团副和李连长把我叫去说了一会话，就让卫兵把我带到这里来了。”

柏惠民问：“他们是让你劝说我赶紧还债吧？”

姚崇文说：“是的。可气的是他们竟说你是土豪劣绅，赖账不还。天底下哪有你这样的土豪劣绅呀！”

柏惠民苦笑着说：“你别管他们如何称呼我了。你啥也别说了，我知道他们想让你说啥。姚管家，你在柏家三十多年了，柏家昔日确实是财大气粗，可现在已经是落魄不堪了，只剩下了一个空名声。如果有能力还债，我会拖着不还吗？会让人弄成现在这个样子吗？”

姚崇文心痛地说：“东家自出生以来，啥时候遭过这样的罪。既然东家已经知道我想说啥，您就说这事咋办吧。”

柏惠民突然眼神一亮，硬气地说：“要钱没有，要命一条。我还不相信如今这世道还有逼债逼死人命的。”

姚崇文与柏惠民朝夕相处几十年，知道柏惠民的秉性。既然他能这么说，肯定不会变卖家产去还债。自己再多说，不仅不会让他回心转意，还可能令他伤心。姚崇文劝说道：“东家还是考虑周全一点吧，毕竟这地方不是人待的，只有活命，才是上策呀。依我之见，东家应该想方设法向亲朋故旧求救，让他们有钱出钱，有力出力，赶紧把您保出去吧。”

柏惠民露出一丝苦笑：“我现在手里没权，腰里没钱，就剩下了一副旧病缠身的臭皮囊，如今被人拘押在这里，说明当局早就不把我当回事了。我这大半生，啥时候求过人？在当前这种局势下，求谁都没用，要求就求菩萨保佑能留我一条命吧。”

姚崇文见柏惠民不愿意求人，知道他早就看破了世态炎凉，他说：“既然东家不愿意求人，肯定就要受罪了。”

柏惠民说：“到了这地方，受点罪在所难免，但我能扛得住。人常说心好之人幸福就会来敲门，没料到我却是灾祸找上门了。你先回去，让夫人给我准备几件换洗衣服送来，其他的事你就别管了。”

姚崇文自忖柏惠民说的是气话，依他的身板，肯定吃不消，但他更想知道柏惠民到底如何应对驻军催债之事，他问：“东家，您心里有主意了？”

柏惠民说：“没有。既然杨惠亭动用军方催债，我倒想看看他们能把我咋样。”

姚崇文劝说道：“东家，留得青山在，不愁没柴烧。钱财乃身外之物，生不带来，死不带去，你遭受如此大罪，何苦哩嘛？”

柏惠民说：“我此生没有给柏家创造任何财富，倒是把先人留下的家当快踢腾光了，作为商家后代，让我汗颜。现在，为了还债，再变卖仅存的天成德分号，让我情何以堪！又给后人如何交代？”

姚崇文心想，早知现在，何必当初！你为了心中的所谓共和，不听人劝，把大量钱财用来支持辛亥革命及后期的战事，甚至用全部家产做抵押为陕西革命军购买军火。要不是大量周转资金被用尽，肯定不会为了保证天成德分号正常经营在忠信魁借贷。如今，忠信魁催债，你又不想变卖家产，这样下去如何得了啊。他看着柏惠民清瘦的面容和羸弱的身板，叹了一口气说：“东家多保重。夫人准备好换洗衣物之后，我给您送来。实在熬不住了，我劝您还是先保命吧。”

柏惠民没吱声，点了点头。

姚崇文从禁闭室刚出来，在门外等候的李常胜说：“姚管家，你先别走，跟我一起去见尚团副。”

姚崇文无奈，就跟着李常胜一起到了尚世贵的办公室。

尚世贵坐在太师椅上正在品茶，见李常胜带着姚崇文进来了，他站起身问：“姚管家，你劝说的结果如何？”

姚崇文说：“我这个东家可能受了刺激，神志不清，说啥他都不开口说话，我也不知道他的真实想法。”

李常胜指着姚崇文大声说：“姚管家，我警告你千万别撒谎。刚才我就站在禁闭室门外，听见你们嘀嘀咕咕地说了半天，难道柏惠民真的没给你说啥？”

姚崇文一听李常胜这番话，就明白了他刚才一直在偷听。为了避免难堪，姚崇文说：“我刚才劝说了半天，东家现在已是四季豆不进油盐了。柏家的事说到底还要柏惠民做主，我这个管家充其量是个下人，无法替东家做主的。”

尚世贵见姚崇文劝说无效，阴沉着脸说：“姚管家是聪明人，应当知道该咋做。你回去之后，把这里的情况给柏夫人说一下，让她抽空来劝说柏惠民。如果柏惠民要死狗，我们就要军法从事了。”

姚崇文说：“我一定把尚团副的话转达到。不过，能否请尚团副看在柏惠民曾经支持过陕西辛亥革命的面子上，让手下人别难为我们东家？”

尚世贵不悦地说：“我们难为柏惠民了吗？实话跟你说，进了驻军刑讯室的人，除了柏惠民哪个不按我们说的办？我们见他有病在身，不忍用刑，别以为我们就没办法让他还债！”

姚崇文刚才见过柏惠民的惨状，现在听尚世贵这样说，也不好当面反驳，他说：“我替东家谢谢尚团副、李连长。草民告辞，这就回去做夫人的工作，让她来劝说东家，争取给尚团副一个答复。”

等姚崇文走后，李常胜摇着头说："没想到这个不起眼的柏惠民，宁愿受皮肉之苦，就是不说还钱的话。团座，再这样下去如何是好？"

尚世贵说："我原以为像柏惠民这种富家子弟，经不起恐吓，更不能忍受严刑，谁知道他现在死活不吐口说还债。魏团长交代过，不能把此人打死在团部，这事还真有点难办了。"

李常胜说："我也想打他一顿就能还债，我们也能得到不少好处，谁知道他受了严刑，反倒想求死赖债。"

尚世贵说："现在，柏惠民倒像是一个烫手的山芋了。我看这样，如果柏夫人再劝说无效，我们就把柏惠民交给县政府处理吧，毕竟这种事情驻军处理不太妥当。"

李常胜说："我听团座的。"

二管家姚崇文陪着夫人胡锦云去三原之后，柏家大管家高轩德叫来一个叫庞三娃的精干伙计，让他到西安找柏家公子柏纪会，禀报三原驻军把东家柏惠民拘押到三原驻军团部的事，让柏纪会赶紧想办法救人，以防发生意外。

庞三娃简单收拾了一下行装，顶着大太阳就往西安城赶路。进了西安城北门，直奔位于西七路中部的柏家宅院。这座宅院是柏森当年在西安经商时买地修建的一座三进式关中四合院，占地约二亩，修建得精巧别致，颇具江南特色，是西安城的豪宅之一。多年来，柏纪会因为担任西安爱德华中学的教员，就和夫人姚青莲住在这所宅院里。

庞三娃在夜幕降临之际走到大门口时，正碰上柏纪会放学回来。庞三娃见少爷穿着月白色府绸长袍，夹着一个黑色公文包往门口而来，大声喊道："少爷，我是庞三娃，奉大管家高轩德之命，给您送信来了。"

柏纪会不知家里发生了什么事情，吃惊地问："难道是家父出了事情？别站在门口了，咱们进去说话。"

庞三娃擦着头上的汗水，边往宅院里走边说："少爷，老爷被拘押到三原县驻军团部了，据说是忠信魁经理杨惠亭把老爷告了，他想追讨老爷借他的本息九万大洋欠款。少爷，你赶紧想办法救人吧。"

柏纪会一听庞三娃的话，脑袋嗡的一下变大了。父亲几年前的确是在忠信魁借贷了五万大洋，现在本息已经九万大洋了。依柏家目前的情形，别说归还九万大洋，就是只还本金也是痴人说梦。自己仅是一个贫穷的教书匠，每月的薪水只够维持一家人的生活和正常开销，他不知道有啥办法能把父亲解救出来。

庞三娃见柏纪会只是在客厅乱转，一句话不说，催问道："少爷，老爷被拘押了，您赶紧想办法解救呀！"

柏纪会这才回过神，他停下脚步，说："三娃，我知道你着急，我知道此事后比你更急。柏家的境况你知道，肯定是无力归还这笔债务。我这里即使想办法，也只能凑点小钱，解决不了大问题。"

庞三娃急不择言地说："那少爷的意思是无法救老爷了？"

柏纪会知道庞三娃误会了，就说："你先别着急，我再想想办法。"

话音刚落，从后面出来了一位二十多岁的少妇，她说："先生，你还能有啥办法？"

庞三娃认得这位年轻的少妇就是少爷的夫人，赶紧说："少夫人好。"

姚青莲说："你们刚才说的话我都听见了，也不用藏着掖着了。先生，这么大的一笔债务，我们短时间是还不起的，但父亲还得救，你自己拿主意吧。父亲在监牢里多待一天，生还的希望就少一天。"

柏纪会说："夫人啊，凭我现在的经济状况，咋能还上这笔巨债？"

姚青莲说："我知道你无实力还账，但你可以出面去求父亲在西安的故旧和你的朋友啊。"

柏纪会有点灰心地说："当年与家父一起共谋陕西辛亥革命大事，来往过密，交情深厚的，井勿幕、高铭新被人暗杀，于右任远在南京，钱定三渭南遇害，曹印侯病故于杭州韬光寺，纪雨旸奉佛家居，郭希仁远在欧洲，我真不知道该去求谁帮忙了。"

庞三娃问："听说您干大高明德在西安，老爷和您干大交情不错，少爷为啥不去求他？"

柏纪会说："我干大在西安不假，但他自从脱离行伍之后，做的也是小本生意，哪里有钱替我大还债呀。"

庞三娃见柏纪会左右为难，知道一时半会也不可能有结果，他说："我把信送到了，还要连夜赶回去告知大管家。少爷，您就再想想办法吧。"

柏纪会说："那你吃点东西再走。"他回头对姚青莲说："看家里还有啥吃的，给三娃拿来，让他填饱肚子再赶路。"

姚青莲点了点头,转身到后面厨房给庞三娃取食物去了。

送走庞三娃之后,姚青莲看着垂头丧气的柏纪会说:“刚才你对庞三娃说了一大堆理由,我看你是在找借口。除了父亲的故旧朋友,你难道就没有朋友可以帮你吗?”

柏纪会见夫人对自己有误会,他说:“现在这世道,我真的没有几个可以仗义相助的朋友。你也知道,所谓的朋友相帮,那是要经济实力相当、政治地位相差不多,人家看在今后可能会互相提携或者彼此有用的分上才会伸出援手的。如果一方高高在上,呼风唤雨,另一方经济拮据,四处求人,人家不但不会帮助你,可能还会把你当成不愿意相见的累赘,如果再说上几句难听话,就更难堪了。俗话说,锦上添花的多,雪中送炭的少,说的就是眼下咱家的处境啊。”

姚青莲听完柏纪会的一番话,沉默了半天。她知道在她嫁入柏家之前,柏家曾经是关中道有名的富商大贾,公公柏惠民喜欢结交各路朋友,豪侠仗义,出手阔绰,柏家经常是高朋满座,人流如织,异常热闹。现在柏家没落了,除了公公已经故去的挚友,原先的一些所谓朋友就很少登门了。但公公眼下身陷囹圄,必须要救,否则肯定会被人讥讽。姚青莲不甘心地问:“你难道就忍心你父亲遭受牢狱之灾?”

柏纪会说:“我不忍心又有啥办法。这样吧,我明天就去挨个拜访父亲的故旧,看他们能否帮忙。”

姚青莲见柏纪会终于有了行动,叮嘱说:“你去拜访他们,不管人家态度如何,是否愿意相帮,你的态度一定要诚恳。”

柏纪会不耐烦地说:“我又不是三岁小孩,用不着你这样教导。”

姚青莲见柏纪会心情烦躁,话不投机,转身回了卧室。

十天之后的一个上午,尚世贵带着李常胜和几个卫兵来到了三原县政府。

马县长听说尚世贵带人来了,赶紧到门口迎接。

尚世贵远远看见马县长在政府大门口迎接,忙上前说:“马县长近来可好?”

马县长笑着说:“不知尚副团长大驾光临,有失远迎,见谅啊!”

尚世贵说:“咱们谁跟谁呀。马县长,我是无事不登三宝殿,今天有事来求你了。”

马县长说:“这里不是说话的地方,咱们进去说话。”

马县长在前领着尚世贵一行到了办公的地方,殷勤地招待尚世贵等人落座。李常胜向卫兵们使了个眼色,几个卫兵转身出去了。

大家落座之后,马县长问:“尚团副,贵军驻扎三原县城,本县没有缺过贵军粮草,不知道今天大驾光临为了何事?”

尚世贵说:“本团驻扎三原县城以来,和马县长一向配合得很好,我代表魏团长感谢马县长。今天登门拜访,想请教一件事情。”

马县长一听不是为了征集粮草而来,就猜想可能是为了柏惠民的案件。此前,早有人给他说过驻军派人把柏惠民从兴平拘押到了团部,估计是魏凤楼拿柏惠民没有办法,这才想到了他。马县长明白其中的猫腻,笑着说:“有啥事尚团副尽管说,只要本县能办到,一定尽力而为,绝不推辞。”

尚世贵没料到马县长如此痛快,就说:“马县长,听忠信魁杨经理说他几次到县政府状告柏惠民拖欠巨额欠款不还之事,不知道可有此事?”

马县长见果然不出他的预料,就说:“确有此事。尚团副也知道,柏惠民躲在兴平县商号里,本县实在是拿他没办法。本县原想派人到兴平县缉拿柏惠民归案,无奈人手有限,加上跨县办案手续繁多,就放弃了。”

尚世贵说:“杨惠亭把柏惠民以土豪劣绅和拖欠巨债不还之罪告到了团部,按说驻军本不应该管当地民事诉讼,但魏团长碍于杨经理情面,派人缉拿了柏惠民。现在柏惠民就关在团部禁闭室,魏团长的意思是想把人交给县政府处理,你看如何?”

马县长讥讽地说:“据说柏惠民到贵团已经差不多十天了吧?咋现在想交给县政府?”

尚世贵讪笑着说:“驻军条件艰苦,也没有牢房关押民事诉讼的嫌疑犯。再说了,驻军的职责是保境安民,不承担处理民事诉讼案件。县政府应当出面为杨经理解决此事比较妥当。”

马县长见尚世贵把话说得冠冕堂皇,就知道他们没有得到任何好处,这才想把柏惠民交给自己。仔细一琢磨,尚世贵说的话似乎也在理,县政府也无法推脱。于是笑着说:“驻军都无法让柏惠民归还巨债,看来只有县政府出面了。尚团副,咱们丑话说到前面,你把这个烫手的山芋推给县政府,也让我难处理呀!”

尚世贵见马县长答应了接收柏惠民,微笑着说:“国民政府的法律就像松紧带，尺度还不是掌握在马县长手里嘛。你想松，可以用照顾国民革命元老的名义判他无罪；你想紧，就可以判他欠债不还、故意拖欠的违反契约之罪。"

马县长说："尚团副说得轻巧啊。我把柏惠民关押在牢房，如果追不回杨惠亭的巨债给他判刑，恐怕杨惠亭也不会答应啊。"

尚世贵嘿嘿笑着说："那就是你马县长的职权了，驻军不想干涉县政府办案。"

马县长听完这话，故意说："万一县政府帮杨惠亭追回了巨债，魏团长和尚团副不会再想分一杯羹吧？"

尚世贵见识过柏惠民的死硬态度，心想我们都办不成的事，你一个县长就能办成？为了顺利移交柏惠民，他说："马县长想多了。驻军肯定不会与县政府争功。至于把柏惠民缉拿归案之事，杨惠亭想如何报答驻军马县长也不会干涉吧？"

马县长说："这个自然。咱们井水不犯河水，各自处理好自己的事。"

尚世贵说："好，那就一言为定。我后半晌就让李连长把人给送过来。卑职公务繁忙，这就告辞了。"

马县长说："尚团副好不容易到县政府来一趟，连口水都没喝就要走？"

尚世贵说："我等着马县长的好消息。如果你能让柏惠民归还巨债，卑职请马县长喝酒庆功如何？"

马县长说："驻军能把柏惠民缉拿归案，就是大功一件。即使柏惠民归还了巨债，也是本县职责所在，咋敢让尚团副摆酒宴庆功？等本案了结，本县定会宴请魏团长、尚团副和李连长。"

尚世贵笑着说："那我预祝马县长旗开得胜，马到成功。"说完话，带着李常胜和几个卫兵走了。

马县长望着他们的背影，嘿嘿地冷笑。

姚崇文在三原盼星星、盼月亮地等候少东家柏纪会的消息，没想到半个月之后，得到的是他正在想办法的口信。姚崇文也没辙了，只好把实情告知胡锦云。

胡锦云忧心地说："看情形，老爷是一时半会出不来了。姚管家，你明天早上准备一点老爷喜欢吃的三原小吃，我跟你一起到监狱去探望老爷。"

姚崇文惴惴不安地说："都怪我们无能，害得夫人抛头露面。"

胡锦云说:“姚管家,你说这话就不对了。我男人在监牢里受罪,我应该去探望。我也没有想到柏家会沦落到吃官司的地步。既然杨惠亭要打官司,柏家只好奉陪到底了。”

姚崇文说:“只要老爷和夫人有决心,我们这些下人一定尽力而为。”

胡锦云说:“姚管家,你跟着老爷几十年了,老爷啥时候把你和高管家当过下人?”

姚崇文说:“夫人,我说错了。老爷几十年来一直把高管家和我当作长辈,啥重要事情都交给我们两个办理,我们知足了。现在老爷落难,只要夫人吩咐,姚某当仁不让。”

胡锦云说:“姚管家,有你这句话我也知足了。”

姚崇文知道柏纪会在西安城四处寻找熟人搭救东家柏惠民未果之后,一直也想请夫人胡锦云想办法。现在,他见胡锦云失落无奈,就说:“夫人,您能否亲自出面求人搭救东家啊?”

胡锦云明白姚崇文的心意,她更清楚柏家现在的处境。柏惠民能被三原驻军从兴平县城拘押到三原驻军团部,肯定有猫腻。眼下,柏惠民的挚友故旧除了因各种原因故去的之外,其他几人散落在各处,很难为柏惠民伸出援手。现在她听姚崇文不甘心地问自己,就说:“姚管家,求人之事是需要勇气和底气的。依柏家现在的境况,不管是去求任何人,都需要勇气。对于柏家曾经帮助过的人,现在去求人家伸出援手,更需要底气。不管是勇气还是底气,我当下都没有。当年柏家财大气粗时,除了和惠民志同道合者之外,不乏混吃混喝者,等我们看清了有些人的真面目时,早就时过境迁了。这就像古人所云‘抛掷南阳为主忧,北征东讨尽良筹。时来天地皆同力,运去英雄不自由’一样。既然惠民不想出售四川天成德分号资产,我也无可求之人,咱们只有走着瞧了。”

姚崇文听完胡锦云的一番话,心犹不甘地说:“不管是啥世道,总有求人与被求之事发生。东家在辛亥革命成功后,自己约法三章,退出了政界,好像自此以后就与世无争了。其实,世间的事,争与不争学问很大。东家不争的处世态度,可能也招来了别人与东家争,远的有汉口天成祥分号莫名其妙的大火,造成整个分号财产损失殆尽;近的有忠信魁的官司,东家被拘押在三原驻军团部。这一切,其实都是和东家争钱财。夫人,俗话说,人活一口气,佛争一炷香,难道柏家就这么算了?”

胡锦云明白姚崇文还想劝说自己借用柏惠民曾经的影响，与忠信魁杨经理争个长短。她清楚这场官司的理不在柏家，就是想争也不会有好的结局。胡锦云淡淡地说："姚管家，你的心意我领了。凡事都有一个理，这不是争与不争的事。我看咱们见过东家之后，听一下他的意见再说吧。"

姚崇文听完胡锦云的话，叹了一口气 转身出去了。

第二天一早，趁着天气比较凉爽，胡锦云跟着姚崇文，提着一个装饭菜的木盒子就往三原县监狱走去。

两个穿着黑色狱警制服的持枪警察远远瞧见经常来探监的柏家管家姚崇文带着一个中年妇女，提着一个木制的食品盒子走了过来，年长的狱警问："姚管家，今天还带着人来了？给你们东家带了些啥好吃的？"

姚崇文指着胡锦云说："这位是胡夫人，想跟着我一起进去探望东家。柏家现在遭遇官司，没钱还债，日常生活也不富裕，只给东家带了点三原小吃。"

年长的狱警同情地说："你们进去吧。听监狱长说，他找你有事哩，看完柏先生你去见一下他。"

姚崇文说："知道了。"随后带领胡锦云进了监狱。

胡锦云自打娘胎出生以来，第一次进监狱。几年前，哥哥胡平甫去世，嫂子带着家人去了西安城居住，她在三原已是举目无亲了，否则，再咋说，她也会去找娘家人帮忙，不会抛头露面的。走进监牢之后，才发现这里阴暗潮湿，难见阳光不说，就连空气中都弥漫着一股难闻的味道，鸽子笼似的牢房门上安装着铁棍，狱警在走廊来回巡视，好似人间地狱。

来到关押柏惠民的号子门口，姚崇文低声喊："东家，夫人来看您了。"

柏惠民挣扎着站起身，走到号子门口一看，果然是夫人胡锦云来了。他伤感地说："惠民无能，让夫人跟着受累了。"

胡锦云见柏惠民头发散乱，气色黯淡，说话有气无力，不禁心如刀绞。她说："老爷，这官司让你受罪了啊！难道就没有其他办法了吗，非得进监狱受罪？"

柏惠民叹了一口气说："柏家接连遭遇横祸，早就山穷水尽了。我要是有办法，还能不还忠信魁的借款吗？事到如今，我是无力还债，看他们能把我咋办吧。"

胡锦云说："我看还是保命要紧吧。要不咱们卖了四川天成德分号，如果还不够还债，把家里值钱的东西一起卖了。”

柏惠民明白夫人是为自己好，问题是为了还债变卖商号，价格肯定会被压得很低，而且还会落下骂名。

姚崇文听夫人说变卖商号及家产之事，又见柏惠民未置可否，就说：“东家，如今这个世道，只有命是自己的，其他东西都是身外之物。我劝东家还是考虑一下夫人的意见吧。”

柏惠民自然知道留得青山在，不愁没柴烧的道理，他不甘心地问：“难道除了这些老生常谈，就真的没有其他办法了吗？”

姚崇文看着柏惠民无助的眼神，就把庞三娃到西安给柏纪会送信以及柏纪会当时说的话全都告诉了柏惠民。

柏惠民听完姚崇文的话，脸色铁青地说：“你们这下知道啥叫世态炎凉、孤立无助了吧！我既然已经遭受过驻军的酷刑，就不怕监狱再关押。变卖家产的事，你们不要在我面前再提起了，我丢不起这个人！”

胡锦云还想劝说，姚崇文用眼神阻止了她。姚崇文说：“既然东家心意已决，我和夫人、少爷、大管家一起再想办法。您在牢里就别胡思乱想了，保重身体要紧。”

柏惠民点了点头，算是答应了。

见过柏惠民，姚崇文要去见监狱长，胡锦云说要跟着一起去，她想知道监狱长会说些什么。

三原县监狱长是一个四十多岁的中年男子，名叫赵逵，身材壮实，面相凶狠，不苟言笑。他见姚崇文领着一位风姿绰约、打扮文雅的中年妇女来到办公室，就知道狱警已经把话带到了。

姚崇文进屋后，点头说道：“赵长官好！这位是我家胡夫人，今天和我一起来探监。听门口狱警说赵长官要见我，不知道有啥事？”

赵逵说：“不瞒夫人和姚管家说，马县长说了，柏惠民赖账不还，待在号子里还要监狱管饭，这事说不过去。马县长交代，从今天起，柏惠民在监狱的一切事宜由柏家全部负责，包括送饭、看病等。当然，狱警站岗的费用就不用柏家管了。”

姚崇文回头看了一眼胡锦云，没想到胡锦云并未提出异议，只是淡淡地说：“从明天开始，我来给我男人按时送饭。”

姚崇文说：“赵长官，能否给我们东家换一个通风较好的号子？”

赵逵冷哼了一声,说道:“监狱不是旅店,弹嫌房间不好就可以调换。”

胡锦云跟着求情说:“请赵长官看在柏惠民体弱多病的分上,能调换就给调换一下吧。”

赵逵说:“把柏惠民关押在现在的号子里,是马县长特意交代过的,你们求我没用,要求就去求马县长吧。”

姚崇文见没有商量的余地,只好带着胡锦云离开了赵逵的办公室。

在回商号的路上,姚崇文说:“夫人,依据今天的情形看,这是马县长故意刁难东家。现在,东家不听人劝,有罪受了。只是还要麻烦夫人天天送饭,让我等无地自容啊!”

胡锦云长叹一声说:“他们当然是在故意刁难,所以我也不屑于同他们理论。这就叫劫数。惠民前半生花钱无数,后半生受苦,恐怕是命里注定的。我说话算数,从明天起,我给他按时送饭,你们该忙啥忙啥去吧。”

胡锦云可能不知道,就是她这一番话,让她从酷暑到寒冬,一直给柏惠民天天送饭达半年之久。

柏惠民案件出现转机已经到了第二年的春天。

这年春天,受过柏惠民资助到日本留学的田雄飞出任陕西省建设厅厅长。在报纸上看到田雄飞的消息后,姚青莲当天晚上就告诉了柏纪会。

在父亲入狱关押的几个月里,柏纪会除了正常到学校上课之外,拜会了父亲当年的许多故旧。这些人大多像父亲一样,在陕西辛亥革命成功后退隐,过着贫寒的日子。几个经商的故旧虽有心帮忙,无奈能力有限,此事就被耽搁下来了。

这天刚进家门,姚青莲拿着当天的《新秦日报》对柏纪会说:“纪会,咱爸有救了。”

柏纪会跑了几个月都没有找到解救父亲出狱的办法,如今看到夫人拿着一张报纸就说父亲有救了,他不相信地问:“你不会熬煎糊涂了吧?一张报纸就能救咱爸?”

姚青莲把报纸递给柏纪会,指着一条新闻说:“你看,田雄飞田叔出任陕西省建设厅厅长了。田叔当年受过咱爸资助才到日本留学的,现在他当了厅长,不会袖手旁观吧?”

柏纪会快速浏览了一下新闻,高兴地说:“我这就去找田叔,让他想办法救咱爸。”

姚青莲嗔怪地说：“你是高兴晕乎了吧？现在都啥时候了，你到啥地方去找田叔？我看你明天请假不去学校了，专门到新城省政府大院找田叔，把咱爸的情况给他说清楚，请他出主意想办法。”

柏纪会一想也对，就说：“我小时候听咱爸提起过田叔，对他有点印象。我记得田叔去日本留学，咱爸每年给他二百大洋生活费，两个人情同兄弟。现在田叔回来了，咱爸就有救了。”





田雄飞刚出任陕西省建设厅厅长，没想到第一个求见的竟是故旧柏惠民之子柏纪会。

柏纪会初会田雄飞，只见他温文儒雅，西装笔挺，戴着眼镜，一双眼睛笑眯眯地看着自己。

让秘书给柏纪会倒了一杯茶之后，田雄飞指着柏纪会说：“吴秘书，这位是我恩人柏惠民之子柏纪会。你先去忙吧，我跟他聊点私事。”

吴秘书出门后，田雄飞问：“纪会，你咋找到我办公室来了？”

柏纪会说：“田叔，柏家出了人命关天的大事啦。”

田雄飞原以为柏纪会来找自己，可能是为当官或者发财，没想到他一开口就说出了这样的话，田雄飞说：“你别着急，喝口水，慢慢说。”

柏纪会顾不得喝水，把柏惠民因欠三原县忠信魁借款及父亲被拘押的事原原本本地说了一通。

田雄飞脸色一下子变得凝重起来了。他在办公室转了几圈，然后说：“没想到柏家这些年遭遇了这么多横祸。我看要救柏先生出狱，还得从变卖家产上想办法。我知道这事你爸不同意，但现在除了这条路能救人，没有其他办法。”

柏纪会说：“去年七月份，我爸被三原驻军魏凤楼手下的警卫连长拘押之后，高管家、姚管家和我妈都劝说他出卖家产保命，他死活不同意，弄得我也不敢去说这事。现在，田叔说的办法与我们的想法一样，估计我爸也很难同意。”

田雄飞说：“我刚上任，无法离开。我这就分别给三原县马县长、驻军魏团长和你爸写信，让马县长和魏团长善待你爸，别让他再遭罪。我给你爸写信主要是讲明利害，劝他不要再固执。如今，虽说到了民国，但欠债必须还，这个道理你爸懂。”

柏纪会说：“那就拜托田叔写信，我亲自去送。”

田雄飞看了一眼柏纪会，问：“你爸进监狱后，你去探望过没有？”

柏纪会愧疚地说：“因无力还债，我就没有回去过。”

田雄飞闻听此言，勃然大怒，骂道：“世上有你这样当儿子的吗？你老子身陷囹圄，你竟然不回去看望，你真是枉读了这么多年书！”

柏纪会低着头辩解说：“我就是回去也于事无补，解决不了任何问题。”

田雄飞说：“你回去看望你爸，最起码是一种亲情的慰藉，难道这么简单的道理还要人教你？”

柏纪会说：“田叔，我错了。等你写好信，我去给我爸赔罪。”

田雄飞说：“这样吧，你下午下班后到我办公室来取信，明天一大早就去三原送信。”

柏纪会没想到当天下午到田雄飞办公室取信时，田雄飞不放心地说：“你一个人去送信我还是有些担心，明天我让吴秘书跟你一起去。见到你爸替我问声好，就说我正在想办法搭救他哩。”

柏纪会见田雄飞虽然生气但却安排得如此周到，感激地连声道谢，不断鞠躬，羞愧地离开了。

在赶往三原的路上，吴秘书老练地对柏纪会说：“到三原县城后，咱们先去拜会魏团长，再去拜会马县长，探一下这两个关键人物的口风，最后去探监看望柏先生，把田厅长的信亲自交给你爸，让他定夺。你看这样办如何？”

柏纪会看着年龄与自己相仿，考虑如此缜密的吴秘书，赞同地说：“我也没有好办法，就按照吴秘书的安排办。”

到了三原县城后，柏纪会在客栈叫上姚崇文，让他带路，一行三人先到了驻军团部。

魏凤楼听说省城来人求见自己，先让勤务兵把尚世贵叫了过来。时间不长，尚世贵和吴秘书、柏纪会、姚崇文前后进了魏凤楼的办公室。

魏凤楼招呼大家落座，让勤务兵给每人倒了一杯茶。吴秘书亮明了身份，并说：“卑职受建设厅厅长田雄飞之托，陪着柏家少爷柏纪会专程从西安来拜会魏团长，并带来了田厅长写给魏团长的私人信件。”说完话，吴秘书从夹在腋下的黑色公文包里取出一封信，交给了魏凤楼。

魏凤楼能担任驻军团长，自然是见过世面之人。听吴秘书自报家门，又带着柏纪会，就知道这两个人是为柏惠民被关押而来。他接过信件，但没有拆开，顺手放在了办公桌上。他说："吴秘书，承蒙田厅长能看得起我这个行伍之人，多谢了。我知道你们此行的目的，咱们丑话说到前面。柏先生因欠忠信魁巨额债务问题，被杨惠亭状告到了我这里，确实也是团部警卫连派人把他从兴平拘押回三原的。不过，驻军一般不管当地民事诉讼，我们随后就把柏先生转交给了三原县政府。这个事情尚团副可以做证。"

尚世贵接着说："柏先生在团部只待了几天，随后卑职奉魏团长的命令把人移交给了马县长。你们有啥要求，就去找马县长吧。"

吴秘书明白这二人见榨不到油水，就把柏惠民转交给了县政府，在此多费口舌无益。他站起身说："卑职代表田厅长感谢二位对柏先生的照顾。今后，魏团长、尚团副到省城来，田厅长一定当面感谢。我们告辞了。"

从团部出来，姚崇文嘀咕道："这两个人在给吴秘书唱双簧，把事情推得一干二净，好像与他们无关似的。其实，就是尚团副指使警卫连李连长抓捕的东家。"

吴秘书说："我知道。没有驻军出面，柏先生估计到不了三原，更不会被拘押半年之久。礼节性拜会他们，是田厅长的意思，就是让他们知道柏先生不是孤家寡人，可以任人宰割。"

到了县政府，马县长对吴秘书一行笑脸相迎，热情招待。等吴秘书说明来意后，马县长说："柏家欠忠信魁巨债多年，县政府一直拖着没有立案，更没有拘捕柏先生。驻军派人拘捕了柏先生，随后又把人交给了县政府，忠信魁经理杨惠亭随之状告柏先生，要求本息一起还清。柏先生拒不还债，本县也没办法，只好把他关在监狱里了。"

柏纪会说："我爸也想还债，无奈柏家已经成了空壳，还不起这笔巨债了。"

马县长问："你就是柏家公子柏纪会？"

柏纪会说："就是本人。我这几个月在西安到处求人帮忙，也在想办法。"

马县长冷笑着说："柏家曾经家大业大，风光一时。我听说，柏家虽然属于巨富，但是人丁不旺，柏先生和你都是单传。柏先生是见过世面的人，既知道绳从细处断的道理，也知道如何保全财产，给后代留下财富，故此一直不让柏公子到三原来，怕我把柏公子一起拘押判刑，断了柏家的香火。说实话，见柏公子一面比见神仙都难啊！要不是你今天登门，我还不知道去哪里去找柏公子。”

柏纪会被马县长一番奚落无地自容，面露愧色。他说：“马县长误会了。我如果也被你们拘押甚至判刑，柏家还有谁能做主归还杨惠亭的巨债？果真如此的话，马县长能保证杨惠亭会就此善罢甘休吗？”

吴秘书见马县长和柏纪会不停地斗嘴，这样下去也不是办法，就劝说道：“马县长，您别和柏纪会一般见识了。我此番前来，给您带来了田厅长写给您的一封私信，请您看完后咱们再说不迟。”说完话，吴秘书把田雄飞的信拿出来双手递给了马县长。

马县长接过信件，当场拆开阅读。田雄飞在信里说首先感谢马县长对柏先生的照顾，其次说他会劝柏先生变卖家产尽快归还债务，并请马县长不要为难柏先生。

马县长快速浏览了信件，微笑着说：“田厅长不愧是官家之人，识大体，顾大局，令人钦佩！咱们就按田厅长说的办，要不然我还真不知道如何向杨惠亭交代。”

吴秘书说：“我们想见一下柏先生。”

马县长说：“当然可以。吴秘书、柏公子，你们顺便劝一下柏先生，让他别一根筋了。”

吴秘书说：“这个自然，不用马县长叮嘱。”

在牢房见到柏惠民，柏纪会落下了悔恨的泪水。被关押了快半年的柏惠民神情委顿，骨瘦如柴，手足无力，他使尽了全身力气才慢慢挪到了牢房门前。看着儿子柏纪会，一双昏花的眼睛不禁流出了泪水。

此前，柏纪会因老子是陕西辛亥革命元老和功臣，尽管他曾经约法三章，自己不想出名当官，但柏纪会一直想借老子的人缘，混个一官半职。谁知道柏惠民不但不支持他从政，反而把他臭骂一顿，让他当了个教书先生。因为这个缘故，柏纪会多年来记恨父亲，很少去看望柏惠民，父子之间感情淡漠。而此刻在牢房看到形销骨立的父亲，柏纪会羞愧难当，泣不成声。

吴秘书待柏惠民父子止住了哭声，方才把田雄飞写给柏惠民的信件拿出来递给了柏惠民。

柏惠民打开信件，匆匆扫了一遍，随后仰天长叹。

吴秘书劝说道：“柏先生，你就不要坚持己见了。再这样下去，真不知道死亡和还清债务哪一个先来。”

柏惠民说：“罢了，罢了，脚上的泡都是自己走路走出来的，就按田雄飞说的办吧。姚管家，你回去后和夫人、高管家说一声，出卖四川天成德分号所有资产，安置完分号伙计之后，如果不够还债，就把柏家藏宝楼里的金银玉器、古玩字画变卖，尽快还债。对了，姚掌柜，藏宝楼有几件东西千万别卖，那是柏家乃至国家的珍宝，我不想因此落入他人之手。”

姚崇文知道柏家藏宝楼里奇珍异宝无数，价值不菲，但他不知道哪几件才是东家舍不得的心爱之物，他问：“东家，您当面交代清楚是哪几件宝物？我们一定照办。”

柏惠民说：“你走近来，我说给你听。”

姚崇文到了跟前，柏惠民在他耳根子边小声说了一阵。姚崇文点头说：“我明白了。请东家放心，我今天就回桥底柏家，跟高管家说东家的意思，然后启程去四川找钱掌柜协商处置天成德分号之事。”

柏惠民看着姚崇文，神情黯然地说：“辛苦姚管家了。”

两个月之后，姚崇文带着处置四川天成德分号二十余处房产及货物的五万大洋回来了。在此期间，高轩德变卖了柏家藏宝楼的许多金银玉器、古玩字画，凑了四万大洋，总算还清了忠信魁的九万大洋巨债，把柏惠民从监牢里解救了出来。

## 第二十章　柏惠民辗转病榻　藏宝楼被焚坍塌

柏惠民被解救出来后，跟着儿子回到了西安城六谷庄的旧居。这里是柏纪会和妻子姚青莲常年居住的地方，院落里种着各种花草、树木，二进的院落被姚青莲收拾得井井有条，充满了居家过日子的生活气息，处处洋溢着勃然生机。

一家人虽然团圆，柏惠民却如何也高兴不起来。半年多的牢狱之灾，已经让他落下了病根，双腿无力，肌肉萎缩，浑身麻木，就连走动也得让人搀扶。

柏纪会看到父亲行动不便，心痛父亲遭牢狱之灾后，疾病缠身，行动困难，经常陪着父亲到各大医院诊治。无奈跑遍了几家大医院，医生都说这种慢性病根本就没有好的诊疗手段，只能依靠中医来缓解病痛。

柏纪会一想求人不如求己，于是跑到位于五味什字的广济大药房去找干大高明德。

高明德在柏惠民出狱回到六谷庄时探望过柏惠民，当时瘦得皮包骨头的柏惠民圆睁着无神的双眼，闭口不言，弄得他也是苦无良策。从六谷庄返回后，高明德心里觉得有些亏欠，就不时安排药房的伙计送一些补药过去，好让柏惠民补补身子。

听说干儿子柏纪会到药房来找他，高明德让伙计把柏纪会带到了药房的会客厅。

柏纪会进了客厅就说:“干大,我想学中医。”

高明德不解地说:“你这个教员不好好去教书,干吗要学中医啊?”

柏纪会说:“自从我父亲出狱后,我就带着他跑遍了西安的几个大医院,医生说西医根本无法诊治他的病,只有中医能缓解他的病痛。因此,我想到广济大药房来跟着师傅学中医,也好随时为父亲治疗。”

高明德说:“学中医也不是三天两天就能成的事, 仅一个号脉就有许多学问。我知道你是一片孝心,但这事是心急吃不了热豆腐呀。”

柏纪会说:“那我就先学一些按摩推拿, 或者针灸之类能够快速见效的手艺,尽量帮父亲减轻病痛。”

高明德说:“当初你为了救你父亲来求我,我也是无能为力,没有帮上啥忙,深感愧疚。上次我去看你父亲,见他对我不太搭理,他是不是在生我的气?”

柏纪会说:“干大,你想多了。要说营救他出狱,建设厅田雄飞叔叔可谓出了大力,田叔叔去看望他时,遇到的情况跟你一模一样。我父亲在监狱里遭了罪,心里肯定憋屈,让本来就有病的身躯更是雪上加霜。现在,就是我妈去陪他说话,他也不太搭理。”

高明德说:“你父亲遭此大难,也就难为你和媳妇了。对了,上次我去你家,见你媳妇身怀六甲,看她的身形好像是怀了一个女儿。等你女儿出生,说不定你父亲心里一高兴,伤病还能好一些。”

柏纪会听说媳妇怀了个女儿,心里虽感到不满意,嘴上却说:“但愿孩子的出生,能给他这个当爷爷的带来快乐。干大,闲话不说了,您看哪个师傅医术高一些,我就去拜他为师吧。”

高明德说:“我让广济大药房最好的师傅教你,也希望你专心学习,尽快掌握一些要领,替你父亲减轻痛楚。纪会啊,你打算学中医,那学校的一摊子事咋办?”

柏纪会说:“柏家经过此次浩劫之后,几乎山穷水尽了。现在一家人都在西安,开销也大,我不能丢下教员这个职业,而且还指望这份薪水养家糊口哩。我学中医只是为了替父亲看点小病,好歹也算一门手艺。”

高明德笑着说:“我听说当初你父亲就让你在教员和医生这两个职业中选择一个,你当时咋没选择学中医呢?”

柏纪会见干大提起了往事,他说:“我当时是想进军校的,我父亲坚决不同意，我拗不过他，选择了师范学校，毕业后当了教员。现在学中医纯粹是出于自愿，他也没逼我。”

高明德说：“百善孝为先，你这么做就对了。虽说你短时间内只能学点皮毛，根治不了你父亲的病，但有了你这份孝心，他心里也就舒坦了。要说这人生病，大多是心情不爽，气血不畅，但你父亲的病跟别人不一样，你更要细心、耐心，不要企图很快见效。”

柏纪会说：“干大，我知道。”

柏惠民在西安养病没有几天，柏纪会就告知了他一个惊人的消息。

这天晚上，柏纪会给父亲按摩了一会儿腰腿，顺口说：“大，外面疯传刘镇华奉吴佩孚、阎锡山之命要带兵洗劫西安，现在城里的一些富商大户带着家眷和金银细软外出避难，也有附近的乡绅带着家眷进城，整个西安城乱成了一锅粥。依我之见，您和我妈还是到乡下躲避一下吧。”

柏惠民听完儿子的话，气得用手直拍床板。随后，他大口喘着气问：“刘镇华原本就是陕西省省长，他为啥还要洗劫西安城？”

柏纪会说：“大，你在三原监狱的时候，陕西爆发了胡憨（胡景翼、憨玉琨）战争，刘镇华逃出陕西进入山西运城，被阎锡山收留。现在驻守同州（今陕西大荔县）的麻老九、驻守蒲城的缑章保等部听说刘镇华率十万镇嵩军入陕，他们借机倒戈，刘镇华轻而易举地占据了潼关，一路借口就地征发军饷，烧杀抢掠，直扑西安。西安城里现在只有李虎臣率领不足五千人的各路人马驻守，前景堪忧啊。”

柏惠民气哼哼地说：“我不走，看他能把我咋样。”

柏纪会说：“刘镇华此番率军前来，肯定要报陕西驻军当年把他赶出陕西的仇，西安城肯定会受兵燹之祸。我劝你还是和我妈暂时躲避一下吧。”

柏惠民一时气血上涌，张着嘴，说着含混不清的话。他见儿子不明白自己的意思，用手连连指着地面，摇着头表示坚决不走。

柏纪会无奈，只好把母亲胡锦云请来劝说父亲。胡锦云和柏惠民比画了半天，然后告诉儿子说：“你父亲说他死也要死在西安，哪里都不去。”

柏纪会说：“妈，你可能不知道刘镇华的为人。他在主政陕西的八年当中，不但大肆搜刮民财，还安置了不少落后文人，豢养了不少地方乡绅。当年，刘镇华逃出了陕西，但这些人没走。如今刘镇华再回来，这些人肯定会帮着刘镇华进行报复，西安城可能就会变成人间地狱。我听说城里有不少人都出去躲避了，我大久病缠身，经不起折腾呀。”

胡锦云看了一眼柏惠民，见他正瞪着自己。胡锦云知道丈夫不愿意就此离去，冲儿子说：“谁让你多嘴哩，你跟他说这些闹心事干啥？现在你大不愿意走，我也不会走。”

柏纪会没料到会是这样一个结果。

从父亲卧室出来后，柏纪会小声对胡锦云说：“妈，你看青莲也快生了，我怕你和我大都待在西安城，我一个人照顾不过来。再说，这场战争也不知道啥时候能结束，咱们一家人都在西安，万一要有个啥事，可咋办呀！”

胡锦云见儿子替父母担忧，也怕青莲生下一男半女无法照顾，就说：“我知道你的难处。这样吧，等过一两天，我再劝说一下。另外，我听说前清光绪皇帝的掌印御史、礼泉人宋伯鲁住在土地庙也没走，你盯着他的动向，有啥情况及时告知我。”

柏纪会一听这话，就知道父亲犯了老毛病，好面子的他绝对不想让别人说三道四。他失落地说：“我知道。”

过了几天，坊间传言杨虎城率军从北门进了西安城，准备和李虎臣一起坚守西安。

杨虎城到西安后，派参谋长侯思奇将军拜访了宋伯鲁。

宋伯鲁知道杨虎城派侯思奇来拜访他的用意。自杨虎城进城后，就不断派人劝说各界名流出城躲避，尽可能避免陕西名人的生命受到伤害。宋伯鲁不但没有接受侯思奇的劝说，反而对他大谈了一通自己对局势的分析。

宋伯鲁滔滔不绝地说，北洋军阀派遣刘振华进犯陕西，有三重用意。其一留后路。国共合作北伐在即，此番兵事广州政府不是为争地盘，而是为国体一统，气势上占上风，刘匪惯于投机钻营，深谙“狡兔三窟”之理，一旦战败退守西安，劫掠秦商财富，就可确保无虞。清朝以来，活跃中华的金融票号有三支，一是晋商始于清初，业务遍及全国；二是滦冀帮始于同治，主要活动在华北关外；第三就是以泾阳帮、渭南帮为主的陕商票号始于嘉庆，主要经营范围在四川、陕西、甘肃一带。与山西及滦冀帮主要服务于商业官吏不同，泾阳帮、渭南帮不办汇兑，主要服务于中下层手工业和农桑耕织业者，且采取小额信贷方式，费人费事，鞍马劳顿，陕人凭借俭朴辛劳到光绪年间仅四川一地就聚集起四千万两白银的家当。泾阳安吴堡吴家、桥底镇柏家、社树堡姚家在江南经营盐茶丝绸，在甘肃经营水烟布匹，都是当地首屈一指的富户。辛亥年间，泾阳富商柏惠民毁家输资，对陕西革命贡献极大，在全国商人中也是首屈一指。陕西渭北富商大多居家西安，刘振华长期在陕西为官，对此心知肚明，为银钱犯陕是其二也。再下来就是陕西张载关学造就的陕西人文特征，前贤张载“为天地立心，为生民立命，为往圣继绝学，为万世开太平”成为千古绝唱，影响了关中多少代仁人志士，至今仍是陕人的思想脊梁，斯承启惠泽精深可穷，天下之理概莫如此矣！先贤张载的本意是读书人经国立心先正己，笃学践行开太平。关学向民间渗透过程中，秦人深得精髓，渐渐树立起为人秉性耿直、洁身自好、性刚气硬、豁达开通、忍辱负重、知恩图报等清和民风。但在官朝廷不爱，生怕不小心惹出事端；在民则另添一景，由于求官路窄，生计艰难，多数秦人避事顾己，古人云“关中自古不党”，彼此互不结伙，对人设防，单打独斗。更有伪先生二道毛理论道道比谁都多，做事点点比谁都稠，红起脸来杠杠比谁都硬，实则短少江淮刚柔相济、求官求富齐头并进。秦地文化单一纯净，地域四关雄踞，社会政经绝少生成一股力量。临潼的火晶柿子专拣软的捏，西安围城乃历史必然，概三谓也。

西安城目前的局势就是攻城和守城。攻城的刘镇华军队虽说号称十万，其实是乌合之众。他要考虑的问题有两个，一是他知道自己在北洋军阀眼中的地位，这年月，有实力谁都可以称王，他肯定会以保存实力、抢占地盘为先。二是国民党组织的北伐战争一触即发，目标直指北洋军，围攻西安只是北洋政府面对国民党军事进攻布下的一枚棋子，他不会全力以赴，很可能是围而不攻。再说守城，虽然只有杨虎城、李虎臣区区不到两万人马，但城内民众听说刘镇华率军一路烧杀抢掠，无恶不作，沿途文物尽毁，神器被盗，早就凝聚成了同仇敌忾、誓死守城的决心。西安城有两位虎将镇守，客观上就牵制了北洋军阀十万军队，国民政府肯定会施以援手，不可能见死不救。这样一来，西安守城胜利就可望成为千古奇勋。

宋伯鲁最后说：“从今年一月开始，阎锡山出兵雁门关，张作霖出兵热河直下张家口，吴佩孚挥师石家庄，北洋联军以数十万人马三面夹击冯玉祥驻扎在北京、天津一带的国民军。从广州政府方面看，西安守城之战爆发，北洋联军就会受到京津和西安两个方面的牵制，必当择日挥师北伐，北伐焉有不胜之理？天下万物成败兴衰终有因可循，有数可典，有果可期，北伐胜利兴许当权者不愿分羹美誉，但历史一定会证明西安保卫战可谓北伐先声。老朽见过了世事变换，朝代更迭，想留在西安见证一下杨虎城、李虎臣的守城之役。既然历史选择了西安，我想看一下陕西人能否担当得起。”

侯思奇听罢宋伯鲁的一番高论，深为折服，知道无法劝说他离开，只好回去复命。当侯思奇把宋伯鲁的长篇大论告知杨虎城后，杨虎城对此十分钦佩。随后他就想既然宋伯鲁不想走，就让他看一下陕西国民军是如何守城的。

杨虎城在心中细数了一下还留在城中的各界名流，突然想到了柏惠民。他听说柏惠民因巨额债务被关进了三原县监狱长达八个月之久，现在疾病缠身，就住在六谷庄宅院养病，就想前往劝说柏惠民赶紧离开。

侯思奇见杨虎城担心柏惠民的安危，就说：“杨师长军务繁忙，还是我代表您前去劝说吧。”

杨虎城叮嘱道：“柏先生是同盟会元老，和于右任、井勿幕、宋教仁等人交往甚密，为陕西辛亥革命做出过巨大贡献。现在他重病在身，无法行动，让他待在城里，实在是让人放心不下。你此番前去，一定要劝说他尽快离开西安，免得战事一起，医药无法保证，从而有所闪失。”

侯思奇说：“请师长放心，卑职一定做到。”

第二天中午时分，六谷庄柏家门口来了一位三十多岁，身穿戎装、身材魁梧的军官，他带着几个卫兵提着礼物正准备上前叩门。

柏纪会此时刚好放学回家吃饭，见门口站着一位军官，急忙上前打招呼。他问：“军爷，请问您找谁？”

军官说：“卑职是国民军第三师的参谋长侯思奇，请问这里是柏家住宅吗？”

柏纪会说：“侯将军好。这里就是柏家住宅。请问您来找何人？”

侯思奇说：“我奉杨师长之命，特来拜会柏惠民先生。”

柏纪会赶忙上前一步推开门，做了一个请的姿势，说道：“侯将军，请进。”

进了院子，侯思奇发现这座宅院虽然雕梁画栋、图案清晰，但上面的油漆已经斑驳，有些地方露出了底色，明眼人一瞧就知道这座宅院很长时间没有维修过了。

进了大堂客厅之后，柏纪会招呼一行人坐下，又赶紧给他们沏茶倒水。等忙乎完这一切，他不好意思地说："侯将军，家父卧病在床，无法起来。您有啥话就对我说，我进去转告。"

侯思奇放下茶杯说："既然来了，我还是想面见一下柏先生，有些话当面说最好。"

柏纪会见侯思奇态度坚决，不好意思拒绝他的一番好意，就领着侯思奇来到后院。刚走进后院，就闻到空气中弥漫着一股中药味。进了卧室，侯思奇见炕上躺着一个骨瘦如柴、面容憔悴的病人，他知道眼前之人定是曾经名满关中的陕西辛亥革命功臣柏惠民。

柏纪会走到炕边，一边扶父亲起来，一边说："大，杨虎城师长派侯将军来看你了。"

侯思奇走上前轻声问道："柏先生，近来可好？"

柏惠民咳嗽了一声，喘着气说："多谢杨师长和侯将军，柏某生病多年，近来好多了。不知侯将军前来有啥要事？"

侯思奇说："刘镇华率领镇嵩军兵犯西安，现在已经把西安城东南北三面包围，只留下了西面，眼看着一场恶战不可避免。杨师长派我前来，是想让柏先生尽快离开西安城，免得在守城之际受罪。"

柏惠民说："多谢杨师长美意。我哪里都不去，就想待在西安城，看着陕西国民军守城。"

侯思奇说："柏先生，西安守城部队只有不到两万人，要对付刘镇华的十万大军攻城，战斗定会异常惨烈。虽说西安城高池深，民众一心，但战斗一旦打起来，肯定会伤及无辜。杨师长出于对您的敬重，派卑职前来劝说您离开，确实是出于一番好意啊。"

柏纪会趁机说："大，您也知道当年靖国军为了护法掀起了倒段讨陈战争，那场战争一下子就在关中大地上打了六年，谁能保证西安守城之战能很快结束？一旦开战，西安城肯定会缺医少药，粮食短缺，我看您还是按照杨师长的要求撤离吧。"

柏惠民哼哧着说："关中去年不是粮食丰收了吗？要说开战之后缺医少药我信，要说粮食短缺我不信。你们这是在变着法赶我走。"

侯思奇说："柏先生也知道关中人不喜欢储藏粮食，一般只储藏半年或一年的粮食。关中虽说去年粮食丰收，但大多数被粜运出了陕西，余粮不足以支撑长期的战争。如果围城时间一久，城里闹粮荒在所难免。柏先生久病缠身，需要静养，杨师长不忍心柏先生整天在硝烟战火中受煎熬。柏先生如果不走，让卑职如何向杨师长汇报？难道您想让杨师长亲自来劝说您离开西安吗？”

柏惠民虽说久卧病榻，但他心里很清楚，侯思奇能把话说到这个份上，肯定是杨虎城给他下了死命令。自己不走，肯定会让杨虎城分心，也让侯思奇面子上下不来。无奈之下，他说：“我听说宋伯鲁先生都没走，我走了，岂不惹人笑话？”

侯思奇说：“宋伯鲁先生虽说年已古稀，但身体硬朗，思维敏捷，日常起居不需要人照顾，您能和他相比吗？再说宋先生浸淫关学大半生，就是在清末也是支持维新运动，关心国家命运，他不走，对杨师长坚守西安，支持北伐有鼓舞人心的作用。您不走，只会让杨师长担心啊。”

柏惠民清楚自己现在不但成了家里的累赘，而且不走的话，还会给杨虎城守城增加负担，他说：“好吧，我收拾一下，明天就走。请你代表我向杨师长致谢。”

侯思奇见柏惠民同意离开西安，感到悬着的心终于可以放下了。他问：“柏先生打算去哪里？”

柏惠民说：“回泾阳老家。”

侯思奇又问：“还有其他地方可去吗？”

柏纪会说：“除了泾阳，再就是兴平了。”

侯思奇说：“柏先生，我建议您去兴平。”

柏惠民看着侯思奇，眼神中满是疑惑。

侯思奇说：“泾阳、三原是陕西的经济中心，渭北一带有无数富商大户，刘镇华率军前来，肯定不会放过这些富庶之地。您如果回泾阳，弄不好会反遭其害。依我之见，您不如去兴平躲避。”

柏惠民见侯思奇说得有道理，点头同意了他的意见。

柏惠民拖着病躯回到兴平商号不久，刘镇华就四面包围了西安城。原以为攻下西安城如探囊取物的刘镇华，指挥军队四面攻城，谁知道杨虎城、李虎臣率军拼死抵抗，西安城久攻不下。气急败坏的刘振华派镇嵩军师长梅发奎率军包围了泾阳、三原、高陵等县城，准备洗劫富商大户，大肆掠夺。

驻守泾阳县城的田玉洁并没有下令第三师攻击来犯之敌，只命令部下张九才旅守卫县城，自己带着亲信和警卫营驻扎到了县城以西十五里的许家堡，名义上是策应县城防卫，实际上是作壁上观，保存实力。

留在柏家庄园的高轩德、姚崇文两位管家，见镇嵩军包围了泾阳县城，就知道大事不好。他们商议了一下，一面安排护院首领孙志高等人把柏家值钱的物件搬到了后院的藏宝楼，一面派人到兴平商号向东家柏惠民报告泾阳的情况。

躺在炕上的柏惠民听说镇嵩军在围困西安城的同时，又分兵包围了泾阳、三原、高陵等县城，惊出了一身冷汗。他庆幸自己听从了杨虎城的安排，按照侯思奇的想法来到了兴平县城。当初，他心里确实不想到兴平来，认为这个地方晦气。在这里，他被魏凤楼手下带到了三原，遭受了长达八个月羁押，患上了浑身麻木、肌肉萎缩的毛病，甚至连走路也需要人搀扶。如今，听说泾阳县城被围困，田玉洁驻扎在许家堡，他心里对杨虎城的善意和关怀充满了感激。

柏家庄园的藏宝楼位于三进院右侧，这座七层六角形砖塔式建筑历经了一百多年的风雨侵袭之后，远远望去像一根灰色的擎天柱。塔上的券拱形窗户就像一个个没有眼球的眼眶，远远看上去有点瘆人。除了第一层之外，其他各层外面都有野草在此繁衍，一副衰败的气象让人感叹柏家这些年的没落、消沉。

说起这座砖塔，倒还是有些故事。当年柏家祖上信佛，就想修建一座砖塔护佑后代人丁兴旺，财源广进。但到底该修成哪种样式，让他们颇费了一番思量。最后有人建议说，崇文塔是泾阳人、明代工部尚书李世达及女儿翠云修建的，自塔建成之后，泾阳风水大变，历代文人墨客对其称赞不已。柏家要修建砖塔，不妨参照崇文塔的式样。柏家祖上曾经登上过崇文塔，在塔顶俯瞰泾河如丝带，看西安近在眼前，那阵势确实让他体验到了“会当凌绝顶，一览众山小”的豪气。

修建砖塔时，柏家早就是关中一带的富商大户了，但要修建成像崇文塔那种十三层高的砖塔，柏家的财力仍有不逮，于是按照佛教“救人一命，胜造七级浮屠”说法，修成了这座六方形七层砖塔。在塔里面，除了供奉佛像，后来就变成了柏家历代储藏各种宝物的特殊仓库，砖塔也就变成了在柏家具有相当地位的藏宝楼。

柏惠民在三原监狱的时候，因为要偿还巨额债务，曾经让管家姚崇文打开过藏宝楼，按照他的安排取出一部分珍藏的古玩典当。按照柏家管理藏宝楼的规矩，主人不在的情况下，必须两个管家同时到场才能打开藏宝楼。

那次姚崇文、高轩德拿着柏惠民给的楼门钥匙刚打开久无人进的藏宝楼，除了一股子霉味扑面而来之外，就看见一层的地面正中盘踞着一条巨大的青蛇。门一打开，外面的阳光射进楼里，青蛇受到了惊动，瞬间就扬起了头，嘴里的红信子伸出老长，不停地伸缩，还伴有丝丝的声响。

两位管家大吃一惊，不约而同停下了脚步，只觉得寒气逼人。青蛇见有人进来，慢慢展开盘成圆盘状的身躯，仰着头游走了。

两位管家小心翼翼进了藏宝楼，每人手里拿着一根木棒，上上下下仔细搜寻了一番，没有发现青蛇的踪迹，这才按照柏惠民的吩咐取出了部分珍玩。后来两个人商量了一番，觉得藏宝楼是柏家财宝重地，应该格外关注，分外小心，就让护院首领孙志高带着几个护院把藏宝楼上的窗户全部从里面加上了护栏，预防小偷溜进来偷了东家的财宝。

有一次，姚崇文和高轩德闲聊，无意间聊到了在藏宝楼发现青蛇之事。

姚崇文纳闷地说："虽说藏宝楼这几年很少有人进去，但还不至于变成了蛇窝吧。我就奇怪，这条巨蛇咋溜进去的？藏宝楼里面除了珍奇古玩、典籍书画，没有它能吃的东西呀。"

高轩德沉吟了一会儿，说："看样子这条巨蛇在里面待了很久了。蛇能长这么大而且不被人发现，说明有了灵性。我们开门进去惊动了它，它没有发起攻击，而是主动溜走，是不是预示着啥？"

姚崇文说："高管家，这座藏宝楼有一百多年了吧。楼里阴凉，适合巨蛇在里面生存，你就不要多想了。"

高轩德说："姚管家，你可能不知道。据说修建此楼开挖基地时，就挖到了一个蛇窝。当时有一个风水先生对当时的东家说，此楼可保百十年无事，一旦有巨蛇在楼里出现，东家可能会有破财之灾。"

姚崇文不相信地问："果真有此事？"

高轩德说："我也是听老辈人说的，不知道真假。《周公解梦》里说，蛇进洞，家里可能会被偷窃或者被抢劫。东家现在不在老家，我们两个还是小心为上。”

刘镇华围困泾阳县城之后，两位管家让孙志高带着几个护院把柏家的贵重东西都搬进了藏宝楼，为了防止出现意外，还让孙志高安排护院在藏宝楼轮流值班。

进入六月初，西安城战事正酣。镇嵩军采用爆破城墙、地道战、炮击、组织敢死队等办法无法攻破西安城防后，刘镇华为了断绝城里粮源，不管百姓死活，下令部下放火，焚毁了西安郊区十多万亩即将收获的小麦。一时间，浓烟蔽日，火光冲天，老百姓赖以活命的粮食被镇嵩军烧得一干二净。

泾阳县的情况也不乐观。镇嵩军把泾阳县城围了个密不透风，城里的人无法出城，乡下的老百姓也无法下地收割小麦。镇嵩军攻不下县城，就四处抢粮，洗劫在城外的百姓，泾阳大地上到处都是奸淫抢掠的惨景，民众们在痛骂镇嵩军惨无人道的同时，对田玉洁也极为愤恨。

柏惠民到兴平商号之后，听到的基本上都是坏消息。现在西安城、泾阳县城都被镇嵩军围困住了，儿子的情况咋样，儿媳妇是否生了，是生了个孙子还是孙女，他一概不知，只期盼着有好消息传来，也让自己有所慰藉。

到了十月初，终于传来好消息。传闻说冯玉祥、于右任接受了中共北方区委负责人李大钊提出的“进军陕西，出师潼关，会师中原，策应北伐”的建议，在五原向全国发表宣言，冯玉祥就任国民联军总司令，于右任就任副总司令，并率军从陇东、陕北分两路南下，救援被围困在西安城的杨虎城、李虎臣部。

十月下旬，三原、泾阳、高陵之围被解，十一月下旬，邓宝珊率军进入西安，刘镇华狼狈逃出陕西。十二月下旬，冯玉祥进驻西安，北洋军阀在西北的统治宣告结束。

柏惠民听说于右任在冯玉祥之前到达西安城，并担任了国民联军驻陕司令部的总司令，心中异常高兴。想到陕西战事终于结束了，不由得长长舒了口气。

这天午睡醒来，胡锦云告诉他说：“刚才于右任到兴平县城看你来了。他听说你刚睡着，没让我叫醒你，放下礼物就回西安了。”

柏惠民气得用手直拍炕沿，怒气冲冲说：“于右任现在公务缠身，想见一面都很难。他好不容易抽出空闲来看我，你还不叫醒我，真能把人活活气死。”

胡锦云委屈地说：“于司令来了之后，就问你的病情，我只能如实相告。他听完你的病情之后，连连叹气。见你睡着了，不忍心打搅你就走了。人家因公务太多，也不便久留，你应该理解才对。现在于司令早走了，你也别生闷气了。世道太平之后，你还怕见不到于司令吗？”

柏惠民满是遗憾地问：“于司令这么着急赶回西安真有要紧事吗？”

胡锦云说：“听于司令说，西安解围之后，随处可见饥民面无颜色，衣衫褴褛，城内孤寡悲食，尸体遍地，惨不忍睹。他赶回去的第一件大事，就是处置阵亡的英烈和饿死的百姓。他说如果处置不及时，待春暖花开，瘟疫蔓延，关中道就会有灭顶之灾。”

柏惠民不住点头说：“虽然没见上于司令的面，但知道他在为苍生着想，这就够了。”

胡锦云说：“你就安心养病吧。我抽空让人到西安和泾阳打探一下情况，有啥事情再给你说。”

柏惠民愧疚地说：“你一个大家小姐跟着我受苦了。”

胡锦云说：“在一块都过了几十年了，现在说这些干啥？人常说，嫁鸡随鸡，嫁狗随狗，我就这命，我认了。”

柏惠民说：“是啊，结婚几十年了。但我没给你几天好日子过，还是于心不忍啊。”

胡锦云说：“少年夫妻老来伴，说啥于心不忍的都没用。你把身体养好比啥都强。”

柏惠民说：“我刚才做了一个奇怪的梦。在梦里见到一条巨蛇看见我就逃，最后钻进了一个洞里，不知道预示着啥征兆？”

胡锦云明知这个梦不吉祥，又怕丈夫担忧，就说：“你身体弱，没做噩梦就好，别胡思乱想了。”

第三天中午时分，高轩德、姚崇文在护院首领孙志高的陪同下，匆匆来到兴平商号。他们刚进门，就碰见了正在院子里熬药的夫人胡锦云。

胡锦云见这三个人神色慌张地同时进门，顿时产生不祥预感。按道理，高轩德和姚崇文两位管家是不能同时离开柏家庄园的，一般情况下，必须有一个人在柏家庄园料理日常事务。她从三个人的神情上判断,柏家庄园一定是出了大事。

胡锦云站起身,故作平静地说:“两位管家和孙护院来了,快请屋里坐。”

高轩德迟疑了一下,说:“夫人,我们能否借一步说话?”

胡锦云说:“那就到商号客厅里说吧。”说完,放下手中用来熬药煽火的蒲扇,领着三个人进了距离卧室不远的商号客厅。

几个人坐下后,有伙计进来给每个人倒了一杯茶,然后退了出去。

胡锦云见两位管家只是低着头,端着茶杯,都不愿先开口,就问:“你们大老远跑到兴平来,该不会是为了喝一口茶水吧?”

高轩德瞥了姚崇文一眼, 见他没有说话的意思, 就说:“夫人, 出大事了。”

胡锦云一听出了大事, 猜不到如今的柏家还能出啥大事。她问:“高管家,柏家现在还能出啥大事?你别着急,等喝口水再慢慢说。”

高轩德缓缓放下茶杯, 颤声说:“柏家庄园的藏宝楼被大火焚烧坍塌了。”

胡锦云一听这话,惊得瘫在了椅子上。

进入冬季之后,两位管家见镇嵩军还在围困泾阳县城,就料想这场战争肯定不会马上结束。他们二人商议,一定要确保藏宝楼中值钱的东西不能被小偷或强盗趁火打劫,就让孙志高安排护院昼夜轮流值班。

冬季的关中道,天寒地冻,寒风凛冽,就是穿上棉衣也难阻挡刺骨的寒风。特别是晚上,冷风一刮,值班的护院冻得直哆嗦,根本无法在外面长期停留。孙志高见几个护院异常辛苦,就请示两位管家,看能否打开楼门,让值守的护院在楼内看家护院。两位管家觉得,现在兵荒马乱的,护院们在外面巡守,有可能遭到劫匪袭击,弄不好还会丧命,就同意了孙志高的请求,并且封闭了上楼的楼梯,只让护院们待在一楼大厅。

泾阳县城解围之后,护院们见没有劫匪或者小偷光顾柏家庄园,以为天下太平了,就放松了警惕。加上天寒地冻,他们晚上就在藏宝楼一楼架起了木炭烤火,以借此取暖,驱走严寒。孙志高知道藏宝楼里珍藏着柏家最后一笔财富,特意叮嘱晚上值守的护院,只能待在一楼,而且一定要当心炭火。

这样的日子过了一阵,几个护院见没事,就生了麻痹大意之心。他们以为晚上值守就是待在藏宝楼里烤烤火,不会发生什么大事。谁知道几天后的一个晚上后半夜,轮值的护院因为打盹,在梦中伸懒腰时碰倒了烤火用的木柴,火盆中的火苗直接引燃了几根搭在火盆沿上的木柴。

一个值守的护院在睡梦中听见噼噼啪啪的响声，还以为外面有人放鞭炮,睁眼一看,我的妈呀,火苗已沿着楼梯燃向了二楼。他一脚踢醒另一个护院,想灭火时却找不到水。情急之下,两人从藏宝楼大门逃了出来,赶紧去叫高轩德、姚崇文和孙志高等人来救火。

等众人提着水桶抢到藏宝楼前，只见大火顺着楼梯不断攀升，时间不长,楼顶就有火苗蹿了出来。静夜里,藏宝楼上燃起的烈火照亮了夜空,仿佛一条火龙紧紧裹住了塔楼。大楼里储藏着柏家几代人收藏的奇珍异宝、典籍字画,这些物件早就干燥异常,见火就燃,火借干物,物趁火势,救火的众人只觉得热浪拂面,根本无法靠近,只能眼睁睁地看着大火肆虐。

柏家村有人听到不断响起的噼啪声,跑到门外一看,就见柏家庄园藏宝楼燃起了熊熊大火，急忙纷纷叫醒家人和邻居，带上水桶跑到柏家庄园救火。等到了现场,众人全傻眼了。藏宝楼是柏家村第一高大的建筑物,据说里面藏着无数宝物,这些东西被大火点燃,火苗乱窜,根本无法靠近。加上每层楼的窗口从里面封死了,从外面根本无法进入。众人远远地看着藏宝楼被浓焰吞噬,个个束手无策。

直到第二天中午,藏宝楼被大火焚烧了十几个小时,终于坍塌了,楼中的所有宝物被焚毁一空,只留下了灰烬。

高轩德、姚崇文和孙志高眼看着藏宝楼不断坍塌,悔恨得跪在地上,泣不成声……

胡锦云听完高轩德的哭诉,脸色却出奇的平静,轻声说:“你们本是一番好心,谁能料想到会发生这样的事。孙护院,我在家的时候,经常听你哼唱秦腔,你能否给我清唱一段《下河东》里的三十六哭? ”

孙志高明白夫人心里难受,也不知道是否将此噩耗告诉病中的东家。现在听夫人想听一段三十六哭,他清了清嗓音,随后说:“我知道夫人心中的酸楚,就如夫人所愿,给您清唱一段三十六哭吧”。

孙志高不敢大声,就低音唱道:

自从把先行兄妹丧了命,无一日王不哭三五声。

自從把先行
兄妹喪了命
每一日王子哭三
五聲王好比軒
轅黃帝哭倉頡
又好比堯舜哭眾生靈
又也曾哭那洪湯王帝家哭
五更王好比紂王哭聞仲
州城蘇護裝全忠

王好比轩辕黄帝哭仓圣，又好比尧舜哭众生。
禹王也曾哭水洪，汤王爷家哭五更。
王好比纣王哭闻仲，冀州城苏护哭全忠。
梅柏哭的钦天鉴，比干相哭的老商荣。
周文王哭的伯邑考，周武王又哭姜太公。
鲍叔牙哭的是管仲，齐王也曾哭晏婴。
哭伯桃本是羊角哀，燕王哭的孙伯灵。
范蠡在深山哭文仲，伍员逃国哭父兄。
……
刘备哭的是关公，小阿斗哭的诸葛孔明。
曹操哭的郭奉孝，汉献帝宫院哭梓童。
唐李渊哭的元霸勇，李世民又哭小罗成，
李克用哭的打虎将，黄巢寺外哭柳空。
斩黄袍王哭郑三弟，下河东为王哭先行。

等孙志高哼唱完这一段三十六哭，在座的都禁不住流下了眼泪。

胡锦云说："你们几个先回去吧，把后事料理妥当。至于东家那里，我找机会给他说。"

几个人站起身准备回泾阳，没料到刚走出门，就看见柏惠民拄着拐杖，站在门外的窗户下发愣。

高轩德赶紧上去扶住柏惠民，伤心地说："东家，你咋起来了？"

柏惠民说："高管家，你知道我是个秦腔迷，刚才听见有人哼唱三十六哭，就挣扎着起来想过一下戏瘾，没料想却听到了藏宝楼被大火焚毁倒塌的事。事已至此，再说啥都晚了，或许这就是我的命。"

柏惠民的话，让前来报告凶信的三个人无地自容。

高轩德愧疚地说："东家，高某无能，没有照看好柏家庄园。发生了藏宝楼被焚坍塌之事，高某难辞其咎。东家没有怪罪我等，反而说是命中注定，让高某羞愧难当。高某有个不情之请，请东家准许。"

柏惠民问："高管家想干啥？"

高轩德说："高某想辞去柏家庄园管家之职，从此回家闭门思过。"

柏惠民把拐杖在地上蹾了几下，喘着气说："高管家，你这是何苦来着？

我刚听了孙护院哼唱的三十六哭，早就想通了。贵为皇上的赵匡胤都有犯错误的时候，何况你我这等凡夫俗子？你想回家含饴弄孙可以，闭门思过就不要提了。”

姚崇文本来也有向东家请辞的想法，此刻见高轩德先提了出来，并得到了东家的同意，他接着说：“东家，藏宝楼失火不是高管家一个人之事，我也有责任。高管家辞职了，我也没有脸面在柏家庄园混了。请东家批准我回家养老。”

柏惠民突然放声大笑了几声，随之就咳嗽不断。等气息平缓后，他说：“柏家现在已是山穷水尽了，也养活不了你们了。再说二位管家年纪也不小了，早到了颐养晚年的时候。这几年，柏家噩运不断，让你们跟着我受苦了。孙护院，你不会跟着二位管家一起请辞吧？”

孙志高虽说是一个练武之人，这些年为了柏家庄园的安全没少操心，但现在发生了藏宝楼被焚坍塌之事，柏家财富丧失殆尽，他也后悔莫及。柏家庄园一下子走了两位管家，他在此时再提出请辞，于情于理都说不过去。

孙志高说：“柏家现在落难了，孙某不才，愿意陪东家共渡难关。如果东家需要孙某，万死不辞。”

柏惠民听完孙志高的表态，略感欣慰地说：“孙护院，你回去后，把家里值钱东西典当一些，给两位管家发放一笔养老费，剩余的留着发放几个护院的薪俸。”

高轩德等人听完这话，感激得向柏惠民不停地作揖表示感谢。

送走高轩德等人之后，柏惠民气得又大病了一场。

# 第二十一章　辞乱世心犹不甘　论成败任人评说

西安保卫战结束后，杨虎城悄然退出了政界，率军到渭北一带休整，随后就不知道去向。柏惠民在黯然惆怅之际，关中又发生了史称十八年年馑[①]的大旱。

柏纪会见西安城已经恢复了平静，就把父母从兴平商号接到了西安六谷庄家里，此时柏纪会的女儿妞妞已经快半岁了，小女孩长得白白胖胖，眉清目秀，酷似其母姚青莲。柏惠民拖着病躯回到西安，见到招人喜爱的孙女，心情一下子大变，病情也有了好转。

好不容易熬过三年年馑，柏惠民就听说发生了蒋冯阎中原大战，到了一九三〇年十月底，又传来了国民政府任命第十七路军军长杨虎城任陕西省政府主席的消息。柏惠民看到儿子拿回来的报纸上刊登着杨虎城主政陕西的新闻，分外激动，料想杨虎城此番主政陕西必将为陕西人民做些事情。

年关将近的时候，西安城经常彤云密布、阴沉难见太阳的天空忽然放晴了。冬日的阳光洒在皑皑的积雪上，发着耀目的白光，透着刺骨的寒意。柏惠民早上起来，拄着拐杖，刚到院子里想活动一下筋骨，就被紧随其后的夫人

---

①年馑：关中方言，指荒年。陕西人把一年中一料未收称为饥年，两料未收称为荒年，连续三料未收称为年馑。民国十八年年馑是三年六料基本无收成，有人说是百年一遇，也有人说是三百年一遇。陕西年馑的详细情况，请参阅拙作《三秦儒商》和《大引茶商》有关章节。

胡锦云劝说回了房间。

柏惠民说:“这几年多亏纪会学会了一点中医按摩针灸技术，要不然我的病不可能恢复到这个份上。现在能下地活动了，你就放心让我多活动一下,别老拦着我。”

胡锦云说:“你别好了伤疤忘了疼。回到西安,病情刚有好转,你就想到处乱转。你也不看看现在天寒地冻的,万一病情出现了逆转,你让我跟儿子咋交代？”

柏惠民自知理亏,讪讪地说:“你腿脚灵活,抽空到街上买点报纸回来,让我看看报纸,了解一下当前的局势,要不然总这样待着能把人憋闷死。”

胡锦云说:“你要是觉得憋闷,我去把妞妞抱过来吧。她一来你就不憋闷了。”

说话间,就听见屋子外面传来了一阵喜鹊的欢叫声。俗话说,喜鹊叫,好事到。柏惠民高兴地说:“今天天气晴朗,是整个冬季难得的好天气,不知道咱家有啥好事？”

胡锦云心想这几年柏家灾祸不断,还能有啥好事。她不想让丈夫的好心情受到刺激,就说:“听见喜鹊叫,你就以为有好事,未免太迷信了吧？”

柏惠民说:“老辈人流传下来的话,还是有一定道理的。你不相信,就等着瞧吧。”

直到天色变暗,夜幕快要降临时,柏家还没有任何人登门,更不要说有啥好事了。

柏惠民盼了一天的好事没有出现,心情又变得有些郁闷。难道老辈人的传说做不得数?或者说,柏家压根就不会有好事降临?这样一想,柏惠民就准备上炕睡觉。

他刚躺下，柏纪会急匆匆地跑进屋子，欢喜地说:“大，杨主席看您来了。”

柏惠民吃惊地问:“哪个杨主席？是杨虎城吗？”

柏纪会说:“陕西还能有几个杨主席?就是省政府杨虎城主席。他带着宋秘书和几个卫兵已经进了家门,现在就坐在大堂客厅里。您赶紧起来,跟我一起去见杨主席。”

柏惠民一骨碌坐起身,穿好衣服,拄着拐杖,紧随着柏纪会快步走往前院。

进了客厅,他看见一身戎装、身材魁梧、浓眉大眼的杨虎城正坐在椅子上端着茶杯,赶紧上前招呼。

两人几乎是同声问好,互致敬意。

寒暄过后,柏惠民说:“多亏杨主席当年派侯思奇将军来劝说我离开西安到兴平避难,要不然你就见不到我了。”

杨虎城一摆手,谦逊地说:“劝说陕西各界名流远离战火,是我的职责。唉,西安守城战之惨烈也是我平生仅见。”

柏惠民问:“杨主席,守城结束后咋没见你这个功臣?这些年你去了哪里?现在主政陕西有啥打算?”

杨虎城微笑着说:“我早就听说柏先生关心时局,今日一见,果然如此。从西安守城结束到现在,杨某经历了一系列人生的专折,柏先生如果愿意听,杨某就啰唆几句。”

杨虎城随后说,在西安城解围的第二天,他含悲手书了“生也千古,死也千古;功满三秦,怨满三秦”的条幅,就率领疲惫不堪的军队离开了西安,在渭北一带休整,自己仅带了一名随从到富平一位朋友家潜居,以此向陕西民众表示引咎辞职。一九二九年,蒋介石和冯玉祥的关系濒于破裂,杨虎城感到冯玉祥一直把他当成炮灰,就率部附蒋,任新编第十七师师长,驻防河南。在一九三〇年的中原大战中,杨虎城任蒋系第七军军长、第十七路军总指挥,在平汉线正面堵击冯玉祥部队,在洛阳一带击溃冯玉祥部下宋哲元之后,占领潼关,截断了西北军向后方的退路,导致冯玉祥的西北军全面瓦解。杨虎城率军抵达陕州时,接到了蒋介石的电报,嘱其准备组织陕西省政府。到了十月底,国民政府国务会议通过了任命杨虎城为陕西省主席的决议。

杨虎城说完自己这些年的经历,叹了一口气,继续说:“自辛亥革命以来,关中一带战乱频仍,田地荒芜,民不聊生,尤其是十八年年馑,让关中的父老兄妹饿殍遍地,痛不欲生。关中水利失修已久,粮食产量不高,民众生活极苦,我打算请老乡李仪祉先生[①]回来,兴修水利,灌溉关中农田,改善民众生活。”

---

①李仪祉(1882—1938),名协,字宜之,后改仪祉。陕西蒲城马湖乡富源村人,我国近代杰出的水利科学家和教育家。毕生以治水为志,求郑白之愿,效大禹之业,兴学执教,治黄导渭,凿泾引渭,泽被三秦大地,惠普大江南北,被誉为“陕西近代水利的奠基人”“中国现代水利先驱”和“亚洲近代水利科技先驱”。

柏惠民听完杨虎城的一番叙说，兴奋地问："杨主席是想请李仪祉先生回来重修郑国渠吗？"

杨虎城说："李仪祉在郭希仁任省水利局局长的时候，就勘测过泾河河谷和几代引泾工程遗址，完成了甲乙两种方案的设计，后来因为经费问题，没有实质性的结果。现在我主政陕西了，就想把他请回来，完成他心中的夙愿，也为关中民众办点好事。"

柏惠民说："我跟郭希仁比较熟悉，在同盟会的时候共过事，可惜他也是英年早逝了。杨主席，说句不该说的话，您兴修水利是好事，但有两件事还是不由得不令人担忧啊，一个是经费问题，另一个就是蒋介石对您主政陕西放心吗？千万别弄个半拉子工程留下遗憾啊。"

杨虎城说："我也在为引泾工程的经费问题熬煎哩。除了省政府拿出一部分之外，尚有缺口。现在关中富商大户踊跃捐款捐物，民众积极参与，估计问题不大。至于蒋介石是否对我放心，坊间的传言很多，估计柏先生也知道一些。但不管如何作难，我也要支持李仪祉先生把引泾工程这个造福民众福祉的大事办好。"

柏惠民说："柏家的情况您也知道，这些年灾祸不断，对于兴修水利、造福民众这种好事，柏某现在是心有余而力不足了。"

杨虎城知道柏惠民现在疾病缠身，经济拮据，一想到柏惠民曾经为陕西辛亥革命做出的巨大贡献，就想帮柏惠民一把，于是他说："我想聘请你为省政府参议员，这样一来，就可以名正言顺的为民众建言献策了，你看如何？"

柏惠民心里明白，杨虎城肯定是看到家里比较寒酸，自己又久病缠身，想找个理由照顾自己。他说："多谢杨主席美意。我一个久病之人，恐怕难以担当如此重任啊。"

杨虎城说："柏先生就不要推辞了。虽说省参议员每月只有不足挂齿的两百大洋，好歹也能补贴家用。柏先生大半生关心国家命运，关心民众疾苦，省政府也需要你这样的元老级人物支持。凡是对陕西建设有好处的想法，柏先生尽可以向我建议。"

柏惠民见杨虎城满腔诚意，难以推辞，就爽快地说："柏某虽然受之有愧，但一定倾心竭力支持杨主席，尽可能为陕西民众福祉建言献策。"

杨虎城一行告辞之后，柏纪会搀扶着父亲回到卧房。他没想到堂堂的省政府主席会亲自来探望早就被人遗忘了的父亲，并且聘请父亲当了省政府参议员。

柏纪会说："大，你一生爱操闲心，这下有了用武之地了，一定不要辜负杨主席的厚望啊。"

柏惠民说："杨主席这是在照顾我这个病人，他不好意思让我白领薪水，就给了一个参议员的名分，这个事我心知肚明。"

柏惠民说完话，见柏纪会没有马上走的意思，心里明白儿子对进入官场仍没有死心，尤其是杨虎城聘请自己当了省参议员这件事对他肯定有刺激，甚至可能会激发儿子想通过杨虎城或者宋秘书进入政界的愿望。杨虎城刚才说坊间流传着他主政陕西的许多传闻，说实在的，柏惠民因为久病很少出门，很难听到这些坊间传言，为了打消儿子从政的念头，他说："纪会，杨主席刚才说坊间有许多他主政陕西的传闻，你经常在外面，消息灵通，给大说道说道。"

柏纪会坐下后，把他知道的传闻告诉了柏惠民。

柏纪会说，坊间各种传言都有，最有代表性的一种说法说有四个方面的因素，一是蒋介石系统发源于南方，蒋介石是南方人，在北方缺乏社会基础，西北特别是陕西曾经是北洋政府和冯玉祥的大后方，这些力量都需要清除。二是陕西地方文化沉淀太厚，知识层面非常敏感，地方人士本身不团结但还排外，外籍官员不易统治。蒋嫡系的陕西籍将领关麟征、杜聿明、张耀明等资历太浅，难孚众望，在地方没有号召力。三是陕西自民国以来一直战乱不断，加上灾荒频仍，一九二九年刚刚遭遇特大旱灾，饿死百姓无数，经济上问题很大，绝不是富庶之地。四是杨虎城是冯玉祥的叛将，用他来对付冯玉祥在西北的残余力量比较合适。蒋介石虽然把陕西政权交给了杨虎城，但派人进入省党部，对杨虎城进行暗中监督。

柏惠民听完儿子的话，半天没有吭声。

过了一会儿，他见儿子还没有走的意思，就说："按道理说，疑人不用，用人不疑。蒋公此番任用杨虎城，确实是考虑到杨虎城在中原大战中出奇兵，立下了战功。但他又让省党部监督杨虎城，这种做法欠妥。官场上以权术操纵部下，肯定不是长远之策，时间久了，说不定会弄出乱子来。儿啊，你还是安心教书吧，从政的事情就别想了。"

柏纪会见父亲再次反对自己从政，嘴噘脸吊地出了门。

一九三二年六月中旬，引泾工程开闸放水之事经报纸刊登后，全国为之哗然，大多数人想不到现代科学化的大型灌溉工程竟然能在贫穷落后的陕西建成。更令柏惠民钦佩的是，李仪祉提请省政务会议将引泾工程命名为“泾惠渠”，这预示着以后还有许多渠将陆续出现，灌溉三秦大地，重造天下粮仓，泽被子孙万代。

在和平的岁月里过日子，柏惠民感到心里特别舒坦。尤其是孙女妞妞一天天长大，小丫头从咿呀学语开始就整天跟着爷爷、奶奶生活，现在长成小姑娘，穿着花衣裳，头上扎着小辫，她的一颦一笑，让柏惠民觉得人生难得有如此快乐的时光。

这样过了几年，这一天柏惠民突然听说张学良带着东北军来陕西“剿共”了，心情一下子变得有些郁闷。

近些年，陕西在杨虎城的治理下，民众安居乐业，生活基本上自给自足，社会发展进入了正常轨道，柏惠民心里高兴，病情也好转了不少。陇海铁路修到了西安，据说还要延伸到宝鸡，陕西的商贸中心随之从泾阳、三原一带转移到了西安，从明清以来形成的泾阳商贸中心、金融中心不复存在了，柏惠民在感到惋惜的同时，也为陕西经济有了新核心感到高兴。坊间传说，陕北一年前就有了共产党领导的中国工农红军，这些红军被国民党称为“共匪”。这些红军在江西就被蒋介石指挥的各路军队围剿过五次，直到一九三五年十月，他们历经了艰苦长征之后在陕北落脚扎根，并提出了联合抗日的主张。

国民党在事实上并没有理会共产党和全国民众的抗日要求，在东北沦陷、上海淞沪抗战之后，依然坚持攘外必先安内的主张。柏惠民猜想，蒋介石可能估计杨虎城实力不足，就把张学良的东北军调入陕西，让杨虎城、张学良共同“剿共”。

后来，他听说张学良的东北军在陕北吃了败仗，有个师长还被红军活捉了。随后，张学良不愿与红军打内战，就和共产党达成了停战协议，陕北“剿共”陷入了僵局。

进入一九三六年十二月初，到处都在传说蒋介石率领着十几位国民党要员亲自来陕西督战。柏惠民想不明白，被国民党视为洪水野兽的共产党，为啥能打败装备精良的东北军？当初孙中山在广东提出了联俄、联共、扶助农工，这才过了几年，不联合也就罢了，为啥要把共产党赶尽杀绝？按道理说，国家现在被小日本侵略，清廷退位的皇帝溥仪在长春成立了满洲国，公然投靠小日本，出卖国家利益，国民党应该打击卖国贼才对。这些想法，他没敢向杨虎城公开提出过，但并不代表他没有想法。在没弄清真实情况之前，他只是不想给杨虎城添堵罢了。

双十二那天，报纸上刊登了杨虎城、张学良发动兵谏，拘押了蒋介石及其随从的消息，并将此称为西安事变。

西安事变爆发后，全国各大报纸都进行了追踪报告，柏惠民从报纸上得知，宋子文代表国民政府，张学良、杨虎城、周恩来代表西安方面进行了几次会谈，直到十二月下旬，杨虎城赞同中共提出的放蒋三个条件，但张学良却不以为然。后来，张学良留下了手令，把东北军交给杨虎城指挥，自己陪着蒋介石离开西安去了南京，西安事变和平解决。

柏惠民没事的时候，回想了西安事变发生的原因、过程及结果，很为杨虎城担忧。虽说杨虎城、张学良把西安事变称之为兵谏，但这在国民党元首的蒋介石眼里，无异于以下犯上，丢尽了脸面。不久，张学良在南京军事法院受审被判刑。听到这个消息，柏惠民预感到蒋介石迟早会对杨虎城下手。

西安平静之后没多久，卢沟桥事变发生，中国进入了全面抗战阶段。

令他欣喜的是，共产党领导的中国工农红军在泾阳县云阳镇誓师，接受改编，组成了国民革命军第八路军，开赴山西抗日前线。进入九月份之后，就传来了八路军一一五师在林彪将军指挥下，于平型关一举歼灭日军精锐板垣师团一千多人的消息，国民政府对八路军进行了嘉奖。

柏惠民在儿子给他按摩腰腿时说："前些年一直有人说中国积贫积弱，军队装备很差，士兵素质不高，很难和日军抗衡，有些人主张向日本妥协，我看这都是些屁话。你看人家八路军，武器装备虽然比不上国军，可照样在平型关打败了日军的精锐，还得到了国民政府的嘉奖，这不是在煽有些人的嘴巴吗？"

柏纪会边按摩边说："大，全民抗战是大势所趋，共产党既然首先提出了联合抗日，人家肯定有所作为。平型关之战虽说取得了大捷，但今后的路还很长。蒋委员长在庐山发表的谈话指出，'临到最后关头，便只有拼全民族的生命，以救国家生存，最后关头一刻，我们只有牺牲到底，抗战到底''地不分南北，年不分老幼，皆有守土抗战之责！'现在，国共已经联手抗日了，八路军又取得了平型关大捷，您就安心养病吧。"

柏惠民说:“国家多灾多难,日寇亡我中华之心不死,我难以安心啊。自从杨虎城去年一月被国民政府撤职留任,随后被迫出国考察之后,我的心情一直就没有好过,憋在心里的话也不知道对谁说了。”

柏纪会说:“杨主席主政陕西期间,对您一直很关心。可惜去年全面抗战爆发后,他多次向蒋介石发电报要求回国抗战都被拒绝了。我听说去年七月底,杨主席刚从法国回到香港,就被诱到了南昌,现在已经被囚禁了。”

柏惠民听说杨虎城被囚禁了,拍着炕沿气恨恨地说:“杨主席是陕西籍著名的军事将领,他回国参加抗战,乃是一个军人的天职。蒋介石可能还在记恨他当年和张学良发动了西安事变,破坏了他的攘外必先安内政策。现在都啥时候了,日寇在国内到处烧杀抢掠,蒋公不以国家大局为重,还在计较张杨的兵谏,真是让人痛心啊!”

柏纪会笑着说:“您咋这么爱操闲心哩?”

柏惠民沉着脸说:“这能叫爱操闲心?日本人想让中国亡族灭种,我能不关心吗?”

柏纪会忙说:“能关心,还要多关心。只要您心情舒畅,对养病有利,您咋关心都行。”

停了一会儿,柏纪会说:“大,兴修泾惠渠的李仪祉先生于三月八日去世了。”

柏惠民听说李仪祉去世了,脸色变得很难看。他说:“算年龄,李仪祉也才五十七岁。他这是为了兴修关中八惠渠累死的呀。”

柏纪会说:“这几天下大雪,外面寒风刺骨,您没有出门,不知道外面发生了啥事。就是在这天寒地冻之时,西安各界为李仪祉先生举行了隆重的追悼会,他的灵柩被送往社树堡陵园时,有几千人随行。”

柏惠民问:“国民政府对李仪祉先生如何评价?”

柏纪会说:“国民政府发了特别嘉奖,称他‘德器深纯,精研水利,早岁倡办河海工程学校,成才甚众。近来开渠、导运等工事,尤瘁心力。绩效懋著’。于右任先生为陵园作了一副挽联称‘殊功早入河渠志,遗宅仍规水竹居’。”

柏惠民遗憾地说:“可惜我久病体弱,久不出门。要早知道李先生病逝了,应该去为他送行才对。”

柏纪会说:“李先生病逝,可谓天地同悲。当时各界闻知噩耗,唁电交驰,《大公报》《新秦日报》等报纸都发表了评论文章,他的学生胡步川用一首诗记录了给李先生送葬时的情景。”

柏惠民迫不及待地说:“你给我念一下。”

柏纪会随后吟诵道:“两翼闸上泾渠畔,负土为坟慰苦辛。流水高山声已杳,苍生霖雨慧常新。国仇未报生前恨,壮志期成死后身。此刻随棺送葬者,不期而遇五千人。”

柏惠民细细品儿子吟诵的诗,半天无语。

日军在占领华北、华东之后,兵锋直指中原。在武汉保卫战结束后,日军开始以飞机狂轰滥炸重庆的方式逼迫迁都重庆的国民政府投降, 西安作为大后方也受到了轰炸。

眼看着国土不断沦丧,柏惠民心情郁闷,病情不断加重。

有一天,邓宝珊将军、高明德等几个人一起到六谷庄看望柏惠民。进门之后,他们发现柏家的境况连普通人家都不如,一时唏嘘不已。

众人在柏惠民卧室坐下后,问候他的病情,柏惠民说:“久缠病榻,估计没有好的希望了。现在全国到处都在抗战,战事如何?”

邓宝珊说:“国事艰难啊! 国军在正面战场节节败退,就连陪都重庆,甚至成都、乐山都遭到了日军飞机的狂轰滥炸,民众死伤无数,生活更加艰难。近闻由第九战区司令薛岳指挥的长沙会战挫败了日军的疯狂进攻, 并造成日军伤亡两万余人,真是鼓舞人心啊!”

柏惠民激动地说:“像这样的战役应该多组织几次就好了, 不但能打击日军的嚣张气焰,更能鼓舞民众的抗战决心。”

高明德见柏惠民情绪激动,担心他的病情反复,忙劝说道:“惠民,你现在的病情很不乐观,还是精心养病为好。国家大事,有国民政府决策,正面战场上有国军将士浴血奋战,敌后战场上有共产党领导的八路军、新四军不断侧击,估计战场态势很快就会发生变化的。”

柏惠民说:“全国绝大部分地区哀鸿遍野、民不聊生,广大民众惨遭日寇铁骑蹂躏、奸淫掳掠,我的情况和他们比起来,犹在天堂哩。”

邓宝珊说:“柏先生虽说有病在身,但心胸豁达,难能可贵的是不以自己病情为虑,时刻关心国家大事,此种精神令我等钦佩啊!”

柏惠民扭动了一下身躯,笑着说:“不瞒你们,我这些天躺在炕上,胡诌了几句,吟诵给你们听一下。”

高明德清楚柏惠民近期病情加重，心情也不好，一个人躺在炕上更加寂寞。朋友来看望，是一个难得的交流机会，不让他把话说完憋在心里，只会加重病情。

高明德说："惠民啊，你快吟诵，我和邓将军洗耳恭听。"

柏惠民随即吟诵道："天地为庐舍，精神寄太虚。形迹虽萧条，吾乐亦如昔。"

邓宝珊听完之后，鼓掌叫好。随后说："柏先生，近日来，日军飞机不断轰炸西安，城内无辜民众死伤甚众，估计这种轰炸还会继续，依我之见，柏先生还是回泾阳老家养病更妥当一些。"

高明德随后劝说道："惠民，邓将军言之有理啊。我知道你秉性刚强，有主见，但在目前这种形势下，回到柏家庄园养病更安全。"

柏惠民听完高明德的话，脸色变得阴沉起来了。自从进入初冬以来，他就觉得身体状况每况愈下，到现在连下炕都很困难了。高明德和自己是发小之谊，又是儿子柏纪会的干大，他不会平白无故劝说自己回老家养病的。莫非自己已经无药可救了？

柏惠民苦笑着说："我清楚自己的病情。既然邓将军和明德劝我回泾阳柏家庄园静养，我这几天就收拾东西，准备回去。俗话说，叶落归根，要死也要死在老家，不能死在西安城里，让孩子受作难。"

高明德感到柏惠民已经知道了自己大限将临，因此心情极为沮丧。他劝说道："惠民，你千万别胡思乱想。西安城经常受到日军飞机的狂轰滥炸，我和邓将军是担心你的安全，别无他意。"

柏惠民说："天下之大，肯定有一块地方属于我。比起那些在战场上厮杀的将士，我比他们幸福。"

过了几天，孙志高和庞三娃赶着车来到了六谷庄柏家。孙志高虽说经常来西安向东家汇报柏家庄园的情况，他没料到这才一个多月时间，东家就变成了一把骨头，花白的头发，青筋凸起的皮肤，一说话就喘气的病容，让心酸。

在收拾行装的时候，孙志高把柏纪会拉到旁边，悄声说："少东家，告诉您一件窝心的事。我最近听说原来汉口分号二掌柜和账房先生的家境突然好起来了，不知道是不是当年他们在汉口分号仓库着火这件事上做了手

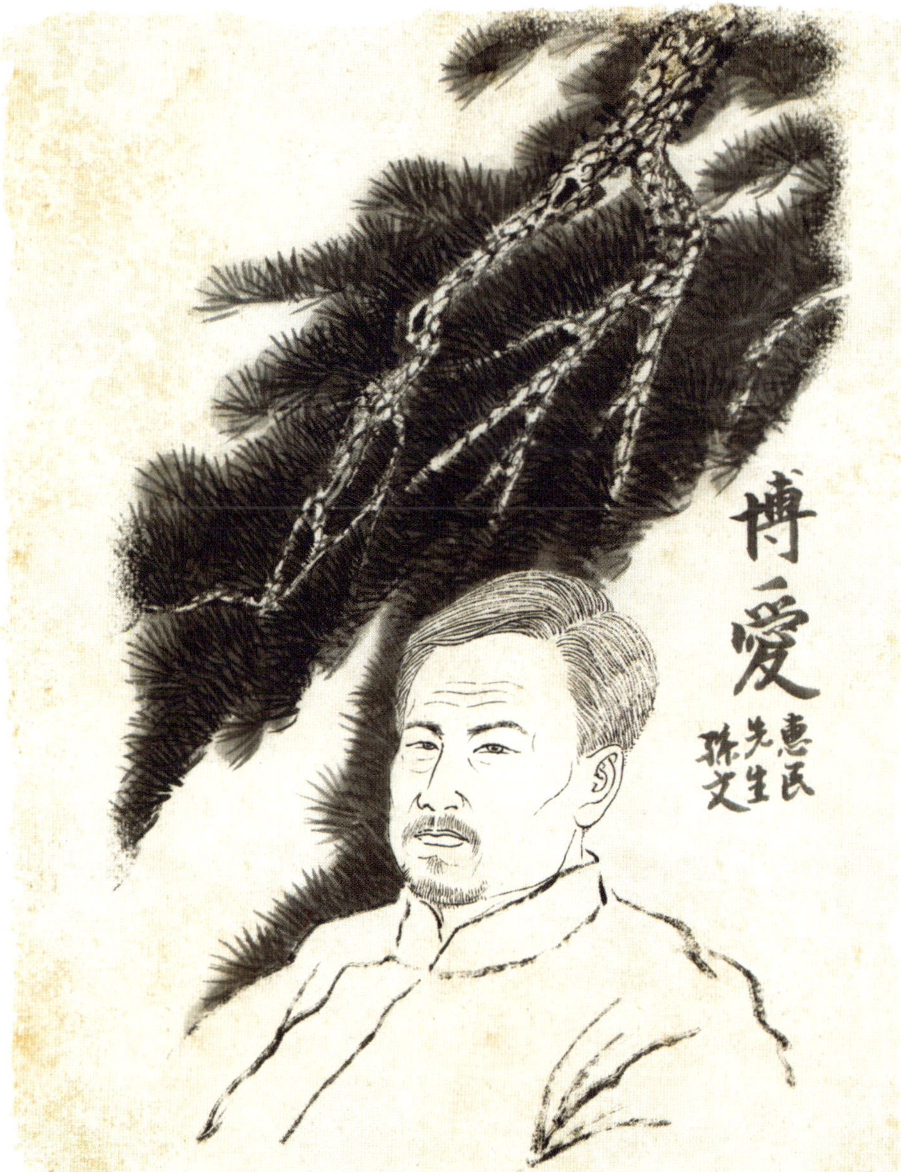
博爱
惠民先生
孙文

脚？”

柏纪会听了这话，心里也是犯了嘀咕。他听说过当年汉口分号仓库着火后，孙志高和老管家姚崇文亲自到汉口了解过详情，最终也没有找到任何人为放火或者其他证据，此事虽说有些蹊跷，但过去这么多年了，就是当初汉口分号的所有伙计家境好转，也无法再追究此事。

柏纪会说：“孙护院，当年你和姚管家亲自到汉口调查过此事，最后不了了之。现在时过境迁，物是人非，就不要再说此事了。或许是二掌柜和账房先生的后人们有出息，这才让家境有了大的改观，我们不能凭空臆想人家当年得了柏家的家产。我大现在病情加重，心绪不宁，尤其不能让他知道汉口分号二掌柜和账房先生家里现在的情况，免得给他添堵。”

孙志高点头说：“我就是怕东家听说此事后纠结，这才悄悄对您说这事。少东家说得对，东家现在经不起任何打击了，我会记住您的叮咛，绝对不会在东家面前透露出半点消息，请少东家放心。柏家庄园现已经收拾好了，东家的卧室里专门生了炉子，很暖和，我等绝不会让东家受罪的。”

柏纪会说：“今年的冬天尤其寒冷，你们注意不要让我大受冻就行。我这里已经准备了他经常吃的药，这次回去一并带上。还有十多天，学校就要放寒假了，等放了寒假，我尽快回去照顾我大。”

孙志高说：“没事，东家有啥紧急情况，我会让庞三娃赶回来告诉您。就是犯病了，也可以去请东家的朋友姚文山或者到县城去请大夫，绝对不会耽误东家治疗的。”

柏纪会叹了一口气，说：“家里有你这个老人手照顾，我就放心了。但愿我大能熬过这个冬天。”

孙志高一听这话，预感到东家可能命不久长了。

进入腊月之后，关中下了一场多年未见的大雪。厚厚的积雪覆盖了田野里的一切，使整个大地变得白皑皑的，太阳一照，泛着刺目的白光。桥底镇的柏家庄园，临近张家山，南面就是隔泾河而望的白莽原，南北两山夹着泾河河谷的地理环境，经常是北风呼啸，滴水成冰，就连嘴里呼出的热气，一瞬间也会变成白雾挂在眉毛胡子上。泾河河道早就结冰了，往日东流的河水现在已经变成了可以行人的冰河。出奇寒冷的冬天，往往也是大病之人的不祥之兆。

柏惠民这天早上醒来，觉得胸闷气短，全身乏力，稍微一动，就气喘连连，咳嗽不断。

等胡锦云把熬好的药端进来，准备服侍他吃药时，柏惠民已脸色蜡黄，躺在炕上大口喘气。胡锦云一看情形不对，放下药碗，急忙跑到前院叫来了孙志高。

孙志高走近土炕，伸出手轻轻扶起柏惠民，然后拉过一条被子垫在他身后。等柏惠民靠好了之后，孙志高接过胡锦云递过来的药碗，轻声说："东家，吃药了。"

柏惠民勉强张嘴喝完药，有气无力地问："今天是腊月初几啦？"

胡锦云插话说："你老糊涂了，还腊月初几，马上就要过年了。"

柏惠民说："都快要过年了，这么快。纪会该放假了吧？他咋还没回来？"

胡锦云说："估计是有啥事耽搁了。我想他快回来了。"

柏惠民说："今年冬天咋就这么冷呢，该不会是老天爷要收我了吧？"

孙志高知道东家有了预感，他劝说道："东家，老天爷要收人也不会收你这样的大善人呀！您别胡思乱想了，养好了身体，咱们一起过年。"

柏惠民苦笑道："我这一辈子见过的许多朋友和亲人以各种方式故去，能像我这样躺在炕上病死的不多。自辛亥年以来，我对亲朋故去就习以为常了。人生自古谁无死啊，但在这个时候死，我还是放心不下啊！"

胡锦云拉着柏惠民干枯的手，啜泣地说："掌柜的，纪会现在有工作了，也学会了中医看病，你还有啥不放心的？"

柏惠民说："我这个人一辈子啥时候操心过家里的事？现在全国抗战正酣，我是盼着早点把日寇赶出中国，老百姓才能过上好日子呀。"

胡锦云说："难怪纪会说你爱操闲心。这么大个中国，为国家命运操心的人多得是，你还是操心你咋能把病养好吧。"

孙志高说："我听说陕西兵在中条山与日寇打得很惨烈，一些受伤回来的老乡说日寇惨无人道，不顾国际公法的约束，在战场上屠杀伤兵哩。"

胡锦云瞪了孙志高一眼，用眼神责怪他不该在这个时候说战场上的事。孙志高见胡锦云用眼神警告他，赶紧闭上了嘴。

胡锦云随即说："掌柜的，没事少操闲心。说不定纪会回来，把妞妞也带回来了。到时候，你有啥话跟妞妞说吧。"

柏惠民喘着气说："妞妞还小，她知道些啥？你们不让我说话就算了，久病缠身,胡思乱想,说的话就有些唠叨,没人爱听了。”

年关将近时,柏纪会带着媳妇姚青莲和女儿妞妞终于回到了柏家庄园。他放下行李,赶紧到父亲的卧室问安。

柏惠民见到了儿子和孙女,露出了难得的笑脸。寒暄过后,柏惠民问:“西安城最近咋样?”

柏纪会说:“还是老样子。中国人过年,日寇并不过年,时常派飞机轰炸西安。每次轰炸过后,西安城里就会有普通百姓伤亡,家园被毁,整个西安城丝毫没有过年的气氛。人们整天提心吊胆的,只要听见警报响,全都往防空洞里躲藏。临回来时,我专门去找我干大,让他给你弄了些好药。等吃完这些药,估计你的病就差不多好了。”

柏惠民说:“人常说,生死由命,富贵在天,我怕是看不到日寇投降了。”

柏纪会说:“好人命长。等过完年,天气暖和了,我接你和我妈去西安吧。”

柏惠民叹了一口气说:“人生苦短,世事无常。我接触的许多人,本来不应该英年早逝,无奈时局捉弄人,让他们成了我难以忘怀的回忆。这一辈子在我身上发生的事,即将成为往事、故事,甚至有人还会演义成多种版本。我一生虽说平淡无奇,但肯定会受到人们的议论,是非功过就留待后人评说吧。至于年后是否还能去西安,到时候再说。”

柏纪会知道父亲心中的苦楚,现在已经病入膏肓了,还惦念着发生在自己身上的故事,他不想让父亲为此再挂念,就劝说道:“在这个有缺陷的世界上,没有一个人的人生是圆满的。父亲当年的挚友中有许多人早就去世了,成了您挥之不去的念想。苏东坡有诗曰:人似秋鸿来有信,事如春梦了无痕。您就安心养病吧,别操闲心了。”

柏惠民点头说:“人生如梦,梦醒了,啥都没有了。如大江之水,一去不回头了。你忙去吧,我想休息了。”

此番父子俩对话过后,柏惠民就陷入了昏迷状态。胡锦云、柏纪会、姚青莲等人忙前忙后地侍候他,孙志高也赶紧找木匠给东家打造棺木。

这个年,柏家庄园里没有过年的氛围,一切都像平常的日子一样,不像有些农户在大门上张贴红色对联,有钱人家还在大门外挂上了喜庆的大红灯笼。柏家庄园和平常唯一不同的是,三进院落里整天都是中药味弥漫,连空气里都隐含着一股悲伤。

正月初三中午，柏惠民忽然叫喊肚子饿了，让胡锦云给他下一碗饺子。胡锦云激动地说："你是在昏迷中过了个年，现在好了，终于挺过来了。这就好，我马上去给你下饺子。"

柏惠民端着饭碗只吃了几个饺子，就把碗递给了胡锦云。他说："这可能是我这辈子吃的最后一碗饭了。告诉纪会教育好妞妞，让他记住我的约法三章，今后千万别向政府伸手，自家过好自家的日子。"

胡锦云还想劝说几句，却见柏惠民闭着眼睛，用手示意她别说话。

柏纪会知道父亲吃过饺子后，高兴地说："我大从鬼门关又回来了，估计这下能好了。"

一家人听了柏纪会的话，心里的阴霾多少散去了一些，都在期盼柏惠民能够度过这一关。

正月初六凌晨，胡锦云醒来后觉得有些异常，听不见柏惠民的呼吸声了。她用手一摸睡在旁边的柏惠民，就觉得指尖发凉，情急之下，赶忙拨亮煤油灯，仔细一瞧，柏惠民早已气绝身亡了。

胡锦云胡乱穿好衣服，小跑着出门，把正在睡觉的柏纪会两口子叫醒，告知他们柏惠民已经在昏睡中故去的噩耗。此时是一九四〇年二月十三日（阴历正月初六）上午，柏惠民终年五十二岁。

一代关中富商就这样走完了他颇具传奇的一生。

柏惠民去世的消息传出后，除了他的亲朋古旧，时任国民政府主席林森指派专人到泾阳柏家庄园吊唁，并亲笔写了慰问柏家亲属的信件。

柏惠民的灵柩停放在二堂客厅里，供桌上摆放着遗照，遗照周围缠着黑纱。遗照上的柏惠民黑发浓密，面容清瘦，双眼圆睁，唇上的胡须干净整洁，一派威严的形象呼之欲出。

按照关中丧葬风俗，在奠酒、起灵之后，亲属们就可以暂时休息，等着第二天黎明时分出殡。

孙志高此刻就坐在灵堂的大门口，他看着夫人胡锦云伤心欲绝、哭泣不止，上前劝说道："夫人，东家久病缠身，驾鹤西游，也算解脱了。您应该节哀顺变，保重自己的身体啊。"

胡锦云啜泣着说："他这一生虽然只活了五十二岁，但却生了近三十年的病，想起来都让人伤心。走了好啊，不再受罪了，也不用操闲心了。"

披麻戴孝的柏纪会说："孙护院，我大一辈子喜爱秦腔，这会儿人少了，你给我大吼一段秦腔，权当为他送行如何？”

孙志高说：“好。刚才奠酒祭灵时，我就想给东家吼上一段秦腔名段，但怕打搅了你们的正事。少东家既然想让我吼上一段，我就吼一段秦腔《祭灵》咋样？”

胡锦云说：“你就唱吧，掌柜的在天之灵听了你的《祭灵》，也就别无牵挂了。”

孙志高清了清嗓子，随即唱道：

满营中三军齐挂孝，
风摆动白旗雪花飘。
白人白马白旗号，
银弓玉箭白翎毛。
文官臣头戴三尺孝，
武将官身穿白战袍。
因甚事王把服袍套，
为之为桃园恩义高。
入灵位王把纸钱吊，
……

孙志高刚唱到“入灵位王把纸钱吊”，胡锦云、柏纪会、姚青莲等守灵的人不约而同地放声大哭，悲痛的哭声让没走的吊唁者为之动容，唏嘘不已。

第二天黎明时分，柏惠民出殡时，四周十里八乡有不少民众自愿来为其送行。低沉的唢呐声，长长的送葬队伍，哭泣的孝子，面容悲戚的亲朋，组成了新年期间一道独特的风景线。

灵柩到达柏家村南面的坟地时，一直阴霾笼罩的天空飘起了鹅毛大雪。纷纷扬扬的雪花洒落在大地上，给原本就没有融化的积雪上又叠加了一层，放眼望去，四处银装素裹，洁白无瑕。

# 尾　　声

往事如云烟。毁家产，纾国难。残阳如血，英雄赴死敌胆寒。壮士歌，犹在耳；断残碑，蒸泪潸。荒草丛中觅忠骨，叩问史书箭出弦。沧桑一瞬间。

病弱身，清癯颜。飞燕归巢，泾水淙淙忆商船。交同道，扮豪侠；笑沉浮，看变幻。谁道秦商名天下，却看后人勒诗篇。

自撰词一首

终于码完了长篇小说《慷慨悲歌》，我一下子轻松了不少。在意犹未尽之际，对小说中未曾提及的片段做些补充，以便读者更好地了解柏惠民的身后事。

柏惠民去世后，时任国民政府主席林森颁令褒扬，内有"柏惠民赋性豪迈，早岁赞襄革命，毁家输资……"等文字。

民国三十五年(1946)，高明德为柏惠民撰写了碑文，称"回忆前尘，烟云过眼，援笔记之，使后世获悉革命事业中，曾有此无名英雄作奠基石也！"该碑文被收入《西北革命史征稿》下卷(碑文全文见附录)。

柏惠民的碑文、墓园及柏氏花园早已被毁，"文化大革命"期间，柏惠民被掘墓暴尸，毁灭形骸，令人痛心。

1983 年，陕西省政协、统战部"根据从简、节约精神"，修复了柏惠民陵墓，重新竖立了一块"辛亥革命先烈柏惠民先生之墓"的墓碑，并将其作为纪念辛亥革命摇篮的爱国主义教育基地。

在创作这部陕商题材长篇小说时，我是把柏惠民定位为一个陕商典型代表和陕西辛亥革命推动者的。这种定位，既符合历史事实，也是为了宣传陕商精神的需要。辛亥革命在中国历史进程中具有划时代的重要意义，它结束了两千多年的封建专制统治，初步实现了民主共和，但在这一过程中，却充满了艰辛和流血牺牲。我认为，朝代的更迭，大多数是用战争方式进行的，而发动战争和取得战争的胜利，需要大量的人力物力支持，在某种程度上讲，推翻一个朝代的战争其实就是资金和民心的较量。辛亥革命虽有局限，是一次资产阶级的革命，但仍需要资金和民心。屈武在首都各界纪念辛亥革命 70 周年大会上讲“发生在 70 年前的辛亥革命，是我国民族革命时期一次具有伟大历史意义的革命。这次革命，在伟大的革命家孙中山领导下，推翻了清朝的统治，结束了两千多年的封建专制，打击了帝国主义在中国的侵略势力，在人民群众中传播了民主主义思想的种子，促进了我国人民的革命战争”。我认为屈武的讲话是对辛亥革命比较权威的定位。柏惠民就是在陕西辛亥革命初期，出于对推翻清朝封建专制统治的坚定信念，心甘情愿地毁家输资，在一定程度上建立了硕勋，被誉为陕西辛亥革命的“无名英雄”。

在历史资料中，柏惠民思想豁达，交游有识，乐善好施，济贫扶困，慷慨好义，志向坚定，与中国近代史上许多著名人物交往过密，成为挚友，如于右任、宋教仁、陈其美、井勿幕、杨虎城等，孙中山先生也曾亲书“博爱”二字相赠慰勉，可谓是社会转型期陕商中的一朵奇葩。作为陕西同盟会早期的主要成员，他屡次捐资，直至毁家输资，在全国商人中也属罕见。

柏惠民所处的年代，先是清政府腐败无能，割地赔款，丧权辱国，任人宰割，后是社会动荡，军阀混战，英雄与小人并存，政客与弄权者频出的时代。这个时期，陕西战乱尤其频繁，陕商受到的伤害也极为严重。作为陕商，柏惠民或许并不是一个成功的商人，他虽然继承了柏家庞大的家业，但因自己把全部身心投入到了推翻清朝封建专制活动中，很少关心家族的商业经营，加上辛亥革命成功后，长期生病，疏于管理，导致毁家输资之后的柏家走向了衰败。小说中虽提到了许多知名人物，但我没有给他们定性，留待读者自己评价。

老舍先生在《我怎样写小说》时说“客观事实只是事实，其本身并不是小说，详密地观察了解那些事实，而后加以主观的判断，才是我们对人生的解释，才是我们对社会的指导，才是小说”。换句话说，人与事都不过是小说作者的参考资料，必须加以合理运用之后才能成为小说。他还说“小说是人类对自己的关心，是人类社会的自觉，是人类生活经验的记录”。对于这部小说中的主人公柏惠民先生，史料记载颇多，我想继续借用老舍先生的话，他说“我们写的事必然是我们要写的人所能担负得起的，我们要写的人正是我们要写的事必然的当事人。这样，我们的小说才能皮裹着肉，肉撑着皮，自然的相连，看不出虚构的痕迹”。至于我创作的《慷慨悲歌》能否达到老舍先生的要求，每个读者肯定都会有自己的观点。

果戈理曾说“当歌曲和传说已经缄默的时候，建筑还在说话”。我撰写这部书的目的，并不单纯是为了给某个人树碑立传，而是想告诉所有幸福生活着的人们，一定要在力所能及的情况下，为这个社会做点什么，尽管每个人不可能都会像柏惠民先生一样，自立约法三章。同时也想告慰柏惠民先生，当传说快要缄默的时候，依然有人记得他为陕西辛亥革命所做出的特殊贡献，有人会用陕商历史小说的方式讲述陕商们曾经的历史过往，让铭记和怀念给他们树立一座丰碑，用陕商的精神激励当下的人们。

小说中牵涉的著名人物很多，他们或许都有传记，但像柏惠民这样的无名英雄，我相信这是第一部完整描述其人生过往的文史性小说。以柏惠民为主线的这部小说，肯定会存在许多瑕疵，希望有关专家和读者批评指正。

# 跋

在第三部陕商题材长篇纪实小说《慷慨悲歌》即将正式出版之际，我总觉得有些话要说，尤其是一些感谢和感恩的肺腑之言。

说实在的，拙作《慷慨悲歌》能够创作完成，首先得感谢陕西新闻广播《文化三秦》记者周煜涵对我的采访。当时，我的第二部陕商题材长篇纪实小说《大引茶商》刚刚进入印刷阶段，周记者几次与我相约，对我进行过一次录音访谈，随后用《为陕商抒写三部曲》为标题在陕西新闻广播《文化三秦》栏目播放了访谈内容，引起了听众对我创作陕商题材三部曲的期待。时隔不久，陕西省作协主办的《文学陕军》记者小牛同学又以《抒写陕商三部曲》为题，对我进行了访谈，随后在《文学陕军》刊发了访谈内容。正如在两次访谈中所讲，我的第三部陕商题材长篇纪实小说当时尚没有确定创作对象，仅有想法而已。但这两次访谈内容的传播，把我推向了必须抓紧时间创作完成第三部陕商题材纪实小说的难堪境地，因此也"催生了"《慷慨悲歌》的面世。

在搜集创作第三部陕商题材长篇纪实小说素材时，我与"陕商研究第一人"、西北大学博士生导师、陕商文化研究中心主任李刚教授进行过深入交流，他支持并鼓励我以关中富商柏惠民毁家纾资支持陕西辛亥革命为原型，完成陕商题材长篇小说三部曲的创作。故事原型确定之后，我约访了柏惠民嫡孙女柏仲英女士和她儿子张安庆先生，他们给我提供了柏惠民先生的许多详细资料，对我把握历史脉络，丰富小说内容，客观反映那段艰苦卓绝的历史起到了不可或缺的作用。

《慷慨悲歌》创作完成后，受到了各方面的关注。中国金融作协主席、中国金融文联副主席阎雪君先生仔细阅读完书稿后，以《唱响黄天厚土的时代大风》为题撰写了序言，从金融作家创作题材的角度对拙作进行了充分肯定。他说“在金融作家以现当代题材为主要创作对象的当下，出现以陕西近代史上陕商支持陕西辛亥革命这部长篇佳作，把金融作家撰写商帮历史题材纪实小说提升到了一个新的高度，为金融作家开阔文化视野、拓宽创作领域树立了标杆。”陕西省政协副主席、民革陕西省委会主委、中国国民党革命委员会第十三届中央委员会常务委员李晓东先生在仔细研读拙作的过程中，对拙作提出了许多中肯建议，并多次与我进行面对面交流。李晓东副主席对我自发创作以柏惠民支持陕西辛亥革命的长篇纪实小说进行了肯定，他认为《慷慨悲歌》“写得很动人，表示感谢和祝贺”。李晓东副主席作为民革陕西省委会主委，在欣然为《慷慨悲歌》作序的同时，主动和省级有关部门协调，对拙作能够顺利出版付出了艰辛努力。

《慷慨悲歌》定稿之后，中国金融作协网、西安新闻网、《咸阳日报》《中国银行保险报》、大美陕西网、凤凰新闻网、搜狐新闻网等媒体陆续进行了报道，对拙作能够尽快与读者见面吹响了冲锋号。

从某种意义上讲，长篇小说的出版是一个系统工程，对我这部以关中富商柏惠民支持陕西辛亥革命的长篇纪实小说来说尤其如此。因为小说中客观展现了陕西近代史上波诡云谲、激烈动荡的历史，涉及了陕西近代史上许多著名人物，文稿的审核需要付出比一般小说更加艰辛的劳动。在审阅时的一个插曲就是文稿需要经过中共咸阳市委党史办审读。好在我在创作这部小说时，采取了尊重历史、尽可能还原历史的原则，没有臆造和过度虚构，使文稿经受了审读，中共咸阳市委党史办给出了“该书稿对陕西辛亥革命中的三原勤公社的建立、水榭亭会议、关中保卫战、西安新军起义、靖国军等重大历史事件描述准确，符合历史史实”的审读意见。

能在纪念辛亥革命成功 110 周年之际出版这部小说，除了前面所说的“催生”因素之外，陕西人民出版社有限责任公司和拙作的责任编辑付出了艰辛的努力。在此，感谢陕西新华出版传媒集团，感谢陕西人民出版社编辑部主任许晓光先生、王金林女士，整体设计姚肖朋女士以及庞红梅女士。

在《慷慨悲歌》编辑出版过程中，著名青年工笔画家马牧（得原）为拙作精心插图，陕西省书协名誉主席、西安终南印社名誉社长赵熊先生为拙作题写了书名。此外，政协陕西省委员会、中国金融作协、陕西省金融作协、西北大学陕商文化研究中心、陕西省中小企业投融资促进会陕商文化研究院、陕西好猫文化传媒有限公司、西安新能源汽车产业协会、北方工业大学陕西校友会等多家单位对拙作的出版给予了极大关注和支持，在此一并表示衷心的感谢！

著名学者钱穆曾说：“文学必在道义中，而道义则求其艺术化。中国之人生乐处，即在是矣。此非中国之文化特质乎！”我愿以此为动力，继续撰写读者喜欢的陕商题材文学作品，并恳切希望读者斧正。

此为跋。

黄天顺

2021 年 1 月